보이 인 더 하우스

the
Match

보이 인 더 하우스

할런 코벤 HARLAN COBEN 지음
노진선 옮김

ꔛ 문학수첩

사랑하는 페니 허버드를 추모하며

1966년 출생-2021년 사망

CHAPTER

01

대략 마흔 살에서 마흔두 살쯤 되었을 때—그는 자신의 정확한 나이를 모른다—마침내 와일드는 아버지를 찾아냈다.

지금까지 아버지의 얼굴도 모르고 살았다. 어머니와 다른 가족도 마찬가지였다. 그들의 이름도 몰랐고, 그 자신이 어디서 어떻게 태어났는지도 몰랐으며, 어쩌다 어린 시절에 라마포산에서 홀로 의식주를 해결하며 살게 됐는지도 몰랐다. 어린 그가 '구조'되자 한 신문에는 '버림받은 아이, 들짐승처럼 살다!'라는 헤드라인이 실렸고, 또 다른 신문은 '현대판 모글리!'라고 외쳤다. 그로부터 30년이 훌쩍 지난 지금, 와일드는 도무지 답을 찾을 수 없었던 출생의 비밀을 밝혀줄 혈육을 지척에 두고 있었지만 그저 지켜만 볼 뿐이었다.

최근에 와일드는 자신의 아버지가 대니얼 카터라는 사실을 알게 됐다. 카터는 예순한 살로 소피아라는 여자와 결혼해 장성한 세 딸을 두었다. 아마도 와일드의 이복누이일 그들은 셰리와 얼리나, 로사였다.

카터는 네바다주 핸더슨의 선듀 애비뉴에 있는 침실 네 개짜리 랜치 (벽과 문을 많이 만들지 않아 실제보다 크고 넓게 느껴지는 단층 주택—옮긴이)에 살며 자신이 설립한 회사인 DC 드림하우스 건설에서 주택 시공업자로 일했다.

35년 전, 숲에서 홀로 살던 어린 와일드가 처음 발견되었을 때 의사들은 그의 나이를 여섯 살에서 여덟 살 사이로 추정했다. 와일드는 부모나 자신을 돌봐준 사람에 대한 기억이 전혀 없었다. 또한 이 집 저 집 기웃거리며 홀로 살았던 것 외의 다른 삶은 기억나지 않았다. 어린 소년은 빈 산장과 별장에 몰래 들어가 냉장고와 식료품 저장실을 뒤져서 목숨을 유지했다. 때로는 빈집에서 혹은 차고에서 훔친 텐트에 들어가 자기도 했으나 대개는 별빛 아래서 노숙했다.

지금도 그랬다.

사람들이 이렇게 야생적으로 살아가던 그를 찾아내 '구조'한 후로 아동보호소는 그를 임시로 위탁 가정에 맡겼다. 언론의 무차별적인 관심이 쏟아지는 가운데 다들 곧 누군가 나서서 '리틀 타잔'을 자신의 아이라고 주장하겠거니 생각했다. 하지만 며칠이 지나고 몇 주가 되었다. 몇 달이 되었고, 몇 년이 되었다. 10년이 지났다.

30년이 지났다.

나서는 사람은 아무도 없었다.

물론 소문이 무성하기는 했다. 몇몇 사람들은 와일드가 신비롭고 비밀스러운 그 지역 산악 부족 출신인데 그들로부터 달아났거나 제대로 된 보살핌을 못 받았을 거라고 생각했다. 부족 사람들이 어린 와일드를 선뜻 데려가지 못하는 이유도 그 사실이 밝혀질까 두렵기 때문일 거라고 말이다. 반면 아이의 기억에 문제가 있다고 주장하는 사람들도 있었다. 그들은 정말로 아이 혼자 몇 년간 거친 숲에서 홀로 살아남을 수는 없으며, 아이가 부모 없이 자랐다기에는 의사 표현도 너무 잘하고 지나치게 똑똑하다고 했다. 어린 와일드에게 무언가 끔찍한 일, 트라우마가 될 정도의 사건이 일어났고 그래서 아이의 대응 기제가 그 사건과 관련된 모든 기억을 차단해 버렸을 거라는 게 그들의 추측이었다.

와일드는 그게 사실이 아님을 알고 있었지만 상관없었다.

숲에서 살았던 시절 이전의 기억은 도무지 이해할 수 없는 찰나의 환영과 꿈으로 나타났다. 빨간색 계단 난간, 어두컴컴한 집, 콧수염을 기른 남자의 초상화. 가끔씩 환청까지 허용될 때면 여자의 비명이 들렸다.

와일드는—그의 양부가 그에게 지어준 딱 맞는 이름이었다—도시 전설 같은 존재가 되었다. 그가 바로 숲에 홀로 사는 그 지역의 부기맨(아이들을 잡아가는 귀신—옮긴이)이었다. 마흐와 지역에 사는 부모들은 아이들이 해가 지기 전까지 귀가하도록 하려고, 다시 말해 아이들이 수 킬로미터에 달하는 숲을 쏘다니지 않게 하려고 숲에 사는 소년의 이야기를 들려주었다. 일단 어둠이 깔리면 숲에 사는 소년이 성난 야수처럼 은신처에서 나와 심한 갈증을 느끼며 피를 찾아다닌다고.

30년이 지난 뒤에도 와일드의 출생에 대해 아는 사람은 아무도 없었다. 와일드 자신도 마찬가지였고.

하지만 이제는 아니었다.

렌터카에 탄 와일드는 길 건너편에서 대니얼 카터가 현관문을 열고 픽업트럭을 향해 걸어가는 모습을 지켜보았다. 아이폰 카메라로 그의 얼굴을 확대해 몇 장 찍었다. 와일드는 대니얼 카터가 현재 새로운 타운하우스(한쪽 벽을 옆집과 공유하는 단층집들이 옹기종기 모여있는 형태의 주택—옮긴이)를 짓고 있다는 사실을 알고 있었다. 총 열두 동으로 집마다 세 개의 침실, 욕조가 딸린 욕실 두 개, 화장실 하나가 있으며 웹사이트에 실린 설명에 따르면 '진회색 수납장이 갖춰진' 주방이 있었다. DC 드림하우스 건설 웹사이트의 '회사 소개' 섹션에는 이렇게 적혀있었다. "DC 드림하우스 건설은 지난 25년 동안 고객의 필요를 충족하고 꿈을 이뤄드리기 위해 고품질의 최고급 주택들을 설계하고 짓고 판매해 왔습니다."

와일드는 세 장의 사진을 헤스터 크림스틴에게 보냈다. 뉴욕시의 유명한 변호사인 그녀는 와일드에게 아마도 어머니와 가장 비슷한 존재일 것이다. 그는 자신의 친부로 추정되는 남자가 자신과 닮았는지 헤스터의 의견을 듣고 싶었다.

전송 버튼을 누른 지 5초 만에 헤스터가 전화했다.

와일드는 전화를 받았다. "어때요?"

"와."

"저랑 닮았다는 뜻인가요?"

"널 조금만 더 닮았다면, 와일드, 난 네가 앱을 써서 네 얼굴을 노인 얼굴로 바꿔놓은 줄 알았을 거다."

"그러니까 그 말은……."

"이 사람이 네 아버지야, 와일드." 헤스터가 그의 말을 잘랐다.

와일드는 그저 휴대전화를 귀에 대고 있었다.

"너 괜찮니?"

"괜찮아요."

"언제부터 지켜보고 있었던 거야?"

10

"오늘이 나흘째예요."

"그래서 이제 어떻게 할 생각이니?"

와일드는 생각했다. "괜히 긁어 부스럼 만들 필요는 없죠."

"말도 안 돼."

그는 아무 말도 하지 않았다.

"와일드?"

"왜요?"

"넌 지금 쫄보처럼 굴고 있어."

"그렇군요."

"얼른 가서 네 아버지랑 얘기해 봐. 왜 어린 널 숲에 혼자 두고 갔는지 물어보렴. 아, 얘기가 끝나면 당장 전화해라. 나도 궁금해 미치겠으니까."

헤스터는 전화를 끊었다.

대니얼 카터는 백발이 성성했고, 햇볕을 많이 받아 살갗이 그을렸으며, 팔뚝은 근육질이었는데 아마 평생 육체노동을 해서 그럴 것이다. 와일드가 지켜본 바로 그의 가족은 꽤 화목했다. 지금은 그의 아내 소피아가 웃으며, 픽업트럭에 올라타는 대니얼에게 손을 흔들고 있었다.

지난주 일요일, 대니얼의 집 뒷마당에서는 두 딸 셰리와 얼리나, 그리고 그들의 가족까지 모여 다 함께 바비큐를 구워 먹었다. 대니얼은 '트로피 남편'이라고 적힌 앞치마를 두르고 셰프들이 쓰는 모자를 쓴 채 그릴 앞에서 고기를 구웠다. 소피아는 샹그리아와 감자샐러드를 내놓았다. 해가 지자 대니얼은 화로에 불을 피웠고, 온 가족이 마시멜로를 구워 먹으며 보드게임을 했다. 노먼 록웰의 그림에서 본 듯한 광

11

경이었다. 와일드는 그들을 지켜보며 자신이 놓친 많은 것들이 떠올라 마음이 아플 줄 알았는데 실제로 별다른 감정이 들지 않았다.

저런 삶이 그의 삶보다 낫다고 할 수는 없었다. 그저 다른 삶이었다.

와일드는 공항으로 차를 몰아 집으로 돌아가고 싶었다. 지난 6개월간 코스타리카에서 두 모녀와 함께 정상적이고 가정적이라고도 할 수 있을 법한 삶을 살았지만 이제는 라마포산 깊숙한 곳에 홀로 있는 에코 캡슐로 돌아가야 할 때였다. 거기가 그의 자리였고, 마음이 가장 편한 곳이었다.

숲에 홀로 있을 때.

헤스터 크림스틴과 대다수 세상 사람들은 '숲에서 온 소년'의 부모가 누구인지 '궁금해 죽을 지경'이었을 테지만 정작 소년 자신은 그렇지 않았다. 한 번도 궁금했던 적이 없었다. 소년이 생각하기에 그의 부모는 죽었거나 그를 버렸다. 그러니 그들이 누구이고, 그를 버린 이유가 무엇인지 안다고 해서 달라질 게 있을까? 아무것도 달라지지 않으리라. 적어도 좋은 쪽으로는.

고맙긴 하지만 와일드는 알고 싶지 않았다. 삶에 불필요한 파란을 일으켜야 할 이유가 없었다.

대니얼 카터는 열쇠를 돌려 픽업트럭의 시동을 걸었다. 그러고는 선듀 애비뉴를 지나 좌회전해서 샌드힐 세이지가로 들어섰다. 와일드는 그를 뒤따랐다. 몇 달 전, 와일드는 유혹을 이기지 못하고 온라인으로 자신의 혈통을 찾아주는 사이트에 DNA를 등록했다. 요즘에는 그런 사이트에 등록하는 게 유행이었다. 그냥 재미로 해보는 것이라고 그는 자신에게 말했다. 설사 그와 일치하는 유전자가 나온다고 해도 마음만 먹으면 무시할 수 있다. 가벼운 마음으로 내딛는 첫걸음일 뿐 그 이상의 의미는 없었다.

결과가 나왔을 때도 충격적인 사실 따위는 전혀 없었다. 그와 가장 비슷한 유전자를 가진 사람은 PB라는 이니셜의 소유자로 와일드의 육촌 혹은 팔촌이었다. 대수롭지 않은 결과였다. 그런데 PB에게서 연락이 왔다. 와일드가 그에게 답장하려던 찰나, 삶이 엄청나게 위력적인 변화구를 던졌다. 놀랍게도 와일드는 그가 늘 집이라고 불렀던 숲을 떠나 코스타리카에서 가정을 이루고 사는 파격적인 시도를 해보기로 했다. 와일드 자신에게도 놀라운 선택이었다.

하지만 일은 계획대로 풀리지 않았다.

2주 전, 코스타리카를 떠나려고 짐을 싸던 중에 DNA 혈통 사이트에서 '중요한 업데이트!'라는 제목의 이메일을 받았다. 메일에 따르면 '가계도에서 누구보다 그와 DNA를 많이 공유한 혈육'을 찾아냈다는 것이다. 그 주인공은 DC라는 이니셜을 가진 사람이었다. 이메일 맨 밑에는 '더 알아보세요!'라며 그를 설득하는 링크가 있었다. 와일드는 현명한 본능을 거스르고 그 링크를 눌렀다.

나이, 성별, DNA가 일치하는 퍼센트에 따르면 DC는 와일드의 아버지였다.

와일드는 모니터를 멍하니 바라보았다.

이제 어떻게 해야 할까? 그의 과거로 가는 문이 바로 눈앞에 있었다. 그저 문손잡이를 돌리기만 하면 될 일이었다. 그런데도 와일드는 머뭇거렸다. 이 정신 나가고 사생활을 침해하는 웹사이트는 상대에게도 똑같이 연락하지 않나? 만약 와일드에게 그의 아버지가 사이트에 등록되어 있다는 통지를 보낸다면, 그의 아버지에게도 아들이 사이트에 등록되어 있다는 통지를 보냈을 것이다.

그런데 왜 DC는 그에게 연락하지 않을까?

이틀 동안 와일드는 그냥 가만히 있었다. 그러다 한번은 DNA 혈통 사이트에서 자신의 계정을 삭제할 뻔하기도 했다. 아버지가 누구인지 캐봤자 득 될 게 없었다. 그도 알고 있었다. 오랫동안 와일드는 어쩌다 어린아이가 숲에 가게 되고, 몇 년 동안 홀로 남겨지고, (솔직히 말하면) 죽으라고 버려졌는지 설명할 수 있는 온갖 그럴듯한 사정들을 모두 생각해 보았다.

와일드는 헤스터에게 전화해서 자신의 유전자와 일치하는 아버지를 찾아냈지만 더 알아보기가 꺼려진다고 말했다.

"내 의견이 듣고 싶니?" 헤스터가 말했다.

"물론이죠."

"넌 머저리야."

"참 도움이 되네요."

"내 말 잘 들어라, 와일드."

"네."

"난 너보다 훨씬 오래 살았어."

"그건 반박할 수 없죠."

"입 다물어라. 이제 내가 지혜의 폭탄을 하나 떨어뜨려 주마."

"그거 뮤지컬 〈해밀턴〉에 나오는 대사 아닌가요?"

"맞아."

와일드는 눈을 비볐다. "말해보세요."

"가장 흉측한 진실이 가장 예쁜 거짓말보다 나은 법이란다."

와일드는 눈살을 찌푸렸다. "그거 포춘 쿠키에서 나온 문구인가요?"

"건방진 녀석. 넌 이 일을 그냥 지나칠 수 없어. 너도 알 거다. 넌 진실을 알아야 해."

당연히 헤스터의 말이 옳았다. 그 문손잡이를 돌리고 싶지 않을지 몰라도 여생을 그 문만 노려보며 살 수는 없었다. 와일드는 다시 DNA 사이트에 로그인하고 DC에게 메시지를 썼다. 짧고 간단하게.

내가 당신 아들일지도 모릅니다. 얘기 좀 할 수 있을까요?

그가 전송 버튼을 누르자 곧바로 자동 응답 메시지가 날아왔다. DC가 더는 그 사이트 회원이 아니라는 내용이었다. 그의 아버지란 사람이 계정을 삭제하다니 수상쩍으면서도 이상한 일이었다. 하지만 불현듯 답을 알아내야겠다는 결심이 굳어졌다. 문손잡이를 돌리기는커녕 그 빌어먹을 문을 때려 부숴야 할 때가 되었다. 와일드는 헤스터에게 전화했다.

헤스터의 이름이 귀에 익다면 그건 그녀가 텔레비전에 출연하는 유명 변호사로 '크림스틴 온 크라임(Crimestein on Crime, 크림스틴의 범죄 이야기)'이라는 코너를 진행하기 때문이다. 헤스터는 자신의 인맥을 이용해 몇 군데 전화를 걸었다. 와일드는 '프리랜서 보안요원'으로 일했다고 수상쩍게 둘러대는 시절에 알게 된 인맥과 수단을 동원했다. 열흘이나 걸렸지만 마침내 그들은 DC의 정체를 알아냈다.

대니얼 카터, 61세, 네바다주 헨더슨.

나흘 전 와일드는 코스타리카의 라이베리아를 떠나 네바다주 라스베이거스로 갔고, 이제는 렌트한 차량인 푸른색 닛산 알티마를 타고 대니얼 카터의 픽업트럭을 따라 공사 현장으로 가고 있었다. 이 정도면 뜸은 충분히 들었다. 대니얼 카터가 타운하우스 공사 현장에 차를 세우자 와일드는 길에 주차하고 차에서 내렸다. 공사 현장 소음이 너무 커서 귀가 먹먹할 정도였다. 와일드가 카터에게 걸어가려는데 두 인부가 먼저 카터에게 다가갔다. 와일드는 기다렸다. 한 인부가 카터에게 안전모를 건넸다. 다른 인부는 귀마개처럼 생긴 물건을 건넸다. 카터는 둘 다 모두 착용하더니 한 무리의 인부를 공사 현장 한복판으로 이끌었다. 그들의 발에서 일어나는 뿌연 사막 먼지에 모습이 잘 보이지 않을 지경이었다. 와일드는 그들을 지켜보며 기다렸다. 말뚝으로 박아놓은 팻말은 지나치게 화려한 글씨체로 '전망 좋은 집'(이보다 더 평범한 건설사 브랜드가 있을까?)이 29만9천 달러부터 시작하는 '방 세 개짜리 호화로운 타운하우스'를 선보인다고 공표했다. 왼쪽에서 오른쪽으로 가로지르는 빨간색 배너에는 '분양 예정!'이라고 적혀있었다.

대니얼 카터는 현장 관리자라고 해야 할지 시공업자라고 해야 할지 아무튼 일반적으로 상사에 해당하는 사람이었으나 자신의 손을 더럽히는 걸 주저하지 않았다. 와일드는 그가 인부들을 끌고 다니며 시범을 보이는 모습을 지켜봤다. 카터는 망치로 대들보를 내려치기도 했고, 보호용 고글을 쓴 채 드릴로 구멍을 뚫기도 했다. 공사를 마친 집을 점검하며 만족스러울 때는 고개를 끄덕였고, 그렇지 않을 때는 부실한 부분을 지적했다. 와일드는 인부들이 그를 존경한다는 걸 알 수 있었다. 아니면 그저 와일드의 바람이 투사되었을 수도 있고. 어느 쪽이 진실인지는 알기 어려웠다.

대니얼 카터가 혼자 있는 순간을 두 번이나 포착하고 그에게 다가가려 했으나 매번 다른 사람이 먼저 다가갔다. 사람들이 끊임없이 움직이는 공사 현장은 번잡했고 시끄러웠다. 와일드는 어릴 때부터 귀가 따가운 소음이라면 딱 질색이었다. 그래서 기다렸다가 카터가 집

16

에 갈 때 말을 걸기로 했다.

5시가 되자 인부들이 퇴근하기 시작했다. 대니얼 카터는 늦게까지 남아있다가 직원들에게 손을 흔들고 픽업트럭에 올라탔다. 와일드는 그를 따라 다시 선듀 애비뉴에 있는 집으로 운전했다.

대니얼 카터가 시동을 끄고 차에서 내리자 와일드는 그의 집 앞에 차를 세웠다. 카터가 와일드의 차를 발견하고 멈칫했다. 그때 현관문이 열리더니 카터의 아내 소피아가 천사 같은 미소를 띠고 그를 맞이했다.

와일드는 차에서 내렸다. "카터 씨?"

그의 아버지는 열린 트럭 문 옆에 가만히 서있었다. 마치 다시 트럭에 올라타 도망가 버릴까 고민하듯이. 카터는 아무 말 없이 경계하는 눈으로 침입자를 대하듯 와일드를 바라보았다. 와일드는 무슨 말을 해야 할지 몰라서 최대한 간단하게 말했다.

"얘기 좀 할 수 있을까요?"

대니얼 카터는 소피아를 힐끗 바라보았다. 둘 사이에 무언가가 오고 갔다. 아마 30년간 해로한 부부 사이에 통하는 무언의 언어일 것이다. 소피아는 뒤로 물러나 현관문을 닫았다.

"누구시죠?" 카터가 물었다.

"전 와일드라고 합니다." 와일드는 큰 소리로 말하지 않아도 들리도록 몇 발짝 다가갔다. "제가 당신 아들인 것 같습니다."

대니얼 카터는 별로 말이 없었다.

와일드가 그의 과거, DNA 혈통 사이트, 두 사람이 부자 관계일 확률이 매우 높다는 결과에 대해 설명하는 동안 잠자코 듣기만 했다. 줄곧 무표정을 유지하며 이따금 고개를 끄덕이고, 양손을 마주 잡은 채비벼대고, 안색이 약간 창백해졌다. 와일드는 감정을 절제하는 그의 태도에 감탄했고, 그런 모습이 신기하게도 자신과 닮았다고 생각했다.

두 사람은 아직 카터의 집 앞에 서 있었다. 카터는 계속 집을 힐끗거리더니 마침내 입을 열었다. "장소를 옮깁시다."

그들은 픽업트럭에 올라탔고, 달리는 차 안에서는 침묵을 지켰다. 둘 다 말할 필요를 느끼지 못했다. 와일드는 카터가 충격을 받아 마치 주심이 카운트를 세는 동안 정신을 차리려는 권투 선수처럼 운전을 핑계로 마음을 가라앉히려는 것이라고 짐작했다. 아닐 수도 있고. 원래 사람 속내는 읽기 어렵다. 카터는 충격을 받았을 수도 있고, 아니면 잔머리를 굴리는 것일 수도 있다.

10분 뒤 두 사람은 포드 자동차 영업소 내부에 있는 머스탱 샐리스의 칸막이 좌석으로 들어갔다. 1960년대 풍으로 꾸민 이 다이너(일종의 간이식당으로 핫케이크나 수프 등 빠르게 조리할 수 있는 저렴한 음식들을 판매한다—옮긴이)는 칸막이 좌석에 빨간 인조 가죽을 씌웠으며, 그 시대의 향수를 불러일으키려고 대단히 고심한 흔적이 보였다. 하지만 다이너의 본고장이라 불리는 뉴저지주 출신 와일드에게 이런 어설픈 다이너는 성에 차지 않았다.

"돈이 필요하니?" 카터가 물었다.

"아뇨."

"나도 돈 때문은 아닐 거라고 생각했다." 카터가 긴 한숨을 내쉬었다. "하지만 내 입장에서는 의심부터 하는 게 먼저라서."

"당연합니다." 와일드도 동의했다.

"친자 검사를 할 수도 있고."

"네."

"하지만 굳이 그럴 필요가 있을까 싶구나. 누가 봐도 우린 닮았으니까."

와일드는 아무 말도 하지 않았다.

카터는 손가락으로 백발을 쓸어 넘겼다. "기분이 참 묘하구나. 나한테는 딸이 셋 있다. 알고 있니?"

와일드는 고개를 끄덕였다.

"세 딸은 내 인생 최고의 축복이지." 카터는 고개를 절레절레 저었다. "내가 이 일을 받아들일 수 있게 잠깐만 기다려 주겠니?"

"그러죠."

"나한테 할 질문이 많은 거 안다. 나도 그래."

젊은 웨이트리스가 다가와 말했다. "오셨어요, 미스터 C?"

대니얼 카터가 따뜻한 미소를 지어 보였다. "잘 있었니, 낸시?"

"로사는 잘 지내요?"

"아주 잘 지내지."

"안부 전해주세요."

"그러마."

"두 분은 뭘 드시겠어요?"

대니얼 카터는 클럽 샌드위치에 프렌치프라이를 주문한 다음, 와일드에게 주문하라는 뜻으로 손을 내밀었다. 와일드도 같은 음식을 주문했다. 낸시는 음료수도 주문하겠냐고 물었고, 둘 다 동시에 고개를 저었다. 낸시는 메뉴판을 들고 자리를 떴다.

"낸시 어번은 우리 막내딸과 고등학교 동창이야. 착한 아이지." 낸시가 그들의 말을 들을 수 없을 정도로 멀어지자 카터가 말했다.

"아."

"둘 다 같은 배구팀에서 활동했다."

"아." 와일드가 다시 말했다.

카터는 몸을 약간 내밀었다. "정말 이해가 안 되는구나."

"저도 마찬가집니다."

"믿기지가 않아. 네가 정말 그 옛날 숲에서 발견된 소년이란 말이냐?"

"네."

"나도 그 뉴스를 기억한다. 널 리틀 타잔인가 뭐 그렇게 불렀어. 등산객에게 발견된 거 맞지?"

"네."

"애팔래치아산맥에서?"

20

와일드는 고개를 끄덕였다. "라마포산이요."

"그게 어디지?"

"뉴저지주요."

"정말? 애팔래치아산맥이 뉴저지주까지 뻗어있다고?"

"네."

"미처 몰랐군." 카터는 다시 고개를 저었다. "뉴저지주에는 가본 적이 없어서."

놀라운 일이었다. 그의 친부는 와일드가 평생 고향으로 생각하는 주에 와본 적도 없었다. 별 의미 없는 사실일 수도 있지만 와일드는 이 말을 어떻게 받아들여야 할지 몰랐다.

"뉴저지주에 산이 있다는 게 상상이 안 되는구나." 어떻게든 대화를 이어나가려고 카터가 말했다. "난 뉴저지주 하면 높은 인구밀도, 대기 오염, 브루스 스프링스틴, 드라마 〈소프라노스〉만 생각나서."

"장단점이 있는 동네죠."

"네바다주도 그래. 내가 얼마나 많은 변화를 목격했는지 상상도 못 할 거다."

"네바다주에 자리 잡은 지 몇 년이나 되셨나요?" 와일드가 대화를 부드럽게 이끌려고 애쓰며 물었다.

"난 이 근처에 있는 서치라이트라는 소도시에서 태어났어. 들어본 적 있니?"

"아뇨."

"여기서 차로 40분쯤 걸리는 남쪽 도시지." 카터는 마치 도움이 될 거라는 듯 손가락으로 어딘가를 가리켰다가 자신의 행동을 의식했는지 고개를 절레절레 흔들며 손을 내렸다. "괜히 쓸데없는 이야기나 하고 있구나. 미안하다."

"괜찮습니다."

"그냥…… 아들이라니." 그의 눈에 눈물이 글썽인 듯도 했다. "이 일을 받아들이기가 힘들구나."

와일드는 아무 말도 하지 않았다.

"일단 이 얘기부터 해야겠다. 왜냐하면 넌 틀림없이 궁금할 테니까." 카터가 목소리를 낮췄다. "난 네 존재를 몰랐어. 내게 아들이 있다는 걸 몰랐다."

"'몰랐다'라는 말은……."

"꿈에도 몰랐어. 너한테 듣기 전까지는. 이 일은 정말 큰 충격이다."

차가운 기운이 와일드를 관통했다. 그는 평생 저런 대답을 기다려왔다. 자신의 출생에 관심을 두지 않으려고 했고, 그 문제가 중요하지 않은 척했으며, 실제로 여러 면에서 중요하지 않기도 했으나 당연히 궁금증은 늘 남아있었다. 그러다 어느 순간, 출생과 관련해 알 수 없는 비밀들이 자신을 규정하도록 두지 않겠다고 마음먹었다. 그는 숲에 버려져 죽을 뻔했으나 가까스로 살아남았다. 그런 일을 겪으면 누구나 변하고 그로부터 영향을 받기 마련이다. 뿐만 아니라 그가 하는 모든 일과 인격의 일부가 된다.

"이미 말했듯이 내게는 딸이 셋 있다. 내게 장녀가 태어나기도 전에 태어난 아들이 있다는 사실을 이제야 알게 되니……." 카터는 고개를 절레절레 흔들더니 눈을 깜빡거렸다. "맙소사, 이젠 이 사실에 익숙해져야겠군. 내게 숨 돌릴 시간을 좀 다오."

"서두르실 필요 없습니다."

"이름이 와일드라고 했던가?"

"네."

"누가 지어준 이름이지?"

"양부가요."

"아주 적절한 이름이군." 카터는 그렇게 말하더니 다시 물었다. "너한테 잘해줬니? 그 양부라는 사람 말이다."

와일드는 이런 질문을 받는 걸 좋아하지 않았지만 "네"라고 대답하고 더 이상 말하지 않았다.

카터는 여전히 먼지가 얇게 내려앉은 작업복 차림이었다. 그가 가슴에 달린 주머니로 손을 뻗더니 볼펜과 돋보기를 꺼냈다. "네가 발견된 해가 언제라고 했지?"

"1986년 4월이요."

카터는 종이 매트에 받아 적었다. "의사들이 네 나이를 몇 살로 추정했다고?"

"예닐곱 살이요."

카터는 그것도 받아 적었다. "그러니까 넌 얼추 1980년쯤에 태어났겠구나."

"네."

대니얼 카터는 자신이 적은 메모를 바라보며 고개를 끄덕였다. "내 생각에, 와일드, 넌 1980년 여름에 잉태되어 아홉 달 뒤에 태어난 것 같다. 그러니까 1981년 3월에서 5월 사이에 말이야."

약한 진동에 테이블이 흔들렸다. 카터는 휴대전화를 집어 들더니 실눈을 뜨고 액정을 바라봤다. "아내 소피아야. 이 전화는 받는 게 좋겠다."

와일드는 어서 받으라고 손짓했다.

"여보세요. 아, 여보, 나 머스탱 샐리스에 있어." 아내의 말을 듣는 동안 카터는 와일드를 힐끗 보았다. "납품업자랑. PVC 파이프 주문에 응찰할 거래. 맞아, 응, 나중에 말해줄게." 다시 정적이 흐르더니 카터가 아주 진심 어린 목소리로 덧붙였다. "사랑해."

그러더니 전화를 끊고 다시 테이블에 내려놓았다. 그는 오랫동안 휴대전화를 바라보더니 입을 뗐다.

"아내는 내 인생의 가장 큰 선물이다." 여전히 전화기를 바라보며 그가 덧붙였다. "그동안 정말 힘들었겠구나, 와일드. 과거를 모르고 살았으니 말이야. 미안하다."

와일드는 아무 말도 하지 않았다.

"내가 널 믿어도 될까?" 와일드가 대답하기도 전에 카터가 손사래를 쳤다. "바보 같은 질문이구나. 모욕적이기도 하고. 난 네게 아무것도 부탁할 자격이 없어. 그리고 원래 약속이란 지키면 지키는 거고 아니면 마는 거지. 약속을 지켜달라고 부탁해 봐야 달라질 건 없어. 내가 만난 거짓말쟁이들은 약속도 잘 하고, 눈도 잘 마주치더구나."

카터는 양손을 깍지 껴서 테이블에 올려놓았다. "넌 대답을 들으러 왔겠구나."

와일드는 목소리가 떨릴 듯해서 고개만 끄덕였다.

"내가 아는 것만 말해주마. 다만 어디서부터 시작해야 할지 모르겠구나. 아무래도……." 카터는 허공을 올려다보며 눈을 깜빡이더니 이야기를 시작했다. "그러니까 소피아와 난 고등학교 3학년 때부터 사귀기 시작했다. 우린 거의 첫눈에 사랑에 빠졌지. 하지만 풋내기 고등학생이 뭘 알았겠니. 어쨌든 소피아는 나보다 공부를 훨씬 잘해서 고등학교를 졸업한 후에 대학에 진학했지. 그것도 다른 주, 유타주로 말이야. 소피아 집안에서 대학에 진학한 사람은 처음이었다. 난 공군에 입대했지. 너도 입대한 적 있니?"

"네."

"어디에서 복무했지?"

"육군이요."

"전투에 참여한 적은 있고?"

와일드는 그 이야기는 하고 싶지 않았다. "네."

"난 없다. 우리 세대는 운이 좋았지. 베트남 전쟁이 끝난 뒤, 그러니까 1970년대부터 레이건이 리비아에 폭탄을 떨어뜨린 1986년까지는 두 번 다시 전쟁이 일어나지 않을 듯한 분위기였어. 지금 생각하면 이상한 말이지만 사실이다. 베트남 전쟁이 남긴 후유증이었지. 온 국민이 외상후스트레스 장애에 시달렸는데 잘된 일이었던 것 같아. 난 주로 넬리스 공군기지에서 복무했다. 여기서 차로 30분쯤 걸리지. 또 독일의 람슈타인이나 영국의 밀든혼 같은 해외 기지에서 잠깐씩 복무하기도 했고. 전투기는 몰아본 적도 없어. 도로포장과 장비를 맡은 정비병으로 일했거든. 한마디로 기지 건설이 내 일이었지. 거기서 건축업을 배웠다."

그때 웨이트리스 낸시가 나타났다. "프렌치프라이가 나와서 먼저 가져왔어요. 뜨거울 때 먹어야 맛있잖아요."

카터는 만면에 다정한 미소를 지었다. "배려심이 넘치기도 하지. 고맙구나, 낸시."

낸시 어번은 두 남자 사이에 프렌치프라이가 담긴 큼직한 바구니를 내려놓고 각자 앞에 작은 접시도 하나씩 놓아주었다. 이미 테이블에 케첩이 있었는데도 마치 그 사실을 상기시켜 주려는 듯 케첩을 식탁

가운데로 옮겨놓았다. 그녀가 떠나자 카터는 손을 뻗어 프렌치프라이 하나를 집어 들었다.

"나는 여름이 되면 람슈타인으로 배치되어 떠날 예정이었는데 그 직전에 소피아와 약혼했다. 우린 여전히 어렸고, 난 소피아를 잃게 될까 전전긍긍했지. 소피아는 대학에서 멋있는 사람들을 만나고 다녔으니까. 고등학교 때 우리와 함께 커플이었던 친구들은 이미 다 헤어졌거나, 임신하는 바람에 억지로 결혼한 상태였어. 어쨌든 난 다른 데도 아니고 전당포에서 약혼반지를 구입했다." 카터가 실눈을 떴다. "혹시 음주 문제가 있니, 와일드?"

"아뇨."

"마약은? 달리 중독된 건 없고?"

와일드는 자세를 고쳐 앉았다. "없습니다."

카터는 미소 지었다. "다행이구나. 난 한때 알코올중독이었다. 비록 지금은 술을 끊은 지 28년째지만. 하지만 술 핑계를 댈 순 없지. 요약하자면 난 유럽에서 아주 방탕한 여름을 보냈다. 자유의 몸으로 보내는 마지막 기회가 될 테니 여러 여자와 자봐야 한다고 생각했어. 어리석게도 남자들이 문란한 성생활을 정당화하려고 만들어 낸 온갖 헛소리들을 믿은 거야. 내가 바람을 피운 건 그해 여름이 유일했고, 심지어 지금까지도 잠든 아내의 얼굴을 보며 가끔씩 죄책감을 느낀단다. 하지만 바람을 피운 건 사실이야. 그땐 그걸 원나잇 스탠드라고 불렀지. 잠깐, 그러고 보니 요즘에도 원나잇 스탠드라고 하지 않나?"

카터는 와일드의 대답을 기다리는 듯이 그를 바라보았다.

"그럴 겁니다." 와일드는 대화를 이어가기 위해 대답했다.

"그래. 결혼했니, 와일드?"

"아뇨."

"내가 상관할 바가 아닌데 괜히 물었구나. 미안하다."

"괜찮습니다."

"어쨌든 1980년 여름에 난 여덟 명의 여자와 잤다. 그래, 정확히 여덟 명이었어. 한심하지? 일평생 소피아를 제외하고 내가 잤던 유일한 여자들이야. 그러니까 확실히 그 여덟 명 중 한 명이 네 엄마겠구나."

딱 하룻밤 잤는데 임신이라니. 와일드는 생각했다. 그게 중요한가? 아니다. 그가 여자를 만날 때 단기 연애 혹은 더 노골적으로 말하면 원나잇 스탠드가 가장 마음 편했다는 사실이 재미있기도 했다. 와일드에게도 마음을 나누고 싶은 여자 친구와 여자 들이 있었지만 이유는 몰라도 늘 틀어졌다.

"그 여덟 명의 여자 말입니다." 와일드가 말했다.

"응."

"그분들 주소나 이름을 아시나요?"

"아니." 카터는 턱을 문지르며 위를 올려다보았다. "미안하지만 이름이 기억나는 사람은 한두 명뿐이구나."

"그중에 연락 온 사람은 없었나요?"

"하룻밤을 보낸 뒤에 말이냐? 없었다. 그 뒤로 누구도 소식을 듣지 못했어. 당시는 1980년이었다는 사실을 잊지 마라. 그때는 휴대전화나 이메일이 없었어. 난 그 여자들의 성도 몰랐다. 그들도 내 성을 몰랐고. 밥 시거 앤드 실버 불릿 밴드의 노래를 들어본 적 있니?"

"아뇨."

향수에 젖은 미소가 그의 얼굴을 스쳤다. "저런, 나중에라도 꼭 들어봐라. '나이트 무브스'나 '턴 더 페이지'는 너도 들어봤을 거다. 어쨌든

'나이트 무브스'에 이런 가사가 나와. '난 그녀를 이용했고, 그녀도 날 이용했지만 우리 둘 다 상관없었어.' 그게 그해 여름 내 심정이었다."

"그러니까 전부 하룻밤만 함께 보내신 건가요?"

"음, 주말을 같이 보낸 여자도 있었을 거야. 바르셀로나에서였지. 사흘 밤을 함께 보낸 것 같구나."

"그분들에게 이름만 말해주셨나요?"

"그땐 주로 대니라고 부르긴 했지만 내 이름을 말해주긴 했다."

"성은 모르죠? 주소도요."

"모르지."

"그분들에게 직업이 군인이라고 말씀하셨어요? 혹은 어디에서 복무하는지요."

카터는 생각에 잠겼다. "말했을지도 모르겠구나."

"하지만 설사 말씀하셨다 해도 람슈타인은 워낙 크죠. 주둔하는 미군이 5만 명도 넘고요."

"가본 적 있니?"

와일드는 고개를 끄덕였다. 이라크 북부 지역으로 비밀 임무를 수행하러 가기 전에 거기서 3주간 훈련을 받았다. "그러니까 젊은 여자가 갑자기 임신했고, 아기 아빠를 찾으러 람슈타인 공군 기지로 가서 대니 혹은 대니얼을 찾았다면……."

"잠깐만." 카터가 그의 말을 잘랐다. "네 엄마가 날 찾아왔을 거라고 생각하니?"

"모르겠어요. 1980년대였고, 젊은 여자가 임신했어요. 찾아갔을 수도 있고 아닐 수도 있죠. 어쩌면 여자도 그냥 하룻밤 즐겼을 수 있어요. 수많은 남자들과 하룻밤을 즐겨서 아기 아빠가 누구인지도 모르고, 누구인지 신경도 안 썼을 수 있죠. 저도 모르겠어요."

"하지만 네 말이 맞다." 카터의 얼굴에서 혈색이 빠져나간 듯했다. "설사 그 여자가 날 만나러 기지에 왔다고 해도 절대 날 찾아낼 수 없었을 거다. 게다가 난 거기에 겨우 8주 머물렀어. 그 여자가 임신 사실을 알았을 때는 내가 이미 미국으로 돌아간 뒤였을 수도 있지."

낸시가 샌드위치를 들고 돌아오더니 하나는 카터 앞에, 하나는 와일드 앞에 내려놓았다. 그녀의 눈이 두 사람을 바삐 오가는가 싶더니 심상치 않은 분위기를 눈치채고 서둘러 자리를 떴다.

"여덟 명의 여자 중에 미국인이 몇 명이었나요?" 와일드가 물었다.

"그게 도움이 되니? 아, 그렇구나. 넌 뉴저지주 숲에서 발견됐어. 그렇다면 네 엄마가 미국인이라는 뜻이지."

와일드는 기다렸다.

"미국인은 한 명뿐이었다. 난 주로 스페인에서 그 여자들을 만났는데 그때가 봄방학이어서 유럽 온갖 나라에서 온 여자들로 바글거렸지."

와일드는 거칠어지려는 호흡을 진정시켰다. "그분에 대해 기억나는 게 있나요?"

카터는 엄지와 검지로 프렌치프라이를 하나 집어 들더니 그대로 들고 뚫어지게 바라보았다. 마치 거기에 답이 있다는 듯이. "이름이 수전이었던 것 같구나."

"그렇군요. 수전을 어디서 만나셨나요?"

"푸엔히롤라에 있는 디스코텍에서. 코스타 델 솔에 있는 마을이었어. 내가 수전에게 먼저 말을 걸었는데 이야기를 나누면서 억양을 듣고 놀랐지. 방학을 맞아 거기까지 놀러 온 미국인은 매우 드물었거든."

"그러니까 디스코텍에서 만나셨군요. 그때 누구랑 함께 있었나요?

29

잘 생각해 보세요."

"같은 부대 병사들과 함께 있었던 것 같구나. 미안하지만 기억이 안
난다. 아마 그 친구들과 함께 있었을 거야. 우리는 디스코텍을 여러
군데 돌아다녔으니까."

"수전이 자기가 미국인이라고 말했나요?"

카터는 고개를 저었다. "솔직히 말해서 수전이 미국인인지도 확실
하지 않아. 말했다시피 그 마을에는 젊은 미국 여자가 거의 없었어.
1980년에는 그곳이 미국 여자들에게 인기 있는 관광지가 아니었거
든. 하지만 수전의 억양은 틀림없이 미국인이었다. 그래서 난 수전이
미국인인가 보다 했지. 게다가 난 많이 취한 상태였어. 수전이랑 춤을
췄던 기억이 나는구나. 그 시절에는 땀범벅이 되도록 춤을 춘 다음에
함께 밖으로 나갔지."

"어디 가셨어요?"

"둘이 돈을 모아 호텔에 투숙했다."

"호텔 이름은 기억하세요?"

"아니, 하지만 디스코텍 바로 근처였어. 고층이었고 둥근 건물이었
다."

"둥글다고요?"

"응. 둥근 고층 건물이었어. 독특했지. 우리가 투숙한 방에는 발코
니가 있었어. 어떻게 그걸 기억하냐고 묻지는 마라. 그냥 기억이 나.
인터넷에서 그 호텔 사진을 본다면 아마 알아볼 수 있을 거야. 그 호
텔이 아직 있다면 말이다."

'그렇다고 해서 뭐가 달라질까.' 와일드는 생각했다. 그가 스페인으
로 날아가 그 호텔을 방문해 1980년에 수전이라는 미국 여자가 거기

서 어떤 남자와 하룻밤을 보냈는지 물어볼 수도 없는 노릇이었다.

"그게 정확히 언제인지 기억하세요?"

"날짜 말이냐?"

"네, 뭐든지요."

"수전은 내가 비교적 늦게 만난 여자였을 거야. 여섯 번째나 일곱 번째로 말이야. 그러니까 아마 8월이었을 거 같은데 확실하진 않다."

"수전이 그 둥근 고층 건물에 투숙하고 있었나요?"

카터는 얼굴을 찡그렸다. "모르겠구나. 아마 아닐 거야."

"수전에게 함께 여행하는 사람이 있었나요?"

"모르겠다."

"그럼 수전에게 말을 걸었을 당시에는 동행이 있었나요?"

카터는 천천히 고개를 저었다. "미안하구나, 와일드. 기억이 안 난다."

"얼굴은 기억나세요?"

"갈색 머리에 예쁘장했지. 하지만······." 카터는 어깨를 으쓱이더니 다시 미안하다고 사과했다.

그들은 다른 여자들에 대해서도 이야기했다. 암스테르담에서 온 잉그리드. 맨체스터에서 온 레이철 혹은 라켈. 베를린에서 온 아나. 한 시간이 지났다. 다시 한 시간이 지났다. 마침내 그들은 샌드위치와 차갑게 식은 프렌치프라이를 먹었다. 대니얼 카터의 휴대전화가 몇 차례 진동했지만 그는 무시했다. 둘은 계속 이야기를 나눴다. 비록 주로 말하는 쪽은 카터였지만. 원래 와일드는 속마음을 털어놓는 성격이 아니었다.

휴대전화가 또 진동하자 대니얼 카터는 낸시에게 계산서를 달라고 손짓했다. 와일드는 자기가 계산하겠다고 했지만 카터가 말렸다. "최소한 이 정도는 해줄 수 있다고 말하고 싶지만 이 말도 너무 모욕적이겠구나."

두 사람은 다시 픽업트럭에 올라타 선듀 애비뉴에 있는 카터의 집으로 향했다. 차 안에 어찌나 무거운 정적이 감도는지 손을 뻗으면 만져질 듯했다. 와일드는 앞유리창 너머로 밤하늘을 내다보았다. 평생 밤하늘을 보며 살았던 그에게도 이 지역의 석양은 어딘가 독특해 보였는데 미국 남서부에서만 볼 수 있는 청록색이 살짝 감돌았다.

"오늘 밤에 어디 묵을 거니?" 아버지가 물었다.

"홀리데이 인 익스프레스요."

"좋은 호텔이지."

"네."

"부탁이 있다, 와일드."

와일드는 아버지의 옆모습을 바라보았다. 의심의 여지 없이 그와 닮은 얼굴이었다. 카터의 눈은 앞유리창 너머를 내다보았고, 관절이 불거진 그의 양손은 완벽한 10시 10분 모양으로 운전대를 쥐고 있었다.

"말씀하세요."

"내게는 아주 완벽한 가정이 있다. 사랑하는 아내, 눈에 넣어도 아프지 않은 세 딸, 거기다 손주들까지."

와일드는 아무 말 하지 않았다.

"우린 꽤 단순한 사람들이야. 열심히 일하고, 올바르게 살려고 노력하지. 내 회사를 운영한 지도 꽤 오래됐다. 일평생 누구도 속인 적 없고, 고객들에게는 최상의 서비스를 제공했지. 2년마다 한 번씩 우리 부부는 트레일러를 타고 미국 전역의 국립공원으로 휴가를 떠나. 예전에는 딸들도 함께 갔지만 이제는 그 애들도 각자 가정을 꾸렸지."

카터가 조심스럽게 우회전 깜빡이를 켜고 핸들을 오른쪽으로 돌리더니 와일드를 바라보며 말했다.

"나는 가족들의 삶에 폭탄을 떨어뜨리고 싶지 않구나. 이해하겠니?"

와일드는 고개를 끄덕이고 말했다. "네."

"그해 여름 유럽에서 귀국했더니 소피아가 공군 기지로 날 마중 나왔더구나. 내게 유럽에서 어떻게 지냈냐고 물었지. 난 소피아의 눈을 똑바로 보며 거짓말했다. 오래전 일 같지만, 확실히 오래된 일이긴 하지, 아무튼 우리 결혼이 그 거짓말을 바탕으로 이뤄졌다는 사실을 이제 와서 소피아가 알게 되면……."

"이해합니다."

"난 단지……. 내게 시간을 좀 주겠니? 생각할 시간 말이다."

"생각하다니요?"

"우리 가족들에게 말하는 문제에 대해서 말이다. 말을 해야 할지, 말아야 할지. 말한다면 어떻게 말해야 할지."

와일드는 생각해 보았다. 자신도 정말 그걸 원하는지 확신이 서지 않았다. 새로운 여동생이 셋이나 생기는 걸 원할까? 아니다. 아버지가 생기기를 바라거나 아버지가 필요한가? 아니다. 그는 외톨이였다. 홀로 숲에서 살기를 선택한 사람이었다. 남들과 떨어져서 살 때 제일 편했다. 그가 조금이라도 책임감을 느끼는 유일한 사람은 고등학생인 대자 매슈뿐이었다. 매슈의 아빠 데이비드는 와일드의 유일한 친구였고, 와일드의 과실로 죽었기 때문이다. 그는 매슈에게 빚을 졌고, 그 빚은 평생 갚지 못할 것이다.

그의 삶에도 다른 사람들이 있었다. 세상 누구도, 심지어 와일드조차도 섬처럼 살 수 없었다.

하지만 이제 와서 그의 삶에 이들이 필요할까?

픽업트럭이 선듀 애비뉴에 들어서자 와일드는 카터가 긴장하는 걸 느낄 수 있었다. 소피아와 딸 얼리나가 현관에 서있었다.

"이렇게 하자." 대니얼 카터가 말문을 열었다. "내일 아침에 만나서 아침을 먹자. 홀리데이 인 익스프레스에서 아침 8시에. 만나서 이 일을 의논하고 계획을 짜자꾸나."

와일드는 고개를 끄덕였고, 트럭은 진입로로 들어섰다. 두 사람은 차에서 내렸다. 소피아가 서둘러 남편에게 다가왔다. 카터는 PVC 파이프 납품업자와 이야기를 나눴다고 다시 한번 둘러댔지만, 소피아의 표정을 보니 믿는 기색이 아니었다. 그녀는 와일드에게서 눈을 떼지 않았다.

적당한 때가 되자 와일드는 시계 보는 시늉을 하며 그만 가봐야겠다고 말하고 서둘러 렌터카로 향했다. 돌아보지는 않았지만 자신에게 꽂히는 그들의 시선이 느껴졌다. 운전석에 올라타 액셀러레이터를 밟았고, 그 자리를 떠날 때까지 단 한 번도 뒤돌아보지 않았다. 호텔에 도착한 뒤에는 짐을 꾸렸다. 소지품은 많지 않았다. 체크아웃을 하고 차를 몰아 공항으로 간 다음, 렌터카를 반납했다.

그러고는 뉴저지주로 가는 마지막 항공권을 구입했다.

창가 자리에 앉아 카터와 나눈 대화를 곱씹어 보았다. 와일드 역시 그들의 삶에 폭탄을 떨어뜨리고 싶지 않았다.

'이제 다 끝났어.' 와일드는 생각했다.

하지만 그 생각은 틀렸다.

CHAPTER
03

예전에는 '스트레인저'로 통했던 크리스 테일러가 입을 열었다. "자, 다음 안건. 기린."

기린이 목을 가다듬었다. "너무 비장하게 말하고 싶지는 않은데……."

"하지만 늘 비장하게 말하잖아." 표범의 말에 다들 킥킥거렸다.

"그래. 부인하지 않을게. 하지만 이번만큼은……. 이놈은 찢어 죽여도 시원치 않아."

"5번 강도에 속하는 허리케인급 고통을 줘야 해." 알파카가 동의했다.

"흑사병 수준의 고통을 줘야지." 아기 고양이가 덧붙였다.

"우리가 최악의 고통을 줘야 할 사람이 있다면 바로 이놈이야." 표범이 말했다.

크리스 테일러는 의자에 등을 기대고 여러 대의 모니터에 나타난 얼굴들을 바라보았다. 일반인에게는 그저 대규모 화상 미팅으로 보일 테지만 사실은 크리스가 직접 설계한 보안 화상 프로그램으로 진행하는 미팅이었다. 모니터는 모두 여섯 대로 윗줄에 세 대, 아랫줄에 세 대였다. 모니터 속 사람들은 전신을 가려주는 디지털 동물 이모티콘 뒤에 숨어있었는데 짐작이

가다시피 기린, 표범, 알파카, 아기 고양이, 북극곰이었으며 그룹 리더인 크리스의 이모티콘은 사자였다. 이제는 맨해튼 트라이베카 그릴이 내려다보이는 프랭클린가의 고급 로프트에 숨어 사는 크리스는 원래 사자를 선택하고 싶지 않았다. 그가 생각하기에 사자는 너무 뻔한 리더의 상징이었고, 무리에서 지나치게 떨어져 지낸다고도 할 수 있었다.

"너무 앞서가지는 말자고. 어서 사건 설명해 줘, 기린." 크리스가 말했다.

"신청자는 프랜신 코터, 혼자 아이를 키우는 싱글맘이야. 이제는 아니지만." 기린이 발표를 시작했다. 기린 이모티콘을 볼 때마다 크리스는 늘 어릴 때 갔던 장난감 가게 토이저러스가 생각났다. 그 가게의 마스코트가 기린 제프리였다. 크리스의 부모는 아주 특별한 날에만 그를 토이저러스에 데려갔고 가게에 발을 들여놓는 순간 마법이 펼쳐진 듯한 놀라운 공간을 바라보면 경외감마저 들었다. 행복한 기억이었다. 크리스는 종종 기린을 고른 회원도(비록 성별도, 이름도 모르지만. 다른 회원들도 마찬가지였다) 그와 같은 이유로 기린을 선택한 건 아닐까 궁금했다.

"프랜신의 외아들 코리는 작년 4월 노스브리지 중고등학교에서 발생한 총격 사건 때 사망했어. 당시 코리는 열다섯 살로 중학교 2학년이었는데 연극반이었고, 재능 있는 뮤지션이었지. 봄에 열릴 콘서트 리허설 중이었는데 총을 든 괴한이 쳐들어와서 코리의 머리를 쐈어. 기억날지 모르겠지만 그 난동으로 열여덟 명의 학생이 총에 맞았고, 열두 명이 사망했어." 기린이 말을 멈추더니 한숨을 쉬었다. "사자?"

"왜?"

"이 사고에 대해 더 자세히 말해야 해?"

"안 해도 될 거 같아, 기린." 사자 겸 크리스가 말했다. "다들 그 사건을 기억하고 있으니까. 반대하는 사람?"

아무도 없었다.

"좋아. 계속할게." 기린이 말했다. 비록 음성 변조 앱을 사용하기는 했어도 크리스는 기린의 목소리가 떨리는 걸 알 수 있었다. 다들 이런저런 종류의 음성 변조 앱을 사용했다. 보안과 익명성을 유지하기 위해서였다. 동물 이모티콘은 그들의 얼굴뿐 아니라 몸까지 전부 가려주었다.

"아들의 장례를 치른 후에 프랜신은 크나큰 슬픔에 빠졌어. 당연히 이해가 갈 거야. 거기서 벗어나려고 그녀가 선택한 방법은 슬픔을 쏟아내고 다른 학부모들은 이런 지옥을 겪지 않도록 무언가 하는 것이었지. 그래서 공공연하게 총기 규제 법안 지지 연설을 하고 다녔어."

"기린?"

북극곰이었다.

"왜?"

"지금 이 얘기를 꺼내는 게 적절하지 않을지도 모르겠는데 나는 총기 휴대 권리에 찬성해. 그러니까 프랜신의 주장에 반대하는 사람이 있다고 해도 나는 이해가 돼. 프랜신이 아들을 잃은 건 유감이지만 그렇다고 해서……."

기린이 퉁명스럽게 북극곰의 말을 잘랐다. "이건 그런 문제가 아니야."

"좋아. 여기서 정치 얘기는 꺼내지 말자고."

크리스가 끼어들었다. "우리 모두 동의했어. 우리 임무는 잔인하고 가학적인 행위를 처단하는 거지 정치가 아니야."

"이건 정치 문제가 아니라니까." 기린이 우겼다. "정말 사악한 인간이 프랜신 코터를 공격한다고."

"계속해 봐." 크리스가 말했다.

"어디까지 했지……? 맞다, 프랜신이 총기 규제 법안을 지지했다고. 북극곰이 말했듯이 당연히 사람들은 프랜신의 의견에 동의하지 않았어. 프랜신도 예상한 일이었지. 하지만 거친 비난으로 시작되었던 여론이 금세 그녀를 표적으로 하는 대대적인 테러 캠페인이 돼버렸어. 프랜신이 살해 협박을 받은 거야. 온라인에서 온갖 계정들이 그녀를 끊임없이 따라다니며 괴롭혔고, 자택 주소까지 털려서 오빠네 집으로 이사 가야 했어. 하지만 그건 시작에 불과했어."

"또 무슨 일이 있었는데?"

"어떤 미치광이 음모론자가 총격 사건 자체가 아예 없었다고 주장하는 동영상을 올린 거야."

"정말?" 아기 고양이가 말했다.

"그 사이코들에게는 학생들이 총에 맞는 CCTV 화면만으로는 부족한 모양이지?" 표범이 거들었다.

"그 CCTV 화면이 가짜라는 게 음모론자 동영상의 주장이었어. 모든 건 우리에게서 총을 빼앗아 가고 싶어 하는 총기 규제 옹호자들에 의해 연출되었다는 거지. 프랜신 코터는 '역할 배우'래. 그게 뭔지는 모르겠지만. 이 동영상의 가장 황당한 점은 코리가 아예 존재하지 않는 아이라고 주장한다는 거야."

"맙소사. 어떻게 그런 생각을……?"

"대부분은 그냥 막 지어낸 거야. 아니면 어이가 없을 정도로 조작된 진실을 만들거나. 예를 들어 그들은 캐나다에 살면서 자녀가 없는 또 다른 프랜신 코터를 찾아내. 그런 다음 내레이터가 그녀에게 전화해서 통화하는 내용을 들려주는데 가짜 프랜신 코터는 자기에게 코리라는 아들이 없다고 말해. 그러니 살해되거나 총에 맞은 아이도 없고, 고로 모든 것이 거짓이었다는 거지."

"정말 역겨운 인간들이네." 알파카가 말했다.

"아들을 잃은 걸로도 모자라서 이런 정신병자들에게 괴롭힘까지 당하다니." 아기 고양이가 영국식 억양으로 말했다. 하지만 그 역시 음성 변조 앱을 사용해 바꾼 것일 수 있다.

"정말로 저런 걸 믿는 바보가 있어?" 북극곰이 말했다.

"알면 놀랄걸. 놀라지 않을 수도 있고." 기린이 말했다.

"음모론 동영상에는 또 뭐가 나와?" 크리스가 물었다.

"전부 앞뒤가 안 맞는 소리뿐이야. '왜 학내의 다른 CCTV는 컬러인데 이것만 흑백일까?' 같은 이상한 유도 질문을 해. 마치 그게 화면이 조작됐다는 증거라도 된다는 듯이 말이야. 그런 다음에는 증거를 조작하거나 사진으로 가짜 증거를 만들어 내. 예를 들어서, 와, 이거 진짜 치사한 방법인데, 어떤 계정에 코리랑 약간 비슷한 아이가 총격 사건 이후에 열린 메츠팀 야구 시합을 구경하는 사진이 올라왔어. 거기에는 이렇게 적혀있지. '노스브리지 중고등학교 총기 사건에서 코리 코터를 연기한 배우가 지난주에 열린 야구 시합을 관전 중!' 그러면 이런 댓글이 달려. '와, 모든 게 연출되었다는 증거네', '멀쩡히 살아있잖아', '다 사기였다, 이 멍청한 개돼지들아', '앞으로는 주요 언론사 뉴스를 믿지 말고 직접 조사합시다', '프랜신 코터가 배신자네' 등등."

"끔찍한 말이지만 우리가 나서기에는 너무 많은 사람이 연루된 거 같은데." 북극곰이 말했다.

"나도 그게 걱정이었어. 두 번째 동영상을 찾아내기 전까지는." 기린이 말했다.

"두 번째 동영상?"

"그러니까 총격 사건이 허위라고 주장하는 첫 번째 동영상은 '쓰디쓴 진실'이라는 계정으로 유튜브에 올라왔어. 결국 그 동영상은 내려갔지. 하지만 이런 일이 늘 그렇듯이 뒷북이었어. 그때쯤에는 조회 수가 300만을 넘었고, 이미 동영상은 복사되어 다 퍼졌지. 다들 잘 알 거야. 근데 그때 '씁쓸한 진실'이라는 또 다른 계정으로 두 번째 동영상이 올라온 거야."

"어째 이름이 비슷하네." 크리스가 말했다.

"그렇지. 그가 일부러 비슷하게 지은 거야. 동일인이 만든 계정이라는 걸 알리고 싶었던 거지."

"방금 '그'라고 했어?" 표범이 지적했다.

"응."

"그러니까, 남자야?"

"응."

아무도 놀라지 않았다. 그렇다, 여자들도 온라인에서 악플을 단다. 하지만 남자들은 차원이 다르다. 성차별이 아니라 데이터가 말해주는 사실이다.

"두 번째 동영상은……." 기린이 울컥하며 말을 멈췄다.

정적이 흘렀다.

표범이 정적을 깨며 부드럽게 말했다. "괜찮아, 기린?"

"천천히 해." 크리스가 말했다.

"응. 조금만 기다려 줘. 동영상을 보기가 힘들어서. 내 보고서에 링크가 있을 텐데 요약하자면, 그자가 코리의 묘지에 갔어. 열다섯 살 소년의 묘비로 갔지. 닌자처럼 검은 옷에 얼굴에는 검은 복면을 써서 누군지 알아볼 수 없었어. 어쨌든 이상한 기구를 가져갔는데 해변에서 사람들이 들고 다니는 금속 탐지기처럼 생겼어. 젠장, 아마 진짜로 금속 탐지기일 거야. 그런데 자기 말로는 그게 BCD래. 매장된 시신 탐지기(Buried Corpse Detector). 그러더니 이게 무덤 위에 가면 어떻게 작동하는지 보여주겠다

면서 다른 무덤으로 가져가. 그러면 탐지기가 반응하면서 지지직거려. 그
자 말로는 그렇게 묘비 아래 정말로 시신이 묻혀있는지 알 수 있다는 거야.
그런 다음에 탐지기를 코리의 묘비 위로 가져가. 어떻게 됐을까?"

"맙소사." 알파카가 말했다.

"그래. 그자는 탐지기로 코리의 묘비 아래 시신이 없다는 걸 알 수 있다
고 주장해."

"사람들은 그걸 믿고?"

"사람들은 자기들이 믿고 싶은 이야기를 들려주면 믿는 법이야. 우리 모
두 잘 알잖아." 크리스가 말했다.

"슬프게도 이게 끝이 아니야." 기린이 한숨을 길게 내쉬며 말했다. "동영
상 맨 끝에서 남자는 코리의 무덤에 오줌을 갈겨."

정적이 흘렀다.

"그런 다음 프랜신 코터와 연관 있는 인터넷 사이트마다 가서 그 동영상
을 올렸어."

다시 정적이 흘렀다.

크리스가 제일 먼저 입을 열었다. 꽉 다문 이 사이로 질문이 새어 나왔
다. "그 새끼 이름이 뭐야?"

"켄턴 프라울링. 시간이 꽤 걸리기는 했는데 '쓰디쓴 진실' 혹은 '씁쓸한
진실'과 IP가 같은 가짜 계정을 최소한 열 개는 찾아냈어."

"신상 정보는 어떻게 알아냈어?"

"그의 주장을 믿는 언론사 기자인 척하면서 메일을 보냈지. 그가 내 메일
속 링크를 클릭하는 순간, 그다음은 말 안 해도 알지?"

"그러니까 이 프라울링이라는 남자는 그 소름 끼치는 동영상을 제작했을
뿐 아니라……."

"대다수의 댓글을 자기가 쓴 거야, 응. 마치 다른 사람인 척 댓글을 계속 남긴 거지. 그렇게 총공격을 퍼부었어. 또 해외 가짜 계정들까지 사서 프랜 신에게 끝없는 악플 세례를 퍼부었어. 게다가 트위터나 페이스북, 그 외 다 른 SNS 사이트에 수많은 포스팅을 올리고, 시도 때도 없이 프랜신에게 전 화를 걸었어. 코리가 총에 맞은 끔찍한 사진을 넣은 편지를 프랜신의 집에 보냈고, 심지어 차에 전단을 붙이기도 했지."

"뭐 하는 놈이야?"

"나이는 서른여섯, 대형 보험회사 영업부장으로 억대 연봉을 받고 있 어."

크리스는 두 손으로 주먹을 꽉 쥐었다. 켄턴 프라울링이 번듯한 인생을 살고 있다는 사실이 충격적이어야 마땅했으나 그렇지 않았다. 사람들은 온 라인에서 타인을 괴롭히는 악플러들이 엄마네 지하실에 얹혀사는 백수이 고 분노에 가득 차 포스팅을 올릴 거라고 생각하지만 대다수는 그렇지 않 다. 좋은 학벌과 직업에, 돈도 풍족하게 번다. 다만 그들의 공통점은 자신 이 무시당한다고 생각하며 현실을 왜곡하여 분노하고, 부당한 피해의식을 가지고 있다는 것이다.

"두 아이를 두었고 최근에 별거를 시작했어. 그게 대략적인 개요야. 너희 들에게 동영상과 포스팅 링크를 보냈어."

크리스가 말했다. "부메랑의 다른 회원을 대신해 고맙다고 말할게, 기 린. 이 사건을 이렇게 열심히 파헤쳐 줘서 고마워."

다들 동의한다는 뜻으로 소리를 냈다.

"그럼 이제 표결에 부치자." 크리스가 말했다. "켄턴 프라울링을 처리하 는 데 다 찬성이야?"

다들 찬성했다. 이 사건이 오늘 회의에서 발표된 여섯 번째이자 마지막 안건이었다. 부메랑의 규칙상 반대하는 회원이 두 명 이상이면 악플러를 건드리지 않았다. 오늘 여섯 개의 사건 가운데 다섯 개가 통과되었다. 유일하게 거부된 안건은 리얼리티 프로그램에 출연해 스타가 된 꽃미남이 악플에 시달리는 사건이었다. 표범이 발표했지만 꽃미남은 그다지 호감이 가지 않는 피해자라서 회원들은 더 가치 있는 사건에 에너지를 쏟기로 했다.

부메랑의 모토는 분명했다. 업보는 부메랑과 같다. 당신이 타인에게 한 행동은 반드시 당신에게 돌아간다. 그들은 까다로운 신청서 작성과 철저한 심사를 통해 신중하게 목표물을 가려냈다. 예전에 스트레인저로 활동했던 시절 크리스가 값비싼 대가를 치르고 배운 교훈 때문이었다. 범인이 고통받아 마땅한 인간이라는 전제에 한 치의 의문이나 어떤 합리적인 의심도 들지 않을 때만 정의를 실현해야 한다는 교훈이었다. 완벽한 확신을 얻기 위해 이제 크리스는 기린이 제출한 파일 전체를 이 잡듯이 살펴보며 세부적인 내용이 전부 기린의 발표와 일치하는지 확인할 것이다. 하지만 보나마나 아무 문제 없을 것이다. 기린은 부메랑에서 가장 철두철미한 회원이었기 때문이다.

"좋아. 다음에는 어떤 강도로 처벌할지 얘기해 보자. 기린, 허리케인 몇 등급으로 하고 싶어?"

기린은 망설이지 않고 대답했다. "이 세상에 5등급으로 벌해야 할 괴물이 있다면 바로 이 남자야."

"맞아. 5등급이야." 표범이 거들었다.

나머지도 빠르게 동의했다.

부메랑에서 5등급까지 간 경우는 많지 않았다. 대부분이 2, 3등급으로 신용 등급에 타격을 입히거나 통장에 있던 돈을 모두 빼가거나 돈을 뜯어내는 데 그쳤다. 악플러를 파멸로 몰아가는 것이 아니라 교훈을 주는 것이

목적이었다.

반면 5등급은 대재앙이었다. 피해를 입히는 수준이 아니라 완벽한 멸망이었다.

신은 켄턴 프라울링에게 자비를 베풀지 몰라도 부메랑은 아니었다.

4개월 후

유명 인사이자 실력이 뛰어난 피고 측 변호사로 알려진 헤스터 크림스틴은 이번 사건의 담당 검사 폴 히코리가 넥타이를 매만지고 최후 변론을 시작하는 모습을 지켜보았다.

"배심원 여러분, 이 사건은 지금껏 제가 맡았던 살인 사건 가운데 가장 명백하고 단순할 뿐 아니라 제 사무실 직원들이 본 사건 중에서도 가장 명백하고 단순합니다."

헤스터는 어이없는 표정으로 눈을 굴리고 싶은 충동을 느꼈지만 참았다. 지금은 그럴 때가 아니었다.

'이 애송이가 실컷 잘난 척하게 두자.'

히코리 검사는 과장된 몸짓으로 리모컨을 집어 들어 텔레비전을 겨냥한 다음, 엄지로 전원 버튼을 눌렀다. 화면이 켜졌다. 미리 텔레비전을 켜둘 수도 있지만 폴 히코리는 요란한 쇼와 쇼맨십을 발휘하는 걸 좋아했다. 헤스터는 지루한 표정을 지었다. 만약 어떤 배심원이 헤스터를 몰래 훔쳐봤다면 그녀가 얼마나 시큰둥한지 알 수 있었으리라.

헤스터 옆에는 이 살인 사건 공판의 피고이자 그녀의 의뢰인 리처드 러빈이 있었다. 재판 전 헤스터는 리처드에게 배심원 앞에서 어떻게 행동해야 하는지, 어떤 태도를 보여야 하는지, 어떻게 반응해야 하는지 (더 정확히 말하면 아무런 반응도 보이지 말라고) 설명해 두었다. 폴 히코리가 성공한다면 여생을 감옥에서 썩게 될 그녀의 의뢰인은 그 조언 덕분에 지금 두 손을 단정히 깍지 껴서 테이블에 올려놓은 채 앉아있었고, 눈동자는 조금도 흔들리지 않았다.

'잘하고 있네.'

화면에는 워싱턴 스퀘어 파크의 전위적이고 유명한 아치 근처에 여남은 명의 사람들이 모여있었다. 폴 히코리는 과장된 동작으로 재생 버튼을 눌렀다. 동영상이 재생되는 동안 헤스터는 차분하게 호흡했다.

'아무런 감정도 드러내지 마.' 헤스터는 다시 한번 다짐했다.

당연히 폴 히코리는 전에도 저 동영상을 보여준 적이 있었다. 한두 번이 아니었다. 하지만 현명하게도 지나치게 자주 틀지는 않았다. 배심원들이 동영상 속 잔인한 행태에 무덤덤해질 정도로 지겹게 틀어대지는 않았다.

폴 히코리는 그 동영상이 여전히 회심의 일격이 되기를 바랐다. 배심원들에게서 강렬한 감정을 끌어내기를 바랐다.

동영상에서 헤스터의 의뢰인 리처드 러빈은 넥타이를 매지 않은 채 푸른색 양복에 검은 콜한 로퍼를 신고 있었다. 러빈은 라스 코벳이라는 남자에게 다가가 손에 든 총을 들어 올리더니 한 치의 망설임도 없이 그의 머리에 두 발을 발사했다.

여기저기서 비명이 터져 나왔다.

라스 코벳은 쓰러졌고, 몸이 땅에 닿기도 전에 즉사했다.

폴 히코리는 정지 버튼을 누르더니 양팔을 벌렸다.

"이보다 더 완벽한 요약이 있을까요?"

그는 자신의 질문이 법정에 울려 퍼지도록 잠시 뜸을 들이며 배심원석의 한쪽 끝에서 반대쪽으로 천천히 걸어갔다.

"배심원 여러분, 이건 처형입니다. 우리가 사는 이 도시의 거리에서, 그것도 시민들의 사랑을 받는 공원 한복판에서 벌어진 냉혹한 살인 사건입니다. 그렇습니다. 아무도 그 사실을 반박할 수 없습니다. 바로 여기, 우리의 피해자, 라스 코벳이 있습니다." 폴 히코리는 화면 속에서 피를 흘리며 누워있는 남자를 가리켰다. "그리고 바로 이 법정에 피고인 리처드 러빈도 있습니다. 그는 글록 19를 발사했고, 탄도 검사 결과 그것이 살인 무기임이 밝혀졌습니다. 러빈은 살인 사건이 발생하기 불과 2주 전에 뉴저지주 퍼래머스의 총포사에서 권총을 구입했습니다. 우리는 살인 사건을 목격하고 러빈을 범인으로 지목한 열네 명의 증인을 법정에 세웠습니다. 출처가 완전히 다르고, 이 사건을 각기 다른 각도에서 보여주는 두 개의 동영상도 제출했습니다."

히코리는 고개를 절레절레 흔들었다. "달리 뭐가 더 필요할까요?"

그러고는 한숨을 푹 내쉬었는데 헤스터가 보기에는 너무 과장된 행동이었다. 폴 히코리는 30대 중반으로 젊었다. 히코리의 아버지 플레어(그렇다, 플레어 히코리라는 기이한 이름이 본명이었다)는 언행이 요란한 변호사로 헤스터와 로스쿨 동기였는데 현재 그녀의 강력한 경쟁자 중 하나였다. 그의 아들도 실력이 뛰어났고 앞으로 더 나아질 테지만 아직 아버지에 미치지는 못했다.

"크림스틴 변호사와 피고를 포함해 누구도 그런 핵심적인 진실을 부인하지 않았습니다. 누구도 이 법정에서 저 사람이⋯⋯." 이 대목에서 히코리는 정지된 화면을 가리켰다. "리처드 러빈이 아니라고 말하지 않았죠. 누구도 이 법정에서 러빈의 알리바이를 입증하거나, 러빈이 코벳을 잔인하게 살해하지 않았다고 주장하지 않았습니다." 이제 히코리는 말을 멈추고 배심원석으로 더 가까이 다가갔다.

"그. 사실만이. 중요합니다."

히코리는 그렇게 세 단락으로 나눠서 말했다. 이쯤 되자 헤스터는 도저히 참을 수가 없어서 배심원 중 하나(마음이 여려 보여서 쉽게 그녀의 편이 되어줄 듯한 마티 반데보르트라는 여성)와 눈을 마주치며 공모라도 하듯 눈을 살짝 굴렸다.

그러자 방금 헤스터가 무슨 짓을 했는지 알고 있다는 듯이 폴 히코리가 헤스터를 향해 몸을 빙글 돌렸다. "이제 크림스틴 변호사가 온갖 방법을 동원해 이 명백한 진실을 흐려놓을 겁니다. 하지만 그런 속임수에 넘어가기에는 우리 모두 너무 똑똑하지 않나요? 이 사건은 증거가 너무 강력합니다. 이보다 더 단순 명쾌한 사건은 본 적이 없습니다. 리처드 러빈은 총을 구입했습니다. 그리고는 3월 18일에 총을 불법으로 소지한 채 워싱턴 스퀘어로 갔습니다. 증언과 컴퓨터 포렌식 결과를 통해 우리는 러빈이 코벳에게 병적으로 집착했다는 사실을 알고 있습니다. 그는 코벳을 살해할 계획을 세웠고, 피해자에게 몰래 다가가 길 한복판에서 처형했습니다. 이거야말로 전형적인 일급살인입니다, 배심원 여러분. 그리고, 이런 말을 할 필요조차 없겠지만, 살인은 잘못된 일입니다. 불법이에요. 이 살인자를 감옥에 가두는 것이 시민으로서 여러분의 임무이자 의무입니다. 감사합니다."

폴 히코리가 의자에 털썩 앉았다.

헤스터의 오랜 친구이자 판사인 데이비드 그라이너가 목을 가다듬고 헤스터를 바라보았다. "크림스틴 변호사?"

"잠시만요, 재판장님." 헤스터는 손으로 얼굴을 부채질했다. "너무 구구절절하면서도 이번 사건과 완전히 무관한 검사 측 최후 변론을 들었더니 아직도 숨이 막히네요."

폴 히코리가 벌떡 일어났다. "이의 있습니다, 재판……."

"크림스틴 변호사." 판사가 심드렁하게 주의를 주었다.

헤스터는 사과하기 귀찮다는 듯이 손을 흔들고 자리에서 일어났다.

"배심원 여러분, 제가 히코리 검사의 진술이 너무 구구절절하면서도 이번 사건과 완전히 무관하다고 한 이유는……." 헤스터는 말을 멈췄다. "우선, 배심원 여러분께 인사드리고 싶네요. 안녕하세요." 이건 최후 변론을 할 때 헤스터가 사용하는 수법이었다. 갑자기 말을 끊어 배심원단을 약간 안달 나게 하면서 지금 이 여자가 무슨 말을 하려는 건가 궁금하게 만들고, 잠시 그런 호기심에 푹 빠져있게 두는 것이다. "배심원 업무는 엄숙하고 중대합니다. 저희 피고 측 변호인단은 여러분이 여기 오셔서 공판에 참석해 주시고, 아직 결과가 나오지도 않았는데 벌써 죄인 취급을 받는 남자의 말을 열린 마음으로 성실하게 경청해 주신 데 감사드립니다. 제가 동안이라서 모르셨겠지만 이건 제가 처음 맡은 사건이 아닙니다." 헤스터는 미소 지으며 자신을 따라서 웃는 사람이 누구인지 확인했다. 세 명 있었는데 그중 하나가 마티 반 데보르트였다. "하지만 이렇게 진지하고 총명하게 재판에 임하는 배심원단은 본 적이 없어요."

물론 헛소리였다. 배심원들은 다들 비슷비슷하다. 다들 지루해하고, 그러면서도 또 한편으로는 다들 재판에 집중한다. 헤스터의 배심원 선정을 도와주는 전문가 서맨사 라이터는 이번 배심원단이 평소보다 귀가 얇은 사람들이라고 했다. 하지만 헤스터의 변호 역시 다른 변호사들보다 더 설득력이 있었다. 이번 사건의 증거는 앞서 폴 히코리가 말했듯이 정말로 강력했다. 헤스터는 검찰보다 한참 더 뒤에서 달리기를 시작한 셈이었다. 그녀도 알고 있었다.

"잠깐, 제가 어디까지 했죠?" 헤스터가 물었다.

그녀가 젊지 않다는 사실을 다시 한번 일깨워 주기 위한 발언이었다. 헤스터는 사람들의 경계심을 낮추기 위해 기꺼이 푸근한 이모나 할머니 행세를 했다. 날카롭고 공정하고 엄격하고 살짝 건망증이 있으며 사랑스러운 사람. 대다수 배심원은 헤스터를 '크림스틴의 범죄 이야기'라는 케이블 뉴스 프로그램 사회자로 알고 있었다. 검사 측에서는 늘 그녀를 모르는 사람을 배심원으로 선정하려고 했으나 설사 배심원 후보자가 그 프로그램을 본 적이 없다고 주장해도—꼬박꼬박 챙겨서 보는 사람은 많지 않았다—대부분은 텔레비전에서 그녀가 법률 자문으로 출연한 장면을 한두 번 본 적이 있었다. 만약 배심원 후보가 헤스터가 누구인지 모른다고 한다면 그건 종종 거짓말이었고, 헤스터는 그런 후보를 배심원으로 선정했다. 왜냐하면 거짓말을 한다는 건 그들이 그렇게 해서라도 배심원을 하고 싶어 한다는 뜻이었고, 아마도 그녀의 편일 가능성이 컸기 때문이다. 세월이 흐르며 검사 측도 그 점을 간파하고 더는 배심원을 선정할 때 그 질문을 하지 않았다.

"아, 맞다. 히코리 검사의 최후 변론이 '너무 구구절절하고 사건과 완전히 무관하다'고 말하던 중이었죠. 여러분은 아마 왜 그런지 알고 싶을 겁니다."

그녀의 목소리는 부드러웠다. 최후 변론을 할 때면 늘 그렇게 부드러운 말투로 시작했다. 그래야 배심원들이 더 잘 들으려고 몸을 앞으로 약간 내밀기 때문이다. 또한 그래야 나중에 목소리가 커질 여지가 있었고, 내러티브를 차곡차곡 쌓아나갈 여지도 있었다.

"히코리 검사는 우리가 이미 다 아는 사실을 계속 떠들어 댔습니다. 그렇죠? 다시 말해 증거에 대해 이야기했습니다. 저희는 그 총이 제 의뢰인의 소유가 아니라고 우긴 적도 없고, 그 외 어떤 주장에도 반박하지 않습니다. 그런데 왜 거기에 시간 낭비를 할까요?"

헤스터는 정말로 모르겠다는 듯이 어깨를 으쓱였지만 히코리가 대답할 틈을 주지는 않았다.

"하지만 그 외의 다른 주장들은…… 글쎄요, 새빨간 거짓말이라고는 하지 않겠습니다. 그건 너무 무례한 표현이니까요. 하지만 검찰은 정치적인 기관이고 그래서 그런지 히코리 검사도 최악의 정치인들과 마찬가지로 이야기를 편향되게 제시했습니다. 따라서 여러분도 그의 편향되고 왜곡된 주장만 들을 수 있었죠. 그건 그렇고 요즘에는 그런 정치인들이 너무 많지 않나요? 아, 정말 그런 행태에 신물이 나네요. 안 그렇습니까? 그런 정치인들에게도 신물이 나고, 언론에도 신물이 나고, SNS에도 신물이 납니다. 물론 전 SNS를 하지 않습니다. 손자 매슈가 하죠. 손자가 가끔씩 거기 올라온 포스팅들을 보여주는데 정말이지 정신병자 소굴이더군요. 제 말이 맞죠? SNS를 멀리하세요."

짧게 웃음이 터졌다.

이 모두가 배심원들과 친밀감을 형성하고 쇼맨십을 발휘하기 위한 그녀의 전략이었다. 다들 변호사를 싫어하듯이 정치인과 언론도 싫어했다. 따라서 헤스터의 저런 말은 자기 비하인 동시에 그들과 공감

대를 형성하게끔 한다. 하지만 이는 재미있는 이분법이다. 만약 누군가에게 변호사를 어떻게 생각하냐고 물으면 대체로 맹비난할 것이다. 하지만 *자신을 변호하는* 변호사를 어떻게 생각하냐고 물으면 입에 침이 마르도록 칭찬할 것이다.

"이미 아시겠지만 히코리 검사가 한 말은 대부분 앞뒤가 맞지 않습니다. 왜냐하면 인생은 히코리 검사의 바람과 달리 흑백이 아니기 때문입니다. 우리 모두 그 사실을 알지 않나요? 그게 인간사입니다. 다들 나는 남들과 다르게 복잡한 존재이며 아무도 내 생각을 읽을 수 없지만 나는 남들의 생각을 읽을 수 있다고 여깁니다. 이 세상에 흑백이 존재할까요? 물론입니다. 그건 잠시 후에 다시 설명할 겁니다. 하지만 다들 알다시피 우린 인생의 대부분을 회색 지대에서 살죠."

헤스터는 돌아보지 않은 채 리모컨을 눌렀다. 피고 측 텔레비전 모니터가 켜지고 영상이 나왔다. 헤스터는 일부러 검사 측보다 더 큰 텔레비전을 가져왔다. 검사 측 텔레비전은 50인치에 불과했는데 그녀의 텔레비전은 72인치였다. 이는 그녀가 숨기는 것이 없음을 은연중에 암시했다.

"무슨 이유에서인지 히코리 검사는 여러분께 이걸 보여주지 않더군요."

배심원단의 눈이 자연스럽게 헤스터 뒤의 영상으로 향했다. 헤스터는 뒤돌아보지 않았다. 그 영상이 무엇인지 자신은 이미 알고 있다는 걸 보여주고 싶었다. 그래서 대신 배심원들의 얼굴을 바라보았다.

"다 아시겠지만 저건 손을 클로즈업한 영상입니다. 더 구체적으로 말하면 라스 코벳의 오른손이죠."

영상은 흐릿했다. 기술력의 한계이기도 했고—최대로 확대한 영상이었다―의도적이기도 했다. 명암을 더 밝게 하고 픽셀을 조정하는 게 그녀에게 유리했다면 그렇게 했으리라. 재판은 두 개의 이야기가 경쟁하는 것이다. 화질이야 떨어지든 말든 이런 식으로 화면을 확대하는 것만이 그녀에게 유리했다.

"여기 코벳이 손에 든 물건이 보이나요?"

배심원 몇 명이 실눈을 떴다.

"알아보기 힘들 겁니다. 저도 알아요." 헤스터가 말을 이었다. "하지만 검은색이라는 건 알 수 있죠. 금속입니다. 잘 보세요."

헤스터가 재생 버튼을 누르자 손이 올라가기 시작했다. 최대로 확대한 영상인 터라 손의 움직임이 매우 빠르게 보였다. 다시 한번 말하지만 이렇게 흐릿한 영상을 보여주는 건 의도적이었다. 헤스터는 증거물이 놓인 테이블로 천천히 걸어가 작은 총을 집어 들었다. "이건 레밍턴 RM380 포켓 사이즈 권총입니다. 검은색이고 금속이죠. 왜 이렇게 작은 총을 사는지 아시나요?"

헤스터는 배심원이 대답하기를 기다린다는 듯이 잠시 말을 멈췄다. 물론 아무도 대답하지 않았다.

"답은 뻔합니다. 그렇죠? 총의 명칭을 보면 알 수 있죠. 포켓 사이즈. 휴대하기 쉽고, 몰래 숨겨두었다가 사용할 수 있기 때문입니다. 우리가 아는 사실이 하나 더 있습니다. 라스 코벳이 레밍턴 RM380을 적어도 하나는 소유하고 있다는 점입니다."

헤스터는 다시 흐릿한 영상을 가리켰다.

"라스 코벳이 손에 든 물건이 바로 이 총일까요?"

이번에도 그녀는 말을 멈췄지만 침묵은 아까보다 짧았다.

"맞습니다. 우리는 이미 그럴지도 모른다는 합리적인 의심을 했죠.

그것만으로 제 최후 변론을 끝내기에 충분합니다. 전 이제 의자에 앉아 한 마디도 하지 않아도 되고, 여러분은 당연히 피고가 유죄가 아니라는 판결을 내릴 겁니다. 하지만 변론을 마저 하도록 하겠습니다. 왜냐하면 이게 전부가 아니니까요. 훨씬 더 많죠."

헤스터는 검사석을 향해 무시하듯 손을 흔들었다. "우리는 라스 코벳의 레밍턴 RM380이 그의 지하실에서 '발견'되었다는 증언을 들었습니다. 하지만 정말일까요? 확신할 수 있을까요? 코벳은 수많은 총을 소장하고 있었습니다. 이번 공판이 진행되는 동안 여러분도 보셨을 겁니다. 코벳은 온갖 종류의 파괴적인 무기에 페티시가 있습니다. 크고 무시무시한 돌격소총, 기관총, 리볼버, 또 무슨 총을 소장하고 있을지 아무도 모릅니다. 자, 이걸 보여드리죠."

헤스터는 리모컨을 눌렀다. 검사 측에서는 코벳의 페이스북에서 발견된 이 사진을 재판에서 빼려고 노력했다. 예비 심문에서 폴 히코리는 피해자가 어떻게 생겼고, 어떤 옷차림을 했는지, 집을 어떻게 꾸몄는지는 사건과 관계가 없다고 강력하게 주장했다. 그러면서 그라이너 판사에게 이렇게 물었다. "만약 이게 강간 사건이었다면 피해자가 야한 옷을 입고 있는 사진을 배심원들에게 보여주도록 허락하셨을까요? 그런 시대는 지난 줄 알았는데요." 하지만 헤스터는 이 사진이 증거로서 가치가 있다고 주장했다. 자신이 소장한 방대한 총을 SNS에 공개하는 사람이라면 위기 상황에서 무기를 뽑아 들 확률이 훨씬 높기 때문이다. 혹은 적어도 코벳에게 위협을 느낀 피고인의 '심경'을 더 잘 설명할 수 있기 때문이다.

하지만 헤스터가 배심원단에게 이 사진을 보여주고 싶어 했던 데는 더 중요한 이유가 있었다.

"여러분은 정말로 이 남자가," 이 대목에서 그녀는 코벳을 가리켰다. "합법적으로만 총을 구입했을 거라고 생각하십니까? 그에게 불법으로 구입한 작은 권총들이 몇 개 더 있었고, 그중 하나가 지금 우리가 보는 바로 이것일 가능성은 아예 없다고 생각하시나요?" 이제 헤스터는 코벳이 손에 쥔 흐릿한 검은색 물체를 확대했다.

배심원들은 영상에 집중했다.

헤스터는 그들이 검은 물체를 너무 오래 들여다보기를 원치 않았으므로 리모컨을 눌러 코벳이 돌격소총을 든 사진으로 넘어갔다. 그러고는 배심원들이 그 사진을 좀 더 오래 볼 수 있도록 피고인석으로 천천히 걸어갔다. 머리를 짧게 자른 라스 코벳이 씩 웃고 있었다. 하지만 중요한 것은 배경이었다.

코벳 뒤로 한가운데 스와스티카가 그려진 붉은 깃발이 있었다.

나치 독일 깃발이었다.

하지만 헤스터는 아직 아무 말도 하지 않았다. 담담하고 차분하며 초연하고 합리적인 목소리를 유지하려고 했다.

"히코리 검사는 매우 빈약한 증거로 라스 코벳이 손에 든 물건이 총이 아니라 아이폰이라고 주장했습니다." 사실 폴 히코리는 그게 아이폰이라는 매우 명백한 증거를 제시하면서 총일지도 모른다는 가설을 꽤 확실하게 날려버렸다. 손을 찍은 다른 사진들과 몇몇 동영상, 목격자들의 진술을 통해 그것이 정말로 아이폰이었으며, 라스 코벳은 러빈과의 만남을 찍으려고 휴대전화를 꺼내는 중이었고, 총알이 그의 머리를 관통한 후에 보도로 떨어지는 아이폰을 우리 모두 볼 수 있다는 자신의 주장을 입증했다.

히코리의 논리가 매우 설득력이 있었으므로 헤스터는 더는 이 문제를 파고들지 않았다. 대신 다른 방향으로 돌리려 했다.

"어쩌면 히코리 검사의 말이 맞을지도 모릅니다." 헤스터는 자신의 장기인 '상대의 주장을 인정하다니 난 참 공정하지 않나요?'라는 어조로 말했다. "어쩌면 그건 아이폰이었을지 모릅니다. 하지만 여러분이나 저나 확신할 수는 없습니다. 제가 아까 보여드린 그 영상 속 손을 생각해 보세요. 이제 여러분께 찰나의 시간이 있다고 상상해 보죠. 여러분은 심장이 두근거리고, 죽을지도 모른다는 공포에 사로잡혀 있어요. 지금 당신은 당신과 일가족을 몰살하고 싶어 하는 이 남자," 헤스터는 나치 깃발 앞에서 씩 웃고 있는 라스 코벳을 가리켰다. "앞에 서 있습니다."

헤스터는 배심원단을 돌아보았다. "그렇다면 그가 손에 든 물건이 아이폰이라는 데 목숨을 거시겠어요? 저도 걸지 않을 겁니다."

헤스터는 원을 그리며 천천히 돌아 의뢰인 뒤에 서서 두 손을 리처드 러빈의 어깨에 올렸다. 푸근하게. 엄마처럼.

"여러분께 제 친구 리처드를 소개합니다." 헤스터는 최고로 다정한 미소를 지으며 말하고는 그를 내려다보았다. "리처드는 예순셋의 할아버지입니다. 전과는 없습니다. 경찰에 체포된 적도 없어요. 단 한 번도요. 음주운전 경력도 없습니다. 아주 깨끗하죠. 평생 과속 딱지 한 번 끊은 게 전부입니다. 리처드는, 전 이 말을 별로 좋아하지 않지만 이 경우에는 꼭 써야겠네요, 모범 시민입니다. 슬하에 세 자녀를 두었죠. 두 아들, 루벤과 맥스 그리고 딸 줄리입니다. 거기다 쌍둥이 손녀 로라와 데브라까지 있습니다. 그의 아내 리베카는 오랫동안 유방암과 싸우다가 작년에 숨을 거뒀습니다. 리처드는 죽어가는 아내를 돌보기 위해 장기 휴직을 신청하기도 했습니다. 지난 28년간 그의 직장은 유명한 프랜차이즈 드러그스토어 본사였고, 거기서 회계팀 팀장으로 일했습니다. 또한 고향인 뉴저지주 리빙스턴의 시의원으로 세 번이나 당선됐죠. 의용 소방대(소방관이 아닌 일반인이 소방 업무를 보조하는 기관—옮긴이)에서 봉사하고 있으며, 여러 가치 있는 일에 시간과 돈을 바칩니다. 피고는, 배심원 여러분, 좋은 사람입니다. 누구도 그렇지 않다고 반박할 수 없을 겁니다. 다들 리처드 러빈을 좋아합니다."

헤스터는 다시 웃으며 피고를 안심시키려는 듯 어깨를 토닥이더니 다시 라스 코벳의 사진을 향해 걸어갔다. "라스 코벳의 전 부인 델릴라는 가정 폭력으로 그와 이혼했습니다. 코벳은 늘 그녀를 때렸습니다. 델릴라는 1년에 세 번씩 입원해야 했죠. 다행히도 델릴라는 세 살짜리 딸의 양육권을 지켜냈고, 남편의 접근 금지 명령을 신청했습니다. 라스 코벳은 폭행과 공공장소에서의 주취 소란 행위, 그리고 이걸 주목해 주세요, 불법 권총 소지로 숱하게 체포됐습니다. 이 사진을 보세요, 배심원 여러분. 뭐가 보이나요? 우리 까놓고 말하죠. 인간쓰레기가 보일 겁니다."

폴 히코리의 얼굴이 붉어졌다. 그가 일어서려고 하자 헤스터가 한 손을 들어 올렸다.

"어쩌면 히코리 검사님에게는 인간쓰레기로 보이지 않을 수도 있겠네요. 전 잘 모르겠지만 상관없습니다. 아마 리처드 러빈에게도 인간쓰레기로 보이지 않을 겁니다. 훨씬 더 끔찍한 괴물로 보이겠죠. 리처드의 할아버지는 홀로코스트 생존자입니다. 아우슈비츠에서 미군들에게 구조되었죠. 거의 아사 직전에요. 하지만 그의 가족은 이미 죽은 뒤였습니다. 어머니, 아버지, 심지어 어린 동생까지 모두 아우슈비츠에서 죽었습니다. 가스실에서 살해되었죠. 잠시 그 사실을 생각해 보세요."

헤스터는 라스 코벳의 영상이 나오는 텔레비전으로 다가갔다.

"이제 다른 상상을 해보죠. 한 남자가 당신 집에 무단 침입해서 가족을 전부 죽였다고 상상해 보세요. 가족 전원을요. 남자는 그럴 거라고 말했고 그 말을 실행에 옮겼습니다. 당신이 사랑하는 가족들을 전부 죽였죠. 그러고는 돌아와서 당신도 죽일 거라고 말해요. 당신을 죽이는 게 최종 목표임을 분명히 밝힙니다. 몇 년이 흘러서 당신은 새 가정을 꾸려요. 그리고 이제 그 남자가 다시 나타났어요. 계단을 올라오는 남자의 손에 총 비슷한 물건이 들렸습니다."

헤스터는 잠시 말을 멈추고 재판정이 완전히 고요해지기를 기다렸다가 덧붙였다. "그런 상황에서도 색안경을 끼고 봐서는 안 된다고 생각하실 건가요?"

그녀가 분노하고 비난하는 어조로 말을 이었다. "히코리 검사는 계속 이것이 정당방위가 아니라고, 라스 코벳은 상해를 가하겠다고 협박한 적이 없다고 말했습니다. 지금 장난하나요? 히코리 검사는 솔직하지 못한 건가요, 아니면 멍청한 건가요? 라스 코벳은 미국 나치 민병대 리더였습니다. 그가 SNS에 올리는 증오의 메시지에 수천 명의 팔로워가 '좋아요'를 누릅니다. 나치는 절대 돌려서 말하지 않아요, 배심원 여러분. 그들은 목표를 분명히 했습니다. 살인. 학살. 제 친구 리처드를 포함한 특정 인종의 몰살. 그렇지 않다고 믿을 만큼 순진한 분이 있나요? 그래서 라스 코벳이 그날 행진하고 있었던 겁니다. 대원들을 모아 리처드와 그의 세 자녀, 쌍둥이 손녀 같은 선한 사람들을 살해하고 독가스를 살포하려고요."

이제 헤스터는 언성을 높였고 목소리가 떨렸다.

"이제 히코리 검사는 이렇게 말할 겁니다. 라스 코벳에게는 코벳의 나치 선조들이 제 의뢰인의 선조들에게 그랬듯이 누군가를 가스실에 처넣고 그의 일가족을 도륙하겠다고 말할 '권리'가 있다고요. 하지만 리처드의 입장에서 자문해 봅시다. 여러분이라면 어떻게 할 건가요? 집에 가만히 앉아서 나치들이 다시 일어나 더 많은 사람을 죽이기를 기다릴 건가요? 가스실에 끌려간 후에야 자신을 방어할 건가요? 우린 코벳의 목표가 뭔지 알고 있습니다. 그와 쓰레기 같은 그의 추종자들은 자기들의 목표가 무엇인지 아주 분명하게 말했어요. 그래서 걱정스러운 시민이자 공감 능력이 있는 인간, 자식을 사랑하는 아버지이자 손녀들을 애지중지하며 모범적으로 살아가는 당신은 이 살인자들이 토해내는 증오를 들으러 워싱턴 스퀘어 파크로 갑니다. 물론 무섭습니다. 당연히 가슴이 미친 듯이 두근거리죠. 그때 이 사악한 남자, 당신을 죽이겠다고 맹세한 남자, 수많은 총과 소총을 소장하고 있다는 걸 누구나 다 아는 남자가 손을 들어 올립니다. 남자의 손에는 검은 금속으로 보이는 물건이 들려있고요."

헤스터의 목소리는 점점 작아졌고 반쯤 흐느끼듯 했으며 눈에는 눈물이 그렁그렁했다. 그녀는 고개를 숙이고 눈을 감았다.

"이건 당연히 정당방위입니다."

한쪽 눈에서 눈물이 볼을 타고 흘러내렸다.

"이보다 더 명백한 정당방위는 없을 겁니다. 단지 그 순간에 위협을 느껴서만이 아닙니다. 70년의 세월을 거스르고 바다 건너에 뿌리를 둔 정당방위입니다. 정당방위는 리처드의 DNA에 심어져 있습니다. 여러분과 제 DNA에도 심어져 있고요. 이⋯⋯." 헤스터는 나치 독일 깃발 앞에 있는 라스 코벳을 다시 가리켰다. "이 남자는," 그녀는 그 단어를 내뱉듯이 말했다. "당신과 당신이 사랑하는 이들을 죽이고 싶어 합니다. 그런데 손에 검은 물건을 쥐고서 그걸 당신에게 들어 올립니다. 그러자 끔찍한 과거와 강제 수용소, 가스실, 코벳이 부활시키고자 하는 만행과 피와 죽음, 이 모두가 무덤에서 튀어나와 당신과 당신이 사랑하는 이를 움켜잡습니다."

헤스터는 다시 피고인석으로 돌아가 의뢰인 뒤에 서서 한 번 더 리처드 러빈의 어깨에 양손을 올렸다. "전 리처드에게 왜 방아쇠를 당겼냐고 묻지 않을 겁니다."

헤스터가 눈을 감자 또다시 눈물이 흘러내렸다. 그녀는 눈을 뜨고 배심원단을 뚫어지게 바라보았다.

"대신 이렇게 말할 겁니다. 누구라도 그 상황에서는 방아쇠를 당겼을 거라고요."

판사가 배심원단에게 그들이 해야 할 일을 마지막으로 설명하는 동안 헤스터는 재판정 뒤쪽 벽에 기댄 채 혼자 서있는 손자 매슈를 보게 되었다. 그녀의 가슴이 불안하게 두근거렸다. 좋은 소식일 리가 없다. 지난번에 매슈가 일터로 찾아와 그녀를 놀라게 했을 때도 같은 반 친구가 사라졌다며 도와달라고 했다.

이번에는 무슨 일일까?

매슈는 미시간 대학 신입생이었다. 다시 뉴욕으로 돌아온 걸 보니 학기가 끝난 모양이었다. 지금은 5월이었다. 원래 5월에 2학기가 끝나던가? 알 수 없었다. 매슈가 집에 돌아온 걸 몰랐다는 사실도 마음에 걸렸다. 매슈도, 그의 엄마 라일라도 헤스터에게 손자가 돌아왔다고 알려주지 않았다. 라일라는 헤스터의 며느리였다. 아니면 전 며느리라고 해야 정확할까?

죽은 아들의 부인은 뭐라고 불러야 할까?

"전원 기립."

배심원들이 회의실로 향하는 동안 헤스터와 리처드는 자리에서 일어났다. 리처드 러빈은 전방에서 눈을 떼지 않은 채 헤스터에게 "고마워요"라고 속삭였다.

헤스터는 고개를 끄덕였고, 교도관은 러빈을 다시 유치장으로 데려갔다. 유명한 재판일 경우 이 단계가 되면 대다수 변호사는 전문가 행세를 하며 사건의 장점과 약점을 분석하고, 배심원들의 몸짓언어를 읽으며 결과를 예측하기 마련이다. 헤스터도 방송에 출연해 결과를 예측하며 돈을 벌었다(수입 전체는 아니고 일부이기는 했지만). 그런 분석이라면 도가 텄고 재미있기도 했다. 현실적으로 아무 영향도 받지 않는 두뇌 훈련이었다. 하지만 자신이 맡은 재판일 때는, 더군다나 이번 사건처럼 혼신의 힘을 다해 준비한 재판일 때는 결과를 하늘에 맡겼다. 배심원들은 예측할 수 없기로 악명이 높다. 생각해 보면 인생사가 대부분 다 그렇다. 뉴스에 나와서 '논평의 귀재'랍시고 떠들어 대는 사람들을 생각해 보라. 그들이 한 번이라도 맞힌 적이 있던가? 튀니지에서 일어난 한 청년의 분신 사고로 아랍의 봄이 시작될 줄 누가 알았겠는가? 트럼프 혹은 바이든이 대통령이 되고, 코로나바이러스가 전 세계에 퍼질 거라고 누가 예상했는가?

오래된 유대인 격언에 '인간은 계획을 세우고 신은 그런 인간을 비웃는다'는 말이 있다.

헤스터는 최선을 다했다. 배심원의 결정은 그녀의 손에서 벗어난 일이다. 그 또한 그녀가 나이를 먹으며 배운 진리였다. 통제할 수 있는 것을 걱정하라. 통제할 수 없다면 놓아버려라.

헤스터에게는 그것이 평온을 구하는 기도였다. 평온은 전혀 얻을 수 없었지만.

헤스터는 서둘러 손자에게 갔다. 이 잘생기고 아직 소년티가 남아 있는 청년에게서 죽은 아들 데이비드의 흔적을 보는 일은 절대 쉬워지지 않았다. 매슈는 열여덟 살이었지만 벌써 데이비드보다 키가 컸으며 피부색도 더 갈색이었다. 엄마 라일라가 흑인이었기 때문에 매슈는 혼혈이었다. 하지만 그 애의 습관적인 행동, 예를 들어 벽에 기대선 자세라든가 주위를 둘러보며 실내 전체를 파악한다든가 걸음걸이라든가 말하기 전에 머뭇거린다든가 질문을 곱씹으며 왼쪽을 바라본다든가 하는 모습은 영락없이 데이비드였다. 헤스터는 그 사실이 행복한 동시에 그 때문에 매번 가슴이 무너져 내렸다.

매슈 앞에 선 헤스터가 물었다. "무슨 일 있니?"

"아무 일도 없어요."

헤스터는 할머니들 특유의 미심쩍다는 표정으로 얼굴을 찡그렸다. "네 엄마가……?"

"엄마는 아무 일 없어요, 나나. 우리 둘 다 잘 지내요."

지난번에 느닷없이 찾아왔을 때도 매슈는 그렇게 말했지만 알고 보니 아니었다.

"언제 집에 돌아왔니?"

"일주일 전에요."

헤스터는 상처받은 내색을 하지 않으려고 애썼다. "그런데 할머니한테 전화도 안 했어?"

"재판이 끝나갈 무렵에는 할머니가 얼마나 힘든지 엄마나 저나 잘 아니까요."

헤스터는 뭐라고 대꾸해야 할지 몰라서 꾸짖는 건 넘어가기로 하고 대신 두 팔로 손자를 끌어안았다. 늘 애교 많은 손자였던 매슈도 그녀를 껴안았다. 헤스터는 눈을 감고 시간을 멈추려 했다. 1, 2초간은 거의 성공했다.

여전히 눈을 감고 매슈의 가슴에 머리를 댄 채 헤스터는 한 번 더 물었다. "그래, 무슨 일이니?"

"와일드 아저씨가 걱정돼요."

"아저씨랑 연락이 끊긴 지 너무 오
래됐어요." 매슈가 말했다.

두 사람은 헤스터의 캐딜락 에스컬레이드 뒷좌석에 앉아있었다. 오
랫동안 헤스터의 운전사이자 반은 보디가드였던 팀이 방향을 틀어 조
지 워싱턴 다리 아래층으로 들어섰다. 그들은 뉴저지주, 웨스트빌이
라는 소도시로 향하고 있었다. 산속에 자리한 그 도시에서 헤스터와
죽은 남편 아이라는 세 아들을 키웠다. 장남 제프리는 현재 로스앤젤
레스에서 치과 의사로 일하고 있으며, 에릭은 노스캐롤라이나주에서
금융 전문가로 일했고, 매슈의 아빠인 막내아들 데이비드는 매슈가
일곱 살 때 자동차 사고로 사망했다.

"와일드와 마지막으로 통화한 게 언제니?" 헤스터가 물었다.

"공항에서 당분간 외국에 나가있을 거라고 했던 때가 마지막이었
어요."

헤스터는 고개를 끄덕였다. 와일드가 코스타리카로 떠났던 때일 것

이다. "그러니까 거의 1년이 다 됐구나."

"네."

"너도 와일드 성격 알잖니, 매슈."

"알죠."

"와일드가 네 대부인 건 맞아." 와일드는 데이비드의 단짝이었고, 아마 와일드에게는 데이비드가 유일한 친구였을 것이다. "대부로서 와일드가 네 곁에 좀 더 있어줘야 하는 건 맞는데……."

"그런 게 아니에요." 매슈가 그녀의 말을 잘랐다. "전 이제 열여덟 살이라고요."

"그래서?"

"그러니까 어른이죠."

"다시 한번 물으마. 그래서?"

"와일드 아저씨는 지금까지 늘 제 곁에 있어줬어요." 매슈는 그렇게 말하고 다시 덧붙였다. "엄마를 제외하고는 누구보다 제 곁에 있어줬다고요."

헤스터는 매슈에게서 몸을 뒤로 빼고 매슈의 말을 반복했다. "엄마를 제외하고? 맙소사."

"아, 제 말은……."

"엄마를 제외하고." 헤스터는 고개를 저었다. "정말 야비하구나, 매슈."

매슈가 고개를 숙였다.

"네 할머니에게 그런 수동 공격은 하지 마라. 나한테는 안 먹히니까. 알겠니?"

"죄송해요."

"난 맨해튼에 집과 직장이 있어. 너와 네 엄마는 웨스트빌에 살고. 내 딴에는 최대한 자주 가는 거야."

"알아요."

"치사하게."

"죄송해요. 제가 잘못했어요. 전 그냥……." 매슈가 그녀의 눈을 바라보았다. 그 눈이 데이비드와 어찌나 똑같은지 헤스터는 하마터면 움찔할 뻔했다. "할머니가 아저씨를 비난하는 게 싫었어요."

헤스터는 차창 밖을 바라보았다. "그래."

"그냥 걱정이 돼서 그래요. 아저씨가 지금 타국에서……."

"와일드는 몇 달 전에 돌아왔어." 헤스터가 그의 말을 잘랐다.

"어떻게 아세요?"

"와일드에게 연락이 왔으니까. 와일드가 없는 동안 그 애가 집이라고 하는 그 금속 캡슐의 관리를 다른 사람에게 맡겼거든."

"잠깐만요. 아저씨가 숲으로 돌아왔다고요?"

"아마 그럴걸."

"근데 할머니한테도 연락이 없었어요?"

"귀국한 뒤로는 없었어. 하지만 작년에 내가 찾아가기 전까지는 6년 동안 연락이 없었다. 원래 우린 그런 사이야."

매슈는 고개를 끄덕였다. "그 말을 들으니까 더 걱정되네요."

"왜?"

"6개월 전에는 제가 집에 없었지만 지금은 있잖아요. 돌아온 지 일주일이나 됐다고요."

헤스터는 매슈가 무슨 말을 하려는지 알아차렸다. 매슈와 라일라의 집 뒤쪽에 있는 숲에서 살 때 와일드는 두 사람을 지켜보곤 했다. 주로 눈에 띄지 않는 나무 꼭대기에 올라가서, 때로는 어둠 속에서 혼자 뒷마당에 앉아, 때로는—잠깐이기는 했지만—라일라의 침대에서.

"아저씨가 귀국해서 아무 일도 없었다면 저한테 연락했을 거예요." 매슈가 말을 이었다.

"꼭 그렇다고 할 수는 없지."

"그렇기는 해요." 매슈도 동의했다.

"그리고 지금 와일드는 힘든 일을 겪고 있어."

"왜요?"

헤스터는 매슈에게 어디까지 말해줘야 할까 생각하다가 사실대로 말해줘도 별문제 없겠다고 생각했다. "친부를 찾았거든."

매슈의 눈이 휘둥그레졌다. "와."

"그래."

"지금 아저씨는 어디 있어요? 무슨 일이 있었는데요?"

"나도 잘 몰라. 설사 안다고 해도 내가 할 이야기는 아닐 것 같구나. 하지만 아무래도 잘 안 된 모양이야. 와일드는 귀국해서 나와 연락하던 버너폰(단기간 사용하고 버리는 휴대전화—옮긴이)을 버렸고, 그 후로는 연락이 없었다."

캐딜락이 북쪽으로 향하는 17번 고속도로로 접어들었다. 30년 동안 헤스터는 이 길을 따라 맨해튼까지 통근했다. 그녀와 남편 아이라는 이 동네에서 행복하게 살았다. 주위의 다른 행복한 부부들처럼 일과 가정생활의 균형을 유지했다. 자식들이 장성해 떠난 후에는 웨스트빌의 집을 팔아 맨해튼에 집을 샀다. 열심히 일하고 최선을 다해 자식을 키운 다음 맨해튼에서 부부끼리 인생의 '황금기'를 보내자. 그것이 헤스터와 아이라의 장기 계획이었다. 하지만 애석하게도 그 계획은 실행되지 못했다. 헤스터는 '인간은 계획을 세우고 신은 그런 인간을 비웃는다'라는 격언을 좋아할지 몰라도, 그녀의 경우에는 거기서 파생된 표현인 '신을 웃게 하고 싶다면 너의 계획을 말해줘라'가 더 적절한 듯했다.

"나나?"

"응?"

"지난번에는 어떻게 아저씨한테 연락했어요?"

"네가 나오미를 찾아달라고 부탁했을 때 말이니?"

매슈는 고개를 끄덕였다.

헤스터는 한숨을 길게 내쉬고 자신의 선택지를 고려했다. "엄마는 집에 있니?"

매슈는 휴대전화로 시간을 확인했다. "아마 있을 거예요. 왜요?"

"널 집에 데려다줄 테니 엄마에게 전해주렴. 괜찮으면 내가 한 시간 뒤에 집에 가겠다고."

"엄마가 안 된다고 할 이유가 없죠."

"엄마에게도 계획이 있을 수 있잖니. 너도 이 할머니가 어떤 사람인지 알잖아. 난 엿보기 좋아하는 사람은 아니다."

매슈가 동의할 수 없다는 듯이 웃음을 터뜨렸다.

"입바른 소리를 하는 사람은 아무도 좋아하지 않는단다, 매슈."

"그거야 할머니죠." 매슈가 맞받아쳤다.

"그러니까."

매슈는 그녀를 보며 미소 지었다. 그 미소에 헤스터의 심장이 두 쪽으로 쪼개졌다. "저 내려주고 어디 가실 거예요?"

"와일드를 찾아봐야지."

"왜 저도 함께 가면 안 되죠?"

"지금은 내 방식대로 하자꾸나."

매슈는 그 대답이 달갑지 않았지만 할머니의 말투로 보아 반항해봐야 소용없을 게 뻔했다. 그들이 탄 캐딜락은 옹기종기 모인 자동차 영업소들 근처의 뉴저지주 고속도로로 접어들었고, 2분 뒤에는 마치 새로운 세상에 들어선 듯했다. 팀은 우회전한 다음에 좌회전했고, 다시 두 번 더 우회전했다. 헤스터에게는 너무도 익숙한 길이었다. 애팔래치아산맥에서 뻗어 나온 라마포산의 작은 언덕에 아름답고 큼직한 통나무집이 한 폭의 그림처럼 자리 잡고 있었다.

진입로에 메르세데스 SL 550이 주차되어 있었다. "엄마가 차를 새로 샀니?" 헤스터가 물었다.

"아뇨. 저건 대릴 차예요."

"대릴이 누군데?"

매슈는 말없이 헤스터를 바라보았다. 헤스터는 갑자기 가슴 깊은 곳에서 느껴지는 강렬한 통증을 무시하려고 했다.

"아하." 그녀가 대답했다.

팀은 대릴의 메르세데스 뒤에 차를 세웠다.

"아저씨 찾으면 알려주실 거죠?" 매슈가 물었다.

"전화하마."

"전화하지 말고 그냥 집으로 오세요. 엄마도 할머니께 대릴을 소개해 주고 싶어 해요."

헤스터는 아주 천천히 고개를 끄덕였다. "넌 대릴이 마음에 드니?"

매슈는 대답 대신 할머니의 볼에 키스하고 차에서 내렸다.

헤스터는 손자가 데이비드와 똑같은 걸음걸이로 정문을 향해 걸어가는 뒷모습을 지켜보았다. 그녀와 아이라는 43년 전에 이 집을 지었다. 진부한 표현이지만 그때가 백만 년 전처럼 느껴지는 동시에 어제 같았다. 그들은 이 집을 데이비드와 라일라에게 팔았다. 헤스터는 그 결정이 썩 내키지 않았다. 데이비드가 어릴 때 자신이 자랐던 집에서 가정을 꾸린다는 게 이상했기 때문이었다. 하지만 여러 이유로 납득이 가기도 했다. 데이비드와 라일라는 이 집을 사랑했다. 그들은 실내를 완전히 개조해서 자신들만의 보금자리로 만들었다. 아이라도 이 집이 계속 집안 소유로 남은 것을 기뻐했고, 자주 찾아가 등산이며 낚시, 그 외에 헤스터는 별로 좋아하지 않는 온갖 야외 활동을 즐겼다.

하지만 헤스터가 데이비드와 라일라에게 이 집을 파는 걸 끝까지 반대했더라면 어떻게 되었을까? 나비 효과를 믿지 않는 사람이라도 이런 생각이 들기 마련이고, 이런 생각은 사람을 미치게 한다. 머리로는 데이비드의 죽음이 자신의 잘못이 아님을 헤스터도 알고 있었다. 하지만 그녀가 반대했더라면 세상의 타임라인이 조금은 달라지지 않았을까? 데이비드는 그렇게 미끄러운 산악 도로를 차로 달리지 않았을 것이다. 그 차가 도로를 벗어나 추락하지도 않았을 것이다. 또한 데이비드가 죽은 지 얼마 후에 아이라가 심장마비로—그녀가 생각하기에는 심장마비가 아니라 상심이었다—죽지도 않았을 것이다.

'통제할 수 없는 일을 놓아버리는 건 글러먹었네.' 헤스터는 생각했다.

"라일라에게 남자 친구가 생겼나 봐." 그녀가 운전사 팀에게 말했다.

"아름다운 분이니까요."

"알아."

"그리고 아주, 아주 많은 시간이 흐르기도 했고요."

"안다고."

"또 매슈가 대학에 갔고, 이제 홀몸이에요. 잘된 일이라고 생각하셔야 합니다."

헤스터는 얼굴을 찡그렸다. "우리 가족 문제에 쓸데없이 감정 이입하라고 자네를 고용한 게 아니야."

"추가 비용은 청구하지 않겠습니다. 어디로 모실까요?"

"알잖아."

팀은 고개를 끄덕이고는 막다른 길을 빙 돌아서 왔던 길로 다시 나갔다. 핼리팩스가에서 뻗어나간 갈림길을 찾는 데 예상보다 오래 걸렸다. 와일드는 이 갈림길 입구를 늘 수풀로 가려놓아 찾아내기 힘들게 했는데 지금은 캐딜락이 도저히 들어갈 수 없을 정도로 우거졌다. 팀은 갓길에 차를 세웠다.

"이젠 와일드가 이 길을 사용하지 않는 모양입니다."

만약 그 말이 사실이라면 헤스터로서는 와일드를 찾아낼 다른 방법이 생각나지 않았다. 연인 오렌에게 공원 레인저들을 풀어 와일드를 찾아달라고 부탁할 수 있었지만, 만약 와일드가 숨어있겠다고 마음먹는다면 찾지 못할 것이다. 또한 냉정하게 말해서 만약 와일드에게 나쁜 사고라도 생겼다면 아마 너무 늦었으리라.

"내가 직접 걸어가야겠어." 헤스터가 말했다.

"혼자서는 안 됩니다." 팀은 그렇게 말하더니 그 덩치에 믿기지 않을 정도로 날렵하게 운전석에서 내렸다. 군인처럼 빡빡 민 머리에 몸집이 크고 두툼했으며 그래서 양복이 늘 작았다. 팀은 양복 재킷의 단추를 풀더니(그는 일할 때 늘 양복을 고집했다) 헤스터가 앉은 뒷좌석

문을 열어주었다.

"자넨 여기서 기다려." 헤스터가 말했다.

팀은 실눈을 뜨고 주위를 돌아보았다. "위험합니다."

"총 있지?"

팀이 옆구리를 토닥였다. "당연하죠."

"좋아. 그러니까 여기서 날 지켜보다가 누가 날 납치하려고 하면 쏴버려. 다만 잘생긴 몸짱일 때는 그냥 날 순순히 보내주고."

"와일드도 몸짱이지 않나요?"

"나와 연령대가 비슷한 몸짱 말이야, 팀. 사람이 왜 이렇게 고지식해."

"요즘도 '몸짱'이라는 말을 쓰나요?"

"난 써."

헤스터는 수풀 사이의 공간을 향해 걸어갔다. 지난번에 여기 왔을 때는 그 사이로 캐딜락이 들어갈 수 있을 정도로 넓었다. 당시 팀은 캐딜락을 몰고 수풀을 통과했고, 그 과정에서 와일드가 설치해 둔 동작 감지기가 작동했다. 그들은 공터에서 와일드를 기다렸고, 그는 곧 나타났다. 대개는 그렇게 하면 와일드를 만날 수 있었다. 와일드는 수도와 전기, 가스 같은 공공설비를 전혀 이용하지 않고 사는 데 도가 텄다. 그가 그렇게 사는 데는 신변 안전을 확보하기 위한 이유도 있었다. 군인으로 복역했던 시절 그리고 수양 동생 롤라와 사설 경호 업체를 운영하며 비밀스러운 업무를 수행했을 때 적을 꽤 많이 만들었기 때문이다. 그중에는 그를 찾아내 죽이고 싶어 하는 자들도 있었다. 잘해보시길.

하지만 더 큰 이유는 와일드의 어린 시절 트라우마 때문임을 헤스터는 알고 있었다. 어찌 된 영문인지 몰라도 와일드는 생애 첫 기억이 있던 어린 시절부터 이 숲에 혼자 있었고, 자기 힘으로 생존해 나갔다. 생각해 보라. 어린 와일드의 말에 따르면, 그 시절 그가 직접 대화를 나눈 유일한 사람은 집 뒷마당에서 혼자 놀고 있던 어린 소년이었다. 나이가 비슷했던 터라 와일드는 소년에게 다가갔고, 둘 사이에는 기묘하면서도 비밀스러운 우정이 싹텄다. 어느 날 소년의 엄마는 아들이 큰 소리로 말하는 걸 듣고 누구와 이야기하는 중이냐고 물었지만 소년은 상상 속 친구와 이야기하는 거라고 둘러댔다. 여러 면에서 어리석었던 엄마는 그 말을 믿었다. 와일드가 산에서 발견되어 진실이 밝혀지기 전까지는.

그 소년은—스포일러 경고—헤스터의 막내아들 데이비드였다.

수풀 안쪽은 정말로 방치되어 초목이 우거졌으나 지난번 팀이 주차했던 공터는 그대로 있었다. 헤스터는 어떻게 해야 할지 몰랐다. 주변에 동작 감지기나 CCTV가 있는지 찾아보았으나 솜씨 좋은 와일드가 그런 물건을 눈에 띄게 둘 리 없었다. 와일드를 큰 소리로 불러볼까 했지만 와일드는 그런 식으로 일을 처리하지 않을 터였다. 그에게 아무 일도 없다면 곧 나타날 것이고, 나타나지 않으면 곤경에 처한 것이다. 어떤 식으로든 알게 될 것이다.

15분쯤 지나자 팀이 힘겹게 수풀을 빠져나와 헤스터 옆에 섰다. 헤스터는 휴대전화 메시지를 확인했다. 러빈 재판의 배심원단은 오늘 업무를 마쳤고 평결은 내리지 않았다고 한다. 놀랄 일도 아니었다. 회의는 아침에 재개될 것이다. 매슈에게서 두 통의 메시지가 와있었다. 어떻게 됐냐고 묻는 메시지와 집에 들러도 된다고 다시 한번 확인해주는 메시지였다.

다시 15분이 흘렀다.

헤스터는 걱정(와일드에게 무슨 일이 생겼나?)과 분노(아무 일도 없다면 왜 매슈와 연락을 끊은 거지?) 사이를 오갔다. 한편으로는 이해가 가기도 했다. 와일드는 어린 시절 버림받은 상처를 극복하지 못했기 때문에 여전히 제대로 된 애착 관계를 맺지 못했다. 버림받은 사람들의 전형적인 증상이었고, 충분히 납득이 갔다. 다만 와일드는 매슈와 라일라를 위해서라면 조금도 망설이지 않고 목숨을 바칠 터였다. 와일드는 자신이 아끼는 사람들을 열렬히 사랑했고, 그들을 보호했다. 그러면서도 그들과 함께 살 수 없었고, 늘 그들 곁에 있어줄 수 없었다. 참으로 역설적이고 모순적이었다. 하지만 생각해 보면 인간은 다 그렇다. 상대방은 늘 한결같고, 예측 가능하고, 단순한 존재가 되길 바라면서 정작 자신은 절대 그렇게 되지 않는다.

헤스터는 팀을 바라보았다. 팀은 어깨를 으쓱이며 말했다. "충분히 기다린 것 같은데요?"

"그렇지?"

그들은 다시 수풀을 헤치고 나가 갈림길을 걸어갔다. 캐딜락 앞에 도착하니 긴 머리에 수염을 기른 남자가 팔짱을 끼고 보닛에 기대서 있었다.

"그래, 무슨 일인가요?" 와일드가 물었다.

헤스터와 와일드는 몇 초 동안 말없이 서로를 바라보았다. 침묵을 깬 사람은 팀이었다.

"전 차에서 기다리죠."

와일드를 다시 만난 헤스터는 기억의 빗장이 풀렸다. 기억이 끊임

없는 파도가 되어 그녀를 덮치며 마구 쏟아졌다. 딴 데를 보고 있을 때 우리를 덮쳤다가 간신히 일어나면 또다시 우리를 덮쳐 쓰러뜨리는 그런 파도였다. 헤스터의 눈앞에 지금까지 그녀가 봐온 와일드의 여러 모습이 주마등처럼 스쳤다. 숲에서 발견된 어린 소년, 주방에서 데이비드와 이야기하는 중학생, 고등학생 스포츠 스타, 웨스트포인트 사관학교 생도, 데이비드와 라일라의 결혼식에서 전혀 어울리지 않는 턱시도 차림으로 서있는 신랑 들러리(원래 데이비드는 와일드를 베스트맨으로 삼으려고 했으나 헤스터는 형들에게 맡겨야 한다고 우겼다), 갓난아기 매슈를 안고 있는 대부, 눈을 아래로 내리깐 채 데이비드의 죽음이 자기 탓이라고 말하는 남자.

"수염을 길렀구나."

"마음에 드세요?"

"아니."

물론 와일드는 여전히 근사했다. 어린 와일드가 숲에서 발견되었을 때 신문에서는 그를 현대판 타잔이라고 불렀는데 나이를 먹으며 그의 몸은 점차 그 별명에 맞게 자라는 듯했다. 근육질에 조각한 듯 각진 몸, 연갈색 머리카락, 금가루가 섞인 듯한 눈동자, 햇볕에 그을린 피부. 와일드는 미동도 하지 않고 가만히 서있었다. 마치 본능적으로 상대를 덮칠 준비가 된 표범 같았는데 와일드는 정말로 그럴 수 있었다.

"누가 또 실종됐나요?" 와일드가 물었다.

지난번에 헤스터가 와일드를 찾아온 건 그 이유 때문이었다.

"그래. 너."

와일드는 대답하지 않았다.

"네가 실종됐다고 말한 사람이 누구였을지 맞혀보렴. 네가 너무도 걱정돼서 널 찾아달라고 내게 부탁한 사람이 누구였을지." 헤스터가 말했다.

와일드는 고개를 천천히 끄덕거렸다. "매슈군요."

"대체 무슨 일이니, 와일드?"

와일드는 아무 말도 하지 않았다.

"왜 매슈에게 연락을 끊은 거야?"

"연락을 끊은 게 아니에요."

"매슈는 널 사랑해. 그 애한테는 네가 제일 가까운……." 헤스터는 말끝을 흐렸다. 그러고는 화제를 바꿨다. "난 네가 부탁한 일은 다 했다. 맞지?"

"네. 고맙게 생각하고 있어요."

"그럼 말해봐라. 아버지를 만나서 어떻게 됐니?"

"막다른 길이었어요."

"안됐구나. 그래서 다음 단계는?"

"다음 단계는 없어요."

"그냥 포기한다고?"

"전에도 했던 얘기잖아요. 제가 어쩌다 그 숲에 버려졌는지 알아내는 건 중요하지 않아요."

"그럼 매슈는?"

"매슈가 왜요?"

"매슈는 중요하니? 네가 이상하게 행동할 때마다 우린 그저 '아, 와일드는 원래 저러잖아' 하면서 그냥 넘겨야 한다는 거 안다. 하지만 그게 매슈를 무시하는 핑계가 될 순 없어."

와일드는 그 말을 생각해 보더니 고개를 끄덕였다. "맞아요."

"그런데 왜 그런 거야?"

"매슈는 대학에 갔어요."

"방학이라서 집에 돌아왔어."

"네, 알아요."

헤스터는 고개를 끄덕였다. "계속 두 모자를 지켜보고 있었구나."

와일드는 대답하지 않았다.

"그런데 왜……?" 헤스터는 고개를 저었다. "상관없다. 차에 타렴. 함께 그 집으로 가자."

"싫어요."

"정말 이럴래?"

"오늘이 가기 전에 매슈에게 연락할게요. 매슈에게 전해주세요."

와일드는 몸을 돌려 숲속으로 걸어갔다.

"와일드?"

그가 걸음을 멈췄다.

헤스터는 담담한 목소리로 말하려고 노력했다. 원래 오늘 이 이야기를 꺼낼 생각은 아니었다. 아직은 때가 아니었다. 예전에도 몇 번 와일드를 만나 이 문제를 풀고 싶었지만 그건 그녀의 스타일이 아니었고, 와일드의 스타일도 아니었다. 또한 지금 이 문제로 와일드와 대면하는 게 두렵기도 했다. 두 사람을 영원히 하나로 묶어준 비극적인 사건이 오히려 와일드를 숲속으로 더 깊이 들어가 버리게 할 수도 있기 때문이다. "네가 코스타리카로 떠나기 직전에," 헤스터는 목소리가 갈라지는 걸 알아차리고 감정을 억누르려고 했다. "오렌에게 산악 도로의 그 자리에 데려다 달라고 했다. 도로 아래로 가파른 경사면이 보이는 자리 말이야."

와일드는 움직이지 않았다. 헤스터를 돌아보지 않았다.

"나무 십자가가 여전히 거기 있더구나. 도로 한쪽에. 그렇게 오랜 세월이 흘렀는데도 말이야. 풍상을 겪고 색도 바랬을 테지만 여전히 데이비드의 차가 추락한 자리를 표시해 줬어. 아마 너도 알고 있었겠지? 그 십자가가 여전히 그 자리에 있다는 걸 말이야. 틀림없이 너도 가끔씩 거기에 갔을 거야. 안 그러니?"

와일드는 여전히 그녀를 돌아보지 않았다.

"나는 그 경사면을 내려다봤어. 데이비드의 차가 미끄러져 내려간 곳을 말이야. 그 상황을 전부 그려봤단다. 얼어붙은 도로. 어둠."

"헤스터."

"그날 밤에 정말로 무슨 일이 있었는지 말해다오."

"이미 말씀드렸어요."

헤스터는 눈물을 글썽였다. "넌 늘 네 탓이었다고만 하지."

"그게 사실이니까요."

"더는 그 말 못 믿겠다."

와일드는 움직이지 않았다.

"그 말을 정말로 믿은 적은 한 번도 없었던 것 같구나. 난 아주 오랫동안 충격에서 헤어 나올 수 없었어. 진실을 알아야 할 필요를 전혀 느끼지 못했지. 네가 네 과거를 대할 때처럼 말이야. 달라질 게 뭐가 있나요. 넌 늘 그렇게 말했지. 네가 숲에 버려진 소년이라는 사실은 변하지 않을 거라고. 나도 나 자신에게 그렇게 말했다. 달라질 게 뭐냐. 내 아들이 죽었다는 사실은 변하지 않을 텐데."

"제발 그만하세요." 와일드가 천천히 뒤돌아 그녀를 마주 보았다. 두 사람의 눈이 마주쳤다. "죄송해요."

"넌 전에도 그렇게 말했어. 하지만 난 널 탓한 적 없다. 네 사과를 바라지도 않아."

우두커니 서있는 와일드는 넋이 나간 듯했다.

"와일드?"

"매슈에게 제가 연락할 거라고 전해주세요." 와일드는 그렇게 말하고 수풀 속으로 사라졌다.

헤스터의 말이 옳다는 걸 와일드도 알고 있었다. 매슈와 거리를 두지 말았어야 했다.

하지만 상황이 변했다는 게 그의 나름 합리적인 이유였다. 이제 매슈는 자라서 대학에 진학했다. 더 중요한 사실은 라일라에게 남자 친구가 생겼다는 것이다. 11년 전 데이비드가 죽은 뒤로 라일라가 곁에 둔 첫 번째 남자였다. 이 문제에서 와일드는 아무런 권한도 없었고, 끼어들 자리도 없었다. 끼어들고 싶지도 않았다. 단순히 그의 바람일지는 몰라도 예전에는 그의 존재가 라일라에게 위안이었다. 그에게도 역할이 있었다. 하지만 이제 그 역할은 사라졌다. 그의 존재는 분란만 일으킬 뿐이다.

그래서 와일드는 그들과 거리를 두었다.

물론 숲에서 라일라와 매슈 모자를 몰래 지켜보는 일은 멈추지 않았다. 그래서 매슈가 집에 돌아왔다는 사실도 알고 있었다. 하지만 지켜보는 횟수를 차츰 줄여나갔다. 누군가를 적절히 보호하느냐, 오싹

하게 스토킹하느냐는 종이 한 장 차이였다.

그렇기는 해도 라일라와 매슈는 별개였다. 그러니 와일드는 그저 핑계를 댔는지도 모른다. 그저 이기적이었는지도 모른다. 작년에 그는 인간관계에서 너무나 많은 모험을 감행한 터라 더는 그러고 싶지 않았다.

아까 헤스터가 교통사고 이야기를 꺼냈을 때 와일드는 깜짝 놀랐다. 대체 왜 그 이야기를 꺼냈을까? 왜 하필 지금?

와일드는 나무로 가서 그 밑의 땅을 파 스테인리스스틸로 된 보관함을 꺼냈다. 이렇게 잠금장치가 달린 전천후 보관함을 숲 곳곳에 여섯 개 묻어두었는데 모두 가짜 신분증, 현금, 여권, 총, 버너폰이 들어 있었다.

와일드는 보관함을 겨드랑이에 끼운 채 서둘러 초소형 집으로 돌아갔다. 공공설비를 전혀 사용하지 않는 이 최신식 거주지는 에코 캡슐이라고 불렀다. 거주 가능한 공간은 채 2평이 안 되는 비좁은 집이었지만 와일드에게 필요한 물건은 전부 다 있었다. 접이식 침대, 식탁, 서랍장, 간이 부엌, 샤워기, 분뇨를 소각해 재로 만들어 버리는 변기. 에코 캡슐에는 태양광과 풍력 시설도 딸려있었다. 타원형 외관은 열손실을 줄일 뿐 아니라 물탱크에 빗물을 모으기에도 용이한데 이렇게 모인 빗물은 필터로 걸러내 곧바로 음용할 수 있다. 이동식 주택이자 표면을 군복 무늬처럼 칠한 타원형 공간에 사는 와일드를 찾아내기란 (거기다 그가 직접 설치한 최첨단 보안 장비들은 말할 것도 없고) 매우 어려웠다.

와일드는 상자를 열고 군사용 버너폰을 꺼냈다. 보안 기능 덕분에 추적하기가 거의 불가능했지만 여기서 중요한 단어는 '거의'였다. 누구한테 무슨 말을 들었든 모든 기술에는 반드시 백도어가 있다. 추적해서 접속할 수 있는 방법이 반드시 있다. 조심하지 않으면 선 반대편에 있는 사람은 당신이 무슨 일을 하는지 볼 수 있다. 와일드는 다양한 VPN과 개인 정보 노출 방지 기술을 이용해 그럴 위험을 줄이려 했다.

일단 보안 기능을 모두 가동한 다음, 와일드는 버너폰 전원을 켜고 문자와 이메일을 확인했다. 순간적으로 그의 아버지, 다시 말해 대니얼 카터에게서 연락이 왔을지 궁금했지만 사실 그건 불가능한 일이었다. 와일드는 그에게 어떤 연락처도 주지 않았다. 아까 경보 장치가 울렸을 때, 그러니까 헤스터가 수풀이 무성한 길을 따라 숲으로 들어왔을 때 사실 와일드가 생각했던 사람은 대니얼 카터였다. 와일드가 아무런 작별 인사나 언질도 없이 떠나버린 후에 그의 아버지가 자발적으로 조사해 와일드가 있을 만한 곳을 알아냈거나 아니면 헤스터를 찾아가 그를 만날 수 있도록 도와달라고 한 게 아닐까…….

상관없었다.

와일드는 몇 달 만에 처음으로 문자 메시지를 확인했다. 우선 매슈가 보낸 메시지가 몇 개 있었다. 매슈의 메시지는 늘 짧았고, 그에게 어디 있는지 묻는 내용이었다. 수양 여동생 롤라가 보낸 메시지도 두 개 있었는데 첫 번째는 지금 어디에 있냐고 묻는 내용이었고, 두 번째는 이러했다.

한숨. 이러지 마, 와일드.

롤라에게도 전화해야 했다.

에이바가 보낸 메시지는 없었다. 나오미에게서도. 라일라에게서도.

그러다 다음 메시지를 본 와일드는 깜짝 놀랐다.

PB가 'DNA유어스토리(DNAYourStory)' 사이트를 통해 메시지를 보낸 것이다. 보낸 날짜는 여덟 달 전인 9월 10일이었다. 와일드는 링크를 클릭했다. 그동안 그가 PB와 주고받았던 메시지들이 시간순으로 배열되었다.

첫 번째는 1년 전, 와일드가 코스타리카로 떠나기 전에 PB에게서 온 메시지였다.

수신인: WW

발신인: PB

안녕하세요. 본명을 밝히지 않아서 미안합니다. 개인적인 이유로 사람들에게 내 정체를 드러내는 게 불편하네요. 제 태생에는 너무도 많은 구멍이 뚫려있고 물음표투성이예요. 이 웹사이트에서 찾아낸 나와 가장 가까운 친척이 당신입니다. 당신도 나처럼 구멍과 물음표가 많은지 궁금하네요. 그렇다면 내가 그 답을 줄 수 있을지도 모릅니다.

와일드는 몇 달 뒤에야 답장을 썼다. 아버지를 만나려고 라스베이거스로 떠나는 비행기를 기다리는 라이베리아 공항에서.

수신인: PB

발신인: WW

답장이 늦어서 미안합니다. 난 그 사이트에서 아버지를 찾았어요. 아버지의 프로필 링크를 첨부합니다. 당신하고도 혈연관계인지 알려줄 수 있나요? 혈연관계가 맞다면 당신이 내 어머니 쪽 친척인지, 아버지 쪽 친척인지 알 수 있을 겁니다. 고맙습니다.

하지만 라스베이거스에 다녀온 뒤 와일드는 더는 이 문제를 캐지
말고, 메일도 확인하지 않기로 했다. 그게 다 무슨 소용인가 싶었다.
자기 연민에 빠진 것처럼 들리지만 그렇지 않다는 걸 이제야 깨달았
다. 그는 간절히 고립되고 싶었다. 원래 그런 사람이었다. 예전에 정
신과 의사들은 그가 제대로 양육받지 못해서 그렇다고 신나게 떠들어
댔다. 생후 첫 5년간이 제일 중요한데 와일드는 그 기간에 애착 관계
를 전혀 형성하지 못했고, 육체적 혹은 감정적 접촉도 없었으며, 다른
인간과의 교류 없이 홀로 지낸 환경 때문에 그가 정신적으로 치명적
인 손상을 입었다고.

'그 말이 맞을 수도 있어.' 와일드는 생각했다.

하지만 정말 맞는지 알 수 없었고, 자신이 그 문제에 신경을 쓰는지
도 확실치 않았다. 와일드는 한 번도 자신의 진짜 정체를 알아내려고
한 적이 없었다. 그게 아무 의미도 없어 보였기 때문이다. 정체를 알
아낸다고 해서 생후 첫 5년이 바뀌지 않는다. 와일드는 자신이 '정상
이 아니다'라는 건 이해했지만 그렇다고 불행하지도 않았다. 아니면
사실은 불행한데 자신을 속이는 것일 수도 있고. 숲에 산다고 해서 다
른 인간들처럼 자기기만에 빠질 확률이 덜한 것은 아니었다.

오늘은 자아 성찰을 너무 많이 했다. 매슈 때문이다, 당연히. 라일
라 때문이기도 하고.

특히 라일라 때문이다.

'여기를 클릭해서 새로운 메시지를 확인하세요!'라고 적힌 선홍색 글
씨가 있었다. 와일드가 글씨를 클릭하자 새로운 메시지 창이 열렸다.

수신인: WW

발신인: PB

당신 아버지는 나와 혈연관계가 아니네요. 그렇다면 나는 당신 어머니 쪽 친척인가 봅니다. 아버지를 만나러 간 일은 잘되었기를 바랍니다. 어떻게 됐는지 알려주세요.

지난번 당신에게 메시지를 보낸 뒤로 내 인생은 나락으로 떨어졌습니다. 내가 누군지 알게 된다면 아마 당신도 다른 사람들처럼 날 미워할 겁니다. 이런 일이 일어날 거라는 경고를 듣기는 했죠. 높이 올라가면 떨어질 일밖에 없다고. 사람들은 늘 그렇게 말합니다. 높이 올라갈수록 추락할 때 더 힘들다고요. 나는 저 꼭대기에서 아무런 근심 걱정 없이 살았으니 추락할 때 얼마나 힘들었겠어요.

두서없이 들렸다면 미안합니다. 어디서부터 시작해야 할지 모르겠네요. 나에 대한 거짓말이 너무 많아요. 제발 믿지 마세요.

난 벼랑 끝에 몰렸어요. 살아남을 방법이 전혀 보이지 않아요. 그때 당신에게서 메시지가 왔죠. 마치 물에 빠져 죽어가는 사람에게 누군가가 구명보트를 던져준 것 같았어요. 당신은 운명을 믿나요? 난 한 번도 믿은 적이 없어요. 믿을 수 있는 가족도 없죠. 나 자신과 자라온 환경에 대해 알고 있던 사실들은 전부 거짓으로 밝혀졌어요. 당신은 내 친척이에요. 그 사실이 아무 의미도 없다는 건 알지만 어쩌면 아닐 수도 있죠. 어쩌면 아주 큰 의미가 있을 수도 있습니다. 어쩌면 당신은 지금 당장 내게 답장을 보내야만 하는 운명인지도 몰라요.

85

살면서 지금처럼 혼란스럽고 외로웠던 적은 없었어요. 사방에서 벽이 날 향해 다가오고 있어요. 도저히 도망칠 수가 없네요. 난 그저 좀 자고 싶어요. 이제 그만 평온해지고 싶어요. 모든 게 다 사라졌으면 좋겠어요. 일면식도 없는 당신에게 이런 글을 쓰다니 당신은 아마 내가 미쳤다고 생각하겠죠. 어쩌면 정말 미쳤는지도 모르겠어요. 우선, 그들은 내게 거짓말을 했어요. 그리고 이제는 나에 대해 거짓말을 하고 있어요. 무자비한 사람들이에요. 더는 맞서 싸울 수가 없어요. 노력했지만 상황은 더 악화될 뿐이에요.

나한테 전화해 줄 수 있나요? 제발. 내 개인 전화번호는 아래 있어요. 다른 사람에게는 절대 이 번호를 알려주지 마세요. 제발 부탁이에요. 나랑 통화해 보면 당신도 이해하게 될 거예요.

와일드는 고개를 들어 나뭇가지 너머로 하늘을 바라보았다. 거의 넉 달 전에 보내온 메시지였다. 당시 PB가 겪던 위기가 뭔지는 몰라도 아마 지금쯤은 지나갔으리라. 설사 그렇지 않다고 해도 와일드로서는 도울 길이 없었다. PB는 그저 기대어 울 수 있는 어깨가 필요한 듯했는데 그건 와일드가 잘하는 일이 아니었다.

지금쯤이면 헤스터는 매슈와 함께 있을 것이다. 그들을 기다리게 해서는 안 된다.

하지만 다시 생각해 보면 전화 한 통 한다고 손해 볼 게 뭐가 있겠는가.

물론 와일드는 PB와 통화하기가 두려웠다. 자신이 누구인지 설명해야 했다. PB에게 자신이 익명의 WW라고 말해야 했다. 더 일찍 전화하지 못한 것을 사과해야 했다. 그런 다음에는? 대화가 어떤 방향으로 진행될까?

와일드는 산 반대편으로 내려가 데이비드의 집으로 향했다. 데이비드가 죽은 지 11년이 됐는데도 여전히 그곳을 데이비드의 집이라고 불렀다. 200미터쯤 걸어갔을 때 걸음을 멈추고 휴대전화를 꺼내 PB의 번호를 눌렀다. 귀에 전화기를 대고 신호음을 듣는 동안 가슴이 쿵쿵 뛰었다. 왠지 이 결정, 다시 말해 괴로워하는 듯한 PB에게 손을 내밀기로 한 이 결정으로 인해 모든 게 바뀌리라는 확신이 들었다. 예지력 따위는 믿지 않았다. 다만 동물들과 함께 살다 보면 몸에 흐르는 어떤 진동을 믿게 된다. 위험을 감지하는 본능은 실재한다. 당신에게도 있다. 당신의 혈통이 이렇게 오랫동안 살아남았다면 그건 당신도 모르는 사이에 그런 원시적 본능이 DNA 구성의 일부가 되었기 때문이다.

DNA 얘기가 나와서 말인데…….

신호음이 여섯 번 울리더니 기계적인 음성이 흘러나와 이 휴대전화의 주인은 음성사서함을 설정해 두지 않았다고 말했다. 이상한 일이었다.

와일드는 전화를 끊었다. 이제 어떻게 하지?

익명으로 문자를 보낼까 생각했지만 정확히 뭐라고 말해야 할지 난감했다. 자신이 WW라는 걸 밝혀야 할까?

아니면 그냥 이대로 모른 척해야 할까?

하지만 사실상 그럴 수는 없었다. 이번만큼은 안 된다. 이 일을 따라가다 보면 어머니를 찾게 될지 모른다는 가능성은 제외하더라도, PB는 그에게 도움을 청했다. 절박한 상황이었고 달리 도움을 청할 사람도 없었으며 와일드는 그의 절규를 넉 달간 무시해 왔다.

와일드는 짧은 문자를 보냈다.

WW입니다. 연락이 늦어서 미안해요, PB. 편할 때 전화하거나 문자 보내줘요.

와일드는 휴대전화를 앞주머니에 밀어 넣고 산에서 내려갔다.

CHAPTER

07

15분 뒤 와일드는 라마포산과 데이비드의 집 뒷마당을 구분 짓는, 일렬로 늘어선 나무들 옆에 서 있었다. 2층 오른쪽 창문 너머로 누군가 움직였다. 저 방은 라일라의 침실이었다. 생각해 보니 이상한 일이었지만 와일드는 저 방에서 인생 최고의 밤을 보냈다. 부인할 수 없는 사실이었다.

기억이 희미해지기는 했어도 맨 처음 이 자리에 섰을 때가 떠올랐다. 여섯 살 데이비드가 두 형과 함께 뒷마당에서 놀고 있었다. 마당에는 삼나무로 꽤 정교하게 만든 놀이터 세트가 있었는데 그네와 미끄럼틀, 오두막, 구름사다리로 이뤄졌다. 친부를 만난 후에야 와일드는 당시 자신이 다섯 살이었다는 사실을 알게 되었다. 그때까지 와일드는 다른 사람과 이야기해 본 적이 없었다.

적어도 이야기해 본 기억이 없었다.

하지만 어린 와일드는 말을 할 줄 알았다. 그해 겨울은 주로 뉴욕주와 뉴저지주 경계에 있는 호숫가 통나무집에 몰래 들어가 지냈다. 대다수 사람들은 그런 집을 여름 별장으로 사용하기 때문이다. 와일드는 이 집 저 집 돌아다니며 문과 창문을 열어보다가 모두 잠겨있어서 짜증 났던 기억을 떠올렸다. 마침내 지하실의 작은 창문 하나를 발로 차서 어린아이가 간신히 들어갈 만한 크기의 구멍을 만들고 집 안으로 들어갔다. 다행히 통나무집은 월동 준비가 되어있었다. 이는 누군가가 찾아올 위험이 있다는 뜻이었지만 또한 어린 와일드가 수돗물과 전기를 사용할 수 있다는 뜻이기도 했다. 거기 사는 가족은 자녀나 손자가 있었는지 장난감이 있었고, 결정적으로 PBS(교육 방송)에서 만든 〈세서미 스트리트〉와 〈리딩 레인보우〉 비디오테이프도 있었다. 와일드는 몇 시간씩 그 비디오를 보면서 큰 소리로 떠들었고, 덕분에 타잔이나 모글리에 비유되기는 해도 독학을 통해 숲 너머에 훨씬 더 넓은 세상이 있다는 사실을 알게 되었다.

데이비드의 두 형은 동생을 돌봐야 했으나 자기들끼리 미끄럼틀 위의 오두막을 함락시키는 놀이를 하느라 바빴다. 와일드는 아이들을 지켜보았다. 그가 용기를 내어 일렬로 늘어선 나무들 근처까지 내려와 다른 인간들이 어떻게 소통하는지 지켜본 적은 이번이 처음이 아니었다. 심지어 여러 등산객이나 캠퍼, 집주인에게 발각된 적도 있었다. 하지만 그럴 때면 와일드는 그냥 달아났다. 경찰에 신고한 사람들도 있었지만 그들이 뭐라고 말하겠는가. "숲에서 웬 남자아이를 봤어요." 그래서 어쩌라고? 그가 타잔처럼 벌거벗은 채 아랫도리만 가린 천을 둘렀던 것도 아니라서—와일드는 몰래 들어간 집에서 아이들 옷을 훔쳐 입었다—사람들 눈에 와일드는 그저 혼자 숲을 돌아다니는 아이였다.

숲에 '야생 소년'이 있다는 소문이 돌았지만 사람들은 열사병, 피로,

약물, 탈수, 알코올 등등이 만들어 낸 환영으로 치부했다. 이제 데이비드의 형들은 잔디밭에서 난투를 벌이며 깔깔거리고 엎치락뒤치락하며 이리저리 굴러다녔다. 와일드는 꼼짝하지 않은 채 아이들을 지켜보았다. 그때 뒷문이 열리더니 아이들 엄마가 외쳤다. "15분 뒤에 저녁 식사야. 두 번 말하게 하지 마라."

헤스터 크림스틴의 목소리를 들은 것이 그때가 처음이었다.

와일드가 계속 두 형제의 몸싸움을 지켜보고 있을 때 옆에서 누군가 말했다. "안녕."

그와 또래로 보이는 막내였다.

와일드는 달아나려 했다. 이 아이가 미로처럼 얽힌 숲을 가로질러 와일드를 따라잡는 건 불가능했다. 하지만 평소 그에게 달아나라고 명령하던 본능이 이번에는 그냥 있으라고 명령했다. 간단한 이치였다.

"안녕." 와일드도 인사했다.

"난 데이비드야. 넌 이름이 뭐야?"

"난 이름 없어."

그렇게 둘의 우정은 시작됐다.

이제 데이비드는 죽었고, 그의 아내와 아들은 이 집에 살았다.

뒷문이 열리더니 매슈가 뒷마당으로 나왔다. "아저씨."

두 남자는—그렇다, 와일드는 마지못해 그 사실을 인정했다. 이제 매슈는 소년이라기보다 남자였다—서로를 향해 다가갔고 뒷마당 한가운데에서 만났다. 매슈가 두 팔로 그를 끌어안자 와일드는 마지막으로 타인과 신체 접촉을 한 지가 언제였나 생각했다. 라스베이거스에 다녀온 뒤로 누군가를 만진 적이 있었던가?

"미안하다." 와일드가 말했다.

"괜찮아요."

"아니, 괜찮지 않아."

"맞아요. 괜찮지 않아요. 걱정했어요, 아저씨."

매슈가 데이비드를 어찌나 닮았는지 와일드는 마음이 아팠다. 이제 그만 대화의 선로를 바꾸기로 마음먹었다. "대학은 어때?"

매슈의 얼굴이 환해졌다. "끝내주죠."

뒷문이 다시 열렸다. 이번에는 라일라였다. 그녀와 눈이 마주치자 와일드는 행복에 겨워 심장이 터질 듯했다. 라일라는 첫 단추를 푼 흰색 블라우스에 검은색 펜슬 스커트 차림이었다. 아마도 조금 전에 로펌에서 돌아와 재킷을 벗고, 로펌에서 신는 하이힐을 벗은 다음, 흰 운동화로 갈아 신었으리라. 1, 2초 동안 와일드는 말없이 라일라를 바라보기만 했다. 누가 알아차리든 말든 상관없었다.

라일라는 사뿐사뿐 계단을 내려와 마당을 가로지르더니 와일드의 볼에 키스하며 말했다.

"다시 보니까 너무 좋다."

"동감." 와일드가 말했다.

라일라가 그의 손을 잡자 와일드는 얼굴을 붉혔다. 미국을 떠날 때 와일드는 그녀에게 아무 연락도 하지 않았다. 전화도, 이메일도, 문자도.

잠시 후 헤스터가 뒷문 밖으로 머리를 내민 채 외쳤다. "피자 왔다! 매슈, 상 차리는 것 좀 도와다오."

매슈는 와일드의 등을 찰싹 때리더니 종종걸음으로 집에 들어갔다. 매슈가 사라지자 라일라가 다시 와일드를 돌아봤다.

"나한테 설명할 필요 없어. 나한테는 얼마든지 연락을 끊어도 돼."

라일라가 말했다.

"그런 거……."

"내 말부터 들어. 당신은 내게 빚진 거 없어. 하지만 매슈에게는 빚을 졌지."

와일드는 고개를 끄덕였다. "알아. 미안해."

라일라는 눈을 깜빡이더니 시선을 피했다. "돌아온 지 얼마나 됐어?"

"몇 달 됐어."

"그럼 아마도 대릴을 알겠네."

"당신도 나한테 설명할 필요 없어."

"맞는 말이야."

둘은 집으로 들어갔다. 와일드, 라일라, 매슈, 헤스터, 네 사람은 식탁에 둘러앉았다. 식탁에는 칼라브리아에서 시킨 피자가 두 판 있었다. 하나는 어른 셋이 나눠 먹었고, 나머지 하나는 거의 매슈 혼자 다 먹었다. 피자를 먹는 동안 헤스터는 와일드에게 질문을 퍼부었다. 그가 코스타리카에서 뭘 하고 지냈는지와 관련된 질문이었다. 와일드는 대부분 대답을 피했고, 라일라는 말없이 앉아있었다.

매슈가 팔꿈치로 와일드를 쿡 찔렀다. "오늘 브루클린 네츠랑 뉴욕 닉스 경기가 있어요."

"올해 네츠나 닉스 성적이 좋았어?"

"와, 진짜 농구에 관심 끊고 사셨네요."

다들 피자를 한 조각씩 들고 대형 텔레비전이 있는 거실로 갔다. 와일드와 매슈는 편안한 침묵 속에서 경기를 지켜봤다. 와일드는 운동 경기 관람을 별로 좋아하지 않았다. 직접 하는 편이 더 좋았다. 남이

하는 경기를 지켜보는 걸로는 아무런 즐거움도 느끼지 못했다. 반면 매슈의 아빠 데이비드는 스포츠 광팬이어서 카드와 기념품을 모으고, 형들과 경기를 보러 다니고, 한밤중까지 경기를 지켜보며 어떤 선수가 몇 점 숫을 쐈는지 기록했다.

라일라와 헤스터도 함께 봤지만 둘 다 경기보다 휴대전화를 들여다보는 시간이 더 많았다. 하프 타임이 되자 헤스터가 자리에서 일어나며 말했다. "난 그만 맨해튼으로 돌아가는 게 좋겠구나."

"오렌 집에서 주무시는 거 아니었어요?" 라일라가 물었다.

오렌 카마이클은 웨스트빌의 은퇴한 경찰 서장이었다. 오렌 역시 이 동네에서 가정을 이뤘고, 헤스터와 아이라 부부의 친구로 지냈으며, 심지어 데이비드를 포함한 헤스터의 두 아들에게는 농구 코치이기도 했다. 이제 헤스터는 과부였고 오렌은 이혼했으므로 둘은 사귀기 시작했다.

"오늘 밤은 안 돼. 아마 러빈 사건의 배심원단이 내일 아침에 다시 회의를 할 거야."

"차까지 배웅해 드릴게요." 와일드가 말했다.

헤스터는 얼굴을 찡그렸다. 와일드와 헤스터는 집 앞쪽 보도로 나갔고, 집에서 그들의 말소리를 들을 수 없을 정도로 멀어지자 헤스터가 물었다. "원하는 게 뭐냐?"

"없어요."

"원하는 게 없는데 네가 날 배웅할 리가 없잖아."

"그러네요."

"그래서?"

"그래서 지난번에 제 부탁으로 'DNA유어스토리'에서 제 아버지 주소를 빼내셨을 때 많이 힘들었나요?"

"아주 많이 힘들었지. 그건 왜?"

"그 사이트에서 또 다른 사람의 신상 정보가 필요해요."

"그 사람도 네 친척이니?"

"네. 육촌이요."

"그냥 답장을 보내서 약속을 잡을 수는 없는 거야?"

"상황이 좀 복잡해요."

헤스터는 한숨을 내쉬었다. "너와 관련된 일은 늘 그렇지."

와일드는 기다렸다.

"알았다. 자세한 건 문자로 보내렴."

"역시 헤스터가 최고예요."

"그래, 그래, 내가 좀 잘나기는 했지." 헤스터는 다시 집을 돌아보며
말을 이었다. "어떻게 참고 사니?"

"무슨 말이에요?"

"라일라를 바라보는 네 눈빛을 봤다. 라일라가 널 보는 눈빛도 봤
고."

"그냥 쳐다본 거예요."

"라일라는 만나는 남자가 있어."

"알아요."

"역시 알고 있었구나."

"끼어들지 않을 거예요."

팀이 헤스터를 위해 차 문을 열어주었다. 헤스터는 와일드를 꼭 껴
안으며 속삭였다. "다시는 사라지지 마라. 알겠지? 숲이든 어디든 너
좋은 데서 살아도 되지만 가끔 연락은 해야 해." 그러더니 와일드를

밀어내며 그의 얼굴을 올려다봤다. "알겠니?"

와일드는 고개를 끄덕였다. 헤스터는 뒷좌석에 올라탔다. 와일드는 캐딜락이 막다른 길을 돌아 나가는 모습을 지켜보았다. 그런 다음 휴대전화를 꺼내 수양 동생에게 전화했다. 동생이 전화를 받자마자 평범한 가정의 불협화음이 들렸다. 롤라 나세르는 다섯 아이를 둔 엄마였다.

"여보세요?"

와일드가 버너폰으로 전화했기 때문에 롤라는 전화한 사람이 오빠라는 사실을 모를 터였다. "그동안 내가 연락 안 했다고 짜증 내는 부분은 건너뛰면 안 될까?"

"절대 안 되지."

"롤라……."

"넌 ㅅㅂ 뭐가 문제야? 내가 아이들 앞이라서 초성만 말하는데 사실은 그냥 말하고 싶어서 죽겠다고. 넌 ㅅㅂ 뭐가 문제야, 와일드? 아니지. 대답하지 마. 그 답을 나보다 잘 아는 사람이 어디 있겠어."

"맞아."

"그렇지? 아무도 나보다 널 잘 알지 못해. 그리고 지난번에 다시는 잠수 타지 않겠다고 약속했잖아."

"그랬지."

"이건 마치 루시가 찰리 브라운에게 럭비공을 차는 거랑 같아."

"루시는 럭비공을 차지 않아."

"뭐라고?"

"루시는 럭비공을 잡고 있다가 찰리 브라운이 차려고 할 때마다 공을 가져가 버리지."

"지금 장난해? 이 상황에서 그걸 지적하겠다는 거야, 와일드?"

"너 웃고 있는 거 알아, 롤라. 목소리에서 다 들려."

"나 화났어."

"화났지만 웃고 있잖아."

"1년도 넘었다고."

"알아. 또 임신한 건 아니지?"

"아니야."

"내가 놓친 중대한 사건이라도 있어?"

"이제 와서?" 롤라는 한숨을 쉬었다. "용건이나 말해, 와일드."

"휴대전화 번호 하나만 추적해 줘."

"불러봐."

"지금?"

"아니. 1년 기다렸다가 그때 부르든지."

와일드는 PB에게 받은 번호를 불러줬다. 10초 뒤에 롤라가 말했다.
"이상한데."

"뭐가?"

"청구서를 받는 주소지가 PB&J라는 유령회사로 되어있어."

"그게 소유주야? 아니면 주소야?"

"소유주는 없어. 주소는 케이맨 아일랜드고. 누구 전화번호야?"

"내 육촌인 것 같아."

"뭐라고?"

어린 와일드는 숲에서 구조된 뒤 친절하고 너그러운 브루어 부부에게 위탁되었다. 브루어 부부를 거쳐간 아이들은 서른 명이 넘었는데 모두 부부를 만난 뒤 더 나은 삶을 살게 되었다. 대부분의 아이들은 몇 달만 살다 떠났지만, 와일드나 롤라처럼 몇 년씩 함께 살았던 아이들도 있었다.

"말하자면 길어." 와일드가 말했다.

"친부모를 찾고 있는 거야?"

"아니. 찾아볼까 했는데 관뒀어."

"그런데도 가족 혈통 찾아주는 사이트에 네 DNA를 등록했다고?"

"응."

"왜?"

"말하자면 길다는 말이 무슨 뜻인지 몰라?"

"넌 맨날 그렇게 말하고 자세히 말해준 적이 없잖아. 성격상 자세히 말하는 게 불가능한 것 같아. 이번에도 그냥 넘어가겠지. 그러니까 그냥 큰 흐름만 말해봐."

와일드는 아버지 이야기는 하지 않고 PB와 주고받은 메시지만 이야기했다.

"마지막 메시지 좀 읽어봐." 와일드의 이야기가 다 끝나자 롤라가 말했다.

와일드는 그렇게 했다.

"그러니까 이 PB라는 남자가 유명 인사라는 거야?"

"아니면 본인이 그렇게 생각하거나." 와일드가 말했다.

"그냥 엄살 부리는 거면 좋겠네."

"무슨 말이야?"

"마지막 메시지가 꼭 자살하기 전에 남긴 유서 같잖아."

확실히 와일드도 그 메시지에 담긴 절박함과 절망을 느꼈다. "그 유령회사에 관한 정보를 알아낼 수 있겠어?"

"나랑 우리 애들 만나러 올 거야?"

"응."

"거래를 하자는 건 아니야. 어차피 알아봤을 테니까."

"알아. 사랑해, 롤라."

"그래, 알아. 코스타리카에서 완전히 돌아온 거야?"

"응."

"혼자?"

"응."

"젠장. 유감이네. 다시 숲에서 살아?"

"응."

"젠장."

"다 잘됐어."

"알아. 그게 문제지. PB&J에 대해 알아볼게. 하지만 설사 알아낸다고 해도 별 소득은 없을 거야."

와일드는 전화를 끊고 집으로 들어갔다. 라일라는 보이지 않았고, 소파에 앉은 매슈는 노트북으로 인터넷을 하며 건성으로 후반전을 보고 있었다. 와일드는 매슈 옆에 털썩 앉았다.

"엄마는 어디 갔니?" 와일드가 물었다.

"일하러 2층에 올라갔어요. 엄마한테 남자친구 생긴 거 알아요?"

와일드는 그 질문에 질문으로 답하기로 했다. "넌 괜찮니?"

"제가 괜찮지 않을 이유가 있나요?"

"그냥 물어보는 거야."

"제가 선택할 수 있는 문제도 아니잖아요."

"맞는 말이야."

광고가 끝나고 경기가 재개됐다. 매슈는 팔짱을 낀 채 화면에 집중했다. "대릴은 너무 완벽주의자예요."

와일드는 아무 감정도 싣지 않은 채 "아"라고 말했다.

"말을 절대 줄여서 쓰지 않아요. '난'이 아니라 꼭 '나는'이라고 말하고 '얘기' 대신 '이야기'라고 말해요. 짜증 나 죽겠어요."

와일드는 아무 말도 하지 않았다.

"실크 파자마는 꼭 위아래 같은 색으로 맞춰서 입어요. 검은색으로요. 무슨 양복 같다니까요. 운동복도 짝을 맞춰서 입고요."

와일드는 계속 침묵했다.

"아저씨 생각은 어때요?"

"야만인 같구나."

"그렇죠?"

"아니. 우린 엄마가 행복해지도록 응원해야 해."

"그렇다고 치죠."

두 사람은 예전에 와일드와 데이비드가 그랬듯이 편안한 침묵으로 빠져들었다.

몇 분 뒤 매슈가 말했다. "집중하세요."

"뭐?"

"아저씬 지금 정신이 딴 데 팔렸다고요. 대릴 식으로 말하자면 '아저씨는' 지금 정신이 딴 데 팔렸어요."

와일드는 미소 짓지 않을 수 없었다. "왜 짜증 난다고 했는지 알겠다."

"그거 봐요."

"난 친부를 만났어."

"잠깐만요. 뭐라고요?"

와일드는 고개를 끄덕였다. 매슈는 허리를 똑바로 펴더니 와일드에게 온 신경을 집중했다. 예전에 데이비드도 그랬다. 상대로 하여금 자신이 세상에서 제일 중요한 사람이라고 느끼게 하는 능력이 있었다. 와일드는 속내를 털어놓는 데 서툴렀지만, 어리석게 잠수를 탄 대가로 매슈에게 이 정도는 말해줄 수 있으리라.

"아버지는 라스베이거스에 살아."

"멋지다. 혹시 카지노에서 일해요?"

"아니. 시공업자야."

"어떻게 찾아냈어요?"

"DNA 혈통 사이트에서."

"와. 그래서 라스베이거스로 갔어요?"

"응."

매슈는 양팔을 벌렸다. "그래서요?"

"아버지는 내가 태어났다는 사실도 몰랐고, 내 어머니가 누구인지도 모르더라."

와일드가 설명하는 동안 매슈는 잠자코 듣기만 하더니 와일드의 이야기가 끝나자 얼굴을 찡그리며 말했다. "이상한데요."

"뭐가?"

"아저씨 엄마의 이름을 기억하지 못한다는 거요."

"그게 왜 이상해?"

매슈는 다시 얼굴을 찡그렸다. "제가 설명할게요. 아저씨는 여러 여자랑 자니까 그 사람들 이름을 다 기억하지 못할 거예요. 이해해요. 아저씨 행동은 역겹지만 충분히 이해가 간다고요."

"고맙구나."

"하지만 아저씨 아빠인 그 대니얼 카터라는 사람은 달라요. 그 일이 있기 전에 딱 한 여자하고만 잤어요. 그 일이 일어난 뒤에도 한 여자, 여자 친구였던 그 여자하고만 잤고요. 그런데 중간에 잤던 다른 여자들 이름을 기억하지 못한다고요?"

"아버지가 나한테 거짓말을 했다고 생각하니?"

매슈는 어깨를 으쓱였다. "그냥 이상하다는 것뿐이에요."

"넌 어리니까 그렇게 생각할 수도 있지."

"아저씨 아버지가 그 여자랑 잤을 때도 어렸어요."

와일드는 고개를 끄덕였다. "일리 있는 지적이야."

"전화해서 좀 더 다그쳐 보세요."

와일드는 대답하지 않았다.

"그냥 그만두지 말아요, 아저씨."

"그만두지 않았어. 사실은 그 반대지."

"무슨 말이에요?"

"그래서 내가 너한테 이 이야기를 꺼낸 거야. 네 도움이 필요하거든."

매슈의 얼굴에 미소가 번졌다. "말만 하세요."

"그 사이트에서 다른 친척에게 연락이 왔어. 그 사람은 자기가 PB라고 했어." 와일드는 매슈에게 PB가 마지막으로 보낸 메시지를 보여주었다. 매슈는 메시지를 두 번 읽은 뒤에 물었다. "잠깐만요. 이 메시지가 언제 왔다고 했죠?"

"넉 달 전에."

"정확한 날짜가 있어요?"

"여기. 왜 그러지?"

매슈는 메시지를 계속 바라보았다. "왜 답장 안 했어요?"

"이제야 봤어."

매슈는 휴대전화를 좀 더 들여다보았다. "그러니까 이것 때문이었 군요."

"뭐가?"

"아저씨가 정신이 딴 데 팔린 이유요."

"무슨 말인지 모르겠다."

"아저씨는 죄책감을 느끼는 거예요." 매슈는 휴대전화에서 눈을 떼지 않은 채 말했다. "이 혈육이 아저씨에게 도와달라고 외쳤어요. 그런데 아저씨는 그 절규조차 들어주지 않았잖아요."

와일드는 매슈를 바라보았다. "너무 가혹하구나."

"하지만?"

"하지만 맞는 말이야. PB는 자기가 유명 인사인 것처럼 말했어. 안 그러니?"

"과장일 수 있죠."

"그래." 와일드도 동의했다.

"원래 SNS라는 게 그래요. 예전에 우리 반 아이가 유튜브에 노래 하나를 올렸는데 조회 수가 50만이 넘은 거예요. 지금 그 애는 자기가 드레이크라도 된 줄 안다니까요."

와일드는 드레이크가 누군지 몰라서 아무 말도 하지 않았다.

"하지만 이 메시지는 어딘가……." 매슈가 말끝을 흐렸다.

"왜?"

"아마 서턴은 알 거예요."

"서턴. 네가 8학년 때부터 짝사랑했던 여학생 말이야?"

매슈의 입에 슬쩍 미소가 흘렀다. "사실은 7학년 때부터예요."

"크래시 메이너드의 여자 친구 말이지?"

"전 여자 친구죠." 이제 매슈는 미소를 참지 못하고 싱글거렸다. "아저씨가 떠난 뒤로 많은 일이 있었어요."

"그랬어?"

"서턴과 제가 사귄 지 이제 거의 1년이 돼가요."

와일드도 미소 지었다. "잘됐구나."

"네." 매슈가 얼굴을 붉혔다. "정말 좋아요."

"음, 너한테 따로 얘기 안 해도 되는 거지?"

그 말에 매슈가 낄낄거렸다. "네, 사양할게요."

"정말?"

"네. 어차피 그 단계는 이미 지났어요, 아저씨."

"미안하구나."

"대신 엄마가 얘기해 줬어요. 괜찮아요."

광고가 나오자 매슈가 말했다. "그 이야기가 나왔으니 말인데."

"왜?"

"저 샤워해야겠어요." 매슈가 자리에서 일어섰다. "아저씨랑 벌써 헤어지긴 싫지만, 오늘 밤에 서턴네 집에서 자기로 했거든요."

"아." 와일드는 그렇게 말했다가 다시 덧붙였다. "엄마 허락은 받았어?"

매슈가 얼굴을 찡그렸다. "아저씨."

"그래. 맞다. 내가 참견할 일이 아니지." 와일드는 자리에서 일어났다. "나도 이만 가야겠구나."

매슈는 한 번에 두 칸씩 계단을 뛰어 올라가더니 침실로 사라졌다. 와일드도 일어나서 라일라에게 작별 인사를 하려는데 휴대전화가 울렸다. 롤라였다.

"왜?"

"땡잡았어."

"뭔데?"

"PB&J의 주소를 알아냈어. 근데 너무 말이 안 돼."

CHAPTER

08

PB&J의 우편 주소는 맨해튼 센트럴 파크 사우스 지역의 플라자 호텔 근처에 있는 번쩍이는 마천루 78층의 호화로운 아파트였다. 스카이라고 부르는 이 고층 건물은 높이가 427미터로 뉴욕시 거주용 건물 중에서 두 번째로 높다.

"그냥 돈이 많은 정도가 아니야. 돈 구린내가 날 정도로 많아." 롤라가 말했다.

"돈 구린내?"

"요즘에는 그렇게 말한대."

와일드는 굳이 자세히 알고 싶지 않았다. "그 아파트가 PB&J 소유야?"

"모르겠어. 지금은 그냥 우편물 주소만 알아냈어."

"집이 누구 소유인지는 알아낼 수 없고?"

"얼마에 팔렸는지 기록이 없어. 그런데 말이지, 저 건물 아파트는 천만부터 시작해."

"달러?"

"아니, 페세타(유로화로 통합되기 이전의 스페인 화폐 단위—옮긴이)." 롤라가 대꾸했다. "당연히 달러지. 현재 맨 꼭대기 층 펜트하우스는 7천5백만 달러에 나와있어."

와일드는 두 손으로 얼굴을 문지르고 시간을 확인했다. "거기까지 한 시간이면 충분히 갈 수 있겠어."

"웨이즈 앱에 입력해 보니까 지금 출발하면 46분 걸린대."

"라일라 차를 빌릴 수 있는지 알아볼게."

"오오오오오오오." 롤라가 노래하듯이 말을 늘였다. "라일라랑 함께 있어?"

"매슈도 있어. 아까는 헤스터도 있었고."

"방어적으로 굴지 마."

"방어적으로 구는 거 아닌데."

"난 라일라 좋아해. 아주 많이."

"라일라는 사귀는 남자 있어."

"그래? 대신 너한텐 뭐가 있는지 알아?"

"뭔데?"

"스카이에 사는 개부자 친척. 뭔가 알아내면 전화해."

와일드는 위층으로 올라가는 계단으로 가서 매슈를 불렀다. 매슈는 요란하게 계단을 내려오더니 걸음을 멈추지 않은 채 와일드와 하이파이브를 하고 현관으로 걸어가며 "또 봐요!"라고 외친 다음 문을 쾅 닫았다.

와일드는 잠시 우두커니 서있었다. 계단 꼭대기에서 라일라가 말했다. "이젠 다 컸어."

"응."

"엿 같아."

"응."

"오늘 밤은 여자 친구네 집에서 잘 거래."

"아까 들었어."

"난 아들의 연애에 쿨한 엄마가 되겠다고 맹세했지만⋯⋯."

"이해해." 와일드가 몸을 돌려 그녀를 바라보았다. "차 좀 빌릴 수 있어?"

"당연하지."

"오늘 밤에 가져다 놓을게."

"그럴 거 없어. 내일 정오까지 가져오면 돼."

"알았어."

"키 어디 있는지 알지?"

와일드는 고개를 끄덕였다. "고마워."

"잘 가, 와일드."

"잘 있어, 라일라."

라일라는 몸을 돌려 서재로 향했다. 와일드는 현관문 옆 바구니에서 차 키를 집어 들었다. BMW였던 라일라의 차는 검은색 메르세데스 벤츠 SL 550으로 바뀌어 있었다. 와일드는 이 차가 대릴과 같은 차종임을 깨닫고 얼굴을 찡그렸다. 라디오 채널을 클래식 록 방송에 맞추고 맨해튼으로 차를 몰았다. 조지 워싱턴 다리를 건너는 차량이 놀랄 정도로 적었다. 와일드는 다리 위층으로 갔고 천천히 오른쪽 차선으로 진입했다. 센트럴 파크 사우스에서 남쪽으로 백 블록쯤 떨어진 여기에서도 구름 위로 삐죽 솟아있는 스카이가 보였다.

와일드는 파크 레인 호텔 주차장에 주차했다. 스카이는 순수하고 아무런 감정도 없는 유리 빌딩이었다. 로비는 크리스털과 백색, 크롬으로 번쩍거렸다. 차를 타고 오는 동안 와일드는 스카이에 가서 뭐라고 말해야 할지, 이 방문으로 어떤 성과를 거둬야 할지 고민한 터였다. 와일드는 건물 안으로 들어갔다.

남자 경비는 마치 와일드가 노숙자의 목구멍에서 튀어나온 가래라도 된다는 듯이 바라보았다. "음식 배달은 뒤쪽으로 가세요."

와일드는 빈손을 들어 올렸다. "제가 음식을 들고 있나요?"

옷을 멋지게 차려입고 안내 데스크에 앉아있던 여자가 밖으로 나와서 말했다. "뭘 도와드릴까요?"

무엇이라도 해보지 않으면 얻는 것도 없다. "78층 부탁합니다."

안내원은 경비와 그럴 줄 알았다는 눈빛을 교환했다.

"성함은요?"

"WW요."

"네?"

"WW가 찾아왔다고 전해주세요."

안내원은 다시 경비를 힐끔 바라보았다. 와일드는 그들의 표정에 담긴 의미를 읽어보려고 했다. 이런 빌딩은 경비가 삼엄할 것이다. 그 정도는 예상한 바였다. 설사 이 경비를 통과한다 해도 엘리베이터 옆에 경비가 두 명 더 있었다. 그들의 표정과 태도는 경계하거나 걱정스럽다기보다 지루하고 체념한 듯했다. 마치 전에도 이런 적이 있었고, 자신들의 역할을 여러 번 수행했으며, 따라서 그저 기계적으로 행동하는 듯했다.

안내원은 다시 데스크로 돌아가더니 전화기를 집어 들었다. 그렇게

1분쯤 전화기를 귀에 댄 채 아무 말도 하지 않았다. 안내원이 다시 와일드에게 다가와 말했다. "집에 아무도 없네요."

"이상하군요. PB가 저한테 집으로 오라고 했거든요."

경비와 안내원 모두 아무 말도 하지 않았다.

"PB는 제 친척입니다." 와일드가 애써 설명했다.

"아하." 경비는 마치 전에도 그런 말을 숱하게 들었다는 듯이 심드렁하게 대꾸했다. "그 나이를 먹고도 이런 짓을 하고 싶나?"

"이런 짓이라뇨?"

안내원이 나무라듯 말했다. "프랭크."

경비 프랭크가 고개를 절레절레 저으며 "이제 그만 가시죠"라고 말하더니 눈을 살짝 굴리며 어이없다는 듯 덧붙였다. "WW."

"메시지를 남겨도 될까요?" 와일드가 물었다.

"누구에게요?"

"PB한테요."

안내원과 경비 둘 다 그를 빤히 보았다.

"잘 아시겠지만 저희는 이 빌딩 입주민이 누구인지 확인해 드릴 수도, 부인할 수도 없습니다." 안내원이 말했다.

와일드는 그들의 표정을 읽으려고 했다. 뭔가 이상했다.

"그럼 메시지를 남겨도 되는 겁니까?"

와일드는 막상 뭐라고 남겨야 할지 알 수 없었다. 자신이 DNA 웹사이트의 WW라는 말과 함께 추적 불가능한 전화번호를 남기는 게 가장 간단할 것이다. 하지만 정말로 그러고 싶을까? 그렇게 자신의 존재를 드러내고 싶을까? 그 생각을 하자 불현듯 자신이 지금 여기에서 뭘 하나 싶었다. 그는 PB가 누구인지 몰랐다. 그에게는 아무런 책임도 없었다. 와일드는 자신이 누구인가 하는 수수께끼의 답을 모르고도 평생 아무 문제 없이 살아온 터였다.

그런데 지금 대체 여기서 뭘 하는 걸까?

"물론이죠." 안내원이 그렇게 말하며 볼펜과 종이를 내밀었다. "신분증을 보여주시겠어요?"

와일드에게는 조너선 칼슨이라는 가명으로 된 신분증이 있었다. 하지만 이걸 보여주면 WW는 무엇의 약자이며 PB와 어떻게 친척 간인지 질문을 받게 될 것이다. 그걸 설명하는 게 무슨 의미가 있을까? 그 질문에 답하자고 이 좋은 가명을 버린다고?

와일드는 그러고 싶지 않았다.

"나중에 PB 휴대전화로 연락하죠." 와일드가 말했다.

"네. 잘 생각했어요." 프랭크가 말했다.

와일드는 센트럴 파크 사우스 서쪽으로 향했다. 일명 '숲에서 온 소년' 와일드가 맨해튼의 거리를 불편해할 거라고 생각하는 사람들이 있겠지만 사실은 그 반대였다. 그는 뉴욕을 사랑했다. 뉴욕의 거리, 소리, 조명, 활기. 모순일까? 그럴 수도 있다. 아니면 평소와 전혀 다른 환경이 그를 사로잡은 것일 수도 있다. 어쩌면 아래가 있어야 위가 존재하고 빛이 있어야 어둠이 존재하듯이, 도시가 없다면 전원생활의 진가도 알 수 없으리라. 비록 이 도시가 붐비고 거대하기는 해도 여기에서는 누구든 혼자가 되고, 인파에 둘러싸인 채 고독하게 거닐며 타인을 관찰할 수 있기 때문일 것이다.

와일드는 철학적인 생각은 그만두고 콜럼버스 서클에 있는 메종 케이저에서 커피와 초콜릿 크루아상이나 먹기로 했다.

가는 길에 ATM에 들러 일일 최고 한도액인 800달러를 인출했다. 그에게는 나름대로 계획이 있었다. 스카이의 직원들, 이를테면 경비나 안내원이 퇴근하고 나오기를 기다렸다가 돈을 주고 입주민에 대한 정보를 얻는 것이다. 그 방법이 통할까? 사실 별로 기대는 하지 않았다. 여자 안내원보다는 남자 경비에게 더 잘 통할 방법 같았는데 이는 성차별일 것이다.

와일드는 센트럴 파크 쪽으로 건너가서 퇴근하는 직원들을 볼 수 있는 돌담 근처에 자리 잡았다. 커피를 한 모금 마셨다. 맛이 끝내주게 좋았다. 초콜릿 크루아상을 한 입 베어 먹고 왜 맨해튼에 좀 더 자주 오지 않았을까 생각했다. PB가 그에게 원하는 건 무엇이었을까? 왜 그렇게 절박했을까? 이렇게 번쩍이는 건물에 사는 남자가 왜 일면식도 없는 사람에게 도움을 청했을까? 아무리 그 사람이 DNA 일부를 공유했다고는 해도.

와일드가 그 자리에 한 시간쯤 서있었을 때 휴대전화가 울렸다.

라일라였다.

그는 전화를 받았다. "여보세요?"

"응, 나야."

침묵이 흘렀다.

"오늘 밤에 매슈가 집에 없어." 라일라가 말했다.

"알아."

"와일드?"

"응, 라일라."

"무슨 일을 하는지 모르겠지만 끝나는 대로 우리 집에 와."

와일드는 그 말이 무슨 뜻인지 잘 알았다.

둘 다 녹초가 된 뒤에 와일드는 깊은 잠에 **빠졌다가** 아침 6시 조금 전에 깨어났다. 라일라는 옆에서 자고 있었다. 와일드는 잠든 라일라를 몇 분간 바라보다가 양손을 머리 뒤에서 깍지 낀 채 등을 대고 누워 천장을 바라보았다. 라일라는 엄청나게 촘촘한 고밀도 원단으로 만든 고급 흰색 침구를 좋아했다. 터무니없이 비싼 가격이었지만, 와일드는 라일라가 왜 그렇게 침구에 큰돈을 쓰는지 가끔씩 이해가 갔다. 바로 지금처럼.

라일라가 옆으로 돌아눕더니 그의 가슴에 손을 올렸다. 둘 다 벌거벗은 상태였다.

"잘 잤어?" 그녀가 물었다.

"응. 당신도?"

라일라는 그에게 더 바짝 붙었고, 와일드는 그녀를 꼭 끌어당겼다.

"코스타리카 얘기 좀 해봐."

"뭐가 궁금한데?"

"잘 안 된 거야?"

"잘됐어. 오래가지 못했을 뿐이지."

와일드는 그녀를 사랑했고, 라일라도 그를 사랑했다. 처음에는 두 사람도 함께 살아보려고 했지만 실패했다. 와일드 때문이었다. 데이비드의 유령 탓이라거나—처음에는 당연히 그들 곁을 떠돌았다—그가 한 여자에게 정착하기 두려워서 그런다고 생각하는 사람들도 있었지만 사실이 아니었다. 와일드는 대다수 사람들이 정상적이라고 생각하는 남녀 관계가 체질에 맞지 않았다. 반면 라일라는 더 많은 것을 원했다. 둘의 관계는 다음과 같이 반복되었다. 먼저 라일라가 어떤 남자와 사귀기 시작한다. 와일드는 뒤로 물러나 둘의 관계가 잘 되기를 바란다. 라일라의 행복을 기원한다. 하지만 결국 새로운 연애는 시들 해진다. 라일라가 와일드에게 미련이 남아서가 아니라 소울메이트 데 이비드의 죽음을 아직 극복하지 못했기 때문이다. 그러니 누구를 사 귀든 오래갈 수 없다. 따라서 라일라는 남자와 헤어지고 외로워진다. 그때 숲에서 홀로 살며, 안전하고 편리한 상대이지만 한 여자에게 정 착하지 못하는 와일드가 등장한다.

여기서부터 다시 처음으로 돌아가 반복된다.

와일드는 코스타리카에서 다른 여자와 '정상적인 남녀 관계'를 맺어 보려고 마지막으로 노력했다. 그 가정생활은 놀라울 정도로 순조로웠 는데 그러다 어느 순간에 틀어져 버렸다. 모든 관계는 결국 끝나기 마 련이라고 와일드는 합리화했다. 그의 경우는 더 일찍 끝날 뿐이었다.

"지금 몇 시야?" 라일라가 물었다.

"6시 다 됐어."

"매슈는 정오나 돼야 올 거야."

"그래도 그만 가야 해."

"알았어."

대릴에 대해 묻고 싶은 마음도 없지는 않았지만 묻고 싶지 않은 마 음이 더 컸다. 와일드는 고급 실크 시트에서 빠져나왔다. 라일라가 욕 실로 걸어가는 그의 뒷모습을 지켜보는 게 느껴졌다. 숲에서 친환경 적으로 사는 것도 좋았지만, 수압이 세고 온수가 끝없이 나오는 라일 라의 샤워기는 그가 즐기는 문명의 호사였다. 라일라도 함께 샤워하 면 좋을 텐데 아마 그런 일은 없을 것이다. 그가 욕실에서 나오자 라 일라는 로브 차림으로 침대에 걸터앉아 있었다.

"괜찮아?" 와일드가 물었다.

"응." 라일라는 그렇게 말하더니 다시 덧붙였다. "사랑해, 와일드."

"나도 사랑해, 라일라."

"당신이 코스타리카로 떠난 이유에 나도 포함되어 있어?"

와일드는 늘 그녀에게 진실만을 말했다. "그 이유도 있기는 했지. 응."

"날 위해서? 아니면 당신을 위해서?"

"응."

와일드가 대답을 회피하자 라일라는 미소 지었다. "그 여자랑 오래 살았네."

"그 모녀지." 와일드가 그녀의 말을 정정했다. "응. 그랬어."

"우린 가까운 길을 두고 돌아가나 봐."

와일드는 옷을 입고, 라일라 곁에 앉아 운동화 끈을 맸다. 편안한 정적이 내려앉았다. 할 말이 더 있었지만 나중에 해도 될 것이다. 와일드는 자리에서 일어났다. 라일라도 자리에서 일어났다. 두 사람은 오랫동안 껴안았다. 둘 사이에는 사연이 많았다. 데이비드도 이 방에 있었다. 늘 그랬다. 둘 다 그 사실을 부인하지 않았지만 더는 그의 존재가 거슬리지도 않았다. 둘이 함께 자도 데이비드를 배신하는 것처럼 느껴지지 않은 지 오래되었다.

와일드는 전화하겠다고 말하지 않았다. 라일라에게 전화하라고도 말하지 않았다. 둘 다 그들이 처한 상황을 이해하고 있었다. 다음 단계는 라일라에게 달렸다.

와일드는 혼자 아래층으로 내려가 거실을 가로질렀다. 주방 문을 열고 들어갔더니 놀랍게도 매슈가 있었다. 매슈는 시리얼이 담긴 그릇을 앞에 둔 채 식탁에 앉아있었다.

매슈가 와일드를 노려보며 말했다. "집안 내력인가 보네요."

"뭐가?"

"이 여자 저 여자랑 자고 다니는 거요. 아니면 바람피우는 거라고 해야 하나?"

와일드는 대답하지 않았다. 라일라가 본인 판단에 따라 매슈에게 설명하거나 설명하지 않을 것이다. 지금은 그가 나설 자리가 아니었다. 와일드는 다시 뒷문 쪽으로 걸어가며 말했다. "또 보자."

"제가 '집안 내력'이라고 한 게 무슨 뜻인지 궁금하지 않아요?"

"말해봐."

"간단해요. 전 PB가 누군지 알거든요."

CHAPTER

09

와일드는 매슈 옆에 앉았다. 매슈는 앞에 놓인 차가운 시리얼에서 눈을 떼지 않았다.

"엄마랑 아저씨는 끝난 줄 알았는데요."

와일드는 아무 말도 하지 않았다.

"예전에도 아저씨가 자고 간 거 알아요. 아저씨가 몰래 나가는 소리를 못 들었을 거 같아요?"

"너랑 이 이야기는 하지 않을 거다." 와일드가 말했다.

"그럼 저도 PB 얘기는 하지 말아야겠네요."

와일드는 아무 말도 하지 않고 시리얼 상자를 끌어와 손바닥에 시리얼을 덜었다. 시리얼 몇 개를 먹으며 매슈의 화가 풀리기를 기다렸다.

"지금 엄마는 만나는 남자가 있어요. 제가 말했잖아요." 매슈가 말했다.

"너랑 이 이야기는 하지 않을 거라니까."

"왜요? 전 이제 어리지 않아요."

"지금 딱 어린애처럼 구는데."

"저기요, 아침 6시에 우리 집에서 몰래 빠져나가는 사람은 제가 아니거든요?"

매슈는 숟가락으로 시리얼을 퍼서 입에 거칠게 밀어 넣었다.

"'집안 내력'이라는 게 무슨 말이지?" 와일드가 물었다.

"아저씨랑 PB요."

"우리가 왜?"

"리얼리티 쇼 본 적 있어요?"

와일드는 계속 멍한 표정으로 매슈를 바라봤다.

"물은 내가 바보지. 그래도 들어보기는 했죠? 〈블라인드 러브〉나 〈서바이버〉 같은 프로그램이요."

와일드는 말없이 매슈를 계속 바라봤다.

"PB의 본명은 피터 베넷이에요. 대형 리얼리티 쇼의 우승자죠."

"우승자?"

"네."

"퀴즈를 맞히는 프로그램 같은 거야?"

"그렇진 않아요. 그러니까 참가자가 문제를 푸는 퀴즈 프로가 아니거든요. 〈사랑은 전쟁터〉라고 들어봤어요?"

"물론이지. 팻 베네타."

"누구요?"

"팻 베네타가 부른 노래잖아."

"노래라뇨? 〈사랑은 전쟁터〉는 리얼리티 쇼예요."

"리얼리티 쇼인데 우승을 한다고?"

"네. 참 나, 아저씨, 어디 다른 세상에서 왔어요? 그건 일종의 콘테

스트 프로그램이에요. 세 여자와 스물한 명의 남자가 진정한 사랑을 찾기 위해 경쟁하는 내용이죠. 하지만 그 과정이 험난해요. 그 프로 사회자 말에 따르면 치열하죠. 사랑은 전쟁과 같으니까요. 그 프로의 촬영지가 어딘지 알아요?"

"설마 전쟁터?" 와일드는 농담조로 대답했다.

"맞아요."

"정말 전쟁터라고?"

매슈는 고개를 끄덕였다. "마지막에는 한 여자만 남고, 그 여자가 남자를 선택해요. 운명의 커플이 되는 거죠. 그렇게 두 사람만 남아요. 두 사람은 마지막 회에서 곧바로 약혼했어요."

"전쟁터에서?"

"네. 지난 시즌은 게티즈버그에서 찍었어요."

"내 친척이라는 PB가⋯⋯."

"피터 베넷이요."

"그래. 그 친구가 우승자였고?"

"피터 베넷이랑 그의 진정한 사랑, 젠 캐시디요."

"젠?"

"네."

"제발 농담이라고 해줘."

"네?"

"피터 베넷과 젠. PB&J가 그 둘의 약자인 거야?"

"그렇죠."

와일드는 고개를 절레절레 흔들었다. "PB를 안 만나는 게 나을지도 모르겠네."

그 말에 매슈가 웃음을 터뜨렸다. "둘 다 꽤 유명해요. 유명했죠. 1, 2년 전쯤 일이니까."

"그때 우승한 거야?"

"네."

"그렇다면 이제 PB&J는 헤어졌나 보네." 와일드가 말했다.

"왜 그렇게 생각하세요?"

"첫째, 이건 나만의 생각일 수 있지만, 텔레비전 프로그램에서 평생 함께할 소울메이트를 만나기는 힘들 것 같아서."

"이제 남녀 관계 전문가가 된 거예요?"

"그러게. 냉정하지만 맞는 말이야."

"둘째는요?"

"둘째, 넌 나한테 화가 나서 '집안 내력'이라고 말했어. 그렇다면 PB, 피넛 버터인지 뭔지가 젠을 두고 바람을 피운 거지."

"훌륭하네요."

"이걸 다 어떻게 알아냈니?"

"그 프로그램을 한두 회 본 적이 있거든요. 하지만 서턴은 사교 클럽 회원들이랑 한 회도 빠짐없이 챙겨봤대요. 다 함께 모여 대마초가 들어간 브라우니와 쿠키를 먹으며 깔깔대고 봤나 봐요."

"그래서 지금 어디 있는데?"

"피터 베넷이요?"

"응."

"그게 문제예요. 아무도 몰라요. 그냥 사라져 버렸어요."

그때 주방 문이 열리더니 수건과 같은 재질의 가운을 입은 라일라가 들어와 얼굴을 찡그렸다.

"젠장. 말소리가 들리더라니." 그녀가 말했다.

두 남자가 그녀를 바라보았다. 매슈가 침묵을 깼다.

"어떻게 된 상황인지 말해주실래요?"

라일라는 매슈에게 눈을 돌렸다. "지금 대답해야 하니?"

"아마도요."

"아니, 나는 계속 엄마 노릇을 할 테니까 넌 까불지 말고 아들답게 굴어."

"대릴이랑 헤어졌어요?"

라일라는 와일드를 힐끗 보더니 다시 매슈를 보았다. "근데 넌 왜 집에 있는 거야? 서턴네 집에서 자고 온다고 하지 않았니?"

"말 돌리지 마세요, 엄마."

"난 말 돌릴 필요가 없지. 네 엄마니까."

"원래는 서턴네 집에서 자고 올 생각이었는데 와일드 아저씨에게 해야 할 말이 있었어요. 그래서 차 키를 가지러 집에 왔다가 2층에서 나는 소리를 들었죠."

정적이 흘렀다.

라일라가 와일드를 바라보았고, 그 눈빛에서 와일드는 자신이 어떻게 행동해야 할지 분명히 읽었다.

그래서 자리에서 일어나 뒷문으로 향했다. "난 빠져줄게."

그러고는 뒤도 돌아보지 않고 나간 다음, 눈을 감고 숨을 깊이 들이 쉬었다. 어젯밤 일로 이제 상황이 어떻게 달라질지 잠시 생각했다. 라일라가 원하는 건 뭐였을까? 왜 어제 그에게 전화했을까? 라일라는 앞으로 어떻게 할 생각일까? 라일라의 삶을 복잡하게 하지 말고 다시 사라지는 게 현명한 행동인지도 모르지만 이런 생각은 라일라에게 모욕일 터였다. 라일라는 주체적인 여자였다. 와일드가 구세주 노릇을 하지 않아도 자신이 뭘 원하고 필요로 하는지 생각해 낼 수 있다.

숲 근처에 이르렀을 때 와일드는 롤라에게 전화했다. 아직 이른 시각이었지만 롤라는 일어났거나 아니면 전화기를 꺼놓았을 것이다. 첫 신호음이 끝나자마자 롤라가 전화를 받았다. 다섯 아이들이 떠들썩하게 아침을 먹는 소리가 들렸다.

"왜?" 롤라가 물었다.

와일드는 매슈에게 들은 피터 베넷 이야기를 해주었다.

"PB가 사라졌다는 건……." 롤라가 운을 뗐다.

"나도 모르겠어. 조사를 좀 해봐야겠어."

"그래도 이제 이름은 알았네. 그거면 충분해. 내가 PB의 신용카드 거래 내역이나 통화 요금 명세서 같은 걸 조사해 볼게. PB를 찾아내는 게 그리 어렵지는 않을 거야."

"그래."

"게다가 우리 회사에 토니라는 직원이 새로 들어왔는데 혈연 문제 전문이야."

"왜 보안 회사에서 '혈연 문제'를 다루는 거지?"

"친부모를 찾고 싶은 사람이 너만 있는 줄 알아?"

"생모에 대한 정보가 없는 입양아들?"

"요즘 그런 경우는 줄어드는 추세야. 그보다는, 요새 그런 DNA 사이트에 가입하는 사람들이 많거든. 대부분 재미로 하는 거지. 내 뿌리를 알고 싶다 뭐 이런 마음으로. 그런데 알고 보니 아빠가 친부가 아니었던 거야. 엄마가 친모가 아니거나 양쪽 모두 친부모가 아닌 경우도 있지만 아빠 쪽이 압도적으로 많아. 그렇게 한 가정이 파탄 나는 거지."

"상상이 가."

"대부분의 경우 아빠들은 그런 사실조차 모르고 있었어. 자기 아이라고 믿고 키웠는데 아이가 다 자라서 스무 살이나 서른 살, 혹은 마흔 살이 됐을 때야 아내가 다른 남자와 바람을 피웠고, 자기 삶이 전부 가짜였다는 걸 알게 되지."

"정말 불쾌하겠는데."

"말도 못 해. 어쨌든 토니에게 피터 베넷의 가계도를 알아보라고 지시할게. 거기서 너랑 관련된 사람이 나올지도 몰라."

"고마워."

"뭔가 알아내면 전화할게." 롤라는 전화를 끊었다.

와일드는 에코 캡슐에서 충전된 노트북을 가지고 나왔다. 캡슐에서 3킬로미터쯤 떨어지자 추적당할 염려 없이 인터넷을 이용할 수 있는 곳이 나왔다. 구글에서 '피터 베넷'과 'PB&J'를 검색했다. 결과가 어찌나 많은지 보기만 해도 질릴 정도였다. 〈사랑은 전쟁터〉는 수백만까지는 아니더라도 수천 개의 팬 사이트와 SNS 해시태그, 팟캐스트, 레딧 게시판 등등을 양산해 냈다.

피터 베넷.

와일드는 인터넷에 돌아다니는 육촌의 여러 사진 중 몇 장을 물끄러미 바라보았다. 그와 닮은 구석이 보였을까? 보였다. 아니면 와일드가 그렇게 생각하는 것일 수도 있고. 투사든 바람이든 뭐든 간에 가무잡잡한 피부, 눈꺼풀이 처진 눈, 입매…… 무언가가 비슷했다. 피터 베넷의 인스타그램은 팔로워가 280만 명이었다. 그 정도면 많은 수치일 것이다. 와일드는 3,000개가 넘는 포스팅을 훑어보았다. 대부분이 미소 짓는 피터 베넷과 환하게 빛나는 젠이 함께 찍은 사진으로 두 사람이 사랑에 빠졌고 부유하다고 암시하는 분위기였다. 아마 많은 사람에게 선망과 질투의 경계를 넘나드는 감정을 불러일으킬 것이다. 젠 캐시디의 프로필 링크를 클릭했더니 팔로워가 630만 명이었다.

흥미로웠다. 둘 다 스타인데 여자 쪽이 팬이 더 많았다.

와일드는 피터 베넷을 더 자세히 알아보려고 그의 인스타그램 페이지로 돌아갔다. 베넷의 프로필은 상의를 벗은 사진이었다. 털을 말끔히 밀어버린 가슴은 매끈했고, 복부는 조각한 듯한 식스팩을 자랑했는데 누가 봐도 (근력이 느껴진다기보다) 남에게 보여주려고 만든 근육이었다. 2년 동안 피터 베넷은 하루에 적어도 한 장의 사진을 올렸다. 몰디브로 휴가를 떠났거나 각종 오프닝과 공연, 영화의 프리미어에 참석했거나, 명품 옷을 입어보거나, 엄청나게 비싼 재료로 요리를 하거나, 운동하거나, 고급 레스토랑에서 식사하거나, 클럽에서 춤을 추는 그와 젠의 사진들이었다. 하지만 작년 무렵부터 포스팅이 점차 줄어들다가 넉 달 전에 올린 사진이 마지막이었다. 폭포가 쏟아지는 거대한 절벽을 찍은 사진이었는데 프랑스령 폴리네시아의 아디오나 절벽이라고 했다. 밑에는 이런 글이 적혀있었다.

이제 그만 평온해지고 싶다.

PB가 와일드에게 보낸 절박한 메시지에 적혀있던 말과 똑같았다.
이제 피터 베넷이 PB라는 사실에는 의심의 여지가 없었다.
와일드는 마지막 포스팅을 클릭해 댓글을 읽었다.

어서 뛰어내려!

빠빠이!

빨리 뒈져주세요.

네가 단단한 바위에 떨어져서 죽지 않고 고통 속에서 신음하다가 동물들에게 뜯어먹히고 불개미가 네 내장을 기어오르고…….

와일드는 뒤로 몸을 뺐다. 이게 무슨……?

다시 뒤로 돌아갔다. 지난 몇 달간 베넷이 찍은 사진은 전부 독사진이었다. 젠은 없었다. 와일드는 더 예전으로 가보았다. PB&J라는 해시태그가 달린 마지막 사진의 날짜는 5월 18일이었다. 둘을 가장 많이 따라다니는 해시태그인 이 '환상의 커플'이 칸쿤 해변에서 같은 색과 모양의 의자에 앉아있는 사진이었다. 둘 다 한 손에는 프로즌 마르가리타를, 다른 손에는 유명한 테킬라 회사 브랜드가 찍힌 술병을 들고 있었다. 협찬이었다. 거의 모든 사진이 돈을 받고 찍은 광고였다.

아름다운 커플의 그 마지막 사진 이후로 베넷은 3주 동안 새로운 포스팅을 올리지 않았다. SNS 세상에서 3주면 평생이나 다름없었다. 3주 뒤에 올라온 포스팅은 단순한 바탕에 인용문만 적혀있었다.

들리는 소문을
너무 빨리 믿지 마세요.
거짓은 진실보다
더 빨리 퍼지니까요.

그가 칸쿤에서 젠과 찍은 마지막 사진의 '좋아요' 수는 총 187,454

였다.

이 인용문의 '좋아요' 수는 743이었다.

그 후로 두 시간 동안 와일드는 인터넷에서 육촌일지 모를 이 남자에 대해 최대한 많은 사실을 알아냈다. 각종 커뮤니티 게시판은 물론 SNS, 악성 댓글들까지 모조리 읽었다. 그런 글을 읽을 때마다 와일드는 몸을 씻은 다음, 숲속 더 깊은 곳으로 사라지고 싶었다.

자세한 내용은 잠시 뒤로 미루고, 와일드가 긁어모은 사실들은 다음과 같다.

피터 베넷은 〈사랑은 전쟁터〉라는 리얼리티 프로그램 출연자였다. 잘생기고 호감 가는 성격에 친절하고 예의 바르며 겸손한 베넷은 금세 그 시즌 출연자 중에서 가장 큰 인기를 누린다. 마지막 전투에서 젠 캐시디가 나쁜 남자 밥 젠킨스가 아닌 피터 베넷을 선택하는 시즌 최종회는 그 방송사 프로그램 중에서 지난 10년간 최고 시청률을 기록한다.

그게 3년 전 일이다.

이런 프로에서 만나고 사귄 대다수 커플과 달리 피터와 젠(바로 PB&J)은 사람들의 예상을 뛰어넘고 헤어지지 않았다. 그들의 결혼식은 물론 약혼식, 총각 파티, 처녀 파티, 커플 샤워(결혼식 커플이 친구들을 불러 모아 선물을 받는 파티—옮긴이), 신부 들러리들끼리 모이는 오찬, 신랑 들러리들끼리 모이는 저녁 모임, 웰컴 파티(결혼식 하객들이 모두 모여 격의 없이 노는 파티—옮긴이), 수사슴과 암사슴 파티(이게 뭔지는 모르겠지만), 결혼식 전야 만찬, 결혼식 이튿날 브런치, 신혼여행까지 모두 텔레비전과 SNS에 중계되었다. 그들의 삶 전체가 대중적 소비를 위해 만들어지고 상업화된 듯했는데 이 행복한 부부는 그런 사실에 조금도 신경 쓰지 않는 모양이었다.

그들의 삶은 영화 같았다. 빠진 것이라고는 아기뿐이었다. 각종 커뮤니티 게시판에는 젠이 언제 임신할지 점치는 글이 올라오기 시작했다. 첫째가 아들일지 딸일지 응답하는 설문조사는 물론, 돈을 거는 사람들까지 있었다. 하지만 이듬해에도 임신 소식은 없었고, 피터와 젠은 각자의 SNS에 전에 없이 침울한 어조로 자신들이 난임 문제를 겪고 있다는 게시물을 올렸다. 또한 지금까지 그들이 살아온 방식대로 이 문제를 해결하겠다고 했다. 다시 말해, 둘이 한마음이 되어 사랑으로.

또한 대중에게 널리 알리며.

피터와 젠은 자신들이 견뎌내야 하는 시술을 다큐멘터리처럼 촬영하기 시작했다. 주사, 시술, 수술, 난자 채취, 심지어 정액 채취까지. 하지만 그들은 처음 세 번의 시험관 시술에 실패했고, 젠은 임신하지 못했다.

그러다 모든 게 와장창 무너져 버렸다.

그것도 리얼리티 랠프라는 비디오 팟캐스트에서 아주 잔인하게. 젠은 그 프로그램에 초대 손님으로 출연했다. 난임으로 인해 겪는 어려움을 이야기하며 다른 난임 부부들에게 희망을 주고 응원하자는 취지였다.

> **랠프:** 피터는 이 힘든 상황을 잘 버티고 있나요?
> **젠:** 그이는 정말 대단한 사람이에요. 전 세상에서 가장 운 좋은 여자고요.
> **랠프:** 그럴까요, 젠?

젠: 당연하죠.

랠프: 정말 그럴까요?

젠: (어색한 웃음) 무슨 말이 하고 싶은 거죠?

랠프: 어쩌면 피터 베넷은 우리 생각과 다른 사람일 수 있습니다. 이걸
보시면…….

사회자는 충격받은 젠에게 휴대전화 문자, 캡처한 화면, 페니스 사
진들을 보여줬다. 이 모두가 피터 베넷이 보낸 것이라고 주장하면서.
젠은 덜덜 떨리는 손으로 생수병을 움켜잡았다.

랠프: 이런 사진을 보여드려서 정말 유감…….

젠: 요즘 이런 사진을 합성하는 건 일도 아니에요.

랠프: 저희가 디지털 포렌식 전문가들에게 이 사진을 분석해 달라고
부탁했습니다. 이런 말씀 드려서 죄송합니다만, 이건 전부 피터
의 휴대전화와 컴퓨터에서 나왔습니다. 피터의, 음, 신체 부위를
찍은 사진을 보세요. 이게 남편이 아니라고 말할 수 있나요?

정적이 흘렀다.

랠프: 이게 다가 아닙니다, 여러분. 여기 여성 게스트가 한 분 더 오셨
습니다.

젠은 옷에 달린 마이크를 빼서 던져버리고 화가 난 얼굴로 의자에
서 벌떡 일어났다.

젠: 더 이상 여기 앉아있을 수가⋯⋯.

랠프: 게스트는 나와주세요.

게스트/마니: 젠?

젠이 멈칫했다.

게스트/마니: 젠? (흐느낀다) 정말 미안해.

젠은 아무 말도 하지 못했다. 알고 보니 마니는 젠 캐시디의 여동생이었다. 마니는 아까 사회자가 보여준 문자와 캡처한 화면을 예로 들며 피터가 자신을 계속 따라다녔다고 말했다. 그러다 어느 날 밤, 마니는 피터 앞에서 술에 취해버렸다. 인사불성일 정도로. 혹은 단정할 수는 없지만 피터가 그녀의 술에 약을 탔을 수도 있다.

게스트/마니: 눈을 떠보니까⋯⋯ (흑흑)⋯⋯ 알몸이었고 아래가
　　　　　너무 쓰렸어.

대중이 보인 반응은 신속하고 분명했다. '#피터 베넷 손절' 해시태그가 거의 일주일간 트위터 트렌드 탑텐에 올랐다. 〈사랑은 전쟁터〉의 예전 참가자들은 삼삼오오 각종 방송과 팟캐스트, 인터넷 방송, SNS 플랫폼에 출연해 지칠 줄 모르는 팬들에게 자기들은 처음부터 피터 베넷이 어딘가 '이상하다'는 느낌을 받았다고 말했다. 누군가가 익명으로 흘린 정보에 따르면 피터 베넷은 대중의 '예상대로' 제작자를 속여 자신이 좋은 사람이라고 믿게 했다. 그런가 하면 제작자들이 멋

진 남자 피터 베넷이라는 허구의 인물을 '만들어 냈다'고 주장하는 사람들도 있었다. 왜냐하면 피터가 어떤 역할이든 해낼 수 있는 소시오패스라는 걸 알고 있었기 때문이다.

피터 베넷은 결백을 주장했지만 그의 주장은 점점 더 늘어나는 대중의 손절을 전혀 되돌리지 못했다. 젠 캐시디는 아무런 입장 발표 없이 은둔 생활에 들어갔다. 비록 '그녀와 가까운 소식통'은 젠이 '망연자실'한 상태로 '이혼을 알아보는 중'이라고 밝히기는 했지만. 젠은 '홀로 보내는 이 고통스러운 기간에 프라이버시'를 존중해 달라고 발표했으나, 큰 소리로 행복하다고 떠들며 살았던 사람이 이런 비극을 겪으면서 프라이버시를 보장받을 수는 없다.

와일드의 휴대전화가 진동했다. 롤라였다.

"나쁜 소식이야." 그녀가 말했다.

"뭔데?"

"피터 베넷이 죽은 거 같아."

CHAPTER

10

"구글에서 피터 베넷 검색해 봤어?"

롤라가 물었다.

"응."

"그럼 PB&J의 지저분한 사연을 다 알겠네?"

"충분히."

"정말 놀랍지?"

"응."

"대다수 사람들은 피터가 그 절벽에서 뛰어내렸다고 생각해."

"너도 동의해?"

"응."

"왜?"

"왜냐하면 지금 상태로 보면 피터 베넷은 죽었거나 기막히게 잘 숨은 건데 보통 사람들은 그렇게 잘 숨어있지 못하거든. 내가 계속 그런 쪽으로 이 잡듯이 뒤지고 있는데 지금까지는 피터가 신용카드나 전화를 쓴 흔적이 없어. ATM에서 인출한 기록도 없고 아무것도 없어. 그러니까 이 모든 사실을 합하고 거기다 SNS의 마지막 게시물과 너한테 보낸 그 아리송한 메시지, 쌤통이라고 해야 할지 아닌지 모를 집단 괴롭힘, 손절당하는 고통, 그리고 까놓고 말해서 세상 모든 사람들에게 미움받고 있잖아, 이 모두를 믹서기에 넣고 갈아버리면 그 결과는 아마도 처참할 거야."

와일드는 곰곰이 생각했다. "피터의 가계도에서 나온 건 없어?"

"피터 베넷의 아버지는 4년 전에 돌아가셨어. 어머니는 앨버커키에 있는 양로원에 계시고."

"둘 중 하나가 나와 혈연관계겠군."

"맞아. 피터에게는 그보다 나이 많은 동기가 셋 있는데 누나 비키 치바를 만나는 게 제일 좋은 선택 같아. 비키는 피터의 매니저인지 에이전트인지 그런 일도 해. 현재 웨스트 오렌지에서 남편 제이슨 치바랑 함께 살고."

"알았어."

"와일드, 우리 집에서 웨스트 오렌지가 얼마나 가까운지 알지?"

"알아."

"당장 문자로 비키 치바의 주소를 보낼게. 비키를 만나고 난 뒤에 괜찮으면……."

롤라는 굳이 말을 끝맺지 않았다. 차가 막히지 않으면 웨스트 오렌지까지는 겨우 30분 거리였다. 와일드는 17번 고속도로에 있는 허츠에서 차를 빌렸고, 정오가 되기 전에 비키 치바의 집 앞에 차를 세웠다. 초인종을 눌렀더니 비키 치바가 머뭇거리며 문을 열었지만 망사문은 열지 않았다.

"무슨 일이죠?" 비키가 물었다.

그녀의 머리카락은 하얀색이었다. 눈이 부실 정도로 순연한 백색. 볼펜으로 쓴 글을 지울 때 사용하는 수정액처럼. 노화라기보다는 염색약으로 만든 백발이었다. 긴 앞머리가 눈꺼풀 바로 위까지 내려왔다. 양팔에는 주렁주렁 낀 팔찌가 쨍그랑거렸고, 귀에는 긴 깃털 귀걸이가 달려있었다.

"동생분 피터를 찾고 있습니다."

비키 치바는 전혀 놀라지 않았다. "누구신데요?"

"와일드라고 합니다."

비키가 한숨을 내쉬었다. "팬인가요?"

"아뇨, 당신 육촌입니다."

망사문을 닫아둔 채 그녀가 팔짱을 끼고 와일드를 위아래로 훑어보았다. 마치 살까 말까 고민하는 상품을 바라보듯이.

와일드가 말했다. "동생분 피터가……."

"내 동생이 왜요?" 그녀가 말을 잘랐다.

"피터가 DNA 혈통 사이트에 등록했습니다."

그녀의 눈에서 아주 잠깐 불길이 확 타올랐다.

"나와 DNA가 일치했죠. 육촌이라고 했습니다." 와일드가 말을 이었다.

"잠깐만요. 왜 당신 얼굴이 눈에 익죠?"

와일드는 아무 말도 하지 않았다. 전에도 숱하게 겪은 일이었다. 숲에서 발견된 소년 이야기는 30년도 더 전에 온갖 신문의 헤드라인으로 실렸다. 당시 비키는 아마 십 대 초반이었을 테지만 지금도 1년에 한두 번씩 방송 소재가 떨어진 케이블 방송사들이 와일드의 근황을 소개하는 프로그램을 만들었다. 와일드는 한 번도 협조한 적이 없는데도.

"그건 당신과 나도 육촌 간이라는 뜻이죠." 와일드는 그냥 넘어가기를 바라며 그렇게 말했다.

"그렇군요." 비키가 무덤덤한 목소리로 말했다. "그래서 내 동생에게 원하는 게 뭐죠? 돈?"

"아까 내가 눈에 익다고 했죠?"

"네."

"숲에서 발견된 소년, 기억합니까?"

비키는 손가락을 딱 튕기더니 그를 가리켰다. "거기서 봤구나."

와일드는 기다렸다.

"어쩌다 숲에서 혼자 살게 됐는지 모른다고 했죠?"

"네."

"잠깐만요." 그녀가 상황을 이해하면서 입이 O자 모양으로 변했다. "그러니까 우리가 친척이라고요?"

"그런 것 같습니다, 네."

비키는 얼른 망사문의 잠금장치를 풀었다. "들어오세요."

집 안은 그녀의 옷차림과 마찬가지로 보헤미안풍이었다. 어지러운 무늬들과 다양한 질감, 무질서하게 겹겹이 쌓인 천들, 소용돌이치는 색들. 모든 것이 왠지 움직이고 흐르는 듯했다. 움직이거나 흐르는 건 아무것도 없었는데도. 테이블에 큼직한 수정 구슬과 타로 카드, 수비학 서적 같은 물건들이 놓여있었다. 한쪽 벽에는 초대형 태피스트리가 걸려있었는데 가부좌를 튼 사람의 정수리부터 회음부까지 일곱 개의 차크라 원석이 일직선으로 나열된 그림이었다. 아니면 회음부에서 정수리로 올라가던가? 잘 기억나지 않았다.

"안 믿는 모양이네요." 비키가 말했다.

와일드는 이런 쪽에 관심이 없었지만 예의상 "아닙니다"라고 대답했다.

"나한테는 살면서 큰 도움이 됐어요."

"그랬겠죠."

"당신이 여기 온 것도 우연이 아니에요."

"압니다."

"하지만 솔직히 놀라기는 했어요. 게다가 내 동생이 DNA 사이트에 등록했다고요?"

"네."

비키가 고개를 절레절레 흔들자 깃털 귀걸이가 그녀의 볼에 닿아 통통 튀었다. "피터답지 않은 행동이네요. 동생이 자기 이름을 알려주던가요?"

"아뇨. 이니셜만 사용했습니다."

"자기 이름을 말 안 했다고요?"

"네."

"그런데 어떻게 알아냈죠?"

자세히 말하고 싶지 않아서 와일드는 그냥 이렇게 대답했다. "동생분이 실종된 걸로 알고 있습니다."

"피터는 실종되지 않았어요. 죽었어요." 비키가 말했다.

CHAPTER

11

비키가 와일드의 이야기를 먼저 듣고 싶어 한 터라 와일드는 자신의 사정을 말해주었다.

"와." 와일드의 이야기가 끝나자 비키가 말했다. "내가 정리해 볼게요. 그러니까 1980년에 우리 집안의 여자가 유럽으로 여행을 갔고, 거기서 휴가 온 군인을 만나 임신을 했다. 이게 맞나요?"

와일드는 고개를 끄덕였다.

"어떻게 된 영문인지 둘 사이에서 태어난 아기, 그러니까 당신은 아주 어릴 때 숲에 버려졌고 혼자 힘으로 살기 전의 기억은 전혀 없어요. 그러다 구조되어 위탁 가정에서 자랐고, 이제 35년 정도가 지났는데도 당신은 여전히 어쩌다 그 숲에 살게 되었는지 모른다는 거네요." 비키는 와일드를 바라보았다. "요약하면 그렇게 되나요?"

"네."

비키는 깊은 생각에 잠긴 듯이 위를 올려다보았다. "당신은 내가 그와 비슷한 사연을 들었을 거라고 생각하겠군요. 그분이 내 친척이라면요."

"아마 임신 사실은 비밀로 했을 겁니다."

"그럴 수 있죠." 비키도 동의했다. "당신 이야기를 바탕으로 하면 당신 어머니가 아버지를 만났을 땐 열여덟 살에서 스물다섯 살 사이였겠네요."

"그쯤 됐을 겁니다." 와일드가 말했다.

비키는 잠시 그 사실을 곰곰이 생각했다. "음, 우리 아버지는 돌아가셨고 어머니는 정신이 오락가락하세요. 하지만 가계도를 구해줄 수는 있어요. 아버지 쪽 친척들이 족보에 관심이 많거든요. 그분들이 당신을 도와줄 거예요."

"그렇게 해주시면 감사하죠." 와일드는 그렇게 말하고 화제를 바꿨다. "왜 동생이 죽었다고 생각하시나요?"

"사실대로 말해주세요. 당신도 시청자였나요?"

"시청자요?"

"〈사랑은 전쟁터〉나 그와 관련된 프로그램 말이에요. 이 일에 관심을 두는 이유 중에 그것도 포함되나요?"

"아뇨. 난 오늘 아침에 처음으로 그 프로그램을 봤습니다."

"그런데도 DNA 사이트를 통해서 피터에게 연락했다고요?"

"상대가 피터인 줄 몰랐습니다. 이니셜을 썼거든요." 와일드는 그렇게 말하고 다시 덧붙였다. "그리고 피터가 먼저 연락했습니다."

"정말이에요?" 비키가 와일드의 휴대전화를 향해 손짓했다. "동생이 뭐라고 썼는지 봐도 될까요?"

와일드는 혈통 사이트의 메시지 앱을 연 다음, 비키에게 전화를 건네주었다. 동생의 메시지를 읽는 동안 그녀가 눈물을 글썽거렸다.

"아, 지금 읽으려니 너무 힘드네요." 비키가 힘없이 말했다.

와일드는 아무 말도 하지 않았다.

"너무 마음이 아프고, 너무 괴로워요." 메시지에서 눈을 떼지 않은 채 비키가 고개를 저었다. "동생 SNS도 봤나요?"

"네."

"그럼 동생에게 무슨 일이 있었는지도 알겠네요?"

"약간은요. 동생분이 마지막으로 올린 그 사진 속 절벽에서 뛰어내렸다고 생각하세요?"

"네, 당연하죠. 당신은 그렇게 생각하지 않나요?"

와일드는 대답하지 않았다. "피터가 유서를 남겼나요?"

"아뇨."

"당신에게 어떤 메시지라도 보냈나요?"

"아뇨."

"다른 사람한테는요? 당신 어머니라든가 젠 캐시디에게 유서를 보내지는 않았나요?"

"내가 아는 한 보내지 않았어요."

"피터의 시신은 끝내 나오지 않았습니다."

"아디오나 절벽에서 떨어진 사람들의 시신이 발견되는 경우는 매우 드물어요. 그게 그 절벽의 매력이죠. 세상 끝에서 떨어지는 셈이니까."

"내가 이런 질문을 하는 이유는, 당신이 왜 그렇게까지 피터의 죽음을 확신하는지 궁금해서예요."

비키는 잠시 생각에 잠겼다. "몇 가지 이유가 있어요. 첫째, 음, 당신은 이 이유가 마음에 들지 않을 거예요. 이해를 못 할 테니까."

와일드는 아무 말도 하지 않았다.

"우주에는 생명력이 있어요. 자세히 말하지는 않을게요. 특히나 차크라가 막힌 회의론자에게는요. 그럴 가치가 없거든요. 하지만 난 내동생이 죽었다고 확신해요. 사실 그 애가 이 세상을 떠나는 것도 느꼈어요."

와일드는 한숨을 내쉬고 싶은 걸 참으며 그 순간의 긴장이 꺾이기를 기다렸다. 그러고는 다시 물었다. "아까 '몇 가지 이유'가 있다고 하셨잖아요."

"네."

"하나는 피터가 죽은 걸 느꼈기 때문이고, 다른 이유는요?"

비키는 양팔을 벌렸다. "피터가 달리 어디에 있겠어요?"

"나야 모르죠."

"만약 피터가 살아있다면 대체 어디에 있겠냐고요. 내가 모르는 상황에 대해 당신만 아는 정보가 있나요?"

"없습니다. 하지만 그래도 피터를 찾아보고 싶네요. 괜찮다면요."

"왜요?" 비키 치바는 그렇게 물었다가 이내 깨달았다. "아, 잠깐만요, 알았다." 그러더니 와일드의 휴대전화를 들어 올렸다가 그에게 다시 건네줬다. "의무감을 느끼는군요. 피터가 괴로워하며 메시지를 보냈는데 당신은 답장하지 않았으니까요."

비키 치바는 비난조로 말하지 않았다. 하지만 딱히 와일드에게 아무 잘못이 없다는 어조도 아니었다.

"도움이 될진 모르겠지만 나도 자책하고 있어요. 그러니까 내 말은, 우리 피터의 얼굴을 좀 보세요." 비키는 사진틀을 집어 들었다. 네 사람이 함께 찍은 사진이었는데 피터, 비키, 그리고 나머지 두 남매인 듯했다.

"나머지 둘도 남매인가요?"

비키는 고개를 끄덕였다. "베넷가의 사남매. 내가 장녀였어요. 이 애가 여동생 켈리고요. 우리 둘은 아주 친했죠. 그러다 남동생 사일러스가 태어났어요. 켈리와 나는 사일러스를 아주 예뻐해서 해달라는 대로 다 해줬죠. 피터가 태어나기 전까지는요. 피터의 얼굴을 좀 보세요. 한번 보라고요."

와일드가 그 말대로 하자 비키가 물었다.

"느껴지지 않나요?"

와일드는 대답하지 않았다.

"피터의 천진난만하고 여린 심성이요. 나머지 세 명도 매력적이기는 하지만 피터에게는 뭐라고 꼬집어서 말할 수 없는 무언가가 있어요. 그런 리얼리티 쇼는 당연히 다 대본이 있고 조작된 거죠. 그런데도 시청자들은 그 모든 걸 뚫고 출연자의 본모습을 보게 돼요. 피터의 본모습은 순수하고 선하죠. '이런 세상에 태어나기에는 너무 선하다' 라는 표현을 아나요?"

와일드는 고개를 끄덕였다. 왜 그토록 '선한' 사람이 처제에게 약을 먹였는지 물어볼까 했지만 아마 비키 치바는 그 사실을 부인하거나 입을 완전히 닫아버릴 터였고, 그렇게 되면 아무 소득도 얻지 못할 게 뻔했다. 그래서 와일드는 그저 이렇게 물었다. "아까 피터 때문에 자책한다고 했죠?"

"네."

"이유가 뭔지 알 수 있을까요?"

"피터가 그쪽에 발을 들여놓은 게 내 탓이니까요. 난 동생이 유명해질 거라고 확신했어요. 그러던 차에 타로 카드로 점을 쳐봤더니 끌려다니지 말고 주도하라는 거예요. 점괘가 계속 그렇게 나왔어요. '끌려 다니지 말고 주도하라.' 난 평생 늘 질질 끌려다니며 살았죠. 그래서 피터를 대신해서 그 프로그램에 신청했어요. 이렇게 잘될 줄은 몰랐죠. 어쩌면 알았을 수도 있고요. 이젠 뭐가 뭔지 모르겠어요. 하지만 그 일이 피터의 영혼에 장기간 미칠 영향은 미처 생각하지 못했어요."

"어떤 식으로 영향을 미친다는 말입니까?" 와일드가 물었다.

"유명해지면 누구나 변하기 마련이에요. 진부한 말이라는 거 알지만, 유명세를 치르면서 상처받지 않는 사람은 없죠. 처음에는 명성이라는 불이 따뜻하고 위안이 될 거예요. 명성은 세상에서 가장 중독성 있는 마약이죠. 유명한 사람들은 전부 그 사실을 부인하면서 명성에 관심 없는 척하지만 다 거짓말이에요. 리얼리티 프로그램으로 스타가 된 일반인들은 상황이 훨씬 더 안 좋아요."

"왜죠?"

"일반인은 언젠가 스타의 자리에서 내려와야 하니까요. 명성에는 반드시 유통기한이 있어요. 난 한동안 할리우드에서 일했는데 그때 '대스타일수록 친절하다'는 말을 자주 들었죠. 근데 그 말이 맞아요. 대스타일수록 정말 친절한 경우가 많죠. 왜 그런지 알아요?"

와일드는 고개를 저었다.

"그럴 여유가 있기 때문이에요. 대스타들은 자신의 명성이 마르지 않으리라는 걸 알아요. 하지만 리얼리티 프로그램으로 유명해진 일반인은 정반대죠. 그런 사람들은 자신의 이름이 처음 알려졌을 때가 전성기이고, 시간이 갈수록 잊힌다는 걸 알아요."

와일드는 비키가 손에 든 사진을 향해 고갯짓했다. "동생분도 그렇게 됐나요?"

"피터는 누구보다 자신의 처지를 잘 극복했어요. 젠과 행복한 가정을 이룬 듯했죠. 하지만 모든 게 산산조각이 나면서……." 비키가 말끝을 흐렸고, 눈가가 촉촉해졌다. "정말로 피터가 살아있다고 생각해요?"

"모르겠습니다."

"그건 도저히 말이 안 돼요." 비키가 애써 단호한 어조로 말했다. "만약 피터가 살아있다면 내게 연락했을 거예요."

와일드는 기다렸다. 비키 치바는 곧 깨달을 것이다.

"하지만 다시 생각해 보니까, 만약 피터가 세상을 떠나기로 결심했다면," 비키는 말을 멈추고 눈을 깜빡이며 눈물을 참았다. 그렇게 마음을 가라앉히고 말을 이었다. "그럴 경우에도 나한테 연락했을 거예요. 내게 알리고 작별 인사를 했을 거라고요."

둘 다 잠시 우두커니 서있었다. 와일드가 입을 열었다. "잠깐 시계를 돌려보죠. 피터를 마지막으로 본 게 언제인가요?"

"피터는 나와 함께 있었어요."

"이 집에요?"

"네."

"그러다 언제 떠났죠?"

"피터의 SNS 계정들을 봤나요?"

"일부만요."

"피터는 인스타그램에 마지막 게시물을 올리기 사흘 전에 떠났어요."

"절벽 사진 말인가요?"

"네."

"어쩌다 그렇게 됐죠?"

"무슨 말인가요?"

"피터가 이 집에 있었다면서요."

"네."

"무슨 일이 있었기에 피터가 이 집을 떠났나요? 당신에게 뭐라고 말하고 떠났죠?"

이번에도 비키는 눈물을 글썽였다. "겉보기에는 피터가 점점 좋아 지는 듯했어요. 들리는 소문을 너무 빨리 믿지 말라고 쓴 게시물이 있 는데 그거 봤나요?"

와일드는 고개를 끄덕였다.

"그래서 난 아마도 피터가 고비를 넘기는 중인가 보다 했죠. 하지만 돌이켜 보면 다 억지로 한 거였어요. 마치 절대 이길 수 없는 전투에 대비해 자신을 다독이듯이요." 비키는 컴퓨터가 놓인 구석 책상으로 갔다. "게시물에 달린 댓글들을 읽어봤어요?"

"네."

"저열하죠?"

"그렇더군요."

"우리 집에 머물던 마지막 며칠 동안 피터는 댓글을 다 읽었어요. 하나도 빠짐없이요. 왜 그랬는지 모르겠어요. 내가 그러지 말라고 했 거든요. 그걸 읽은 뒤로 상태가 급속히 악화됐죠. 마지막 날에도 댓글 을 읽고 있었어요. 그러더니 수백 통의 DM을 뒤지더군요."

"DM이요?"

"다이렉트 메시지요. 당신이 등록한 DNA 사이트의 메시지 보내기 기능과 같은 거예요. 인스타그램 팔로워는 팔로우하는 상대에게 직접

143

메시지를 보낼 수 있죠. 대부분은 그냥 읽지 않고 둬요. 피터가 한창 인기 있을 때는 내가 다 확인하려고 노력하기는 했죠. 피터는 팬들에게 신경을 많이 썼거든요. 하지만 DM이 너무 많아서 불가능했어요. 아무튼 피터는 최근에 유달리 더 악의적인 DM을 받았고 그게, 모르겠어요, 결정타였던 것 같아요."

"그 DM을 언제 받았나요?"

"집을 나가기 하루나 이틀 전에요. 피터를 괴롭히는 악질적인 악플러 하나가 있었는데 그 DM은……. 분노한 피터를 본 건 처음이었어요. 피터는 악플을 읽으면 그냥 당황하거나 이해하지 못하는 경우가 대부분이지 화를 내지는 않거든요. 마치 세상이 자기 얼굴에 펀치를 날린 것처럼 비틀거리며 지금 무슨 일이 벌어졌는지, 그 이유가 뭔지 알아내려고 했죠. 하지만 이 DM은 읽고 난 다음에 그 사람을 찾아내고 싶어 했어요."

"악질적인 악플러 말인가요?"

"네."

"무슨 내용이었죠?"

"모르겠어요. 피터가 보여주지 않았어요. 그러고는 며칠 뒤에 짐을 꾸려 떠나버렸어요."

"당신한테 떠난다고 말했나요? 아니면 어디로 간다거나."

비키는 고개를 저었다. "퇴근하고 집에 와보니까 동생이 없었어요."

"피터에게 연락했겠네요?"

"네. 하지만 전화를 받지 않았어요. 젠에게 전화했더니 피터와 연락이 끊긴 지 몇 주나 됐다고 하더군요. 다른 친구들에게도 연락해 봤지만 아무 소득도 없었어요. 사흘이 지난 후에 경찰에 신고했죠."

"경찰은 뭐라고 하던가요?"

"뭐라고 하겠어요?" 비키가 어깨를 으쓱였다. "피터는 성인이에요. 경찰은 그냥 신고 접수만 받고 날 돌려보냈어요."

"그 DM 좀 보여줄 수 있습니까? 피터를 화나게 했다는 DM이요."

"왜요?" 비키가 고개를 저었다. "피터가 받은 DM은 증오로 가득 차 있어요. 한참 읽다 보면 감당이 안 될 거예요."

"그래도 보고 싶습니다. 괜찮다면요."

비키는 머뭇거렸으나 이내 자신의 휴대전화 속 인스타그램 앱을 열고 동생 프로필로 들어갔다. 그 절벽 사진과 글이 다시 보였다.

이제 그만 평온해지고 싶다.

비키가 커서를 앞으로 옮기자 그 이전 게시물이 열렸다. 와일드는 다시 사진 속 글을 읽었다.

들리는 소문을
너무 빨리 믿지 마세요.
거짓은 진실보다
빨리 퍼지니까요.

"그러니까, DogLufegnev라는 프로필명을 사용하는 악플러가 댓글을 많이 달았어요." 비키가 말했다. "늘 '넌 대가를 치를 거야'라든가 '난 너의 진실을 알아', '내게 증거가 있어', '넌 죽어야 해' 같은 끔찍한 댓글을 달았죠. 근데 이 게시물에는 이런 댓글을 달았어요."

비키는 스크롤을 내리더니 DogLufegnev가 단 댓글을 보여주었다. DogLufegnev의 프로필 사진은 '유죄'라고 적힌 크고 빨간 버튼이었다.

DM 확인해 봐.

비키가 말했다. "아마도 DogLufegnev는 개를 사랑하는 사람인가 봐요."

"아뇨."

"아니라고요?"

"DogLufegnev는 복수심에 불타는 신(Vengeful God)을 거꾸로 적은 겁니다."

비키는 고개를 절레절레 흔들었다. "미쳤네요. 완전 정신병자예요."

"이 사람이 보낸 DM을 볼 수 있을까요?"

비키가 머뭇거렸다. "솔직히 말해도 될까요?"

와일드는 기다렸다.

"내키지 않아요. 당신에게 DM을 보여주는 거요."

"왜죠?"

"우주에는 어떤 흐름이 있는데 이 일이 그 흐름을 방해하는 느낌이 들거든요."

와일드는 또 한숨이 나오려는 걸 참았다. "저도 우주의 흐름을 방해하고 싶지는 않습니다. 하지만 답을 찾지 못한 질문보다 우주의 흐름을 더 방해하는 게 있을까요? 이런 의심이 생명력인지 뭔지를 방해하지 않겠어요?"

비키는 그 말을 곰곰이 생각했다.

"중요하지 않다고 생각했다면 부탁하지도 않았을 겁니다." 와일드가 덧붙였다.

비키는 고개를 끄덕이더니 비밀번호를 입력했다. 몇 초 뒤에 비키가 얼굴을 찡그리며 멈칫하더니 나직이 중얼거리고 다시 입력했다. "이상하네요."

"뭐가요?"

"피터의 인스타그램 계정에 들어갈 수가 없어요." 비키가 고개를 들어 와일드의 눈을 보았다. "'잘못된 비밀번호'라고 나와요."

와일드는 비키에게 한 발짝 다가갔다. "마지막으로 들어간 게 언제인가요?"

"기억이 안 나요. 보통은 늘 로그인 상태로 두거든요. 모르겠어요. 난 컴퓨터를 잘 못 다뤄서."

"SNS 계정은 피터가 직접 관리했나요?"

"당시에는 그랬어요, 네. 예전에, 그러니까 피터랑 젠이 한 달에 몇십만 달러씩 벌 때는 홍보와 협찬을 관리해 주는 전문 업체에 맡기기도 했죠."

"한 달에 몇십만 달러요?"

"그 정도는 쉽게 벌었죠. 피터가 우승한 해에는 아마 몇백만 달러씩 벌었을 거예요."

와일드는 도무지 이해가 되지 않았다. "한 달에요?"

"그럼요." 비키는 다시 비밀번호를 입력하더니 고개를 저었다. "피터가 비밀번호를 바꿨나 봐요. 다른 사람이 그 DM을 보는 걸 원치 않았을 수도 있고요." 비키가 눈을 깜빡거리더니 다른 곳으로 시선을 돌렸다. "당신이 좋은 의도로 그런다는 거 알아요. 하지만 그만하는 게

147

좋겠어요."

비키는 발을 빼려 하고 있었다. 와일드에게 좋은 생각이 떠올랐다.

"알겠습니다. 이건 잠시 잊어버리죠. 혹시 피터의 메일함을 열어볼 수 있나요?"

"네."

"메일을 확인해 봤어요?"

"최근에는 안 했는데 왜 묻죠?"

"거기에 뭔가 있을지도 모릅니다. 이를테면 피터가 지난 몇 주간 보낸 이메일이라든지……."

"피터는 메일을 거의 쓰지 않아요. 문자를 더 선호하죠." 비키가 그의 말을 잘랐다.

"그래도 확인해 볼 필요는 있잖아요. 안 그래요? 어쩌면 누군가에게 연락했을 수 있어요. 반대로 누가 피터에게 연락했을 수도 있고요."

비키는 다시 브라우저를 열고 지메일 아이콘을 클릭했다. 그녀의 메일 주소가 뜨자 비키가 주소창을 클릭하더니 PBennett447로 시작하는 다른 주소를 입력하고는 비밀번호를 입력했다. 메일함이 열리자 비키는 받은 편지함을 훑어봤다.

"눈에 띄는 메일 있나요?" 와일드가 물었다.

비키는 고개를 저었다. "새로 온 메일은 전부 단체 메일이거나 일과 관련된 것들뿐이에요. 피터가 사라진 후에 열어본 메일도 없고요."

와일드는 비키의 표현이 달라졌다는 걸 알아차렸다. 이번에는 피터가 '죽은' 후라고 하지 않고 '사라진' 후라고 말했다.

"'보낸 메일함'을 눌러보세요." 와일드는 그렇게 말했다. 비록 비키에게 피터의 메일함에 들어가게 한 진짜 이유는 그게 아니었지만. 이건 그냥 주의를 돌리기 위해서였다. 비키 치바에게 원하는 건 이미 얻었다. "피터가 보낸 메일이 있는지 보세요."

비키는 그의 말대로 했다. "새로 보낸 메일이나 관련 있어 보이는 메일은 없어요."

"피터가 이 집을 나간 후에 그와 얘기했거나 연락한 사람이 있나요?"

"피터의 휴대전화 통화 내역을 확인해 봤는데 아예 통화한 기록이 없었어요."

"다른 형제들은요?"

비키는 고개를 저었다. "켈리는 남편과 세 아이들을 데리고 캘리포니아주에 살아요. 피터와 통화한 지 몇 달 됐다고 했어요. 그리고 사일러스는, 음, 둘이 형제지만 사일러스는 늘 피터를 질투했죠. 당신도 알 거예요. 피터가 더 잘생겼고, 더 인기 있고, 운동도 더 잘했으니까요. 어쨌든 우리 가족 모두가 그 프로그램에 출연한 이후로 피터와 사일러스는 연락이 끊겼을 거예요."

"가족이 전부 〈사랑은 전쟁터〉에 출연했다고요?"

비키는 고개를 끄덕였다. "최종회 전에 '국내 전선'이라는 회가 있었거든요. 최종 후보 둘, 그러니까 피터와 빅 바보(Big Bobbo)가 젠에게 각자 자신의 식구들을 소개하는 내용이었죠."

"빅 바보요?"

"또 다른 최종 후보요. 밥 젠킨스. 자칭 빅 바보였죠. 어쨌든 제작진은 가족이 전부 출연해서 갈등이 생기기를 원했어요. 우린 젠을 탐탁지 않게 생각하고, 꼬치꼬치 캐묻고, 한바탕 소동을 일으키기로 되어 있었죠. 그래서 제작진은 우리 삼남매가 모두 출현하길 원했어요. 사일러스는 싫다고 했죠."

"그런데도 출연했네요?"

"네. 출연료를 두둑이 줬거든요. 거기다 유타주에 있는 끝내주게 멋진 리조트에 공짜로 묵게 해줬어요. 그래서 사일러스도 안 될 거 없다고 마음을 바꿨죠. 근데 일단 출연한 다음에는 그냥 뚱하게 있었어요. 말도 두 마디나 했나? 덕분에 아주 인기 있는 밈(우리나라에서는 주로 '짤'이라고 부른다—옮긴이)이 됐죠."

"밈이라고요?"

"아마 밈이라고 할 거예요. 사람들은 사일러스의 사진을 올리고 그 애를 말없는 사일러스, 뚱한 사일러스라고 불렀죠. 어떨 때는 사일러스의 뚱한 표정 아래 글을 적어 넣기도 하고요. 이를테면 '카페인 섭취 전의 나.' 이런 식으로요. 사일러스는 그 일로 화가 나서 프로그램을 고소하고 싶어 했죠."

"지금 사일러스는 어디 있나요?"

"잘 모르겠어요. 사일러스는 트럭 운전사라서 대부분의 시간을 도로에서 보내거든요. 휴대전화 번호를 알려줄까요?"

"그거 좋겠네요."

"근데 별 도움이 안 될 거예요."

"젠은요?"

"젠이 뭐요?"

"피터가 아직 젠과 연락하고 지내나요?"

비키는 고개를 저었다. "헤어질 무렵부터는 연락하지 않았어요."

"당신은 젠과 가까운 사이인가요?"

"예전에는 그랬죠. 이런 일이 있기 전에는 젠과 아주 가까웠어요.

젠은 피터의 배신에 큰 충격을 받았어요."

"그럼 당신도 피터가 정말 그랬다고 믿는 건가요?"

비키는 머뭇거렸다. "피터는 사실이 아니라고 했어요."

와일드는 기다렸다.

"이제 와서 그게 중요한가요?"

"난 피터를 비난하는 게 아닙니다." 와일드가 말했다. "단지……."

"단지 뭐요?" 비키의 말에 약간 가시가 돋쳐있었다. "이건 당신하고 상관없는 일이에요. 당신을 위해 가계도를 구해다 주겠다고 했잖아요. 그게 당신이 날 찾아온 이유 아닌가요? 당신이 왜 숲에 버려졌는지 알아내려고요."

불현듯 와일드는 자신이 기억하는 한 평생 두 번째로 혈육과 대화하고 있음을 깨달았다. 첫 번째는 몇 달 전 친부를 만났을 때였다. 비키를 만나기 전에는 이 만남이 아무 의미도 없을 거라고 생각했다. 출생의 비밀을 알아낸다고 해도 삶에 의미 있는 끝맺음이나 변화가 오지는 않을 거라고 확신하며 살았다. 특히나 그와 엮이고 싶어 하지 않는 친부를 만난 뒤로는 더욱 그랬다. 하지만 자신과 피를 나눈 누군가를 바라보는 지금은 부인하기 힘들 정도로 마음이 끌렸다.

"비키?"

"왜요?"

"당신은 차크라며 느낌 같은 걸 믿는다고 했잖아요."

"놀리지 말아요."

"놀리는 거 아닙니다. 다만 이번 일은 뭔가 앞뒤가 맞지 않아요."

"하지만 그 일이 당신과 무슨 상관인지 난 아직 모르겠네요."

"상관없을 수도 있죠. 하지만 당신이 허락하든 허락하지 않든 난 이

일을 파볼 겁니다. 잘하면 답을 얻겠죠. 최악의 경우에는 당신 시간을
낭비하게 되겠고요."

"내 시간을 낭비하는 건 아니에요." 비키 치바는 그렇게 말하더니 다
시 덧붙였다. "당신은 내 육촌이잖아요. 피터를 찾는 걸 허락할게요."

롤라가 말했다. "피터 베넷은 죽었
을 가능성이 커."

"알아."

"근데 왜 찾겠다는 거야?"

와일드의 수양 동생 롤라 나세르는 1970년대에 지은 전형적인 스플
릿 레벨 구조(1층과 2층 사이에 엇갈리게 한 층을 더 만들어 최소 3층으로
사용하는 구조—옮긴이)에 뒤쪽을 크게 증축한 저택에서 가족과 함께
살았다. 앞마당에는 뒤죽박죽으로 섞인 아이들 장난감(자전거, 세발자
전거, 스카이 콩콩, 다홍색 플라스틱 야구 배트, 라크로스 골대, 인형, 장난
감 트럭)이 흩어져 있었는데 마치 누가 높은 곳에서 흩뿌린 듯했다.

와일드와 롤라는 주방 식탁에 앉아있었다. 한 아이는 와일드의 무
릎에 앉아있었고, 다른 하나는 얼굴에 잼을 잔뜩 묻힌 채 젤리 도넛을
먹고 있었다. 첫째와 둘째는 한쪽 구석에서 틱톡에 나오는 춤을 연습
하고 있었는데 '왜 나한테 그렇게 집착해?'라고 묻는 노래가 반복되어

흘러나왔다.

와일드는 무릎에 앉은 아이가 울지 않도록 무릎을 계속 튕겨주었다. "넌 오랫동안 나한테 친부모를 찾으라고 다그쳤잖아."

"맞아."

"지겹도록 잔소리를 해댔지."

"맞아."

"그런데 왜 피터를 못 찾게 하는 거야?"

"피터 누나가, 그 여자 이름이 뭐랬지?"

"비키 치바."

"맞아. 그 여자가 널 위해서 가계도를 작성해 준다고 했다며."

"응."

롤라는 손바닥이 위로 가게 해서 두 손을 들어 올렸다. "그 여자는 피터보다 나이가 많으니까 아마 가족에 대해 더 많이 알 거야. 그거면 된 거 아니야? 인터넷에서 피터 베넷에 관한 기사를 읽었는데 완전 개쓰레기던데. 왜 우리가 그런 사람을 도와야 해?"

설명하려면 너무 길었고 아마 롤라는 이해하지도 못할 것이다. 와일드 자신도 그랬으니까. "당분간 내 동기는 그냥 넘어가면 안 될까?"

"원한다면. 먹을 것 좀 줄까? 피자 더 시키면 돼."

"난 괜찮아."

"상관없어. 이미 하나 더 시켰으니까. 그럼 뭘 도와줄까?"

와일드는 턱으로 노트북을 가리켰다. "저것 좀 써도 돼?"

롤라는 자판을 몇 번 두드리더니 노트북을 와일드에게 돌려주었다. 와일드는 무릎 위에서 어린 찰리의 균형을 잡는 동시에 타자를 치려고 찰리의 허리 양쪽으로 손을 슬그머니 빼서 지메일로 들어갔다.

"뭔데?"

"비키 치바가 피터의 이메일 주소랑 비밀번호를 입력하는 걸 봤어."

"오호. 비밀번호를 외웠나 보네."

와일드가 고개를 끄덕였다.

"비키 몰래?"

와일드는 다시 고개를 끄덕였다.

"비밀번호가 뭐야?"

"LoveJenn447."

와일드가 비밀번호를 입력하고 엔터를 누르자, 빙고, 메일함이 열렸다. 와일드는 메일을 훑어봤다. 비키가 말한 대로, 도움이 되거나 개인적인 메일은 하나도 없었다. 휴지통을 열어봤는데 역시나 아무것도 없었다. 나중에 더 뒤져볼 것이다.

"447이 무슨 의미인지 알아?" 롤라가 물었다.

"몰라."

"그 누나를 못 믿는 거야? 아니면 네 육촌이라고 해야 하나?"

"못 믿어서가 아니야."

와일드는 당시 상황을 설명했다. 동생이 인스타그램 비밀번호를 바꿨다는 걸 알았을 때 비키가 동생의 프라이버시를 침해하는 것 같아서 약간 초조해했다고. 와일드는 피터의 인스타그램 계정을 열고 비밀번호를 입력했다. LoveJenn447.

역시나 잘못된 비밀번호라고 나왔다.

예상대로였다. 하지만 그 글 밑에, 비밀번호를 잊어버려서 재설정하고 싶냐고 묻는 글이자 링크가 있었다. 와일드는 그 글을 클릭했다. 다른 수많은 웹사이트와 마찬가지로 인스타그램 역시 비밀번호 재설정을 요구하면 이메일로 링크를 보냈다.

인스타그램에 등록된 메일은, 두구두구두구, 아까 비키 치바가 로그인했던 지메일 계정이었고 아까 그녀를 지켜본 덕분에 와일드는 그계정 비밀번호를 알고 있었다.

"똑똑하네." 와일드에게 전후 사정을 들은 롤라가 말했다. "단순하지만 똑똑해."

"그걸 내 묘비명으로 해줘." 와일드는 그렇게 말하고 인스타그램에서 메일이 오기를 기다렸다. 메일이 오자 간단한 비밀번호로 바꾼 다음, 새 비밀번호로 다시 인스타그램에 로그인했다. 메시지 아이콘을 눌렀더니 '요청' 카테고리에 메시지가 엄청나게 많았다. 하지만 와일드는 '주요' 카테고리를 클릭했다.

DogLufegnev와 주고받은 메시지가 맨 위에 떴다.

와일드가 둘의 대화를 클릭하는 동안 롤라는 그의 어깨 너머로 읽고 있었다.

DogLufegnev: 혹시라도 방송에 복귀하면 내가 널 파멸시킬 거야. 난 네가
    무슨 짓을 했는지 알아. 내게 증거가 있어.
피터: 당신 누구야?
DogLufegnev: 알잖아.
피터: 몰라.

DogLufegnev가 사진을 보냈다. 팟캐스트 방송에서 마니가 보여준 것보다 더 노골적인 사진이었다. 그 사진 밑에 또 메시지가 있었다.

DogLufegnev: 알잖아.

대화에는 시간이 표시되지 않아서 피터 베넷이 얼마나 빨리 답장을 보냈는지는 알 수 없었다.

피터: 당신 얼굴 좀 봐야겠어. 이게 내 휴대전화 번호야. 제발 만나자고.

롤라가 어린 찰리의 눈을 가렸다. "세상에."

"그러게."

"조명이 기가 막힌 페니스 사진이네."

"출력해 줘?"

"그냥 캡처해서 보내줘. 이게 다야? 그 도그 뭔지 하는 사람은 만나자는 피터의 제안에 답을 안 했어?"

"여기에는 없어. 하지만 피터가 전화번호를 알려줬으니까 전화를 했거나 문자를 보냈을 수 있지. 어쨌든 DogLufegnev를 추적할 수 있지?"

롤라는 냉장고를 열고 사과를 꺼내 아들 엘리야에게 던졌다. "이 남자 혹은 여자, 성별은 모르는 거지? 아무튼 도그 뭔지가 피터 베넷에게 전화를 했거나 문자를 보냈기를 바라야지."

"안 보냈으면?"

롤라는 어깨를 으쓱였다. "그래도 인스타그램 계정을 통해 추적할 수는 있는데 더 힘들지. 요즘에는 이런 작업 많이 해. 대부분 기업 차원에서. 다른 기업을 비방하고 음해하려고 만든 가짜 계정이 수두룩하거든. 네 육촌만 봐도 그래. 사람들이 죽이겠다고 협박하잖아. 미친

짓이지. 왜 이런 악플러들은 알지도 못하는 사람한테 그렇게 신경을 쓰는 걸까? 아무튼 늘 의뢰가 들어오는 일이야. 우리 고객들은 더 구체적인 이유가 있기는 하지만."

"악플러의 신원도 파악할 수 있어?"

"가끔은. 디지털 족적은 늘 남기 마련이거든. 우린 종종 메타데이터를 추적하거나 링크를 분석하거나 고급 검색 툴을 이용해. 살해 협박처럼 심각한 경우에는 법원에서 소환장을 받아서 상대의 IP 주소를 확보하지. 이 도그 뭔지 하는 사람을 찾고 싶은 거야?"

"응."

"우리 회사 최고 직원들에게 맡길게."

"고마워."

"근데 와일드?"

와일드는 기다렸다.

"넌 피터 베넷에게 빚진 거 하나도 없어."

CHAPTER

13

와일드는 휴대전화 메시지를 확인
했다. 라일라가 보낸 메시지는 없었다. 앞으로 둘의 관계가 어떻게 진
행될지 두고 봐야겠다. 렌터카를 반납하고 다시 라마포산을 가로질러
에코 캡슐로 돌아갔다. 숲은 평온하고 고독하지만 결코 고요하지는
않다. 숨죽인 생기로 들끓는 광경이 장엄하면서도 경이롭다. 나무 사
이를 이리저리 거니는 동안 그의 어깨와 등의 긴장이 풀어졌다. 걸음
걸이는 좀 더 나른해졌다. 긴장이 풀린 뇌는 다소 새로운 시각으로 피
터 베넷 사건을 살펴봤다.

롤라는 그가 피터 베넷에게 아무것도 빚지지 않았다고 했다. 그럴
수도 있다. 하지만 그게 중요한가? 꼭 빚을 져야만 누군가를 돕는 건
아니다.

와일드는 휴대전화를 꺼내 비키에게 받은 번호로 전화했다. 그녀의
남동생이자 와일드의 육촌인 사일러스에게. 세 번째 신호음이 울리자
누군가 전화를 받았다.

"누구세요?" 전화기 너머에서 목소리가 들렸다.

둔중하지만 요란한 차 소리가 들리는 걸로 봐서 사일러스는 트럭을 운전하는 중인 듯했다.

"난 와일드라고 합니다. 누나 비키에게 당신 전화번호를 받았어요."

"용건이 뭡니까?"

"내가 당신 육촌입니다."

와일드는 DNA 검사, 피터의 메시지, 자신이 피터를 찾고 있다는 걸 설명했다.

"젠장." 와일드의 설명이 끝나자 사일러스가 말했다. "완전 엉망이 네. 그러니까 우리가 당신 엄마 쪽 친척이라는 건가요?"

"그런 것 같습니다."

"당신 엄마는 상대 남자에게 아이가 태어났다는 사실을 말해주지도 않고 그냥 숲에 버렸고?"

정확한 요약은 아니었지만 굳이 정정해 줄 이유가 없었다. "비슷합니다."

"근데 왜 나한테 전화한 거죠?"

"난 피터를 찾고 있어요."

"왜요? 당신 경찰인가요?"

"아뇨."

"그럼 배틀러?"

"그게 뭐죠?"

"〈사랑은 전쟁터〉 골수팬들을 부르는 용어죠. 배틀러. 당신도 배틀 러예요?"

"아뇨."

"왜냐하면 배틀러들이 날 밈으로 만들었거든요. 거지 같은 프로그램. 거의 매일 머저리들이 내게 다가와서 '어, 그 뚱한 남자 맞죠?'라고 한다니까요. 지금까지도요! 짜증 나 죽겠어요. 무슨 말인지 알죠?"

"상상이 갑니다."

"그건 그렇고 다들 피터가 죽은 줄로 알던데."

"당신도 그렇게 생각하나요?"

"모르겠어요, 육촌." 사일러스는 코웃음을 쳤다. "이상하긴 하잖아요."

"약간요."

"저기, 난 피터랑 연 끊은 지 오래됐어요. 사실 우린 그다지 친하지도 않았고. 틀림없이 누나한테 들었을 테지만. DNA 사이트에서 피터랑 유전자가 일치했다고 했죠?"

"네."

"거기가 어딘지 말해줄 수 있어요?"

"어느 사이트냐고요? 'DNA유어스토리'라는 사이트요."

"아, 이제야 이해가 가는군." 사일러스가 말했다.

"뭐가 말입니까?"

"왜 당신하고 내가 이어지지 않았는지 말이에요. 나는 '미트유어패밀리(MeetYourFamily)'라는 DNA 사이트에 가입했거든요."

"유전자가 일치하는 사람이 있었나요?"

"23퍼센트 일치하는 사람이 있긴 했죠."

"그 정도면 어떤 관계죠?"

"여러 경우가 있을 수 있는데 대개는 이복형제나 남매죠. 우리 영감이 바람둥이였어요. 누나에게는 말하지 마세요. 누나는 영감이 훌륭한 아버지라고 생각하거든요. 괜히 마음만 아플 겁니다."

"이복형제나 남매가 있다는 걸 누나는 알고 싶어 하지 않을 거라고 생각해요?"

"나도 모르죠. 당신 말이 맞을지도 몰라요. 누나한테 말해야 할 수도 있죠. 하지만 그렇게 해서 무슨 이득이 있을지 모르겠네요."

"그 이복형제에게 연락해 봤나요?"

"해봤죠. 사이트 앱을 통해서 메시지를 보냈는데 답장이 안 오더군요."

"나한테 문자로 알려줄 수 있나요?"

"뭘……? 아, 그 상대에 대해서요? 알려주고 말고 할 것도 없어요. 계정이 사라져 버렸으니까."

이상했다. 대니얼 카터의 경우와 똑같았다. "상대 이름이나 이니셜을 아나요?"

"아뇨. 그 사이트는 양쪽 모두 동의할 경우에만 서로의 신원이 밝혀져요. 그래서 난 상대에 대해 아무것도 모릅니다. 그저 나와 유전자가 23퍼센트 일치한다는 사실만 알죠."

"그거 기분이 이상하겠네요."

"뭐가요?" 사일러스가 물었다.

"이 세상에 당신의 이복형제나 남매가 있을지도 모르는데 서로 상대가 누군지 전혀 모르잖아요."

"그럴 수도 있겠네요. 그 사이트에서는 많은 사람들이 충격적인 사실을 알게 되는 것 같더군요. 내 친구는 아버지가 친부가 아니라는 걸 알고 큰 충격을 받았죠. 엄마에게는 말도 하지 않았어요. 부모님이 이혼하는 걸 원치 않았으니까요."

"또 일치하는 사람은 없었나요?"

"의미 있는 관계는 없었어요. 우리 집에 가면 컴퓨터에 남아있는 정보를 문자로 보내죠. 그건 그렇고, 육촌은 어디 삽니까?"

"뉴저지주요."

"비키네 집 근처?"

"거기서 멀지 않죠. 당신은요?"

"난 와이오밍주에 집이 있긴 하지만 거긴 좀처럼 가지 않습니다. 지금은 옐로 화물이 의뢰한 짐을 운반하느라 켄터키주를 통과 중이고요." 사일러스는 목을 가다듬었다. "하지만 뉴저지주를 자주 지나다녀요. 우리가 얼마나 가까운 사이죠?"

"증조부가 같습니다."

"크게 의미 있는 관계는 아니군요. 하지만 그렇다고 의미 없는 관계도 아니죠."

"의미 없는 관계는 아니죠."

"특히 당신에게는 더 그렇겠네요. 내 말은, 기분 나쁘게 듣지는 말아요, 당신에게는 달리 혈육이 없으니까요. 언제 만나서 인사나 한번 하죠. 커피라도 마시면서."

"뉴저지주에 또 언제 오나요?"

"곧 갈 겁니다. 난 주로 누나네 집에서 지내요."

"다음에 여기 오면 전화 주세요."

"그러죠, 육촌. 당신에게 도움 될 만한 정보가 있는지 생각해 볼게요."

"고맙습니다."

"계속 피터를 찾을 건가요?"

"네."

"그것도 행운을 빌어요. 누굴 탓하는 건 아니지만 누나가 피터를 그 거지 같은 프로에 끌어들였죠. 좋은 의도로 한 일이겠지만 피터는 그쪽 세상에 맞지 않아요. 내가 도와줄 일이 있다면……."

"연락하죠."

사일러스는 전화를 끊었다. 와일드는 뒷주머니에 전화기를 넣고 다시 산을 올랐다. 심호흡을 하며 상쾌한 산 공기를 폐에 가득 채워 넣었다. 마음을 달래주는 햇살을 향해 천천히 고개를 들어 올리며 생각이 자유롭게 흘러가도록 내버려 두었다. 흘러가던 생각은 전에도 종종 그랬듯이 익숙하고 위로가 되는 아름다운 얼굴에 당도했다.

라일라의 얼굴이었다.

갑자기 휴대전화가 진동하는 바람에 와일드는 깜짝 놀랐다. 헤스터였다.

"여보세요." 반쯤 몽롱하고 기분 좋은 상태를 최대한 유지한 채 와일드가 말했다.

"너 괜찮니?"

"네."

"마리화나라도 피운 것 같구나."

"생명력에 취했죠. 무슨 일이세요?"

"네 메시지 받았다. 그러니까 벌써 네 친척을 찾아낸 거야?"

"신원은 알아냈어요. 아직 행방은 모르고요."

"설명해 봐라."

"〈사랑은 전쟁터〉라는 리얼리티 쇼 보신 적 있어요?"

"한 회도 빠짐없이 다 봤지."

"정말로요?"

"아니. 당연히 거짓말이지. 그게 무슨 프로그램인지도 몰라. 리얼리티 쇼? 난 리얼리티에서 도망치려고 텔레비전을 보는 사람이야. 아무튼 그 프로가 왜?"

와일드는 좀 더 산책할 시간이 있었으므로 헤스터에게 피터 베넷과 그 후에 일어난 스캔들, 그의 실종에 대해 말해주었다. 그의 이야기가 끝나자 헤스터가 말했다. "완전 난장판이로구나."

"네."

"겨우 혈육을 찾았는데 그 집안도 다른 집안처럼 문제가 많구나."

"전 어릴 때 숲에 버려졌어요. 애초에 정상적인 가정일 거라고는 기대하지도 않았어요."

"좋은 지적이다. 그래서, 사라진 육촌을 찾을 거니?"

"네."

"자살했다는 사실만 확인하게 될지도 몰라."

"그럴 수도 있죠."

"정말로 그렇게 된다면 어쩔래?"

"그럼 그게 답인 거죠."

"그냥 그렇게 넘어간다고?"

"달리 어쩌겠어요?"

"그럼 다음 단계로 넘어가서," 헤스터가 본론으로 들어갔다. "내가 보기에는 뭔가 알고 있을 만한 사람이 부인인지 전 부인인지 하는 여자 같구나. 젠 뭐시기라는 여자 말이다."

"캐시디요."

"데이비드랑 성이 같네? 소싯적에 내가 꽤 좋아했지."

"누굴요?"

"데이비드 캐시디. 〈패트리지 패밀리〉 기억나니?"

"아, 네."

"당시 여학생들은 데이비드의 머리 스타일과 미소에 홀딱 반했지만 그이는 궁둥짝도 끝내줬어."

"좋은 정보 감사합니다." 와일드는 그렇게 말하고 다시 물었다. "젠 캐시디에게 어떻게 접근해야 할까요?"

"내가 아는 할리우드 에이전트가 많아. 그 여자에게 에이전트를 만나볼 의향이 있는지 알아보마."

"그거 좋네요."

"이미 롤라에게 그 악플러의 신원을 알아보라고 시켰겠지?"

"네."

"그건 그렇고," 헤스터는 아무렇지도 않다는 어조로 말하려고 했지만 전혀 뜻대로 되지 않았다. "어젯밤에 라일라랑 잤니?"

"헤스터."

"잤어?"

"헤스터는 오렌하고 잤어요?" 와일드가 맞받아쳤다.

"틈만 나면 자느라 바쁘지. 오렌은 데이비드 캐시디보다도 궁둥짝이 더 튼실하거든." 헤스터는 다시 덧붙였다. "그 질문은 너랑 내 예전 며느리의 관계에 대해 묻지 말라는 뜻이니?"

와일드는 계속 산을 올랐다. "지금 어디세요?"

"사무실에서 러빈 사건의 평결을 기다리는 중이다."

"평결이 언제 나올지 아세요?"

"몰라. 그 질문도 너랑 내 예전 며느리의 관계에 관해 묻지 말라는 뜻이니?"

와일드는 아무 말도 하지 않았다.

"알았다, 알았어. 내가 참견할 일이 아니지. 몇 군데 전화해 보고 쓸
만한 정보가 있는지 알아보마. 또 연락할게."

에코 캡슐에 도착한 와일드는 약간의 집안일을 했다. 그가 귀국한
뒤로 비가 거의 내리지 않은 터라 물탱크를 들고 가까운 개울로 가서
물을 받았다. 에코 캡슐은 바퀴가 달려있기 때문에 와일드는 아무도
자신을 추적하지 못하도록 몇 주마다 한 번씩 자리를 이동했다. 하지
만 이렇게 가뭄일 경우를 대비해 늘 물과 가까운 곳에 머물렀다.

집안일을 다 마친 뒤에는 망보는 곳으로 갔다. 거기에 서면 막다른
길 끝에 자리한 라일라의 집이 한눈에 내려다보였다. 라일라나 대릴
의 차는 없었다. 사람도 보이지 않았다.

휴대전화가 다시 진동했다. 롤라였다.

"운이 따르네. 약간은."

"말해봐."

"DogLufegnev의 IP를 추적했는데 엄청나게 많은 가짜 계정을 운영
하는 것 같아. 그중 몇 개는 다른 사람인 척하면서 네 육촌을 괴롭혔
고. 그러니까 그 도그라는 악플러는 피터 베넷에 대한 악의적인 포스
팅을 올릴 뿐 아니라 마치 많은 사람이 거기에 동의한다는 듯이 그 포
스팅을 퍼 날랐어."

"흔히 있는 일이지."

"그래도 여전히 끔찍해. 이 사람들은 대체 왜 그러는 거야?"

"DogLufegnev의 이름이나 주소는 알아냈어?"

"그런 셈이야. IP가 뭔지는 알지?"

"잘 알지."

"내가 알아낸 건 특정 IP 사용자가 청구서를 받아보는 주소야. 그 집에 사는 사람이면 누구든 그 IP의 주인이 될 수 있어."

"응. 알아."

"주소는 코네티컷주, 하원턴, 웨이크 로빈가 972번지, 헨리와 도나 맥앤드루스로 되어있어. 에코 캡슐에서 자동차로 두 시간 거리야."

"지금 출발할게."

이번에는 렌터카를 이용하지 않았다. 와일드에게는 다른 사람의 번호판과 일치하지도 않고 추적당할 염려도 없는 번호판이 달린 차를 '빌릴' 수 있는 곳이 있었다. 버너폰처럼 쓰고 버릴 수 있는 자동차였다. 그 차로 가는 게 제일 좋을 듯했다. 또 검은색 옷, 검은색 복면, 검은색 장갑도 챙겼다. 적절하면서도 때에 따라 교묘하게 자신을 감출 수 있는 복장이었다. 조심하는 것과 편집증은 종이 한 장 차이임을 와일드도 알고 있었다. 그는 아마도 편집증 쪽으로 약간 더 기울었을 테지만 그편이 더 신중한 처신인 듯했다.

와일드는 287번 고속도로를 타고 동쪽으로 달려 한때는 태펀지 다리로 불렸으나 무너뜨리고 새로 지으면서 '마리오 M. 쿠오모'라는 새 이름을 붙인 다리를 통과했다. 마리오 쿠오모에게 아무런 유감도 없지만 왜 정치인을 기린답시고 태펀지라는 멋진 이름을—'태펀 (Tappan)'은 북미 원주민 부족 명칭이며 '지(Zee)'는 네덜란드어로 바다를 뜻한다—바꿨는지 의문이었다.

달리면 달릴수록 주위 풍경은 점점 더 전원으로 바뀌었다. 리치필드 카운티에는 탄성이 절로 나오는 산림지대가 수두룩했다. 5년 전 와일드는 라마포산에서 도망쳐야 했는데 동부 대서양 연안을 벗어나고 싶지 않아 저 산림지대에서 두 달간 살았다.

웨이크 로빈가에 도착했을 때는 해 질 무렵이었다. 거리는 고요하고 인기척이 없었다. 와일드는 차의 속도를 줄였다. 집마다 대지가 넓었고, 울창한 나뭇잎 사이로 집 안 불빛이 반짝거렸다.

하지만 웨이크 로빈가 972번지에는 불빛이 보이지 않았다.

다시 와일드의 몸이 따끔거렸다. 문명이 '발전하고' 인간들이 잠금 장치가 달린 튼튼한 집으로 이사하면서 대다수가 오래전에 억눌러 버렸거나 쇠퇴하도록 내버려 둔 생존 본능이었다. 와일드는 길 끝까지 운전한 다음 우회전해서 로렐가로 들어섰다. 윌슨 연못을 건너가니 칼미아 보호구역이라는 한적한 장소가 나왔다. 표지판에 따르면 오듀본 협회가 지정한 보호구역이었다. 와일드는 이미 검은색 옷을 입고 있었다. 거기에 검은색 장갑을 끼고 검은 야구 모자를 쓴 다음, 뒷주머니에는 만약에 필요할 경우를 대비해 검은색 경량 복면을 넣었다. 지금은 칠흑처럼 캄캄했지만 와일드는 전혀 개의치 않았다. 평소 숲을 가로지르며 몇 킬로미터씩 야간 산행을 할 수 있을 정도로 하늘과 별을 잘 알았다. 또한 혹시 몰라서 손전등을 챙겨 왔으나—생존 전문가라고 해서 야간 투시 능력까지 있는 건 아니다—오늘 밤은 하늘이 맑았다.

15분 뒤 와일드는 맥앤드루스의 집 뒤뜰에 서있었다. 이곳으로 오기 전에 부동산 거래 사이트에서 이 집을 조사해 봤다. 맥앤드루스는 2018년 1월, 34만5천 달러에 이 집을 구입했다. 대략 2,500평의 고립된 땅에 지은 전용 면적 73평의 비교적 신축 저택으로 침실 세 개와 욕실 세 개가 있었다.

영화 대사에 지겹게 나오듯이 '조용했다, 너무 조용했다'.

집 뒤쪽에는 불빛이 하나도 없었다.

맥앤드루스 가족이 전부 다 잠자리에 들었거나—하지만 겨우 저녁 9시였다—집에 아무도 없을 것이다. 후자일 가능성이 더 컸지만. 와일드의 휴대전화가 진동했다. 왼쪽 귀에 에어팟이 꽂혀있던 터라 와일드는 에어팟을 톡톡 쳐서 전화를 받았다. '여보세요'라고 말할 필요도 없었다. 롤라는 어떻게 대처해야 하는지 알고 있었다.

"헨리 맥앤드루스는 예순하나고, 아내 도나는 예순 살이야." 롤라가 말했다. "아들만 셋인데 각각 스물여덟, 스물하나, 열아홉이고. 계속 조사 중이야."

롤라가 전화를 끊었다.

와일드는 이 사실을 어떻게 받아들여야 할지 몰랐다. 만약 누군가 나이와 성별을 근거로 용의자를 프로파일링 한다면 부모보다는 세 아들이 DogLufegnev일 확률이 더 높았다. 문제는 세 아들 중에서 아직 이 집에 사는 아들이 있느냐는 것이다.

와일드는 복면을 꺼내 머리에 썼다. 이제 그의 살갗은 한 치도 드러나지 않았다. 요즘에는 대부분의 주택에 보안 시스템이나 CCTV가 설치되어 있다. 없는 집도 있기는 했지만 그래도 있는 집들이 더 많았다. 와일드는 맥앤드루스의 집으로 다가갔다. 만약 그가 CCTV에 나오거나 누군가의 눈에 띈다면 그저 머리부터 발끝까지 검은 옷을 입은 남자일 뿐이었다. 그것만으로는 아무런 근거도 될 수 없었다.

와일드는 몸을 숙이고 화단으로 들어가 자갈 몇 개를 집어 든 다음, 몸을 여전히 낮춘 상태에서 집 뒤쪽 미닫이 유리문에 자갈을 던지고 기다렸다.

아무 일도 일어나지 않았다.

이번에는 위층 창문으로 조금 더 세게 던졌다. 고루한 수법이었다. 조잡하기는 해도 이 방법을 쓰면 집에 사람이 있는지 효과적으로 알아볼 수 있다. 만약 불이 켜지면 그냥 도망가면 된다. 누가 따라오기 전에 와일드는 숲으로 사라져 버릴 터였다.

와일드는 다시 약간 더 큰 자갈을 던졌다. 그것도 한꺼번에 여러 개를. 꽤 요란한 소리가 났는데 당연히 와일드가 원하던 바였다.

역시 아무런 반응도 없었다. 비명도 고함도 들리지 않았다. 불이 켜지지도 않았다. 창밖을 내다보는 실루엣도 없었다.

결론적으로 저 집에는 아무도 없었다.

물론 이 결론이 확실하지는 않았다. 누군가가 깊이 잠들었을 수도 있다. 하지만 역시나 와일드는 딱히 걱정하지 않았다. 이제는 잠기지 않은 문이나 창문을 찾을 차례였다. 설사 그런 문이나 창문이 없다 해도 그에게는 어떤 집이든 몰래 들어갈 수 있는 장비가 있었다. 생각해 보면 웃기는 일이었다. 그는 기억이 가물가물한 어린 시절부터 남의 집을 몰래 드나들었다. 당시 '숲에서 발견된 소년'에게는 당연히 장비가 없었다. 그저 창문이나 문을 열어보았고, 열리는 문이나 창문이 없으면 다음 집으로 넘어갔다. 한 번은—아마 네댓 살쯤일 것이다—배가 고파 죽겠는데 빈집이나 문이 잠기지 않은 집을 찾을 수가 없어서 지하실 창문에 돌을 던져 유리창을 깨고 들어갔다. 와일드는 그때 일이 떠올랐다. 그 아이가 느꼈던 허기의 고통. 절박하고 두려웠던 심정이 조심해야 한다는 생각보다 더 강했다. 그때 와일드는 깨진 지하실 창문을 통과하다가 유리 조각에 복부를 베였다. 지금까지 그 일을 까마득히 잊고 있었다. 살을 베인 다음에 어린 와일드는 어떻게 했을까? 2층 침실에 가서 구급상자를 찾아낼 정도의 요령이 있었을까? 아니면 그냥 베인 부위를 셔츠 위로 눌렀을까? 상처는 깊었을까 아니면 살갗만 긁혔을까?

기억나지 않았다. 그저 유리 파편에 살을 베인 일만 기억났다. 그에게 기억은 종종 그렇게 떠올랐다. 유리 파편처럼. 최초의 기억은 빨간색 계단 난간, 어두컴컴한 숲, 콧수염을 기른 남자의 초상화, 여자의 비명이었다. 그 이미지가 등장하는 꿈을 평생 꿨지만 아직도 그게 무슨 의미인지 몰랐다. 의미가 있기나 한지 모르겠지만.

와일드는 먼저 아래층 창문들을 열어보았다. 다 잠겨있었다. 뒷문으로 가보았다. 역시 잠겨있었다. 미닫이 유리문을 열어보았다.

빙고.

와일드는 적잖이 놀랐다. 왜 창문은 다 잠가두고 미닫이 유리문은 잠그지 않았을까? 물론 그냥 잊어버렸거나 부주의한 것일 수도 있다. 별일 아닐 수도 있다.

몸이 다시 따끔거렸다.

와일드는 허리를 숙인 채 미닫이문을 조금만 열었다. 그러고는 다시 조금 더 열었다. 문은 레일을 따라 스르륵 미끄러졌다. 아무 소리도 없이. 와일드는 몸을 낮춘 채 좀 더 열었다. 천천히. 지나치게 조심하는 것일 수도 있지만 어떤 적보다 더 큰 위협은 자신감 과잉이었다. 와일드는 기다리며 귀를 기울였다.

아무 소리도 들리지 않았다.

이제는 문을 더 많이 열고 적의 소굴로 들어갔다. 다시 문을 닫을까 고민했지만, 만약 이 집에서 빨리 나가야 한다면 문을 열어두는 편이 시간을 절약할 수 있다. 꼬박 1분 동안 미동도 하지 않고 무슨 소리가 들리는지 귀를 쫑긋 세웠다.

집 안은 쥐 죽은 듯 고요했다.

구석 책상에 놓인 대형 컴퓨터가 눈에 띄었다.

이번에도 빙고였다.

집에는 아무도 없었다. 이제는 확신할 수 있었다. 하지만 몸이 따끔거리는 느낌은 사라지지 않았다. 와일드는 미신을 믿는 사람은 아니었다. 오히려 전혀 믿지 않았다. 하지만 이 집에는 틀림없이 긴장된 기운이 감돌았다.

대체 뭘 놓치고 있는 걸까?

알 수 없었다. 그의 착각일 수도 있었다. 와일드는 그 가능성도 배제하지 않았다. 하지만 극도로 조심해서 손해 볼 것은 없었다. 그는 계속 몸을 낮춘 채 책상으로 살금살금 다가갔다. 이것이 그가 맥앤드루스의 집에 몰래 들어온 목적이자 이유였다. 맥앤드루스의 컴퓨터에 들어있는 정보를 모두 다운로드받은 다음 롤라네 회사 전문가에게 넘겨서 철저히 분석하는 것. 언젠가 맥앤드루스 가족에게 여러 가지를 물어보고 싶었다. 별 소득은 없을 테지만. 그보다 더 중요한 문제는 DogLufegnev라는 악플러가 피터 베넷을 나락으로 떨어뜨린 그 음해성 사진들을 어떻게 입수했는지 알아내는 것이다.

컴퓨터는 윈도우가 깔려있고 비밀번호로 잠겨있었다. 와일드는 두 개의 USB를 꺼내 첫 번째 USB를 포트에 꽂았다. 이 USB는 일체형 해커 장비였다. 이 안에 mailpv.exe와 mspass.exe 같은 자동 실행 프로그램이 들어있어서 일단 USB 포트에 꽂으면 페이스북, 아웃룩, 은행 계좌를 포함한 모든 사이트의 비밀번호를 다 수집했다.

와일드에게 필요한 비밀번호는 딱 하나뿐이었다.

운영 체계 비밀번호가 있어야 컴퓨터에 든 정보를 전부 두 번째

USB로 옮길 수 있었다. 영화에서는 이런 작업이 비교적 오래 걸렸다. 하지만 현실에서는 몇 초 만에 비밀번호를 알아낼 수 있었고, 컴퓨터 내용물을 복사하는 것도 길어야 5분이었다.

컴퓨터가 잠금 해제되자 와일드는 브라우저를 열고 사용 내역을 확인했다. 요즘에는 컴퓨터만 뒤진다고 해서 사용자에 대한 정보를 모두 알 수는 없었다. 컴퓨터보다 휴대전화를 이용해 인터넷 서핑과 검색을 하는 경우가 더 많기 때문이다. 컴퓨터로 이메일과 메시지를 몰래 훔쳐볼 수는 있지만 정작 중요한 정보는 시그널이나 쓰리마 같은 보안 메신저 앱에 감춰두는 경우가 종종 있었다.

제일 위에 북마크 된 사이트는 인스타그램이었다.

흔치 않은 일이었다. 인스타그램은 보통 컴퓨터보다는 휴대전화 앱으로 사용하기 때문이다. 와일드는 얼른 링크를 클릭했다. 인스타그램이 떴다. 프로필란에 DogLufegnev 아이디가 있을 줄 알았는데 의외로 NurseCaresLove24라는 아이디였다. 프로필 사진은 많아야 서른으로 보이는 동양 여성이었다. 오른쪽에 계정을 전환할 수 있는 링크가 있어서 클릭해 보았다.

그러자 수십 개의 계정이 떴다.

계정 주인들도 가지각색이었다. 종교, 성별, 국적, 직업, 정치관이 다 달랐다. 와일드는 스크롤을 내리며 계정을 세어보았다. 혹시라도 USB에 이 목록이 다 담기지 못했을 경우를 대비해 휴대전화로 사진까지 찍었다. 계정이 서른 개가 넘어갔을 때 마침내 DogLufegnev가 등장했다.

프로필을 클릭하고 화면이 로딩되는 것을 지켜보았다. DogLufegnev는 전부 열두 개의 사진을 올렸는데 모두 풍경 사진이었다. 팔로워는 마흔여섯 명이었고 와일드가 보기에는 전부 아까 그 목록에 있던 다른 계정들 같았다. 와일드는 메시지 아이콘을 클릭했다. 롤라의 집에서 봤던, DogLufegnev와 피터 베넷 사이에 오간 메시지가 여기에도 있었다. 하지만 그보다 더 궁금한 것, 훨씬 더 궁금한 것은 그 위에 있는 메시지였다. DogLufegnev가 마지막으로 받은 메시지.

메시지를 보낸 사람의 아이디는 PantherStrike88이었다(Panther는 표범을 뜻한다─옮긴이). 내용은 무서울 정도로 간단했다.

잡았다, 맥앤드루스. 넌 대가를 치르게 될 거야.

'와, 이 표범 계정은 맥앤드루스가 한 짓을 알아냈나 보군.' 와일드는 생각했다.

USB가 두 번 깜빡이며 다운로드가 끝났음을 알렸다. 와일드는 USB를 빼서 주머니에 넣고 PantherStrike88 계정 프로필을 클릭해 보았으나 계정은 이미 삭제된 뒤였다. 이 계정을 만들고 맥앤드루스에게 협박 메시지를 보낸 사람이 누군지는 몰라도 자기 계정을 삭제해 버린 것이다.

대체 무슨 일이 벌어지고 있는 거지?

이 집에 들어선 후 처음으로 소리가 들렸다.

차 소리였다.

얼른 집 앞쪽으로 난 창문으로 다가갔을 때는 자동차의 후미등이 왼쪽으로 돌아 막 사라지고 있었다. 그저 지나가는 차일 뿐 아무것도 아니었다. 거리는 다시 고요해졌다.

하지만 몸이 또 따끔거렸다.

와일드는 컴퓨터를 향해 조용히 다가가며 계속 여기 남아 컴퓨터를 뒤져볼 것인지 아니면 지금 나갈지 고민했다. 그때 처음으로 냄새가 그의 코를 스쳤다.

와일드는 제자리에 얼어붙었다.

가슴이 철렁 내려앉았다. 그는 지하실로 이어지는 듯한 문 앞에 서 있었는데 몸을 문 쪽으로 내밀고 코로 숨을 더 깊이 들이쉬었다.

아, 맙소사.

이 문을 열고 싶지 않았다. 도망가고 싶었다. 하지만 지금은 그럴 수 없었다.

와일드는 장갑을 낀 손을 뻗어 문손잡이를 돌렸다. 문을 빼꼼 열어 보았다. 그걸로 충분했다. 속이 울렁거리는 썩은 내가 사정없이 밀려 왔다. 마치 지하실에서 내보내 달라고 오랫동안 문을 두드려 댄 듯이.

와일드는 불을 켜고 계단 아래를 내려다보았다.

바닥에 피가 흥건했다.

CHAPTER 14

와일드에게 전화가 왔을 때 헤스터는 섹스를 끝낸 뒤 아직 숨을 헐떡이며 침대에 등을 대고 누워있었다. 옆에 누워서 만면에 미소를 띤 채 천장을 바라보고 있는 남자는 그녀의 연인—헤스터에게 '남자 친구'는 젊은이들만 쓰는 용어 같았다—오렌 카마이클이었다.

"정말 끝내주는군." 오렌의 말이 끝나자마자 휴대전화가 울렸다.

두 사람은 맨해튼에 있는 헤스터의 아파트에 있었다. 헤스터와 마찬가지로 오렌도 전처 셰릴과 함께 지금은 장성한 아이들을 키웠던 웨스트빌의 집을 팔아버렸다. 그는 오랫동안 헤스터의 삶 언저리에 머물러 있었다. 헤스터의 두 아들이 중고생일 때 소속되었던 청소년 농구팀 코치였고, 숲에서 어린 와일드를 찾아낸 경찰 중 하나였다.

오렌은 그녀에게 미소 지었다.

"왜요?" 헤스터가 물었다.

"아무것도 아니에요." 오렌이 말했다.

"그런데 왜 싱글벙글이에요?"

"아까 내가 하는 말 못 들었어요? 정말 끝내준다고 했잖아요."

아이라가 죽었을 때 헤스터는 이제 자신의 인생에 남자는 없을 거라고 생각했다. 분노나 쓰디쓴 악감정 혹은 상심에서 비롯된 결론이 아니었다. 비록 그런 감정이 넘쳐나기는 했지만. 헤스터는 아이라를 사랑했다. 그는 친절하고 다정하고 똑똑하며 재미있는 남자였다. 인생의 훌륭한 동반자였다. 헤스터는 다시 누군가와 사귀는 자신의 모습이 도저히 그려지지 않았다. 변호사로 바쁘게 일하며 충만한 삶을 살기도 했고, 새로운 사람과 데이트할 준비를 한다고 생각하면 몸서리가 쳐졌다. 그냥 너무 번거로울 듯했다. 언젠가 아이라가 아닌 다른 남자 앞에서 벌거벗는다고 생각하면 겁이 나면서도 지쳤다. 대체 누가 그녀의 알몸을 보고 싶어 하겠는가? 그녀는 보고 싶지 않았다.

웨스트빌 경찰서장 오렌 카마이클을 사귀게 된 건 놀라운 일이었다. 꼭 끼는 경찰 제복에 어깨가 떡 벌어지고 건장한 체격의 오렌은 헤스터에게 어울리지 않았고, 헤스터도 오렌에게 어울리지 않았다. 하지만 둘 다 사랑에 빠졌고 이제 이렇게 함께 있었다. 헤스터는 아이라가 이 일을 어떻게 받아들일지 궁금했다. 아이라도 그녀의 행복을 기뻐했을 거라고 믿고 싶었다. 만약 입장을 바꿔서 그녀가 먼저 죽고 아이라가 오렌의 전처 셰릴과─여전히 멋지고 심지어 지금도 비키니를 입은 자기 사진을 SNS에 올렸다─사귀게 되었다면 헤스터도 축하해 줬을 것이다. 비록 헤스터라면 〈지붕 위의 바이올린〉에서 남편의 악몽에 등장했던 프루마 사라처럼 아이라를 계속 따라다녔을 것 같기도 하지만.

헤스터는 아이라가 새로운 사람과 행복하기를 원했으리라. 그러니

아이라도 그녀가 행복해지기를 바라지 않을까? 헤스터는 그러길 바랐다. 예전에 아이라는 질투심이 많았고, 헤스터도 남자들에게 약간 끼를 부리고 다녔다. 어쨌든 헤스터는 오렌과 사귀는 게 매우 만족스러웠다. 둘 다 이 관계를 좀 더 진지하게 받아들일 준비가 되어있었지만 그래봤자 이 나이에 뭘 할 수 있을까? 아이? 지나가던 개가 웃을 일이다. 결혼? 다 늙어서 누가 결혼하고 싶어 할까? 동거? 별로 내키지 않았다. 헤스터는 자기만의 공간에서 살고 싶었다. 늘 곁에 남자가 있는 건 원치 않았다. 설사 오렌처럼 멋진 남자라고 해도. 이건 어떤 면에서는 헤스터가 오렌을 사랑하지 않는다는 뜻일까? 그렇지는 않았다. 헤스터는 오렌을 아주 많이 사랑했다. 하지만 열여덟 살 때처럼 사랑하고 싶지는 않았다. 심지어는 마흔 살 때처럼도.

다만 계속 마음에 걸리는 사실이 하나 있었다. 오렌과의 관계에서는 섹스가 큰 비중을 차지했다. 아이라와 비교하면 더욱 그랬다. 비록 이런 비교는 전적으로 부당했지만. 아이라와 함께 살았을 때 두 사람의 성생활은 시들해졌다. 물론 정상적인 일이었다. 가정을 꾸리고, 각자 커리어를 쌓고, 임신해서 자식을 키우다 보면 지치기 마련이고 부부만의 프라이버시도 사라진다. 주변에서 흔히 볼 수 있는 상황이었다. 그런데도 아이라는 그 사실에 속상해하며 "난 예전 열정이 그리워"라고 말하고는 했다. 헤스터는 그 말을 그저 섹스를 더 하고 싶어 하는 남자의 흔한 수작이라고 일축해 버렸지만 지금은 과연 단지 그런 의미였을지 의아했다.

데이비드가 교통사고로 죽기 얼마 전의 일이었다. 어느 날 밤, 아이라는 한 손에 위스키가 담긴 잔을 든 채 어둠 속에 앉아있었다. 아이라는 술을 거의 마시지 않는데 어쩌다 마실 때면 금방 취했다. 헤스터는 방에 들어가서 남편 뒤에 섰다. 아마 아이라는 그녀가 거기 서있다는 사실조차 몰랐을 것이다.

"만약 내가 죽고 당신이 다른 남자를 만난다면, 새로운 남자와의 섹스도 지금 우리와 같으면 좋겠어?" 아이라가 물었다.

헤스터는 대답하지 않았다. 하지만 그 일을 잊지도 않았다.

어쩌면 아이라는 헤스터와의 뜸한 잠자리가 불만이었는지 모른다. 아니면 그럴 수밖에 없는 상황을 이해했을 수도 있고. 젊을 때는 배우자에게 많은 것을 기대한다. 언젠가 나이를 먹고 돌이켜 보면 그 사실을 깨닫게 된다.

다시 휴대전화가 울렸다.

오렌이 물었다. "평결이 나왔어요?"

아까 저녁을 먹으며 헤스터와 오렌은 리처드 러빈 사건에 대해 이야기를 나눴다.

"사법 제도를 믿고 따르거나 따르지 않거나 둘 중 하나죠." 오렌이 경찰로서 자신의 의견을 말했다.

"난 이 나라의 사법 제도를 믿어요." 헤스터가 말했다.

"당신 의뢰인이 한 행동이 정당방위가 아니라는 건 당신도 알고, 나도 알아요."

"아뇨, 우린 절대 알 수 없어요."

"만약 러빈이 감옥에 가지 않는다면 그건 사법 제도가 제대로 작동하지 않는다는 뜻 아닐까요?"

"정반대겠죠."

"정반대라면?"

"사법 제도가 유연하게 작동한다는 뜻일 거예요."

오렌은 그 말을 생각했다. "러빈에게는 피해자를 죽여야 할 이유가 있었어요. 그러니까 죽여도 된다는 말인가요?"

"어느 정도는요."

"살인자들은 다들 상대를 죽여야 할 이유가 있다고 생각하죠."

"맞아요."

"그럼 당신은 누군가를 죽여야 할 이유가 있으면 죽여도 된다는 거예요?"

"상대가 나치일 때만요." 헤스터는 오렌의 볼에 살짝 키스했다. "상대가 나치라면 나는 죽여도 아무 문제 없다고 생각해요."

침대에 누워있던 헤스터는 일어나 앉아 휴대전화를 바라보았다. 그러더니 "평결이 아니에요"라고 말하고는 수신 버튼을 눌러 전화를 받았다. "여보세요?"

"혼자 계세요?" 와일드가 물었다.

헤스터는 와일드의 목소리가 불길하게 떨리는 걸 알아차렸다. "아니."

"혼자 있는 곳에서 통화할 수 있어요?"

헤스터는 오렌에게 소리 내지 않고 입 모양으로만 다른 방에서 전화를 받겠다고 말했다. 오렌은 알아듣고 고개를 끄덕였다. 침실 문을 닫고 거실로 나간 헤스터가 말했다. "이제 말해보렴. 무슨 일이니?"

"만약의 상황을 가정해서 물어볼 게 있어요."

"질문이 내 마음에 안 들 것 같구나. 그래?"

"그럴 거예요."

"물어보렴."

"제가 변사체를 발견했다고 가정해 보죠."

"이럴 줄 알았어. 어디에서?"

"제가 있어서는 안 될 개인 주택에서요."

와일드는 육촌의 행방을 찾아 나선 일과 맥앤드루스의 집에 들어가게 된 과정을 설명했다.

"죽은 사람이 누군지는 알고?"

"아버지 헨리 맥앤드루스예요."

"넌 아직 그 집에 있니?"

"아뇨."

"경찰이 네가 그 집에 있었다는 걸 알아낼 가능성이 있어?"

"없어요."

"꽤 자신 있게 말하는구나."

와일드는 대답하지 않았다.

"죽은 지 얼마나 된 거 같니?"

"전 검시관이 아니에요."

"그래도."

"적어도 일주일은 된 것 같아요."

"아무도 경찰에 신고하지 않았다니 이상하구나. 내게 법적 조언을 구하려고 전화한 거지?"

와일드는 대답하지 않았다.

"두 가지 선택지가 있다." 헤스터가 말을 이었다. "첫 번째, 경찰에 사실대로 말하고 신고해라."

"전 그 집에 무단침입했어요."

"그건 해결할 수 있어. 네가 지나가다가 이상한 냄새를 맡았다는 식으로."

"그래서 제가 머리부터 발끝까지 검은 옷을 입고 검은 복면에 장갑까지 끼고서 뒷문을 몰래 열고 들어갔군요. 그것도 꽤 넓은 사유지에 자리한 외딴집인 데다, 이 근처로 산책하러 다니는 사람은 아무도 없는……."

"다 설명할 수 있어." 헤스터가 그의 말을 잘랐다.

"정말로요?"

"시간은 좀 걸리겠지. 하지만 경찰도 네가 그 남자를 죽이지 않았다는 걸 알게 될 거다. 피해자가 죽은 지 최소한 일주일이 됐다는 걸 검시관이 밝혀낼 테니까. 넌 결국 풀려날 거야."

"두 번째 선택지는요?"

"경찰이 네 말을 믿지 않을까 걱정되니?"

"제가 신고하면 경찰에서 절 조사할 거예요. 제 과거까지 전부 다요. 메이너드 사건도 다시 들춰볼지 몰라요."

헤스터는 거기까진 미처 생각하지 못했다. 세상 사람들은 메이너드 사건을 '평범한' 납치 사건으로 생각했으나 실상은 전혀 그렇지 않았다. 여러 타당한 이유로 덮어둔 사건이었다. "알겠다." 헤스터가 말했다.

"그리고 만약 제가 사실대로 말해서 결백이 입증된다면, 그때는 누가 유력한 용의자가 되겠어요?"

"무슨 말인지 모르겠구나……. 아, 잠깐. 네 육촌이 용의자가 될 거란 말이니?"

"달리 누가 있겠어요?"

"그래, 하지만 그래도 그건 아니야, 와일드. 만약 네 육촌이 이 남자를 죽였다면 넌 그를 보호할 거니?"

183

"아뇨."

"피해자가 악플러였다고 해서 살인이 정당화되지는 않아."

"나치만 제외하고요."

"농담이지?"

"재미없네요. 맞아요, 농담. 피터 베넷이 이 일에 연루됐는지 아닌지는 모르겠어요. 우린 무슨 일이 있었는지 전혀 모르니까요."

"그렇다고 시신이 썩게 둘 수는 없어. 내 법적 조언은 경찰에 신고하라는 거다."

"두 번째 선택지는요?"

"그게 두 번째 선택지야. 첫 번째는 솔직하게 다 털어놓으라는 거고, 두 번째는 익명으로 신고하라는 거지. 난 첫 번째를 권한다만 의뢰인이 고집이 세네."

"헤스터도 의뢰인 의견에 동의하는 거죠?"

"그래." 헤스터는 휴대전화를 다른 손으로 옮겼다. "이렇게 하자꾸나. 내가 신고하마. 경찰은 나한테 의뢰인이 누구냐고 묻지 못할 거야. 변호사는 의뢰인의 비밀을 지켜야 할 의무가 있으니까. 하지만 내가 신고하면 경찰에서 내게 후속 상황을 계속 알려줄 거다. 경찰에서 지금 우리 통화를 추적할 수는 없겠지?"

"불가능해요."

"좋아. 새로운 사실을 알아내면 연락하마."

헤스터는 전화를 끊고 다시 침실로 돌아갔다. 오렌이 옷을 입고 있었다. 헤스터는 말리지 않았다. 그와 밤을 함께 보내는 게 싫지는 않았지만 그렇다고 굳이 자고 가라고 하지도 않았다.

"괜찮아요?" 오렌이 그 널찍한 어깨 아래로 티셔츠를 끌어 내리며 물었다.

"리치필드 카운티에 아는 경찰 있어요?"

"찾아보면 있을 거예요. 왜요?"

"변사체 발견 신고를 해야겠어요."

　　와일드는 자동차를 다시 어니네 정비소로 가져갔다. 누군가 이 차를 찾아내는 일이 없도록 어니가 필요한 조치를 취할 것이다. 이럴 경우 보통은 부품을 낱낱이 분해했다. 어니는 자세히 묻지 않았고, 와일드도 자세히 묻지 않았다. 그편이 양쪽 모두에게 더 안전했다.

　　롤라가 유아용 카시트로 가득 찬 혼다 미니밴을 끌고 와일드를 태우러 왔다. 와일드는 롤라에게 USB를 건네준 다음, 맥앤드루스 집에서 있었던 일을 설명했다. 그의 이야기를 듣는 롤라의 얼굴이 점점 심각해졌다.

　　"이 USB는 내가 직접 분석하는 게 낫겠어." 그녀가 말했다.

　　"네가 할 수 있어?"

　　"너무 복잡하지만 않으면 가능해. 오해하지는 마. 난 우리 직원들을 믿어. 입이 무거운 사람들이야."

　　"하지만 이 일에는 끌어들이고 싶지 않다는 거로군."

"변사체가 나온 사건일 때는."

와일드는 고개를 끄덕였다. "좋아."

"그래도 우리가 수사를 방해할 수는 없어. 범인을 찾아내는 데 도움이 될 만한 단서가 나오면 경찰에 알리자. 좋지?"

"응."

"설사 범인이 네 육촌이라고 해도?"

"그러면 더더욱 알려야지."

롤라는 17번 고속도로 출구로 방향을 확 틀었다. "원한다면 오늘 밤에 우리 집에서 자고 가. 인터넷 잘 돼."

"괜찮아."

10분 뒤 롤라는 지시등을 켜고 칠흑 같은 어둠에 잠긴 갓길에 주차했다. 와일드는 그녀의 볼에 키스한 뒤 차에서 내려 숲속으로 사라졌다. 오늘 밤은 더 이상 할 일이 없었다. 에코 캡슐로 돌아가 눈을 붙일 것이다. 에코 캡슐을 100미터쯤 앞에 두었을 때 휴대전화가 울렸다. 라일라의 문자였다.

라일라: 집으로 와.

와일드는 답장을 보냈다. 매슈와 얘기했어?

라일라: 미친다.

와일드: 뭐라고?

라일라: 내가 '집으로 와'라는 문자를 또 보내면 난 미칠 거라고.

와일드는 어둠 속에서 빙그레 웃으며 라일라의 집 뒷마당 쪽으로 걸어갔다. 대릴 일은 별로 걱정되지 않았다. 그건 라일라가 알아서 할 일이지 그가 해결할 일이 아니었다. 그가 먼저 나서서 거리를 두는 게 라일라를 위하는 일이라고 생각하지 않았다. 만약 와일드가 그렇게 한다면 오히려 주제넘어 보일 것이다. 와일드는 그녀에게 늘 솔직했고, 그녀는 이 상황을 잘 이해하고 있었다. 그가 뭐라고 라일라를 구해준답시고 그녀 스스로 결정을 내릴 기회를 빼앗는단 말인가. 설사 그녀가 과연 현명한 결정을 내릴지 의문이 든다 해도.

멋진 합리화였다.

라일라는 뒷문을 열고 그를 마중 나왔다. 매슈는 집에 없었다. 둘은 곧장 2층으로 올라갔다. 와일드는 옷을 벗고 샤워 부스로 들어갔다. 라일라도 함께 샤워했다. 몇백 년 만에 처음으로 긴 잠을 잔 와일드는 아침 7시에 깨어나 눈을 깜빡거렸다. 라일라가 침대 가장자리에 걸터앉아 창밖으로 뒷마당 너머의 숲을 바라보고 있었다. 와일드는 그녀의 옆모습을 바라볼 뿐 아무 말도 하지 않았다.

라일라가 그를 돌아보지 않은 채 말했다. "우리 이 일에 대해 얘기해야 해."

"좋아."

"오늘 말고. 아직 생각해야 할 일이 몇 개 남았어."

와일드는 일어나서 앉았다. "내가 자리를 비켜줄까?"

"아니." 라일라는 그를 정면으로 바라보았다. 라일라가 그럴 때마다 와일드는 긴장했다. "당신한테 요즘 무슨 일이 있는지 얘기해 줄래?"

사실 와일드는 별로 말하고 싶지 않았다. 대화로 문제를 해결하는 걸 좋아하는 사람들도 있었다. 그런 사람들에게는 대화가 해결책을 찾는

데 도움이 된다. 하지만 와일드는 반대였다. 종종 해답이 저절로 떠오를 때까지 문제를 마음속에 담아두고 삭이며 더 많은 걸 배웠다. 비유하자면, 이야기를 시작하는 순간 풍선에서 바람이 빠지는 듯한 느낌이었다.

그렇기는 해도 다른 사람의 의견을 듣는 일이 가치 없는 일은 아니라는 걸 와일드도 알고 있었다. 특히나 라일라처럼 통찰력이 있는 상대라면. 더군다나 그가 그런 이야기를 털어놓으면 라일라는 상당히 기뻐하거나 흐뭇해했다. 와일드는 어젯밤에 시체를 발견한 일만 빼고 피터 베넷 사건에 대해 말해주었다.

"오컴의 면도날 이론을 적용해야겠네." 와일드의 이야기가 끝나자 라일라가 말했다.

그는 기다렸다.

"가장 유력한 가능성은 당신 육촌이 그 스캔들로 정신이 나가버렸다는 거야. 스캔들 때문에 결혼도 명성도 날아가고, 자기 생각에는 인생 전체가 끝장난 것 같으니까 그냥 끝내버린 거지."

와일드는 고개를 끄덕였다.

"하지만 당신은 그렇게 안 믿나 보네."

"모르겠어."

"피터 베넷에게 무슨 일이 생겼든 그가 리얼리티 쇼로 유명해졌다는 사실과 연관이 있을 거야."

"그럴 가능성이 크지."

"그리고 당신은 그 세계에 대해 잘 모를 테고."

"좋은 생각이라도 있어?"

"있지."

"뭔데?"

"당신은 그 분야를 공부해야 해."

"어떻게?"

"한 시간 뒤에 매슈와 서턴이 올 거야."

"내가 나가줄까?"

"아니, 여기 있어. 그 애들이 가르쳐 줄 거야."

와일드, 라일라, 매슈, 서턴 이렇게 네 사람은 그 뒤로 몇 시간 동안 PB&J가 출연하는 〈사랑은 전쟁터〉를 몇 회 시청했다.

서턴이 와일드를 지켜보며 말했다. "이 프로가 싫으시죠?"

와일드는 굳이 거짓말할 이유가 없었다. "응, 싫어."

이 프로가 우스꽝스럽고, 지겨울 정도로 반복적이며, 출연자들을 조종하고, 정직하지 못한 데다 짜고 치는 판이라는 지적조차 너무 식상할 정도였다. 심지어 출연자들을 학대하기까지 해서 상처받지 않은 사람이 없었다. 출연자들은 모두 조롱과 무시를 당하거나, 사악한 사람으로 편집되거나, 마음의 상처를 입거나 미쳐버렸다. 하지만 종종 진부함과 진실은 종이 한 장 차이다. 와일드는 자신이 이 프로그램의 시청 대상층에서 거리가 멀다는 사실을 이해하고, 열린 마음으로 기대치를 낮춘 채 보려고 애썼다. 하지만 〈사랑은 전쟁터〉는 그의 예상보다 더 형편없었고 심지어 파괴적이기까지 했다.

매슈와 서턴은 보는 내내 손을 꼭 잡고 있었다. 와일드는 두 사람과 같은 소파에서 그들의 오른쪽에 앉아있었고, 라일라는 거실을 들락날락했다.

"우리 아빠는 이 프로야말로 현대 문명의 종말을 상징한다고 생각하세요." 서턴이 말했다.

와일드는 그 말에 빙그레 웃었다.

"하지만 사실은 말이죠, 우리도 알아요." 서턴이 말을 이었다. "부모님들은 이 프로를 보면서 '세상에나, 우리 아이들이 저렇게 끔찍한 참가자들을 보고 배울까 걱정되네, 어쩌고저쩌고' 하시거든요. 하지만 사실은 반대예요. 저들은 우리에게 반면교사라고요."

"어떻게?" 와일드가 물었다.

"아무도 저런 사고뭉치는 되고 싶어 하지 않아요." 서턴이 텔레비전을 가리키며 말했다. "범죄 프로그램을 보면서 '나도 저렇게 누군가를 죽여야지'라고 생각하지 않는 것과 마찬가지라고요. 우린 보통 저런 사람들을 보면서 '아, 난 절대 저렇게 되지 말아야지'라고 생각해요."

재미있는 지적이라고 와일드는 생각했다. 그렇다고 해서 이 프로그램의 끔찍한 관음적 요소가 상쇄되는 건 아니었지만. 하지만 저 참가자들은 분명 그 사실을 다 알고 참가했을 테고, 와일드가 그들을 평가할 자격은 없었다. 저 프로가 사람들에게 아무런 해도 끼치지 않는다면 그가 뭐라고 나서서 문제를 제기한단 말인가.

하지만 정말로 해를 입은 사람이 없을까?

유명하지 않은 일반인, 그것도 지나치게 감성적이고 변덕스러운 사람들을 주로 뽑아서 석유에 흠뻑 적신 다음 명성의 불씨를 안고 있는 이런 프로그램에 던져 넣는 것 자체가 화를 자초하는 건 아닐까?

피터 베넷도 그래서 망가진 게 아닐까?

〈사랑은 전쟁터〉에 등장하는 사건들은 대충 그가 예상한 대로였다. 비록 예상보다 훨씬 더 어처구니없을 정도로 과장되었지만. 그래도 몇 회를 감상하니 전체적인 분위기를 파악하는 데 도움이 되었다. 출연자가 아주 많았고(현명하게도 매번 화면 아래에 그들의 이름을 자막으로 달아주었다) 억지로 만든 갈등투성이였으나 결국에는 지금까지 숱하게 보았던 단순한 이야기, 즉 여자 주인공이 두 남자 중에서 한 사람을 고르는 내용이었다. 한 남자는 치명적으로 섹시한 남자 '빅 바보'였다. 허풍쟁이 밥 젠킨스는 자신을 그렇게 불렀는데 특히 프로그램 중간에 삽입되는 쓸데없는 '인터뷰'를 할 때마다 늘 스스로를 삼인칭으로 언급했다("빅 바보는 빵빵한 엉덩이를 좋아합니다, 여성분들. 납작한 엉덩이는 빅 바보의 취향이 아니에요. 알겠죠?"). 또 다른 남자는 잘생기고 다정하고 친절한 피터 베넷으로 이 프로에서는 부모님께 소개해 드리고 싶은 완벽한 남자로 나온다. 원래 피터는 젠에게 '너무 안전한' 선택지로 그려졌으나 결국은 시청자의 반응을 바탕으로 이분법적 공식이 만들어진다. 즉 빅 바보는 성질이 못되고 얼핏 보기에는 호감 가지만 사실은 가식적인 악당인 반면, 고귀한 기사와도 같은 피터는 젠을 진정한 사랑과 충만한 삶으로 인도하는 길이었다. 그녀에게 진실을 보는 눈이 있기만 하다면.

회차를 거듭할수록 마치 젠이 빅 바보를 선택하는 듯한 예고편이 끝없이 방송되었다. 하지만 그랬기에 오히려 시청자들은 젠이 피터를 선택하리라는 걸 알았다. 그런데도 제작자들은 최종 전투의 '서스펜스' 요소를 모조리 쥐어짜냈는데 거기에는 연기 자욱한 '싸움' 장면도 포함되어 있었다. 그 싸움에서는 빅 바보가 승리한 듯했지만 젠은 '그녀의 마음속 승자' 피터 베넷을 위해 빅 바보를 버린다.

딴 딴따단, 딴 딴따단.

"빅 바보네 가족은 하나같이 진짜 웃겨요. 그렇죠?" 서턴이 말했다. "빅 바보의 엄마는 노인판 〈사랑은 전쟁터〉에 출연했어요."

"노인판? 그럼……?"

"〈사랑은 전쟁터〉와 아주 비슷해요. 다만 노인들이 출연하죠. 빅 바보와 피터의 가족들이 출연하는 회는 돌풍을 일으켰어요. 피터 형 사일러스 보셨어요? 그 남자는 출연하는 내내 한 마디도 안 했어요. 계속 야구 모자 챙만 잡아당겼죠. 투덜이로 유명해졌다니까요. 피터의 누나들은 좋은 사람들 같았는데 딱히 스타로서 잠재성은 없어 보였어요. 반면 빅 바보의 엄마는 대박이었죠."

"최종 선택에서 탈락했을 때 빅 바보가 많이 속상해했어?" 와일드가 물었다.

"별로요. 아저씨가 빅 바보를 모른다니 믿을 수가 없네요."

와일드는 어깨를 으쓱였다.

"어쨌든 빅 바보는 〈사랑은 전쟁터〉 이후에 곧바로 스핀오프 프로그램인 〈전투 지대〉에 출연했어요."

"스핀오프 프로그램?"

"한마디로 탈락한 참가자 중에서 인기 있는 사람들이 전부 어떤 섬에 모여서 연애하는 프로예요. 자기들끼리 서로 뒷담화를 하고, 상대의 비밀을 폭로하고, 난리도 아니었죠. 어쨌든 빅 바보는 다양한 여자들을 끊임없이 사귀었어요. 브리트니와 델릴라에게 접근해서 둘 다 그와 사랑에 빠지게 하고는 정작 선택하는 순간이 오자 둘 다 떨어뜨렸죠. 그것도 무려 첫 회에서요. 두 사람이 동시에 탈락한 건 처음 있는 일이었을걸요."

와일드는 무표정을 유지했다. "그럼 젠과 피터는?"

"둘은 PB&J가 됐죠. 아마 리얼리티 연애 프로그램 역사상 가장 사랑받는 커플일 거예요. 아저씨는 그 프로가 바보 같다고 생각하실 거예요. 우리도 그렇게 생각해요. 하지만 제게는 이 프로를 함께 보

는 모임이 있어요. 우린 함께 모여서 깔깔대고 각자 의견을 말하면
서…… 그냥 공감하죠. 제 말 무슨 뜻인지 아시겠어요?"

"대충."

"그리고 한 가지 더 있어요. 이건 그냥 제 개인적인 생각일지도 모
르지만 전 진실이라고 믿어요."

"뭔데?"

"제작진이 뒤에서 출연자들을 조종한다느니 다 편집된 이야기라느
니, 그런 말들도 다 맞아요. 하지만 출연자들이 시청자를 계속 속일
수는 없어요."

"무슨 말이지?"

"아저씨 육촌 피터 말이에요. 전 그 사람이 연기했다고 생각하지 않
아요. 피터는 정말 좋은 사람이에요. 마찬가지로 빅 바보는 진짜 재수
없는 인간이고요. 그냥 롤플레잉이 아니에요. 출연자들이 아무리 본
모습을 감추려고 노력해도 이상하게 시간이 흐르면 카메라에 본모습
이 드러나요."

그때 와일드의 휴대전화가 진동했다. 헤스터에게 온 짤막한 문자
였다.

전화해라.

와일드는 실례한다고 말한 뒤 밖으로 나갔다. 인터넷으로 코네티컷
주에서 일어난 살인 사건이나 맥앤드루스에 관한 기사가 있는지 검색
해 보았다. 지금까지는 아무것도 없었다. 그는 헤스터에게 전화했다.
첫 번째 신호음이 울리자 헤스터가 곧바로 전화를 받았다.

"좋은 소식부터 말해주마. 나쁜 소식은 진짜 나쁘니까." 헤스터가 말했다.

"알았어요."

"젠 캐시디의 에이전트에게 연락했는데 젠이 무슨 프로모션 때문에 맨해튼에 와있대. 만나기로 했다."

"어떻게 설득하셨어요?"

"얘야, 나 TV에 나오는 사람이야. 젠의 에이전트에게는 그 사실만 중요해. 내 덕에 젠의 프로필에 긍정적인 약력 하나가 늘어날 수 있을 거라고 생각하겠지. 상관없어. 아무튼 난 젠을 만날 거다. 만나서 네 육촌 피터에 대해 물어보마. 그게 좋은 소식이야."

"나쁜 소식은요?"

"코네티컷주에서 발견된 변사체의 신원은 역시나 헨리 맥앤드루스로 밝혀졌다."

"네."

"그런데 헨리 맥앤드루스가 전직 하트퍼드 경찰서 부서장이었더구나."

와일드의 가슴이 철렁 내려앉았다. "경찰이라고요?"

"표창장을 아주 많이 받고 은퇴한 경찰이었어."

와일드는 아무 말도 하지 않았다.

"전직 경찰이 죽었으니 경찰이 가만있지 않을 거다. 너도 잘 알지?"

"전에도 말했듯이 전 살인자를 보호할 생각은 없어요."

"그냥 살인자가 아니라 경찰을 죽인 살인자야."

"알았어요."

"오렌은 화가 잔뜩 났어."

"지금까지 경찰이 알아낸 걸 말해주세요."

"맥앤드루스는 죽은 지 최소한 2주는 됐어."

"실종 신고가 됐나요?"

"아니. 헨리와 도나는 별거 중이야. 헨리가 그 집에 남고 도나는 하트퍼드에 있어. 서로 연락은 하지 않았대."

"사인은요?"

"머리에 총 세 발을 맞았어."

"다른 건요?"

"대충 그 정도야. 곧 언론에 나올 거다. 와일드?"

"네?"

"오렌과 얘기해 보렴. 오프 더 레코드로."

"나중에요. 대신 오렌에게 맥앤드루스의 컴퓨터도 조사해 보라고 전해주세요." 와일드의 머릿속에서 무언가가 번뜩 떠올랐다. "그리고 맥앤드루스가 은퇴한 뒤에 무슨 일을 했는지 알고 싶어요."

"무슨 말이니?"

"그러니까 돈을 받고 하는 일이 있었나요? 아니면 그냥 연금으로 살았나요?"

"그게 이 일과 무슨 상관이지?"

"만약 그의 죽음이 제 육촌과 연관이 있다면……."

"아무래도 그런 것 같구나. 안 그러니?"

"아마도요. 모르겠어요. 어느 쪽이든 상관없어요. 어쨌든 맥앤드루스는 은퇴 후에 뭘 했을까요? 그냥 전형적인 악플러였을까요? 아니면 돈을 받고 악플러 노릇을 했을까요?"

"어느 쪽이든 이제 누가 유력한 용의자가 될지 알지?"

알고 있었다. 피터 베넷.

CHAPTER

16

크리스 테일러는 트위터로 들어가 스크롤을 내리다가 우연히 헤드라인을 보게 되었다.

코네티컷주에서 변사체 발견

그의 흥미를 끄는 기사는 아니었다. 그저 다른 주에서 발생한 살인 사건으로 그와 아무 상관도 없었다. 하지만 크리스는 왜 이 사건이 SNS에서 이토록 주목을 받는지 의아했다. 링크를 클릭해 본 그는 피가 차갑게 식는 듯한 기분이 들었다.

은퇴한 경찰서 부서장 헨리 맥앤드루스가 코네티컷주 하원턴 자택 지하실에서 갱단 방식으로 사살된 채 발견되었다.

피해자가 은퇴한 경찰이었다. 언론에서 시끄럽게 떠들어 댄 것이 이해가

갔다.

헨리 맥앤드루스.

어디서 들어본 이름이었다. 좋은 쪽으로는 아니었다.

크리스는 힙스터들이 쓰고 다니는 비니를 벗었다. 비니뿐 아니라 힙스터들에게 유행하는 수염도 기르고 있었다. 또한 힙스터들에게 유행하는 통이 좁은 청바지와 운동화, 무늬 없는 티셔츠도 입고 있었다. 덕분에 범생이 스트레인저에서 벗어나 꽤 성공적으로 이미지 변신을 할 수 있었다. 이 방법은 잘 먹혔다. 특히나 집 밖으로 거의 나가지 않으니 더욱 그랬다. 예전에 스트레인저로 활동할 때 크리스는 세상에 해롭다고 굳게 믿는 비밀들을 폭로했다. 그의 삶이 여러 비밀들로 인해 산산조각이 났기 때문이다. 따라서 그의 신조는 단순해졌다. 비밀을 햇볕 아래로 끌고 가라. 일단 햇볕에 노출되면 비밀은 시들어 죽을 것이다.

하지만 그가 틀렸다.

정말로 시들어 죽는 비밀들도 있기는 했다. 하지만 점점 더 강해지는 비밀, 지나치게 강해지는 비밀도 있었다. 그런 비밀들은 햇볕을 먹고 무럭무럭 자라 주위를 파괴한다. 크리스는 그 후폭풍을 보고 깜짝 놀랐다. 그는 진실로 잘못된 것들을 바로잡아야 한다고 믿었지만 결국에는 종종 역효과가 났다. 피와 폭력이라는 아주 비싼 대가를 치르고 그 사실을 배웠다. 무고한 사람들이 다쳤고 심지어 죽기도 했다. 그렇다고는 해도, 좋은 일을 하다가 뜻밖의 난관을 겪으면 그냥 포기하고 아무 일도 하지 말아야 한단 말인가? 우리 모두를 감염시키는 병균과도 같은 악 앞에서 두 손을 들어 올리고 항복해야 할까? 그게 쉬운 길이었으리라. 크리스는 난장판이 벌어지는 데 일조했고, 거기서 안전하게 빠져나왔다. 또한 사람들을 이용해 돈도 받아냈다. 그의 삶은 안락했고, 잘못된 것을 바로잡아야 한다고 걱정할 필요 없이 계속 그렇게 살 수 있었다. 하지만 그렇게 사는 것은 그의 성격에 맞지 않았다. 다 잊으려고 했지만 오래가지 못했다.

그래서 이제 크리스는 다른 방식으로 사람들을 도왔다.

공격받고도 맞서 싸우지 못하는 사람들을 돕기 위해 부메랑이라는 조직을 만들었다. 비밀을 만든 사람들뿐 아니라 거짓말하고 타인을 학대하고 괴롭힌 사람들에게도 벌을 주었다. 그것도 익명으로. 사회에 긍정적인 기여는 전혀 하지 않은 채 오로지 선을 좀먹고 파괴하는 사람들을 추적했다. 지금은 자신이 스트레인저로 활동했을 때 저질렀던 실수를 최소화하려고 부단히 노력했다. 그의 과거 활동은 휘발성 화합물처럼 통제할 수 없었다.

반면 부메랑의 활동은 안전을 보장할 수 있었다.

물론 늘 그렇지는 않다. 100퍼센트 안전하다고 할 수는 없다. 그가 아무리 최선을 다한다 해도 무고한 사람이 벌을 받을 가능성은 늘 존재한다. 크리스도 그 점을 이해했다. 그는 맹목적이지도, 멍청하지도 않았다. 그래서 확인하고 또 확인했다. 만약 부메랑이 누군가를 뒤쫓는다면 크리스는 상대가 벌을 받을 만큼 나쁜 짓을 했기를 바랐다. 물론 다 그만두고, 온라인이라는 새로운 세상에서 공격받는 사람들을 보호해 주는 데 아직 한참 뒤처진 경찰에 모든 걸 맡길 수도 있다. 하지만 실수가 두렵다고 옳은 일을 그만둬야 할까? 우리의 사법 제도도 불완전하지만 가끔씩 실수를 저지른다는 이유로 사법 제도를 없애야 한다고 주장하는 사람은 아무도 없다. 안 그런가? 우리는 그저 포기하지 않는다. 더 발전하고 향상하려고 노력한다. 최선을 다하고, 종국에는 대차대조표에 나쁜 일보다 좋은 일을 더 많이 한 걸로 나오기를 바란다.

부메랑은 사람들을 돕는다. 무고한 사람들을 보호하고 죄지은 사람들을 벌한다.

하지만 크리스는 기사에 실린 이름을 다시 읽었다.

헨리 맥앤드루스.

그 이름으로 검색해 보니 파일이 있었다.

나쁜 소식이었다. 아주 나쁜 소식.

크리스는 버너폰을 집어 들었다. 거기에는 추적이 불가능한 다크웹 통신 장치가 깔려있었다. 그는 알파카, 기린, 아기 고양이, 표범, 북극곰만 이해할 수 있는 메시지를 작성했다.

10등급

긴급 신호였다. 크리스는 확실히 하기 위해 이렇게 덧붙였다.

모의 훈련 아님.

CHAPTER

17

"만나 뵙게 돼서 정말 반가워요." 젠 캐시디가 헤스터에게 말했다. "텔레비전에서 재판 분석하는 코너, 아주 잘 보고 있어요."

"고마워요."

"예전부터 팬이었거든요."

젠이 약간 헐떡거리는 목소리로 말했다. 헤스터는 사람을 잘 읽는 편이었으나 이 리얼리티 스타의 말은 진심인지 아닌지 구분하기 힘들었다. 젠 캐시디는 전형적인 미국식 미인이었다. 금발에 이를 환히 드러낸 미소, 푸른 눈동자. 헤스터의 눈에는 화장이 너무 진해 보였지만 그게 요즘 추세이기도 했다. 누가 봐도 가짜인 속눈썹은 뜨거운 아스팔트에 벌렁 뒤집힌 채 햇볕에 오그라든 거미 두 마리 같았다. 그렇기는 해도 젠에게서는 다정하고 다가가기 쉽고 심지어 믿을 수 있는 분위기마저 풍겨서 헤스터는 왜 그녀가 리얼리티 쇼에서 완벽하고 착한 여자 역할에 캐스팅되었는지 알 수 있었다. 그녀의 미모에는 위협적으로 느껴지는 면이 전혀 없었다.

도어맨이 두 사람을 위해 열린 문을 잡고 있었다. 젠은 거대한 유리 빌딩인 스카이의 로비를 가로지르며 헤스터를 안내했다. 엘리베이터에 타자 젠은 2층 버튼을 눌렀다.

"전에는 우리도 더 높은 층에 살았어요."

"네?"

"'우리'라는 말이 아직 입에 붙었어요. 피터랑 저요. 이제는 그 말을 그만 써야 하는데. 아무튼 우리가, 또 이러네요, 피터랑 제가 부부였을 때는 78층의 방 네 개짜리 복층 아파트에 살았어요. 지금은 2층에 살아요. 크기가 예전 아파트의 3분의 1밖에 안 될 거예요."

"헤어진 뒤에 작은 집으로 옮겼나요?"

"자발적으로 옮긴 게 아니라 그들이 그렇게 했죠. 그러니까 이 건물 소유주들이요. 이런 건물에는 늘 팔리지 않은 집이 있어요. 그러니까 SNS에 사진을 올리는 조건으로 인플루언서에게 공짜로 세주는 거죠."

"알겠어요. 이 집을 광고하는 거군요."

"네."

"셀럽에게 후원하는 것처럼요?"

"맞아요."

"당신도 그렇게 생계를 유지했군요. 협찬을 통해서. 당신이 특정한 디자이너의 옷을 입거나 새로운 나이트클럽을 방문하면 수백만 명의 팔로워가 그 사진을 볼 테고 그 대가로 기업이 돈을 주겠네요."

"네, 아니면 스카이 경우처럼 거래를 하기도 하죠. 피터와 제가 인기 절정이었을 때 스카이는 우리에게 2년 동안 78층에 있는 아파트를 임대해 주겠다고 했어요. 최소한 일주일에 한 번씩 SNS에 사진을 올리는 조건으로요. 재계약할 때가 되자 그들은 우리를, 아, 이젠 그냥 저 혼자네요. 저를 이 아래층으로 보냈고요.”

“명성이 줄어들면 집도 작아지는군요.” 헤스터가 직설적으로 말했다.

“오해는 하지 마세요.” 젠이 헤스터의 팔에 손을 올리며 말했다. “전 불평하는 게 아니에요. 여기 계속 사는 것만으로도 행복해요.” 그때 땡 소리가 나며 엘리베이터 문이 열렸다. “전 이쪽 업계가 어떻게 돌아가는지 잘 알아요. 인플루언서의 삶은 유통기한이 짧죠. 그걸 출발점으로 삼아야만 해요.”

“그래서 앞으로는 어떻게 할 계획인가요, 젠?”

아파트 현관문은 열쇠가 아니라 특정 주파수로 열렸다.

“아.” 젠이 약간 의기소침한 어조로 말했다. “그 문제로 저한테 연락하신 거 아닌가요? 전 원래 〈사랑은 전쟁터〉에 출연하기 전에 법조계에서 일했거든요.”

“무슨 일을 했죠?”

“법무사요. 하지만 로스쿨에 합격했어요.”

“대단하네요.”

젠은 귀여우면서도 수줍어하는 사랑스러운 미소를 지었다. “감사합니다.”

“이제 출연하던 방송이 끝났으니까 로스쿨에 다닐 계획인가요?”

“사실 전 법적인 문제를 분석하는 방송 패널로 출연하려고 생각 중이에요.”

“아, 기회가 되면 당신과 그 얘기를 꼭 해보고 싶네요. 하지만 오늘 당신을 만나자고 한 건 그 때문이 아니에요.”

젠은 오프화이트 소파에 앉자고 손짓했다. 벽에는 거울과 그림이 걸려있었지만 사진을 비롯한 개인적인 물건은 없었다. 전체적인 분위기가 사람이 사는 집이라기보다, 별로 아늑하진 않지만 우아한 체인 호텔 같았다. 헤스터는 이 집이 혹시 모델 하우스인지 궁금했다.

"피터 베넷 일로 찾아왔어요." 헤스터가 말했다.

젠이 놀라서 눈을 깜빡거렸다. "피터요?"

"네. 난 피터를 찾는 중이에요."

젠은 1, 2초 후에야 그 말을 이해했다. "이유를 물어봐도 될까요?"

헤스터는 뭐라고 대답해야 할지 고민했다. "의뢰인의 부탁이에요."

"변호사님의 의뢰인이 피터를 찾고 있다고요?"

"네."

"그럼 법적인 문제 때문인가요?"

"더 이상은 말할 수 없어요. 법조계에서 일했으니 내 말을 이해할 거예요."

"그럼요, 네." 젠은 여전히 어리둥절한 표정이었다. "피터와는 몇 달 전에 연락이 끊겼어요."

"좀 더 구체적으로 말해줄 수 있나요?"

"전 피터가 어디에 있는지 몰라요, 변호사님. 죄송해요."

"헤스터라고 불러요." 최대한 매력적인 미소를 지으며 헤스터가 말했다. "두 사람은 결혼했죠?"

젠이 부드러운 목소리로 말했다. "네."

"정말로 한 거예요? 그냥 방송에서 보여주려고 한 게 아니고요?"

"네. 법적으로, 그리고 모든 면에서 우린 진짜 부부예요."

"좋아요. 그런데 리얼리티 랠프 팟캐스트에서 우리가 다 아는 일이 벌어졌죠. 그 일 때문에 두 사람이 깨진 건가요?"

"이 모든 게……." 젠은 연갈색 원목이 깔린 마룻바닥에서 눈을 떼지 않았다. "약간 어리둥절하네요."

"어리둥절할 게 뭐가 있나요? 어차피 당신은 피터가 어디 있는지 모른다고……."

"몰라요."

"그래도 피터에 관한 소문은 분명 들었을 거예요. 맞죠?"

젠은 아무 말도 하지 않았다. 헤스터는 밀어붙였다.

"사람들에게 너무 미움을 받아 괴로운 나머지 피터가 스스로 목숨을 끊었다는 소문 말이에요."

젠이 눈을 감았다.

"당신도 그 소문을 들었나요?"

젠의 목소리가 더더욱 부드러워졌다. "당연하죠."

"사실일까요?"

"피터가 스스로 목숨을 끊었다는 소문이요?"

"네."

젠은 침을 꿀꺽 삼켰다. "모르겠어요."

"당신은 피터와 결혼했으니 그를 잘 알 텐데요."

"아뇨, 변호사님. 저도 제가 피터를 잘 안다고 *생각했어요.*" 이제 젠의 목소리는 단호해졌다. 그녀가 고개를 들었다. "이번 일로 저도 깨달은 게 있어요."

"그게 뭐죠?"

"전 피터가 어떤 사람인지 전혀 몰랐던 것 같아요. 우린 결코 타인을 안다고 할 수 없을 거예요."

이해가 가기는 하지만 너무 과장된 이 발언을 헤스터는 그냥 넘기기로 했다. "그 팟캐스트 들었어요. 당신 동생이 피터의 치부를 폭로한 방송이요."

"변호사님?"

"헤스터라고 불러요."

"헤스터, 제 입장은 충분히 말씀드린 것 같아요."

"아직 아무 말도 못 들었는데요? 그 사람한테 화가 났나요?"

"누구요?"

"당신 동생이요. 동생에게 화가 났어요?"

"네? 아뇨. 제가 왜 동생에게 화가 나겠어요? 동생도 피해자인데."

"왜 동생이 피해자죠?"

"피터가 동생에게 약을 먹였을지도 모르니까요."

"먹였을지도 모른다고요? 좋아요. 하지만 그 일이 있기 전에도 당신 동생은, 동생 이름이 뭐였죠? 자꾸 잊어버리네요."

"마니요."

"맞아요. 마니. 내가 이상하다고 생각했던 점이 하나 있어요, 젠. 우리 둘 다 법을 공부한 사람이니 서로 도울 수 있겠네요. 마니는 당신 남편이 자기에게 약을 먹였을지 모르는 사건이 일어나기 전에도 나체 사진을 보냈다고 했어요. 그렇다면 왜 그때 곧바로 당신에게 알리지 않았을까요?"

"그렇게 간단한 문제가 아니에요."

"나한테는 간단한데요. 왜 아닌지 알려줘요."

"마니는 피해자예요. 헤스터의 그 말은 2차 가해라고요."

"아니요, 이건 2차 가해가 아니에요. 마니를 돌려서 까는 게 아니라고요. 내가 이해가 안 되는 게 하나 있는데 어쩌면 당신이 설명해 줄 수도 있겠네요. 자, 당신이 마니 캐시디라고 해봐요. 당신은 슈퍼스타가 된 언니 젠을 사랑해요. 언니에게는 너무 멋진 새신랑이 생겼어요. 그게 바로 피터죠. 그런데 어느 날 새신랑 피터가 당신에게 막말로 고추 사진을 보낸 거예요. 당신은 사랑하는 언니 젠에게 아무 말도 안 할 건가요? 언니에게 언니 남편은 언니를 속이는 파괴적인 변태라고 경고하지 않을 거예요?" 헤스터는 고개를 저었다. "내 요점이 뭔지 알겠죠? 입장을 바꿔서 생각해 봐요. 마니가 사랑에 빠져서 방송을 촬영하다 만난 남자와 결혼했다고 가정해 봅시다. 그 남자가 당신에게 자기 페니스 사진을 보냈어요. 당신은 마니에게 그 일을 말하지 않을 건가요?"

"저라면 말할 거예요." 젠이 천천히 말했다. "하지만 아까도 말했듯이 이건 그렇게 간단한 문제가 아니에요."

"좋아요. 그럼 어디 한번 복잡하게 만들어 봐요. 내가 놓친 게 뭔지 말해줘요."

"마니는 귀가 얇아요. 남에게 조종당하기 쉽다고요."

"알겠어요. 하지만 대체 피터가 어떻게 했기에 사랑하는 언니에게 사실대로 말하지 말라고 조종을 당할 수가 있죠?"

젠은 손을 맞잡고 비틀기 시작했다. "저도 그 점이 의문이에요."

"그래서 생각해 봤나요?"

"이 이야기는 정말 하고 싶지 않아요."

"힘든 문제죠. 그래도 말해봐요."

"마니는 제게 그 사진 이야기를 했다가는 제가 자기를 비난할 거라고 생각했던 것 같아요. 아니면 피터가 마니에게 그렇게 세뇌했을 수도 있고요."

"언니가 자기를 탓한다고요?"

"네."

"남편이 아니라 동생을요?"

"네."

"아, 그거 재미있네요. 그러니까 이를테면 무슨 이유에서인지 당신은 마니가 피터에게 먼저 접근했다고 생각할 수 있다는 거네요."

"아니면, 저도 잘 모르겠어요, 마니가 먼저 접근하도록 부추겼거나 꼬드겼다고 생각할 수 있죠."

"같은 여자끼리 솔직히 말해보죠. 정말로 그랬다고 생각해요?"

"뭘요?"

"마니가 먼저 피터에게 접근했다고 생각하냐고요."

"네? 아뇨. 제 말은 제가 정말로 그렇게 생각한다는 게 아니라……."

"나한테는 그렇게 들리는데. 아마 작정하고 접근하지는 않았을 거예요. 그냥 동생이 끼를 좀 부렸는데 피터가 오해했을 수도 있죠."

"생각만 해도 끔찍하네요."

"글쎄요, 이건 당신 가설이지 내 가설이 아니에요. 어느 쪽이든 마니는 당신에게 고추 사진에 대해 전혀 말하지 않았어요. 형부와 몰래 연락을 주고받는다는 말도 전혀 하지 않았고요. 맞죠?"

젠은 아무 말도 하지 않았다.

"사실," 헤스터는 말을 이었다. "당신이 남편에 대한 이 추악한 진실을 처음 들은 건 동생 마니가 팟캐스트에서 폭로했을 때였어요. 동생은 당신에게 먼저 말하지 않았어요. 세상 사람들에게 먼저 말했죠. 이상하지 않나요?"

"정확히 무슨 말씀을 하고 싶으신 건가요?"

"마니의 의도가 너무 뻔한 것 같아서요. 마니는 시쳇말로 '관종'이잖
아요."

"저기요……."

"내 말이 무슨 뜻인지 모르는 척하지 말아요. 그건 우리 둘 다에게
모욕이니까. 당신 동생은 온갖 리얼리티 프로그램의 오디션을 봤지만
번번이 떨어졌어요. 누구의 눈에도 띄지 않았고, 누구의 관심도 받지
못했죠. 간신히 작은 방송사의 스핀오프 리얼리티 프로그램에 캐스팅
됐는데 오로지 젠 캐시디의 동생이라는 이유에서였어요. 그마저도 첫
주에 떨어졌지만. 마니의 명성은, 명성이 있기나 한지는 모르겠지만
아무튼 곤두박질쳤어요. 하지만 와, 놀랍게도 형부의 추태를 폭로하
고 언니 부부가 파경을 맞이한 뒤로는 대스타가 됐죠. 루폴 쇼에서 심
사위원을 맡았고……."

"대체 요점이 뭔가요?"

"마니가 거짓말했을 수도 있다는 말이에요. 전부 다 지어냈을 수도
있어요."

젠은 눈을 감고 고개를 저었다. "아뇨. 마니는 거짓말하지 않았어
요."

"어떻게 그렇게 단정하죠?"

젠이 눈을 떴다. "저라고 처음에는 의심하지 않았겠어요?"

"동생을요?"

"전부 다요. 리얼리티 프로그램이 어떻게 만들어지는지 아세요?"

"아뇨."

"다 환상이에요. 당연히 각본대로 찍는 거고요. 하지만 연극이라기보다 마술에 가깝죠. 보이는 대로 믿으면 안 돼요. 전 매일 그 속에서 살았어요. 그러니 당연히 동생을 믿었죠. 지금도 믿고 앞으로도 그럴 거예요. 하지만 팟캐스트 방송만으로 제 결혼을 깰 마음은 없었어요."

"아까 동생이 쉽게 조종당한다고 했잖아요. 그렇다면 당신은 어쩌면……."

"전 아무것도 추측하지 않았어요." 젠이 딱 잘라 말했다. "확증을 원했죠."

"그래서 확증을 얻었나요?"

"네."

"누구한테요?"

젠은 숨을 깊이 들이쉬었다. "피터는 거짓말을 잘 못해요."

헤스터는 질문을 와다다 퍼붓는 스타일이었으나 지금은 젠이 더 자세히 설명하도록 기다렸다.

"피터가 인정했어요. 바로 여기서, 이 소파에 앉아서요."

"언제요?"

"방송이 나가고 한 시간 뒤에요."

헤스터가 부드럽게 말했다. "뭐라고 하던가요?"

"처음에는 전부 다 거짓말이라고 했어요. 전 그냥 여기 앉아서 피터를 바라보고 또 바라봤죠. 전 피터와 눈을 마주치려고 했는데 피터는 제 눈을 보지 못했어요. 저도 피터를 믿고 싶었어요. 정말로 믿고 싶었다고요. 하지만 그이 얼굴에 다 쓰여있었어요. 제가 정말 멍청하고 순진했죠."

"피터가 설명하던가요?"

"제가 생각하는 그런 게 아니라고 했어요. 제가 이해 못 할 거라고요."

"그게 무슨 말일까요?"

젠은 두 손을 허공으로 들어 올렸다. "그런 상황에서 남자들이 하는 뻔한 변명 아닌가요? 리얼리티 쇼를 찍고 세간의 주목을 받으며 사는 스트레스 때문이었는지도 모르죠. 거기다 불임 문제도 있었고요. 피터의 처지를 생각하면 불임 문제를 받아들이기가 더 힘들었을 거예요. 피터는 정말로 자기 아이를 가지고 싶어 했으니까요."

"피터의 처지라니요?"

"네?"

"피터의 처지를 생각하면 불임 문제를 받아들이기가 더 힘들었을 거라고 했잖아요. 그게 무슨 뜻이죠?"

"모르세요?"

헤스터는 전혀 모르겠다는 뜻으로 어깨를 으쓱였다.

"모르시는 게 당연하겠네요. 하긴, 어떻게 알겠어요? 피터가 비밀로 했으니. 저도 결혼한 후에야 알았어요."

"뭘 말인가요?"

"피터는 입양됐어요. 친부모가 누구인지 전혀 몰라요."

캐서린 프롤이 문을 열어주었을 때 나는 사람들이 알아보기를 원치 않는 척하는 유명 인사의 차림새였다.

그게 어떤 차림새냐고?

간단하다. 야구 모자에 선글라스.

유명 인사들은 다들—좋아, 공평하게 말해서 '다들'은 아니고 '대부분'이라고 하자—그러고 다닌다. 왜 그렇게 하고 다니는지 속이 빤히 보이는데도. 실내 혹은 흐린 야외에서도 야구 모자를 쓰고 선글라스를 낀 사람이 있다면 그들은 남들이 자기를 알아보지 못하도록 그러는 걸까? 아니면 세상 사람들에게 나는 유명하고 당신들이 알아봐야만 하는 사람이라고 네온사인으로 신호를 보내는 걸까?

아니라고 하는 그들의 말을 믿지 마라. 유명 인사는 남들이 자기를 알아봐 주기를 바라는 법이다. 언제나. 그들은 자신을 알아봐 주는 타인 없이는 존재하지 않는다.

하지만 나는 남들이 알아보든 말든 관심 없다. 특히 오늘은 더욱 그렇다.

캐서린은 날 보더니 반가워한다. 다행이다. 이건 캐서린이 아직 헨리 맥앤드루스 소식을 듣지 못했다는 뜻이다. 재미있게도 그녀는 날 가리키며, 정확히 말하면 야구 모자와 선글라스를 가리키며 묻는다. "왜 이러고 왔어요?"

"아, 별거 아니에요. 알잖아요."

"당신을 또 보게 될 줄 몰랐어요. 난 이미 당신 때문에 규정을 어겨서……."

"고맙게 생각해요." 내가 그녀의 말을 자르며 얼른 덧붙인다. 최대한 환하게 웃으면서.

캐서린은 잠시 아무 말도 하지 않는다. 나는 약간 걱정이 된다. 그녀는 법을 집행하는 기관, 더 구체적으로 말하면 FBI에서 일하기 때문이다. 그것만으로도 나름의 문제가 따르지만 지금은 그걸 걱정할 때가 아니다. 캐서린은 몸에 딱 붙는 블라우스에 스키니진을 입었다. 한마디로 총을 소지하지 않았다는 걸 알 수 있다.

반면 나는 헐렁한 노란색 윈드브레이커를 입고 있다. 그 안에 글록 19를 잘 감춰두었다.

지금까지 총은 딱 한 번 쏴봤다. 사실은 세 번이라고 해야 할 것이다. 하지만 세 발이 모두 연달아 빵, 빵, 빵 발사됐으니까 한 번이라고 볼 수 있다. 영화나 텔레비전에서 보는 것과 달리 실제로는 총으로 목표물을 조준하기가 어렵고 까다롭다고 들었다. 훈련을 받고 많이 쏴봐야 한다고.

하지만 나는 세 발 모두 목표물을 맞혔다.

물론 가까이에서 쏘기는 했다.

캐서린은 계속 날 보며 싱글벙글 웃는다. 나와 함께 있어서 들뜬 듯하다. 명성이란 놀랍도록 기이하다. 캐서린 프롤은 사회적으로 지위가 높은 여자다. FBI에서 법의학자로 일하며, 잘 자란 두 아들과 집에서 살림을 도맡아하는 남편을 두었다. 덕분에 집안일에서 해방되어 경력을 쌓을 수 있었다. 두 사람은 20년 전쯤 다트머스 대학 2학년 때 만난 뒤로 계속 함께했다. 한 마디로 캐서린 프롤은 학력이 높고, 사회에 잘 적응했으며, 성공했다. 그런데도 〈사랑은 전쟁터〉에 완전히 미친 열성 팬이다.

인간은 누구나 모순적인 존재다. 안 그런가?

"지난주에 여기 들렀는데 당신이 없더군요." 내가 말한다.

"네." 캐서린이 목을 가다듬는다. "가족들이랑 바베이도스에 다녀왔어요."

"그랬군요."

"조금 전에 왔어요."

당연히 그래서 내가 지금 여기 온 것이다.

캐서린이 책상 의자에 털썩 앉으며 말한다. "오늘은 무슨 용건인가요?"

"당신이 내 사건을 조사했을 때……."

"잠깐만요." 그녀가 손을 들어 올리며 말한다. "아까도 말했듯이 나는 이미 규정을 어겼어요. 그 이유는 당신도 알 거예요."

그렇다. 나도 알고 있다.

"하지만 그걸로 끝이에요. 더는 알려줄 수 없어요."

"알아요." 나는 눈까지 함께 웃는 미소를 짓는다. "당신이 해준 일 모두 고맙게 생각해요. 정말로. 다만 당신이 또 뭘 알아냈을지 궁금해서요."

처음으로 그녀의 얼굴이 의심으로 물든다. "그게 무슨 말이죠?"

"당신은 이런 일을 많이 하잖아요. 안 그래요?"

"그건 당신과 상관없어요." 이제 그녀는 신경질적으로 말을 더듬는다. "더는 말해줄 수 없어요. 난 규정을 어겼다고요. 그러지 말았어야 했어요. 또 어길 수는 없어요."

"고백할 게 있어요."

"네?"

"이해해 줘요. 그 이름을 듣고 가만히 있을 수가 없었어요."

순식간에 그녀의 얼굴에서 미소가 사라진다. "무슨 뜻이죠?"

"그 사람을 찾아갈 수밖에 없었어요."

"맙소사."

"대답을 들어야 했다고요. 당연한 거 아닌가요?"

"하지만 약속했잖아요."

"이름만 아는 걸로는 부족했어요. 이해해 줘요. 직접 만나야 했다고요."

캐서린은 나직하게 내뱉는다. "아, 안 돼." 그러고는 눈을 감고 잠시 진정한 다음 목을 가다듬는다. "맥앤드루스와 얘기했어요?"

"네."

"뭐라고 하던가요?"

"자기 혼자 한 일이라고요."

"그게 다예요?"

"그게 다예요. 그래서 내가 더 알고 싶은 거예요, 캐서린. 날 응원해 주고 날 위해 조사해 준 당신에게 묻지 않을 수가 없네요. 더 알아낸 게 있나요?"

캐서린은 침묵한다.

"당신에게는 멋진 집이 있고 FBI 본사에 사무실도 있어요." 나는 고개를 갸웃하고 말을 잇는다. "그런데 왜 아무도 모르게 이 작고 퀴퀴한 사무실을 얻은 거죠?"

"그만 나가주세요."

"여기에 비밀을 보관해 두나요? 그래서 이 사무실을 얻은 거예요? 저 컴퓨터에 비밀이 들어있나요?"

캐서린은 책상 위에 있던 휴대전화로 손을 뻗는다. 그와 동시에 나는 노란 윈드브레이커의 지퍼를 내리고 총을 꺼낸다. 연습한 것도 아닌데 손이 능숙하게 움직인다. 원래 운동신경이 뛰어나 눈과 손의 협응력이 좋은 편이다. 아마 그래서 그럴 것이다.

"전화 내려놔요." 내가 말한다.

캐서린의 눈이 접시처럼 휘둥그레진다.

"헨리 맥앤드루스는 죽었어요, 캐서린."

"맙소사. 당신이……?"

"내가 죽였어요, 네. 죽어 마땅한 인간이라고 생각하지 않아요?"

캐서린은 똑똑한 여자라서 대답하지 않는다. "원하는 게 뭐예요?"

"나머지 명단요."

"하지만 사건의 주범은 맥앤드루스예요."

"이 일에 연루된 사람들만 말하는 게 아니에요."

캐서린은 어리둥절한 표정이다.

"당신들이 처단할 가치가 없다고 여긴 사람들의 명단을 줘요."

"왜요?"

그 답은 너무 뻔하지만 나는 화제를 돌린다. "당신은 해치지 않을 거예요." 나는 최대한 그녀를 달래는 목소리로 말한다. "상호확증파괴라고 알아요? 적이 먼저 핵무기를 사용할 경우 나도 핵으로 보복할 것을 분명히 해두면 두 나라 간에 군사 충돌이 발생하지 않는다는 이론이죠. 그게 우리예요, 캐서린. 그게 당신과 나라고요. 만약 당신이 맥앤드루스의 살인으로 내 발목을 잡는다면 당신도 무사하지는 못할 거예요. 애초에 그 이름을 알려준 게 당신이니까요. 알겠어요? 그러니까 우리는 서로에게 약점을 잡힌 거라고요."

"알았어요." 캐서린이 과장해서 고개를 끄덕인다. "그럼 그냥 가세요. 그 일에 대해서는 아무 말도 하지 않겠다고 약속해요."

저 여자는 내가 바보인 줄 안다. "명단부터 줘요."

"나한테 없어요."

"제발. 나한테 거짓말해 봐야 당신에게 좋을 게 없어요. 당신도 맥앤드루스가 벌받아야 한다는 데 동의하지 않았나요?"

"벌은 받아야죠. 하지만……."

나는 총을 들어 올린다. 캐서린이 말을 멈추고 내가 쥔 총을 바라본다. 원래 그런 법이다. 그녀에게는 날 볼 여력이 없다. 온 세상이 총구만 한 크기로 줄어들었다.

"아, 알았어요." 그녀가 더듬는다. "당신 말이 맞아요. 명단을 줄 테니까 제발 그 총 내려놔요."

"괜찮다면 끝날 때까지 총을 들고 있을게요." 나는 총으로 컴퓨터를 가리킨다. "파일을 열어봐요. 거기 뭐가 있는지 봐야겠어요."

인간은 참 복잡한 존재다. 안 그런가? 만약 리얼리티 랠프 팟캐스트에서의 그 끔찍한 폭로가 없었더라면 지금 나는 어디에 있을까? 아마도 두 번째 살인을 준비하지 않고 '정상적인'—여기서 손가락을 까딱거리며 따옴표를 넣어야겠지—삶을 살고 있을 것이다. 그 팟캐스트가 아니었다면 추악한 메시지와 사진을 보낸 사람이 누구인지도 알아내지 못했을 것이다. 총을 사지도 않았을 테고, 살인을 저지르지도 않았으리라.

물론 그렇다고 해도—여기가 재미있는 대목이다—맥앤드루스를 죽이는 걸로 끝났을 수 있다. 아니, 끝났어야 한다. 경찰은 절대 그 살인을 나와 연결 짓지 못할 테고, 난 무사히 빠져나갔으리라.

그게 원래 내 계획이었다.

그러다 맥앤드루스를 직접 대면하고 처음으로 방아쇠를 당겼을 때, 한 번 더 당겼을 때, 세 번째로 당겼을 때…….

내가 뭘 깨달았는지 아는가?

나 자신에게 완전히 솔직해졌을 때 내가 뭘 깨달았는지 아는가?

나는 그게 좋았다. 아주 많이.

그자를 죽이는 게 좋았다.

사이코패스 살인자가 나오는 책과 영화를 보면 그들이 살인을 멈추지 못하고, 솟구치는 아드레날린에 중독되며, 어릴 때부터 동물들을 죽였다는 이야기가 나온다. 옆집에서 기르던 고양이가 사라지고, 그다음에는 개가 사라진다. 그런 식으로 천천히 진행된다고들 한다. 나도 그렇다고 믿었다.

하지만 이젠 아니다.

어쩔 수 없이 살인을 저지르지 않았다면 이런 쾌감을 발견하지 못했을 것이다. 그저 내 삶을 살았으리라. 당신처럼. 대다수 사람처럼. 이 욕망, 이 허기는 잠들어 있었으리라.

하지만 그 방아쇠를 당긴 후에는…….

이걸 '행복'이라고 해야 할까? 아니면 강박에 더 가까울까?

모르겠다.

헨리 맥앤드루스를 죽인 뒤로는 살인을 맛본 뒤로는 다시 예전으로 돌아갈 수 없다는 걸 깨달았다.

나는 완전히 변했다. 잠을 잘 수 없고, 먹지도 못한다. 죄책감 때문이 아니다. 죄책감 따위는 안중에도 없다. 내가 방아쇠를 당기고, 그의 머리가 작은 핏방울을 내뿜으며 터지는 장면만 계속 생각났다. 무엇보다도 언제 그걸 다시 경험할 수 있을지 계속 생각했다. 지금도 그렇고.

그래서 나는 생각한다. 리얼리티 랠프 팟캐스트와 그로 인한 수치심, 모욕, 배신이 아니었다면 평생 이런 희열을 느끼지 못했을 거라고. 이런 쾌감과 그것이 사라졌을 때의 우울도 경험하지 못했을 거라고.

그건 더 나은 삶이었을까? 아니면 더 불행한 삶이었을까? 잘 모르겠다. 다만 거짓된 삶이었으리라는 사실은 확실하다.

내가 이런 생각을 하며 배시시 웃고 있는데 캐서린에게는 그런 내가 무서워 보였나 보다. 나는 구태의연한 방식, 삶의 허례허식, 매일 우리가 쓰는 가면을 이미 벗어던졌다. 내 멋대로 사는 삶은 엄청나게 자유롭다.

사실 캐서린을 죽이고 싶지는 않다. 내 미래의 목표, 다시 말해 내 행동을 정당화하려고 내가 생각해 둔 방법은 죽어 마땅한 사람들만 죽이는 것이다. 그래서 명단이 필요한 거고. 난 인터넷에서 악플을 달고 익명으로 타인에게 상처를 주며 즐거워하는 사람들을 죽일 작정이다.

캐서린 프롤은 거기에 속하지 않는다. 좋은 사람이다.

하지만 '우리는 서로에게 약점이 잡힌 거라고요'라는 내 주장이 아주 취약하다는 사실 또한 알고 있다. 캐서린은 결국 경찰에 신고할 가능성이 크다. 설령 그로 인해 자신의 입장이 약간 난처해질지라도.

따라서 난 그녀를 살려둘 수 없다.

이제 캐서린은 기꺼이 내 비위를 맞추려고 한다. 컴퓨터에 무언가를 입력하더니 모니터를 내 쪽으로 돌린다.

"여기 명단이 있어요." 그녀가 목멘 소리로 말한다. "아무에게도 말 안 할게요. 약속해요. 내게는 가족이 있어요. 아이들이……."

나는 방아쇠를 세 번 당긴다.

지난번과 똑같이.

와일드가 도착했을 때 피터 베넷의 누나 비키 치바는 뒤뜰에서 정원을 가꾸고 있었다. 어찌나 두툼한 원예용 장갑을 꼈는지 손이 꼭 미키 마우스 손 같았다. 그녀는 고개를 숙인 채 모종삽으로 부슬부슬한 흙을 푸고 있었다.

와일드는 정공법을 택하기로 했다. 비키가 돌아보기도 전에 그가 말했다. "내게 거짓말을 했더군요."

비키가 그에게로 머리를 빙글 돌렸다. "와일드?"

"날 위해 가계도를 확인해 준다고 했잖아요."

"그랬죠. 당연히 그럴 거예요. 약속했잖아요. 무슨 일이에요?"

"내 동료가 젠을 만났습니다."

"그런데요?"

"피터가 입양됐다고 하더군요."

그녀의 입이 살짝 벌어졌다.

"비키?"

"젠이 그러던가요?"

"네."

비키가 눈을 감았다. "피터가 젠에게 말했나 보군요. 몰랐어요."

"사실인가요?"

비키는 천천히 고개를 끄덕였다.

"그렇다면 당신은 나와 혈연관계가 아닙니다. 당신 부모님이나 당신의 다른 두 형제자매도 나와 핏줄이 달라요."

비키는 그저 와일드를 바라보았다.

"왜 내게 거짓말했죠?" 와일드가 물었다.

"거짓말하지 않았어요." 그녀가 몸을 움츠렸다. "그저 내가 할 말은 아니라고 생각했어요. 피터는 다른 사람에게 알리고 싶어 하지 않았거든요."

"피터의 친가족에 대해 아는 게 있습니까?"

비키는 한숨을 내쉬고 자리에서 일어나더니 옷에 묻은 흙을 털었다. "집으로 들어가죠. 다 말해줄게요. 하지만 이거 먼저 물어보죠. 피터를 찾았나요?"

"피터가 죽은 게 틀림없다고 하지 않았나요?"

"그랬죠, 네. 하지만 이젠 아니에요."

"왜 마음이 바뀌었습니까?"

"난 피터가 젠과 사이가 틀어지고 그 팟캐스트의 여파로 자살했다고 생각했어요."

"그런데 지금은요?"

"이제 동생은 당신과 혈연관계예요."

"그래서요?"

"그래서 동생에게 무슨 일이 있었는지는 몰라도 그 일은 젠이나 그 팟캐스트 때문이 아닐지 모른다는 생각이 들어요. 뭔가 더 있을지 모르죠."

"이를테면요?"

"이를테면, 당신이요, 와일드. 이를테면 어릴 때 당신에게 무슨 일이 있었는지 모르겠지만 몇 년이 지나서 그 여파가 피터에게 미쳤을 수도 있어요."

와일드는 무슨 말을 해야 할지 몰라 우두커니 서있었다.

"잠시 시간을 줘요. 정말 당황스럽네요. 하지만 전부 다 말해줄게요."

비키 치바는 '치유 효과가 있는 허브차'를 준비했는데 '놀랍도록 약효가 뛰어나다'고 주장했다. 와일드는 비키가 빨리 본론으로 들어가기를 바랐으나 다그쳐야 할 때가 있고 물러서야 할 때가 있는 법이다. 그는 느긋하게 비키를 지켜보았다. 그녀는 차를 준비하는 데 완전히 집중했고 신중하게 움직였다. 시중에서 파는 티백이 아닌 찻잎과 거름망을 사용했다. 표면을 마치 회색 돌처럼 마감한 주전자에는 가짜 나무 손잡이가 달려있었고, 물이 다 끓으면 요란한 삑삑 소리가 났다. 도자기 찻잔에는 각각 '옴 나마스테'(비키는 이 잔을 그에게 주었다)와 '사람은 생각하는 대로 된다—붓다'라고 적혀있었다.

비키는 차를 한 모금 마셨다. 와일드도 따라 마셨다. 생강과 라일락 향이 은은하게 났다. 비키는 한 모금 더 마셨다. 와일드는 기다렸다. 비키는 찻잔을 내려놓고 자신에게서 밀어냈다.

"거의 30년 전 일이네요. 어느 날 플로리다로 휴가를 떠났던 부모님이 돌아오셨어요. 며칠이나 있다가 오셨는지 기억나지 않아요. 우리

셋, 그러니까 나와 켈리, 사일러스는 트로만스 부인 댁에서 지냈어요. 당시 그분이 우리를 돌봐주셨거든요. 친절한 할머니였어요." 비키는 고개를 젓더니 찻잔을 향해 손을 뻗다가 멈칫하고 다시 손을 무릎에 내려놓았다. "어쨌든 당시 우리 가족은 멤피스에 살았어요. 아빠가 트로만스 부인 댁에 우리 셋을 데리러 온 기억이 나요. 아빠는 시종일관 이상하게 굴면서 억지로 신이 난 척했어요. 우리가 크고 좋은 새집으로 이사할 거라고 했죠. 그때 사일러스는 겨우 두세 살밖에 안 됐지만 켈리와 난 상황을 파악할 수 있을 정도로 나이를 먹었어요. 내가 켈리를 바라봤더니 동생이 막 울기 시작했어요. 금요일에 친구 릴리가 척E. 치즈에서 열한 살 생일 파티를 여는데 거기 꼭 가고 싶어 했거든요. 못 갈까 봐 걱정됐던 거예요. 내가 엄마는 어디 있냐고 물었더니 아빠가 엄마는 새집에 있다고, 어서 우리를 만나고 싶어 한다고 말했어요. 어쨌든 우린 오랫동안 차를 타고 갔어요. 켈리는 몇 시간 동안 울었고요. 마침내 새집에 도착했더니 아빠 말대로 엄마가 있었어요. 못 보던 아기와 함께요. 엄마는 그 아이가 우리의 새로운 남동생 피터라고 했어요."

비키는 한 손을 들어 올렸다. "당신에게 말했어야 한다는 거 알아요. 하지만 이해해 줘요. 우린 이 이야기를 누구에게도 한 적이 없어요. 당시에도 그랬어요. 당신에게 이 이야기를 한다는 건, 뭐랄까, 가족을 배신하는 거예요. 황당하게 들리겠지만 엄마랑 아빠는 그저 '이 애가 네 남동생 피터야'라고만 하셨어요. 어떤 설명도 없이요. 어쨌든 처음에는 그랬어요. 부모님이 싱글벙글 웃으며 신난 사람들처럼 굴었던 게 기억나요. 하지만 나와 켈리가 보기에도 억지스러웠죠. 부모님은 좋은 게 좋다는 식으로 넘어가려고 하셨어요. '사일러스에게 남동생이 생기면 좋지 않겠니?'라거나 '정말 세상에서 제일 멋진 깜짝 선물 아니니?'라면서요. 아기가 어디서 났는지 켈리가 물었더니 아빠는 '어디서 나긴. 너희들처럼 우리에게 온 거야'라고 대답했어요."

비키는 말을 멈추더니 떨리는 손으로 찻잔을 잡았다.

와일드는 조심스럽게 말을 꺼냈다. "부모님께서 피터가 입양된 사실을 말해주지 않았나요?"

"네. 당시에는 안 하셨어요. 나중에는 사실대로 털어놓았지만요."

"뭐라고 하시던가요?"

"그냥 입양했다고만 했어요. 입양 기관을 거치지 않은 개인 입양이었고, 절대 아무에게도 말하지 않는 게 조건의 일부라고 하셨죠. 그리고 얼마 후에, 이상하게 들리겠지만, 피터는 그냥 우리 가족이 되었어요. 가족 모두가 피터를 애지중지했죠."

"피터는 자신의 입양 사실을 알았나요?"

비키는 천천히 고개를 저었다. "부모님은 절대 피터에게 알리지 않았어요. 피터는 아주 어릴 때 우리 집에 왔거든요. 자기가 입양아라는 사실을 전혀 몰랐어요."

"그럼 언제 알게 됐나요?"

"〈사랑은 전쟁터〉에 출연하면서요."

"누구에게 들었죠?"

"내가 진작 말했어야 했어요. 피터는 성인이니까 입양된 사실을 알 권리가 있었죠." 비키는 찻잔 속의 차를 내려다보았다. "피터에게 입양 사실을 말해준 사람은 연출자였어요."

"〈사랑은 전쟁터〉의 연출자요?"

비키는 고개를 끄덕였다. "피터가 그렇게 말했어요. 그 프로에서는 모든 참가자를 대상으로 종합 건강검진을 실시하거든요. 그런데 피터가 우리 부모님의 친자일 수 없는 뭔가가 나온 거죠."

"정말 충격이었겠네요."

비키는 대답하지 않았다.

"피터의 반응은 어땠나요?"

"분노했고 혼란스러워했고 심지어 우울해하기도 했어요. 그때까지 한 번도 본 적이 없는 모습이었죠. 하지만 한편으로는 안도감이 든다고도 했어요. 마침내 진실을 알게 되었으니까요. 늘 자기가 이 가족의 일원이 아니라는 느낌, 어울리지 않는다는 느낌이 들었대요. 그때부터 난 입양과 관련된 팟캐스트를 이것저것 들어봤어요. 그중에 〈가족의 비밀〉이라는 팟캐스트가 있었는데 진행자가 어른이 되어서야 자신을 키워준 아버지가 친부가 아니라는 사실을 알게 되었다고 하더군요. 그 진행자나 피터처럼 주로 DNA 검사를 통해 자신이 입양됐거나 정자 기증을 받았거나 불륜의 결과물임을 알게 된 사람들의 사연을 많이 들었어요. 그들은 공통적으로 평생 위화감을 느꼈던 것 같더군요. 진정으로 어디에도 속하지 못하는 것처럼요. 그게 사실인지 아닌지는 모르겠지만."

"그런 감정이 가짜라고 생각합니까?"

"당신도 그런 감정을 느끼나요, 와일드? 위화감, 분노, 혼란. 당신은 어렸을 때 누구보다 끔찍하게 버림받았잖아요."

"지금 내 이야기를 하는 게 아닙니다."

"아닌가요? 피터의 감정이 진짜인지 아닌지는 모르겠어요. 자신이 입양된 사실을 안 뒤에야 돌이켜 보니 위화감을 느낀 건지, 아니면 뭔가가 잘못되었다는 걸 세포 차원에서 늘 알았던 건지 모르겠어요. 내가 보기에 피터는 언제나 적응을 꽤 잘했거든요. 아무튼 그건 중요하지 않아요. 피터는 우리가 지금까지 자신을 속이고 거짓말을 했다는 사실에 큰 충격을 받았어요. 그래서 온갖 DNA 사이트에 등록했죠. 자신의 친가족에 대해 알고 싶어 했어요."

"그래서 뭔가 알아냈나요?"

"모르겠어요. 나한테는 말한 적 없어요."

"켈리는 피터에게 들은 게 있나요?"

"아뇨."

"사일러스는요?"

"없어요."

"잠깐만요. 부모님이 피터를 입양했을 때 사일러스가 몇 살이었죠?"

"세 살이 채 안 됐죠."

"그럼……." 와일드는 자신이 무슨 말을 하려는지 알 수 없었다. "사일러스는 피터가 입양된 사실을 알았나요?"

비키는 천천히 고개를 저었다. "사일러스에게 말해준 적 없어요."

"말해준 적이 없다면……."

"지금까지도요. 그건 피터의 비밀이에요. 피터는 나한테 그 사실을 아무에게도 말하지 말라고 당부했고요."

"자기 형한테도요?"

"둘의 관계는 복잡해요. 혹시 형제가 있나요? 아, 미안해요. 멍청한 소리를 했네요. 미안해요. 사일러스는 피터보다 두 학년 위였는데도 늘 피터에게 밀렸어요. 피터가 인기도 더 많고, 운동도 더 잘하고 그런 식이었죠. 사일러스는 피터를 질투했고, 아마 억울하기도 했을 거예요. 그러다가 피터가 방송에 출연하면서 유명해지자 둘 사이는 더 나빠졌죠."

와일드는 곰곰이 생각해 봤지만 아무것도 떠오르지 않았다. 와일드는 화제를 바꿨다. "헨리 맥앤드루스라는 이름을 들어본 적 있나요?"

"아뇨." 비키가 고개를 갸웃했다. "그 사람이 피터의 친부인가요?"

"아뇨. 아닐 겁니다."

"그럼 누구죠?"

"DogLufegnev요."

비키의 눈이 휘둥그레졌다. "그 미치광이를 찾아냈어요? 어떻게요?"

"그건 중요하지 않아요."

"그 사람을 체포할 수 있나요? 사이버 스토킹과 괴롭힘에 관한 법률이 엄격하지 않다는 건 알지만 그자가 특별히 피터를 노렸다는 증거가 있다면……."

"헨리 맥앤드루스는 죽었습니다. 살해됐어요."

비키가 떨리는 손을 입으로 가져갔다. "맙소사."

"지금 경찰이 조사하고 있을 겁니다."

"뭘요?"

와일드는 잠시 기다렸다. 비키는 깨달았다. "잠깐만요. 지금 피터가 용의자일지도 모른다는 말인가요?"

와일드는 아무 말도 하지 않았다.

"당연히 그렇겠네요." 비키가 자기 질문에 스스로 답했다. "하지만 피터는 죽이지 않았어요. 그걸 알아야 해요."

와일드는 피터 베넷이 실종됐을 당시 그의 처지를 생각했다. 일약 스타덤에 올랐다가 자신이 입양아라는 사실을 알게 되고, 처제가 팟캐스트에서 끔찍한 폭로를 하고, 미투 시대에 걸맞게 대중은 그를 가

227

혹하게 손절했으며, 결혼은 파경을 맞이하고, 명예는 추락하고, 경력도 끝나버렸다. 한마디로 그의 삶이 다 무너졌다. 얼마나 막막했을까. 얼마나 절박했을까. 그토록 절박했기에 PB라는 이름으로 WW에게 연락했지만 WW는 메시지에 응답조차 하지 않았다.

"부모님은 무슨 일을 하셨나요?"

"아빠는 경비 일을 하셨어요. 그러다 이사한 뒤에는 펜실베이니아 주립대학교에서 기숙사 경비로 일하셨죠. 엄마는 입학처에서 파트타임으로 일하셨고요."

와일드는 그 말을 기억해 두었다. 롤라에게 그들이 펜실베이니아 주립대학교에서 일했던 기록을 찾아봐 달라고 부탁할 생각이었지만 큰 기대는 하지 않았다. 그보다는 피터 베넷의 출생증명서와 서류를 추적하는 데서 더 큰 단서가 나올 것이다. 입양 기관을 거치지 않은 입양이라고 해도 분명 그의 친부모에 관한 기록이 남아있을 테니까.

한 가지 걸리는 점은 베넷 부부가 이사했다는 사실이다.

그것도 아무런 예고 없이 갑작스럽게. 베이비시터에게 아기를 맡겨두고 떠났다가 아빠 혼자 집에 돌아와 아이들을 끌고 아는 사람이 아무도 없는 외딴곳으로 데려갔는데 그 집에는 처음 보는 아기가 있었다.

어딘가 매우 석연치 않았다.

"아버지는 돌아가셨고 어머니는 '정신이 오락가락한다'고 했죠?"

"치매예요. 아마 알츠하이머일 거예요."

"어머님과 이야기해 보는 게 좋을 것 같군요."

비키는 고개를 저었다. "그게 무슨 소용 있겠어요, 와일드?"

"우리는 답을 얻고 싶으니까요."

"당신이 답을 얻고 싶은 거죠. 당신 마음은 이해해요. 하지만 그 옛날에 무슨 일이 있었던 간에 우리 가족은 피터를 입양했어요. 이제 와서 그 일을 다 들춰내 봐야 무슨 소용이 있나요? 어머니는 연로하세요. 내가 피터의 출생에 대해 물을 때마다 너무 흥분하셔서 더는 묻지 않아요."

와일드는 굳이 지금 이 일을 밀어붙일 필요가 없다고 생각했다. 비키의 어머니가 어디에 있는지 롤라가 알아낼 수 있을 것이고, 그때 가서 어떻게 할지 결정할 수 있다.

"와일드?"

그는 비키를 보았다.

"뭐라고 말해야 좋을지 모르겠는데 나와 우리 가족에게 이건 이미 끝난 일이에요."

"무슨 뜻입니까?"

"피터가 이 맥앤드루스 살인 사건의 용의자라면서요."

"그렇게 될 겁니다, 네."

"생각해 보세요. 피터는 여러 면에서 망가졌어요. 모든 걸 잃었죠. 우리 둘 다 가능하다고 생각하는 상황을 가정해 보죠. 피터가 이 맥앤드루스를 찾아냈고, 어떻게든 그의 죽음에 연루되었다고 가정해 봐요. 사고였든 정당방위였든 살인을 했든 간에요. 나로서는 피터가 사람을 죽였다고는 도저히 믿을 수 없지만. 아무튼 그 정도 되면 누구든 인내심의 한계에 도달할 거예요. 안 그러겠어요? 그럴 때 사람들은 주로 도망쳐서 절벽이나 폭포를 찾아가……."

와일드는 고개를 저었다. "피터가 마지막으로 올린 포스팅은요?"

"그게 뭐요?"

"피터는 거짓이 진실보다 빨리 퍼지니 들리는 소문을 너무 빨리 믿지 말라고 했어요. 내게 보낸 메시지에서도 같은 말을 했고요. 사람들이 자기에 대해 거짓말을 하고 있다고."

"그건 그 일이 있기 전이죠."

"무슨 일이요?"

"그만 가세요."

"무슨 일이 더 있었다면…….'"

"아무 일도 없었어요, 와일드. 그냥…… 다 끝났어요. 피터는 죽었어요."

"죽지 않았다면요?"

"그럼 도망쳐서 아무도 자기를 찾아내지 않기를 바라는 거겠죠. 어느 쪽이든 당신은 그만 가세요."

CHAPTER
20

크리스 테일러는 부메랑 동물 회원 전체가 보안 화상 회의에 로그인할 때까지 기다렸다. 기린이 맨 처음 왔고, 그다음으로 아기 고양이와 알파카가 왔다. 잠시 뒤에 북극곰이 나타났다. 이로써 정족수가 채워졌다. 이 모험적인 활동을 시작했을 때 다들 각자의 신분과 이 그룹 전반, 그리고 그들의 활동을 보호하기 위한 여러 규정에 동의했다. 또한 정족수에 관한 규정도 만들었는데 어떤 안건이든 논의하려면 여섯 명 중에서 다섯은 참석해야 한다는 내용이었다. 만약 한 사람 이상이 참석하지 못하면 회의는 연기되었다.

"잠깐 표범을 기다리자."

그들은 잠깐보다는 훨씬 더 오래 표범을 기다렸다. 크리스는 다시 메시지를 보냈다. 역시나 보안상의 이유로 그룹 내 누구도 다른 회원에게 직접 메시지를 보낼 수 없었다. 모든 메시지는 부메랑 회원 전체에게 보내야 했다.

"표범이 대답이 없네." 기린이 말했다.

"처음 보낸 메시지에도 답이 없었어." 아기 고양이가 덧붙였다.

회원들은 서로를 지칭할 때도 '그(he)'나 '그녀(she)'가 아닌 성중립 대명사 '그(they)'를 사용했는데 그들이 논바이너리(남성과 여성이라는 기존의 이분법적 성별 구분에서 벗어나 자신의 성별을 특별히 지칭하지 않는 사람들—옮긴이)라거나 차별과 편견을 타파한다는 의미에서라기보다 또 하나의 보호막이었다. 크리스는 회원들의 진짜 성별을 알지 못했다. 자기만 남자이고 나머지 다섯은 여자일 수도 있고, 나머지도 전부 남자일 수 있고, 혹은 그 밖의 온갖 다양한 조합일 수 있다. 그들이 어디에 사는지도 몰랐다. 다만 아기 고양이가 그들이 모두 깨어있는 시간에 회의 일정을 쉽게 잡으려면 중앙 유럽 표준시를 따라야 한다고 했다.

"당황할 거 없어. 아직 사자가 메시지를 보낸 지 하루도 안 지났어." 북극곰이 말했다.

사실이었다. 하지만 크리스는 이런 상황이 마음에 들지 않았다. 전혀 마음에 들지 않았다. 다른 회원이 불참한 것과는 달랐다. 그 경우에도 물론 걱정이 되었을 테지만 하필 표범이 나타나지 않는다고?

"정족수는 채웠어." 기린이 말했다. "무슨 일인지 지금 말할 거야? 아니면 표범을 기다릴 거야?"

크리스는 생각했다. "표범이 참석해 주면 더 좋을 것 같아."

"왜?"

"표범과 관련된 일이니까?"

"어떻게?"

크리스는 좀 더 생각한 후에 말했다. "너희들 모두와 화면으로 공유할 게 있어."

크리스는 모니터에 〈하트퍼드 코란트〉 1면에 실린 기사를 띄웠다. 푸른색 경찰 제복을 입은 헨리 맥앤드루스의 사진이 큼직하게 실려있고, 미소 짓는 그의 얼굴 위로 이런 헤드라인이 달려있었다.

은퇴한 경찰 서장 피살

하윈턴 자택에서 갱단 방식으로 사살

북극곰이 제일 먼저 입을 열었다. "헨리 맥앤드루스. 왜 내가 들어본 이름 같지?"

"우리 파일에 있는 이름이니까." 크리스가 말했다.

"피해자로 아니면 가해자로?" 기린이 물었다.

크리스가 컴퓨터의 다른 버튼을 눌렀다. "방금 너희들에게 그 파일을 보냈어. 표범이 발표한 안건이었는데 맥앤드루스는 가해자였어."

"맙소사. 처벌 강도가 뭐였어?"

"없어." 크리스가 말했다.

"이해가 안 가는데." 기린이 말했다.

"짧게 상기시켜 주자면, 표범이 안건을 발표했는데 한 리얼리티 프로그램의 스타가 인터넷에서 악플에 시달린다는 내용이었어."

"아, 맞아. PB&J의 PB였지. 우리 딸이 팬이라서……." 그렇게 말하던 북극곰은 말을 멈췄다. 아마 너무 개인적인 이야기를 하고 있다는 걸 깨달았으리라. "아무튼 그 프로그램은 잘 알아."

"피터 베넷." 크리스가 말했다. "그 남자는 스캔들에 휘말렸고, 늘 그렇듯이 인터넷에서는 그를 향한 증오와 욕설이 폭발했어. 그의 인생은 파탄났지. 그가 자살했다든가 자살한 척한다는 식의 소문이 돌았어."

"기억나. 하지만 피터 베넷도 정말 비열한 인간 아니었나?" 아기 고양이가 말했다.

"그럴 거야." 크리스가 말했다. "팟캐스트에 출연한 그의 처제가 폭로하기를, 자기한테 추근대고 약까지 먹인 것 같다고 했어. 증거나 뭐 그런 건 전혀 없었어. 처제의 진술만 있었지. 하지만 우린 그보다는 더 도와줄 가치가 있는 피해자를 찾자는 결론을 내렸어. 내 생각에는 옳은 결정이었고."

"그래서 그냥 넘겼다고?"

"응."

"그리고 내 기억으로는 표범이 탐탁지 않아 했어." 아기 고양이가 말했다. "표범은 가장 낮은 강도의 폭풍을 제안했지. 강도 1의 처벌이라도 해서 그렇게 바보 같은 짓은 하지 말라는 가르침을 주자고 했어."

"그 악플러가 경찰이라는 걸 우리가 알았어?" 북극곰이 물었다.

"더 이상 진행하지 않기로 했기 때문에 그것까지는 몰랐지." 크리스가 말했다. "알았다면 달라졌을까?"

"아마 아니었을걸."

정적이 감돌았다.

"잠깐만." 아기 고양이가 말했다. "우리에게는 여기서 발표했다가 처벌까지 가지 않은 안건들이 숱하게 많아. 전원 동의하지 않으면 처벌하지 않기로 우리 모두 합의했으니까. 지금 사자 네 말은 표범이 단독 행동을 했다는 거야?"

"난 그런 말은 하지 않았어." 크리스가 말했다.

"맥앤드루스는 도시에서 일하던 경찰이었어." 북극곰이 말했다. "아마 적이 꽤 많았을 거야. 그러니까 그자의 죽음은 그냥 우연일 수 있어. 우리와 아무 상관이 없을 수 있다고."

"그럴 수도 있지." 크리스가 시큰둥하게 동의했다.

"헤드라인에는 '갱단 방식'으로 살해되었다고 했어. 그러니까 어쩌면 갱단이 연루되었을 수도 있어. 또 이 남자는 심각한 악플러였어."

"그래서?"

"그러니까 어쩌면 다른 누군가에게도 악플을 퍼부었고, 그 사람이 죽였을 수도 있다고."

"맞아." 이번에는 기린이 가세했다. "아니면 그냥 가택 침입한 강도가 저지른 짓일 수도 있어. 아니면 북극곰이랑 아기 고양이 말대로 이 맥앤드루스라는 남자는 그저 총과 경찰 배지, 악플러가 될 수밖에 없었던 병적인 열등감을 가진 머저리였을 수 있지."

"맞아." 아기 고양이가 끼어들었다. "표범은 절대 우리의 신뢰를 깨지 않았을 거야."

"확실해?" 크리스가 물었다.

"뭐가?"

"우린 서로를 전혀 모르잖아. 그게 바로 핵심이야. 평소였다면 나도 네 말에 동의했을 거야. 헨리 맥앤드루스의 죽음은 우리와 아무 상관 없을 가능성이 매우 크다고 생각했을 거야. 사실 한 시간 전만 해도 부메랑이 그의 죽음에 전혀 연루되지 않았을 가능성이 60퍼센트에서 75퍼센트는 될 거라고 생각했어."

"그런데 왜 마음이 바뀐 건데?" 기린이 물었다.

"그걸 몰라서 묻는 거야, 기린? 뻔하잖아." 아기 고양이가 영국식 억양으로 말했다.

"모르겠는데."

크리스가 나섰다. "여기 표범이 없잖아. 지금 참석하지 않은 사람은 그 (he)," 크리스는 말을 멈추고 다시 성 중립 대명사를 사용했다. "그 사람 (they)뿐이야."

235

"지금까지 표범은 회의에 빠진 적이 없어." 기린이 덧붙였다.

"지금까지 회의가 있을 때마다 전원 다 참석했지." 북극곰이 말했다. "딱 한 번 아기 고양이가 참석 못 한다고 미리 말했던 때를 제외하고."

"맞아. 그건 표범이 제출한 안건이었는데 지금 표범이 우리 메시지에 답하지 않고 있잖아." 크리스가 말했다.

다시 정적이 흘렀다.

"그래서 어떻게 할 거야?" 기린이 물었다.

"우리에게는 이럴 경우를 대비해 아주 구체적인 방침이 있어." 크리스가 말했다.

"유리를 깨자는 말이야?" 북극곰이 말했다.

"응."

"나도 동의해." 아기 고양이가 말했다.

"너무 과한 조치 같은데." 기린이 말했다.

"나도 그렇게 생각해." 북극곰이 말했다. "우린 급박한 상황에서만 유리를 깨자고 약속했어. 또 만장일치로 찬성해야 해. 다섯 명이 모여서 네 명이 찬성한 걸로는 안 된다고."

"알아." 크리스가 말했다.

그들 중 누구도 다른 회원에 대해 알지 못한다는 것. 이것이 처음부터 부메랑의 가장 강력한 보안이었다. 그 점이 가장 중요했다. 만약 한 명이 잡힌다 해도 다른 회원에 대해 발설할 수 없었다. 설사 발설하고 싶다고 해도, 아무리 큰 압박을 받는다 해도. 서로를 추적해 찾아낼 방법이 없었다.

'유리를 깨지' 않는 한.

회원들의 이름은 보안 파일에 담겨있었고, 그 파일에는 인간이 만들어낸 모든 보안 장치가 다 설정되어 있었다. 부메랑 회원들은 각자 27개로

236

된 자기만의 비밀번호를 만들었다. 다섯 명의 회원이 10초 안에 각자 비밀번호를 모두 입력하면 나머지 한 명의 이름을 볼 수 있었다. 그것만이 유일한 방법이었다. 다섯 명 모두가 각자 비밀번호를 동시에 입력해야 했다. 그렇다고 해도 나머지 한 명의 신원만 알 수 있었다.

"잠깐 이 문제를 하나씩 짚어보자." 크리스가 말했다. "과거에 헨리 맥앤드루스는 우리의 표적이었는데, 이자가 살해됐어."

"헨리 맥앤드루스는 우리의 표적이 아니었어. 잠재적인 표적이었지. 결국에는 배제됐고." 북극곰이 말했다.

"정정할게. 잠재적 표적이었어. 표범이 그의 사례를 소개했는데 현재 표범은 우리 메시지에 응답하지 않고 있어. 여기에는 몇 가지 가능성이 있는데 그중에는 요약하자면 그저 우연의 일치일 가능성도 포함돼. 우리의 표적 중엔 경솔하게 행동하는 사람들이 많아. 그중 하나가 살해됐다고 해서 꼭 우리와 연관이 있다는 뜻은 아니야."

"그건 헨리 맥앤드루스가 오늘 불참한 표범이 발표한 안건 속 가해자였다는 사실을 알기 전에 건성으로 한 말이었지." 아기 고양이가 말했다.

"맞아. 이 토론의 목적상 우연일 가능성은 잠시 접어두고, 헨리 맥앤드루스의 살인이 우리와 직접적 연관이 있다고 가정해 보자. 더 정확히 말해서 그 살인이 표범의 실종과 직접적인 연관이 있다고 가정해 보는 거야."

"와, 그건 너무 갔는데." 북극곰이 말했다. "실종? 아직 그건 모르잖아. 지금 24시간도 안 지났어. 이봐, 우린 다들 인터넷 전문가들이야. 아니면 이 자리에 없었겠지. 너희들은 어떤지 모르겠지만 난 휴식이 필요하면, 살다 보면 그런 순간이 당연히 있고, 인터넷을 완전히 끊어버려. 배를 타고 바다로 나가지. 거긴 휴대전화도 터지지 않고 인터넷도 안 돼. 표범도 그랬을 수 있어. 그럴 가능성이 꽤 크지."

"우리에게 말도 없이?" 아기 고양이가 반박했다. "그리고 하필이면 우연히 지금 이 순간에 그랬단 말이야?"

"그럼 네 생각은 뭐야, 아기 고양이? 전직 경찰서 부서장이 리얼리티 프로그램에서 우승한 꽃미남을 괴롭혔기 때문에 표범이 찾아가서 죽이기라도 했다는 말이야?"

"그런 말은 하지 않았어."

"그럼 무슨 뜻인데?"

크리스가 끼어들었다. "내 생각에 아기 고양이가 하려는 말은, 적어도 내가 하고 싶은 말은, 무슨 일이 생겼는지 우리가 알아내야 한다는 거야."

"표범의 정체를 밝혀서?"

"표범의 이름을 알아내서, 그래. 이름을 알게 되면 표범이 무사한지 확인해 볼 수 있으니까."

"동의해." 아기 고양이가 말했다.

"난 여러 가지 이유로 반대야." 북극곰이 말했다.

"그 여러 가지 이유를 말해봐."

"첫째, 미안하지만 아직 너무 일러. 만약 나였다면, 여기서 내가 표범의 입장이었다면 내 신원이 밝혀지는 걸 원치 않았을 거야. 그래서 표범에게도 그렇게 못 하겠어."

"또 다른 이유는?"

"만약 사자 네 말이 맞다면, 이 사건이 표범과 직접적인 연관이 있다면 내게는 두 가지 가능성만 떠올라. 첫째, 그(he)는 이 맥앤드루스라는 남자를 처벌하지 않기로 한 우리 결정에 격분한 나머지 자기 손으로 직접 처리하기로 한 거야. 알아, 알아, 그 사람(they)이라고 말했어야 한다는 거. 의외로 표범은 여자일 수도 있지. 그래도 살인자가 여자라고 하면 어색하니까 그냥 남자라고 칠게. 그러니까 그게 첫 번째 가능성이야. 표범이 이성을 잃고 맥앤드루스를 죽인 다음에 잠수를 탔다."

"그래."

"문제는 그럴 가능성이 희박하다는 거야. 물론 표범이 맥앤드루스에게 낮은 강도의 처벌이라도 하자고 우릴 종용하긴 했지만 그 일로 엄청 속상해하는 것 같지는 않았어. 만약 그랬다면, 표범이 맥앤드루스를 처벌하자고 진지하게 간청했다면 아마 우리는 그의 부탁을 들어줬을 거야. 하지만 표범은 그러지 않았어. 그런데 왜 직접 맥앤드루스를 찾아가서 죽였겠어?"

"일리 있는 지적이야." 크리스가 수긍했다.

"그럼 다음 단계로 나가볼게. 만약 표범이 맥앤드루스를 죽인 다음 잠수를 탔다면 그는 아마 우리가 유리를 깨리라는 걸 알 거야. 우린 그의 본명을 알아낼 거고, 그를 찾아낼 수 있어. 그러니까 잠수를 탄다는 건 말이 안 돼."

크리스는 고개를 끄덕였고, 그러자 모니터 속 사자도 고개를 끄덕였다.

"그럼 우리한테 남은 가능성은 뭘까?" 북극곰이 말했다. "하나 남은 가능성, 가장 유력한 가능성은 표범이 부주의했다는 거지. 아마 이 피터 베넷이라는 자가 표범의 정체를 알아냈을 거야."

"불가능해. 우리가 보안 장치를 얼마나 많이 구축해 뒀는데." 크리스가 말했다.

"맞아. 하지만 그렇다고 해서 우리에게 결함이 없는 건 아니야. 우리가 유리를 깨는 거며 이 모든 규정을 정해둔 데에는 이유가 있어. 누군가 우리를 추적할 가능성이 있기 때문이지. 그런 규정을 마련해 둔 덕분에 설사 그런 일이 벌어진다고 해도, 어쩌면 지금이 그런 상황일 수도 있지, 나머지 회원을 안전하게 지킬 수 있는 거야. 그러니까 누군가 표범에게 접근했다고 가정해 보자. 어떻게 알아냈는지, 왜인지는 모르겠지만 아무튼 표범에게 접근했어. 최악의 상황을 가정해서 표범이 쓰러졌거나 다쳤거나 죽었다고 해보자. 만약 그렇다면 서둘러 표범을 도우려다가 우리가 더 큰 위험에 노출될 수 있어."

다들 북극곰의 주장을 심사숙고했다.

"네 말도 일리는 있어. 하지만 사람이 죽었어. 난 여전히 표범의 신원을 밝히는 데 찬성해." 크리스가 말했다.

"나도 사자 의견에 동의해." 아기 고양이가 말했다.

"나까지 셋이네." 알파카가 말했다.

"난 아직 결정 못 했어." 기린이 말했다.

"상관없어." 북극곰이 말했다. "만장일치여야만 해. 그리고 미안하지만 친구들, 난 하루 이틀 더 기다려 보고 싶어. 표범에게 답장할 기회를 주자고. 그쪽 경찰에게 살인 사건을 해결할 기회도 주고. 며칠 더 기다린다고 해서 큰일 나지 않아. 행동하지 않으면 우리도 안전해."

크리스는 그다지 확신이 서지 않았다. "지금 우리가 유리를 깨지 못하게 네가 정식으로 막겠다는 거야, 북극곰?"

"맞아. 그거야."

"좋아. 그럼 그걸 최종 결정으로 하자. 다들 연락을 유지하면서 당분간 맥앤드루스 사건을 지켜보자고. 알파카, 표범이 뭘 찾아냈는지 좀 봐줄래? 어쩌면 그 파일 안에 맥앤드루스를 죽였을 만한 사람이 있을지 몰라."

"알았어."

"북극곰은 우리가 언제까지 기다리기를 원해?"

"48시간. 그때까지 표범에게 연락이 없으면 그때는 유리를 깨자."

"좋아. 우리가 알아낸 사실을 정리해 보자." 헤스터가 와일드에게 말했다.

두 사람은 토니스 피자 앤드 서브에 앉아있었다. 토니스 피자 앤드 서브는 그 이름을 들었을 때 떠오르는 모습 그대로의 식당이었다. 팔에 털이 북슬북슬한 남자 둘이서 피자를 뒤집어 댔고, 식탁에는 **빨간** 색 체크무늬 비닐 식탁보가 깔려있었다. 테이블마다 냅킨꽂이와 파마잔, 오레가노, 레드페퍼가 담긴 통이 있었다.

"어디서부터 시작할까요?" 와일드가 물었다.

"처음부터 설명해 달라고 하면 싫겠지?"

"참아주세요."

"내가 시작하마. 첫째, 피터 베넷은, 어디 보자, 28년 전에 입양됐어. 누나가, 그 여자 이름이 뭐라고 했지?"

"비키 치바요."

"당시 피터가 몇 살이었는지 비키가 말했니?"

"아뇨. 그냥 아기였다고만 했어요."

"좋아. 당시 피터가 생후 2개월이었든 10개월이었든 중요치 않을 것
같구나. 피터는 펜실베이니아 주립대 근처에서 자랐어. 그들이 그렇게
시골로 이사한 건 남들 눈에 띄고 싶지 않아서라고 생각해도 될까?"

"그럴 수도 있죠. 그전에는 멤피스에 살았으니까요."

"좋아. 그래서 피터는 자기가 입양된 사실을 전혀 모른 채 자랐어.
온 가족이 말하지 않은 거야. 좀 수상하지 않니?"

"맞아요."

"하지만 일단은 넘어가자. 피터는 무럭무럭 잘 자랐고 이러저러하
게 살다가 리얼리티 프로그램에 응모하지. 거기서 자기가 입양아라는
사실을 알게 되고 당연히 속상해해. 온갖 DNA 사이트에 등록하고 자
기와 유전자가 일치하는 사람이 나타나길 바라지. 그중 하나가 너였
고." 헤스터는 말을 멈췄다. "그렇다면 당연히 이걸 묻지 않을 수가 없
구나."

"뭔데요?"

"넌 네 DNA를 한 사이트에만 등록했지?"

"네."

"피터 베넷은 여러 군데 등록했다고 누나가 그랬잖아. 그러니까 어
쩌면 일치하는 사람이 너 말고 더 있었을지 몰라. 그걸 조사해 봐라,
와일드. 어쩌면 피터는 다른 혈육에게도 연락했을 수 있어. 상대도 연
락했을 수 있고."

"일리가 있네요."

"다시 타임라인으로 돌아가서, 피터는 리얼리티 프로그램에 출연했
고 우승자가 돼서 사랑스러운 젠과 결혼했어. 유명 인사가 됐고 돈을
쓸어 담았고 상승 가도를 달렸지. 자신이 입양아라는 사실에 어떻게

대처했는지 우리는 몰라. 그 사실을 잊어버렸을 수도 있고, 또 다른 혈육들과 연락을 주고받았을 수도 있어. 어쨌든 피터는 승승장구했고 행복하게 살았어. 그러다 쾅, 팟캐스트로 모든 게 끝나버렸지. 피터는 바닥으로 추락했어. 대중에게 외면당하고 손절당하고 모든 걸 잃었어. 우리는 그가 큰 충격을 받았다는 걸 알고 있어. 단지 사람들의 말 때문만이 아니라 피터가 DNA 사이트를 통해 네게 보낸 메시지를 통해서도 말이야. 그러니까 종합하면, 상승했다 추락하고 혼란과 위화감을 겪다 모든 걸 잃은 거야. 결혼까지 포함해서. 피터는 점점 더 가라앉았지. 물에 완전히 잠겼어. 다시 수면 위로 올라가려는데 맥앤드루스인지 도그 뭔지 하는 놈이 그의 머리를 다시 밀어 넣었지. 거기서 폭발한 거야. 그래서, 여기서부터는 가설이다, 피터는 맥앤드루스를 찾아내서 복수심에 그를 죽였어. 하지만 자신이 한 짓을 깨닫고 그 절벽으로 달려가 뛰어내린 거지."

와일드는 고개를 끄덕였다. "가능성이 전혀 없는 가정은 아니네요."

"하지만 넌 믿지 않는구나."

"안 믿어요."

"논리에 결함이 있기 때문에? 아니면 믿고 싶지 않아서?"

와일드는 어깨를 으쓱였다. "어느 쪽이든 상관없어요."

"넌 끝까지 파헤칠 거지?"

"네."

"넌 원래 그런 애니까."

"다른 방법을 모르니까요. 이제 와서 멈춰야 할 이유도 모르겠고요."

"그건 그래. 한 가지 더 있다."

"뭔데요?"

"리얼리티 랠프 팟캐스트에 이상한 점이 있어."

"이를테면요?"

"이를테면 젠의 동생 마니가 거짓말을 한 것 같구나."

"피터가 자백했다면서요?"

"젠의 말대로라면 그렇지."

"젠을 안 믿으세요?"

헤스터는 그럴 수도 있고 아닐 수도 있다는 표정을 지었다. "어느 쪽이든 그 동생과 이야기를 해야 해. 나는 이미 젠과 이야기를 나눠서 동생을 만나기는 힘들 것 같다."

와일드는 고개를 끄덕였다. "마니는 제가 만나볼게요."

둘 다 피자를 한 조각 더 먹으려고 손을 내밀었다.

"그래도 이상한 일이야." 헤스터가 피자를 한 입 살짝 베어 물며 말했다. "넌 어릴 때 숲에서 발견됐어. 어쩌다 숲에 살게 되었는지 전혀 기억이 없지. 그냥 뭐랄까, 버려진 거야. 넌 네가 그 숲에서 몇 년간 살았다고 믿지만……."

"그 얘기는 그만하죠."

"일단 들어봐라. 너도 알다시피 난 늘 네 기억력을 의심했어. 나 말고 다른 전문가들도 그랬고. 너 혼자 숲에서 그렇게 오랫동안 살았을 리가 없다, 기껏해야 며칠 혹은 몇 주 버려진 건데 트라우마가 생겨서 더 오래 살았다고 생각한다는 게 대다수 전문가의 결론이었어. 나도 전에는 그렇게 믿었지. 생각해 보면 일리 있는 말이니까."

"지금은요?"

"지금은 네가 발견된 지 30년도 더 지나서 네 혈육이 바로 옆 주에서 몰래 입양되었다는 사실을 알게 됐어. 과거를 모르는 아이가 하나 더 나온 거지. 그러니까 이제는 아무 연고도 없이 불쑥 나타난 아이가 둘이나 되는 거야. 기이한 일이지. 그러니까 맞아, 우린 이 일을 호기심으로 시작했어. 난 늘 네 출생의 비밀이 너무너무 궁금했거든. 비록 넌 알고 싶어 하지 않았지만. 그런데 이제는 뭔가 더 큰 일이 있는 것 같구나. 더 무시무시한 뭔가가."

와일드는 의자에 등을 기대고 그 말을 곰곰이 생각했다.

헤스터는 이번에는 훨씬 더 크게 피자를 베어 물었다. 그러고는 계속 씹으며 말했다. "이 피자 어떠니?"

"아주 맛있어요."

"비결은 꿀이란다."

"꿀이 들어갔어요?"

헤스터는 고개를 끄덕였다. "꿀, 매콤한 소프레사타 디 칼라브리아 (이탈리아 칼라브리아 지역에서 만드는 소시지—옮긴이), 모차렐라."

"성공했네요."

"토니는 호랑이 담배 피우던 시절부터 이 마을에 살았어. 너도 알지?"

와일드는 고개를 끄덕였다.

"너도 여기 와본 적 있지?"

"당연하죠."

"어릴 때도?"

와일드는 헤스터가 무슨 말을 하려고 하는지 갈피를 잡을 수가 없었다. "네."

"하지만 데이비드하고는 안 와봤겠지."

이거였군. 와일드는 대답하지 않았다.

"내 아들은 네 단짝이었어. 너희 둘은 자주 어울려 놀았고. 하지만 데이비드하고 여기 온 적은 없을 거다. 맞지?"

"데이비드는 피자를 좋아하지 않았어요." 와일드가 말했다.

"데이비드가 그렇게 말하던?" 헤스터는 얼굴을 찡그렸다. "너도 알면서 그러니, 와일드. 피자를 싫어하는 사람이 어디 있어?"

와일드는 아무 말도 하지 않았다.

"아이라와 내가 이 마을에 처음 이사 왔을 때, 그러니까 이사한 첫날 말이다, 우린 아이들을 데리고 여기에 저녁을 먹으러 왔어. 식당은 사람들로 북적거렸고 한 녀석이, 아마 제프리였을 거야, 그냥 피자 한 조각만 먹겠다고 했는데 웨이터가 식사를 시켜야 한다고 고집을 부려서 난처한 상황이었지. 그렇게 상황이 점점 악화됐고 마침내 아이라는 인내심이 한계에 도달했어. 힘든 하루였고 우리 모두 배고프고 짜증 난 상태였거든. 그때 매니저가 나와서 한 사람당 식사를 하나씩 시켜야지 피자 한 조각을 시킬 거라면 테이블을 내줄 수 없다는 거야. 아이라는 폭발했지. 자세한 건 중요치 않지만 어쨌든 우린 그냥 식당을 나왔다. 아이라는 집으로 갔고, 항의 편지를 썼어. 행간 여백도 없이 빽빽하게 두 장이나. 그걸 이 식당에 보냈지만 답장은 오지 않았어. 그 후로 아이라는 이 가게에 다시는 가지 않고 배달도 시키지 않는 걸 우리 집안 규칙으로 삼았단다."

와일드는 슬며시 웃었다. "대단하네요."

"그렇지?"

"데이비드와 제가 8학년 때 우리 야구팀이 주 선수권 대회에서 우승했던 일이 생각나네요. 우승 기념으로 여기 왔는데, 데이비드는 핑

246

계를 대고 참석하지 않았어요."

"우리 데이비드는 의리 빼면 시체지."

와일드는 고개를 끄덕였다. "그랬죠."

헤스터는 냅킨꽂이에서 냅킨을 빼서 눈가를 살짝 닦았다. 와일드는
기다렸다.

"더 먹을래?"

"다 먹었어요."

"나도. 그럼 갈까?"

와일드는 고개를 끄덕였다. 피자 값은 선불이었다. 헤스터는 자리
에서 일어났고 와일드도 함께 일어났다. 둘이 밖으로 나오자 팀이 캐
딜락의 시동을 걸었다. 헤스터는 와일드의 팔에 손을 올렸다.

"난 그 일로 널 원망한 적 없다. 단 한 번도." 헤스터가 말했다.

와일드는 아무 말 하지 않았다.

"이젠 네가 거짓말했다는 걸 알긴 하지만."

와일드는 눈을 감았다.

"내 아들에게 정말로 무슨 일이 있었는지 언제 말해줄래, 와일드?"

"이미 말씀드렸어요."

"아니. 오렌이 날 교통사고 현장으로 데려갔다. 내가 말했던가? 네
가 코스타리카로 떠나기 직전이었지. 오렌이 데이비드의 차가 도로에
서 추락한 자리를 보여줬어. 자세히 설명도 해줬고. 오렌은 네가 사실
을 말하지 않았다는 걸 처음부터 알고 있었더구나."

와일드는 아무 말도 하지 않았다.

"데이비드는 네 단짝 친구였어. 하지만 내게는 아들이다." 헤스터가
부드럽게 말했다.

"알아요. 저하고는 비교가 안 되죠." 그녀의 눈을 보며 와일드가 말했다.

팀은 차에서 내리더니 차 앞을 돌아 헤스터를 위해 뒷좌석 문을 열어주었다.

"오늘은 이쯤 해두자. 하지만 조만간 다시 이야기할 거야. 알겠니?" 헤스터가 와일드에게 속삭였다.

와일드는 아무 말도 하지 않았다. 헤스터는 그의 볼에 키스하고 자동차 뒷좌석에 올라탔다. 캐딜락이 시야에서 사라지자 와일드는 몸을 돌려 걸어갔다. 걸어가면서 라일라에게 문자를 보냈다.

와일드: 뭐 해?

춤추는 점이 나타나 라일라가 답장하는 중임을 알려주었다.

라일라: 이렇게 재치 넘치는 문자를 어떤 여자가 거부할 수 있겠어?

답장하는 와일드의 얼굴에서 저절로 미소가 새어 나왔다.

와일드: 뭐 하냐니까.
라일라: 입담도 좋아. 우리 집으로 와.

와일드는 휴대전화를 주머니에 넣고 발걸음을 재촉했다. 라일라는 그의 단짝의 아내였다. 그 사실을 바꿀 수는 없다. 라일라와 데이비드는 소울메이트였다. 와일드와 라일라는 그들 곁에 있는 데이비드의 망령을 그냥 두기보다는 쫓아내려고 애쓰며 오랜 세월을 보냈다. 아마 너무 오랜 세월을 보냈다 해도 과언이 아닐 것이다.

휴대전화가 다시 울리며 문자가 왔음을 알렸다. 와일드는 문자를 확인했다.

라일라: 장난 아니고 올 수 있을 때 와. 우리 문제를 얘기할 때가 됐어.

와일드는 고개를 숙인 채 메시지를 다시 읽었다. 액정에서 나오는 불빛이 그의 얼굴을 밝혔다. 그때 차 두 대가 끼익 소리를 내며 급정차했다.

"경찰이다! 빨리 바닥에 엎드려!"

와일드는 긴장하며 어떻게 할까 고민했다. 도망칠 수 있었고 아마도 잡히지 않을 터였지만 경찰이 도주 및 체포 거부로 그를 기소할 수 있었다. 설사 그가 맥앤드루스를 죽이지 않았다 해도. 피터 베넷을 본격적으로 찾아다닐 무렵에 곧바로 숨었어야 했다.

하지만 와일드는 그러고 싶지 않았다.

"빨리, 이 새끼야!"

경찰 제복을 입은 두 명과 사복을 입은 두 명, 모두 합해 네 명이 와일드에게 총구를 겨눴다.

다들 복면을 쓰고 있었다.

좋지 않은 징조였다.

"빨리!"

세 남자가 와일드를 향해 달려왔고, 한 사람은 계속 총을 겨누고 있었다. 휴대전화를 손에 쥔 채 와일드는 천천히 바닥으로 몸을 숙였다.

순순히 항복하기 위해서가 아니라 엄지로 전화기의 음량을 줄인 다음 발신 버튼을 누를 시간을 벌기 위해서였다. 스크롤을 내려서 원하는 번호를 찾을 여유는 없었다. 라일라의 번호를 맨 마지막에 사용했으니 아마 라일라에게 전화가 연결될 것이다.

세 남자는 계속 무섭게 달려왔다.

"반항하는 거 아닙니다." 와일드는 엄지로 발신 버튼을 누르려고 안간힘을 쓰며 말했다. "항복합니다."

하지만 세 남자는 상관하지 않았다. 그들은 와일드를 세게 들이받아 아스팔트로 쓰러뜨렸다. 그런 다음 와일드의 몸을 돌려 엎드리게 하더니 한 남자가 그 위로 올라타 무릎으로 신장이 있는 부위를 가격해 간을 비롯한 내부 장기에 충격을 주었다. 나머지 둘은 와일드의 양팔을 붙잡아 등 뒤로 세게 잡아당겼다. 와일드는 회전근개가 찢어지는 걸 느꼈지만 아까 맞은 신장 부위의 통증이 아직 너무 강해서 어깨 통증은 묻혀버렸다. 세 남자는 그의 손목을 비틀고 손을 도로에 내려쳐서 전화기를 빼앗았다. 그런 다음 수갑을 채우고 꽉 눌러서 피가 통하지 않게 했다.

제복을 입은 경관 중 하나가—불빛이 침침해서 배지에 적힌 번호나 다른 건 잘 보이지 않았다—발로 그의 휴대전화를 쾅쾅 밟고 또 밟았다. 휴대전화는 박살이 났다.

딱딱한 아스팔트에 얼굴이 눌린 채 누워있던 와일드는 첫 번째 차, 그와 더 가까이 있던 차가 암행 순찰차의 특징을 모두 갖췄다는 걸 알아볼 수 있었다. 일단 차종부터 포드 크라운 빅토리아였고 지자체 소유 차량임을 알리는 번호판, 여러 개의 안테나, 선팅된 차창, 엉뚱하게 사이드미러 앞에 붙은 둥근 조명등, 깜빡이를 가리려고 설치한 철망이 달려있었다. 두 번째 차량은 정규 순찰차로 측면에 글씨가 적혀 있었다. 와일드는 이제야 거기 적힌 두 단어를 알아볼 수 있었다.

하트퍼드 경찰서.

헨리 맥앤드루스의 옛 직장이었다. 맙소사. 이건 정말로 조짐이 안 좋다.

아까 그를 무릎으로 때렸던 경찰이 와일드의 귓가에 대고 속삭였다. "우리가 왜 왔는지 알아?"

"시민을 보호하고 봉사하기 위해서?"

누군가가 그의 뒤통수에 주먹을 날리자 와일드는 별을 보며 기절 했다.

"다시 대답해 봐, 이 경찰 살인마야."

그들은 와일드의 머리에 검은 봉지를 씌워 그를 어둠에 빠뜨린 채 뒷자리에 밀어 넣었다. 타는 도중에 와일드가 차에 머리를 부딪치게 하는 것도 잊지 않았다. 한 사람이 "가자"라고 말하자 다들 사라졌다.

"내가 무슨 혐의로 기소된 겁니까?" 와일드가 말했다.

침묵이 흘렀다.

"변호사를 부르고 싶어요." 다시 와일드가 말했다.

"나중에."

"변호사와 말하기 전에는 신문 거부합니다."

다시 침묵이 흘렀다.

와일드는 다시 말했다. "변호사와 말하기 전에는……."

누군가 그의 명치끝에 힘껏 주먹을 날려 입을 다물게 했다. 폐에서 공기가 다 빠져나가자 와일드는 허리를 숙인 채 헛구역질했다. 한 번이라도 이렇게 맞아본 사람이라면 얼마나 고통스러운지 알 것이다. 숨이 막혀 죽어가는데 아무것도 할 수 없는 기분이었다. 와일드는 이런 경험을 많이 한 터라 이 끔찍한 통증이 지나갈 것이며, 이는 그저 횡격막 경련 때문이고, 가장 좋은 치료법은 허리를 펴고 천천히 호흡하는 것임을 알고 있었다.

30초, 어쩌면 1분이 걸렸지만 그는 버텨냈다.

와일드는 어디로 가는지 묻고 싶었지만 아까 맞은 명치가 아직 아팠다. 목적지가 중요할까? 만약 하트퍼드로 간다면 두 시간 넘게 불편한 동행이 될 것이다. 그는 아직 수갑을 차고 있었다. 뒷좌석에 그와 함께 한 명이 앉아있었고, 당연히 운전석에 한 명 더 있었다. 세 번째 사람이 있을 수도 있다. 머리에 봉지를 쓰고 있어서 알 수 없었다. 와일드는 자신의 선택지를 따져봤으나 어느 것도 선택할 수 없었다. 어떤 수를 쓰든 무모할 터였다. 설사 그가 머리에 쓴 봉지와 수갑이라는 장애물을 극복하고 뒷좌석에 앉은 남자를 제압한다 해도 자동차 뒷문은 열 수 없으리라.

한마디로 방법이 없었다.

10분 뒤 차가 멈췄다. 그렇다면 하트퍼드는 아니다. 코네티컷주도 아니다. 차 문이 열리더니 힘센 손이 그를 붙잡아 차 밖으로 끌어냈다. 와일드는 몸에서 힘을 다 빼고 바닥에 쓰러질까 생각도 했지만 그래봐야 갈비뼈만 한 대 더 맞을 듯했다. 그래서 몸을 꼿꼿이 펴고 남자들에게 보조를 맞추며 그들이 이끄는 대로 따라갔다.

머리에 봉지를 썼는데도 숨을 깊이 들이마시니 소나무와 라벤더 향을 맡을 수 있었다. 와일드는 귀를 기울였다. 차 소리는 들리지 않았다. 도시 소음이나 말소리, 기계가 웅웅거리는 소리도 들리지 않았다.

발아래로 흙과, 가끔씩 나무뿌리가 밟혔다. 장담할 수는 없었지만 어딘가 조용하고 한적한 곳이었다. 아마도 숲 근처나 숲속일 것이다.

조짐이 좋지 않았다.

그들은 와일드를 끌고 계단을 세 칸 올라갔다. 와일드는 발을 끌며 계단 표면을 확인했는데 나무였다. 다음에는 망사문이 삐거덕 열리는 소리가 났다. 아주 희미하게 곰팡내가 났다. 여긴 경찰서가 아니다. 아마 외딴곳의 오두막이리라. 두 손이 그의 양어깨를 눌러 딱딱한 의자에 앉혔다. 아무도 입을 열지 않았다. 남자들이 어슬렁거리며 속삭이는 소리가 들렸다. 와일드는 호흡을 고르게 유지하려고 노력하며 기다렸다. 머리에 아직 검은 봉지를 쓰고 있어서 납치범들을 보거나 인상착의를 파악할 수 없었다.

속삭이는 소리가 멈췄다. 와일드는 마음의 준비를 했다.

"네가 와일드 맞지?" 걸걸한 목소리가 말했다.

대답하지 않을 이유가 없었다. "네."

"그래, 좋아." 걸걸한 목소리가 말했다. "좋은 경찰 행세는 건너뛰고 곧바로 나쁜 경찰로 넘어가지, 와일드. 지금 우린 네 명이야. 그건 너도 알 거야. 우린 친구를 위해 정의가 실현되길 바랄 뿐이야. 그게 다야. 그렇게만 되면 아무 문제 없어. 하지만 그렇게 되지 않으면, 넌 아주 오랫동안 고통스럽게 죽어갈 거고 우린 아무도 찾을 수 없는 곳에 널 묻을 거야. 내 말 알아들었어?"

와일드는 아무 말도 하지 않았다.

그때 차가운 쇠붙이가 그의 목에 닿았다. 잠시 아무 일도 없다가 이내 지직거리는 소리가 나더니 그의 몸으로 전류가 흘러들어 왔다. 와일드는 눈을 부릅떴다. 몸이 휘청거렸고 다리가 저절로 쭉 펴졌다. 극심한 통증은 그를 완전히 집어삼키고 마치 살아 숨 쉬는 듯했으며, 이 통증이 멈췄으면 좋겠다는 강렬한 욕망 외에는 아무 생각도 할 수 없었다.

"알아들었어?" 걸걸한 목소리가 다시 말했다.

"네." 와일드가 간신히 말했다.

그러자 다시 차가운 쇠붙이가 그의 목에 닿았다.

"좋아. 우리 의견이 일치해서 다행이야. 참, 이건 가축 몰이용 전기 스틱이야. 지금은 낮은 강도로 설정해 놓았지만 곧 올릴 거야. 알겠어?"

"네."

"헨리 맥앤드루스가 누군지 알아?"

"네."

"어떻게 알지?"

"살해됐다는 기사를 봤습니다."

정적이 흘렀다. 와일드는 눈을 감고 입을 꾹 다문 채 몸에 고압 전류가 흐르기를 기다렸다. 하지만 물론 저들은 와일드가 그런다는 걸 알고 있었고, 그의 예상대로 행동하지 않았다. 저들의 목표는 종잡을 수 없게 행동해서 와일드를 혼란에 빠뜨리는 것이었다.

"네가 그의 집에 갔던 거 알아, 와일드. 넌 미닫이 유리문으로 그 집에 들어갔고, 그의 컴퓨터를 뒤졌어. 맥앤드루스의 집에는 최첨단 CCTV가 설치되어 있다고. 우린 다 알아."

"다 안다면 내가 그를 죽이지 않았다는 것도 알겠군요."

"정반대지. 우린 네가 죽였다는 걸 알아. 다만 이유를 알고 싶은 거야." 걸걸한 목소리가 말했다.

254

"난 죽이지 않았어요."

경고도 없이 전기 스틱이 다시 그를 공격했다. 와일드의 의지와 상관없이 온몸의 근육이 경직되었다. 와일드는 의자에서 바닥으로 미끄러져 부둣가에 올라온 물고기처럼 펄떡거렸다.

힘센 두 손이 그를 일으켜 다시 의자에 털썩 앉혔다.

걸걸한 목소리가 말했다. "잘 들어, 와일드. 솔직하게 말하지. 우린 네게 기회를 줄 거야. 헨리를 죽여버린 너와는 달라. 우린 그저 무슨 일이 있었는지만 알면 돼. 그런 다음에 그 사실을 뒷받침할 증거를 찾아낼 거야. 넌 체포될 거고 공정한 재판을 받겠지. 물론 넌 사람들에게 이 일을 말할 테지만 네 말을 뒷받침할 증거는 어디에도 없을 거야. 재판에 아무런 영향도 미치지 못할 거라고. 그래도 너한테는 이게 최선의 선택이야. 헨리를 어떻게 했는지 말해. 그럼 널 풀어주고 증거를 찾을 테니까. 모든 게 간단하고 공정해. 이해하겠어?"

와일드는 그 말에 반박할 만큼 어리석지 않았다. "네."

"그렇다고 네게 누명을 씌우고 싶진 않아. 네가 하지 않았다면."

"잘됐네요. 왜냐하면 난 하지 않았으니까요. 그리고 그 전기 스틱으로 다시 맞기 전에 이 말은 해야겠네요. 당신들에게 CCTV가 없다는 거 압니다. 만약 맥앤드루스가 그런 감시 카메라를 설치했다면 몇 주 전에 진짜 살인범도 찍혔을 테니까요."

"넌 그 집에 무단침입했어."

스틱이 다시 와일드의 목에 닿았다. 와일드는 몸을 부르르 떨었다.

"그 사실을 부인하는 거야?"

"아뇨."

"왜 그 집에 들어갔지?"

"맥앤드루스는 익명으로 누군가를 괴롭히고 있었어요."

"누구?"

"리얼리티 프로그램으로 유명해진 출연자요. 맥앤드루스는 가짜 계정을 만들어 그에게 악플을 달았습니다."

다른 목소리가 말했다. "헨리가 죽고 없으니까 그런 개소리를 지껄여도 되는 줄 알아?"

전기 스틱의 강도가 더 높게 설정된 게 틀림없었다. 왜냐하면 이번에는 와일드의 두개골이 산산조각 나는 듯했기 때문이다. 그의 몸은 계속 경련을 일으켰다. 와일드는 다시 바닥으로 떨어졌지만 이번에는 전기 스틱이 그의 몸에서 떨어지지 않았다. 고압 전류가 계속 그의 몸을 관통했다. 다리가 씰룩거렸고 팔이 마비되었으며 눈이 뒤집혔다. 폐와 장기에 과부하가 걸린 듯했고, 심장은 공기가 너무 많이 주입된 풍선처럼 터질 듯했다.

"이러다 죽겠어!"

시끌벅적한 가운데 휴대전화 진동 소리가 들렸다. 전기 스틱이 잠잠해졌다. 하지만 와일드의 몸은 경련을 멈추지 않았다. 와일드는 몸을 돌리고 토했다.

꽤 멀찍이서 "뭐라고요? 하지만 어떻게요?"라고 묻는 말소리가 들렸다.

모든 게 멈췄지만 와일드는 제외였다. 그는 여전히 미친 듯이 온몸을 씰룩거리며 통증을 이겨내려 했다. 뜨거운 전류가 아직 혈관을 달구고 있었다. 귀가 울렸고 눈이 감기기 시작했다. 와일드는 그대로 눈을 감았다. 기절하고 싶었다. 어떻게든 이 통증을 완화하고 싶었다. 그때 힘센 손이 그를 다시 일으켜 세웠다. 와일드는 그에게 보조를 맞추고 싶었지만 다리가 도무지 말을 듣지 않았다.

그는 곧 다시 차에 태워졌다.

15분 뒤 갑자기 차가 멈췄다. 누군가 수갑을 풀어주었고, 다시 차 문이 열렸다. 힘센 손이 그를 차 밖으로 밀쳤다. 와일드는 아스팔트에 쿵 떨어져 데굴데굴 굴렀다.

"이 일을 다른 사람에게 얘기했다가는 우리가 다시 찾아와 죽일 거야." 걸걸한 목소리가 말했다.

CHAPTER

22

와일드의 노크에 문을 열어준 오렌 카마이클은 놀라서 눈을 휘둥그렇게 떴다.

"맙소사. 이게 대체 무슨 일이냐?"

오렌 카마이클은 35년 전 '야생 소년' 와일드가 숲에서 발견됐을 때 그 현장에 있었다. 와일드에게 제일 먼저 다가가 말을 건 사람이었다. 소년의 눈높이에 맞게 몸을 낮춘 다음 아주 따뜻한 목소리로 "애야, 아무도 널 해치지 않을 거야. 내가 약속할게. 네 이름이 뭔지 말해주 겠니?"라고 물었다. 와일드를 첫 위탁 가정으로 데려가 잠들 때까지 곁에 있어주고 이튿날 깨어날 때까지 그 집에 있어준 사람도 오렌 카마이클이었다. 또한 와일드가 어쩌다 그 숲에서 살게 됐는지 집요하게 조사했고, 길 잃은 그가 새로운 세상에 적응하는 데 큰 도움을 주기도 했다. 다양한 청소년 스포츠 팀에서 와일드를 가르쳤고, 그를 자기 팀 선수로 뽑았으며, 그를 보살폈고, 와일드가 지역 사회에 최대한 소속감을 느낄 수 있게 해주었다. 와일드에게 조언이 필요하다고 생각될 때는 조언을 아끼지 않았으며, 반항기에 접어든 와일드가 청소년기 특유의 문제들을 헤쳐나가는 데도 도움을 주었다. 데이비드가 즉사한 교통사고 현장에 제일 먼저 도착한 경찰도 오렌 카마이클이었다.

오렌은 늘 친절하고 정이 많았으며 강하고 신중하고 똑똑했다. 와일드는 그의 처신에 감탄했고, 오렌이 헤스터와 사귄다는 사실을 알았을 때는 매우 기뻤다. 헤스터는 그에게 어머니와 가장 비슷한 존재였고, 반면 오렌 카마이클은 아버지 같은 존재라고 할 수는 없었지만 그가 이상적으로 여기는 남성상에 가장 근접했다.

"와일드? 무슨 일 있니?" 현관문 앞에서 오렌이 물었다.

한 시간이 채 되기 전에 자신이 당했듯이 와일드는 손바닥에서 손목으로 이어지는 부위로 오렌의 명치를 쳐서 횡격막을 일시적으로 마비시키고 숨을 못 쉬게 했다. 오렌은 윽 소리를 내며 뒤로 비틀거렸다. 와일드는 집 안으로 들어가며 현관문을 닫고 주위를 훑어보았다. 오렌은 사복 차림이었으며 총을 소지하지 않았다. 근처에도 총은 보이지 않았다. 오렌이 총을 놓아두었을 만한 곳이나 서랍장 위도 훑어보았지만 아무것도 없었다.

오렌이 너무도 고통스러운 표정으로 그를 올려봤기 때문에—육체적 통증 때문인지 배신감 때문인지는 알 수 없었지만 짐작이 가기는 했다—와일드는 돌아서야만 했다. 그래도 오렌을 공격할 필요가 있었다고 마음속으로 생각했다. 비록 정말로 필요한지 의문이 들었고, 오렌 카마이클이 70대 노인이라는 사실 또한 기억하고 있었는데도.

"심호흡하세요. 허리를 똑바로 펴고요." 와일드가 말했다.

1, 2분이 더 걸렸고 와일드는 기다렸다. 아까 오렌의 명치를 너무 세지 않게, 적당히 치려고 노력했지만 역시나 70대 남자의 명치를 때

려본 적이 없었다. 다시 말할 수 있게 되자 오렌이 물었다. "설명 좀 해봐라."

"먼저 하시죠."

"무슨 소리를 하는지 모르겠구나."

"하트퍼드에서 온 경찰 네 명이 절 길에서 붙잡아 머리에 검은 봉지를 씌우더니 전기 스틱으로 고문했어요."

오렌의 얼굴에 서서히 깨달음이 퍼져갔다. "맙소사."

"무슨 일인지 말해주실래요?"

"그들이 널 어떻게 했니, 와일드?"

"방금 말씀드렸잖아요."

"그런데 널 순순히 보내줬다고?"

"보내줬으니까 괜찮다는 건가요?" 와일드는 고개를 저었다. "그들에게 붙잡히기 전에 간신히 라일라에게 전화했어요. 라일라가 헤스터에게 전화했고, 헤스터가 하트퍼드 경찰서에 있는 누군가에게 전화해서 협박을 했겠죠. 무슨 협박이었는지는 우리 둘 다 모르는 편이 나을 거고요. 아무튼 누군가의 전화를 받더니 그자들이 절 놓아줬어요."

"젠장." 오렌의 안색이 어두워졌다. "헤스터? 헤스터도 이 일을 안다고?"

"제가 여기 온 건 몰라요."

"네가 알았으니 헤스터도 알아낼 거다. 얼마나 걸릴까?"

"제가 알 바 아니죠."

"네 말이 맞다. 내 문제지." 오렌은 두 손으로 얼굴을 문질렀다. "내가 망쳤구나, 와일드. 미안하다."

와일드는 기다렸다. 오렌에게 털어놓으라고 재촉할 필요도 없었다.

곧 털어놓을 것이다. 와일드는 확신했다.

"술을 마셔야겠구나. 너도 한잔할래?"

와일드에게도 꽤 구미가 당기는 제안이었다. 오렌은 두 사람이 마실 맥켈란 싱글 몰트 스카치를 따르며 재차 사과했다. "정말 미안하다. 사과로는 부족하다는 거 알지만 이건 경찰이 살해된 사건이야."

"어떻게 된 건지 말해주세요."

"너도 이미 알다시피 헤스터는 헨리 맥앤드루스가 변사체로 발견되었다고 하트퍼드 경찰서에 신고했다." 오렌은 허공에서 손가락을 까딱거려 따옴표 넣는 시늉을 했다. "'변호사 의뢰인 간의 비밀 유지 의무에 의해 보호받는 익명의 의뢰인'을 대신해서 말이야. 그 말에 경찰들이 얼마나 분개했는지 넌 모를 거다. 경찰 동료가 자택에서 뒤통수에 총을 세 방이나 맞았어. 그런데 재수 없는 뉴욕 변호사가 시체를 누가 발견했는지 말해주지 않는다? 분노하지 않을 수가 없지. 너도 이해가 갈 거야."

오렌은 와일드를 바라보았다. 와일드의 표정에는 아무런 감정도 드러나지 않았다.

"그래서요?" 와일드가 물었다.

"그래서 여전히 화가 난 경찰은 헤스터를 조사하다가 놀랍게도 그녀가 현재 경찰과 사귀는 중이라는 걸 알게 됐지."

"아저씨로군요."

오렌은 고개를 끄덕였다.

"그래서 아저씨를 찾아왔고요."

"그래."

"그래서 변호사 의뢰인 간의 비밀 유지 의무를 어기셨어요?"

261

"첫째로 넌 의뢰인이 아니야, 와일드. 넌 수임료를 내지 않잖니. 의뢰인이 아니라 친구지."

와일드는 얼굴을 찡그렸다. "정말로 그렇게 생각하세요?"

"그래. 정말로 그렇게 생각한다. 둘째로, 그리고 이게 훨씬 더 중요한데, 헤스터는 네가 그 의뢰인이라고 말하지 않았어. 나도 묻지 않았고. 헤스터의 통화를 엿듣지도 않았다. 불법적인 방법으로 네가 문제의 의뢰인이라는 정보를 얻지도 않았어. 나와의 사적인 관계와 별개로 헤스터가 부당하게 보호하는 의뢰인이 너일 거라고 내가 짐작했을 뿐이야."

와일드는 말없이 고개를 저었다.

오렌은 몸을 내밀었다. "이 일이 헤스터와 내가 사귀기 전에 일어났다고 가정해 보자. 하트퍼드 경찰이 내게 와서 이렇게 말하는 거야. '예전에 당신 동네에 살았던 잘나가는 변호사가 살해당한 경찰 집에 무단으로 침입한 누군가를 보호하고 있어요. 그게 누구일지 혹시 짐작 가는 사람이 있나요?' 헤스터와 사귀지 않았다고 해도 난 여러 사실에 근거해 그게 너라고 짐작했을 거다, 와일드."

"대단하시네요."

"뭐가 말이냐?"

"자기 합리화요. '설사 내가 지금 아는 걸 몰랐다 해도 난 그 사실을 알았으리라.'"

"내가 오판했다."

"그자들에게 제 이름을 알려주셨죠?"

"그래, 맞아. 하지만 너와 내가 가까운 사이라는 것도 분명히 말했다. 너랑 이야기해 보고 협조해 달라고 부탁할 수도 있다고. 넌 살인자가 활개 치고 다니는 걸 바라는 부류가 아니니까. 그들이 그런 끔찍한 짓을 저지를 줄은 꿈에도 몰랐어."

"정말요?"

"정말이다."

"경찰이 죽었는데도 그들이 이럴 줄 몰랐다고요?"

오렌은 고개를 끄덕였다. "그래, 네가 화날 만도 하다. 이봐라, 와일드, 나도 너에게 이런 짓을 한 자들이 누구인지 알고 싶구나. 나도 그들이 벌 받기를 바란다."

"그런 일은 없을 거예요. 그들은 자동차 번호판을 가렸고, 제 머리에 비닐봉지를 씌워서 전 그들의 얼굴도 보지 못했어요. 또 CCTV가 없는 조용한 거리에서 절 덮쳤죠. 설사 그들이 누구인지 알아낸다고 해도 증거는 없고 제 증언뿐이에요. 다 계산하고 저지른 일이라고요."

와일드는 스카치를 한 모금 마시고 잔 너머로 오렌을 바라보았다. "경찰이 얼마나 똘똘 뭉치는지 아저씨도 아시잖아요."

"젠장. 정말 미안하다."

와일드는 기다렸다. 보나 마나 오렌은 변명을 늘어놓을 것이다. 와일드는 그저 대화의 흐름을 자신에게 유리한 쪽으로 바꾸기만 하면 된다.

"하지만 내 말을 들어봐라." 오렌이 말했다.

'드디어 시작이군.' 와일드는 생각했다.

"세 명의 자식을 둔 경찰이 살해됐고, 넌 그 사건에 관련된 정보를 가지고 있어. 마냥 숨어버릴 수는 없다. 네게는 적극적으로 나서야 할 책임이 있어."

와일드는 어떻게 할까 고민하다가 물었다. "경찰이 맥앤드루스의 컴퓨터도 뒤져봤나요?"

"지금 작업 중이다. 보안 시스템이 한두 개가 아닌 데다 꽤 복잡해.

경찰이 거기서 뭘 찾아야 하지?"

"공유하면 어떨까요?"

"뭘 말이냐?"

"경찰이 맥앤드루스 사건에 대해 알아낸 정보를 알려주세요. 그럼 제가 그걸 바탕으로 경찰이 뭘 해야 할지 혹은 뭘 찾아야 할지 알려드리죠."

"진심이니?"

"다른 선택지도 있어요. 예를 들어, 동료 경찰에게 절 다시 고문하라고 부탁할 수도 있죠."

오렌은 눈을 감았다.

와일드는 화가 났지만 궁극적으로는 맥앤드루스를 죽인 살인범이 잡히기를 바랐다. 범인을 잡는 데 도움이 되는 정보가 있다면 공유할 것이다. 그는 피터 베넷을 찾고 싶었지 보호하고 싶지는 않았다.

"제가 맥앤드루스의 집에 갔던 이유는 찾는 사람이 있기 때문이었어요." 와일드가 말했다.

"누구?" 오렌이 물었다.

"피터 베넷이요. 리얼리티 프로그램에 출연해서 스타덤에 오른 사람인데 현재 사망한 걸로 추정돼요."

오렌이 얼굴을 찡그렸다. "그 사람을 네가 왜?"

와일드는 대답하지 않을 이유가 없다고 생각했다. "DNA 혈통 사이트에 가입했는데 그 사람이 제 친척으로 나왔거든요."

"가만. 그러니까 네가……?"

"네, 제가 어쩌다 숲에서 혼자 살게 됐는지 알아내려는 중이에요. 아저씨는 오랫동안 제게 가족을 찾아야 한다고 부추겼잖아요. 그래서 그렇게 했죠."

"결과는?"

"아버지를 찾았어요. 라스베이거스 교외에 사세요."

"뭐라고?" 오렌의 눈이 휘둥그레졌다. "아버지가 뭐라 하시던?"

"복잡한데 한마디로 막다른 길이에요. 그래서 다른 사람을 만나보려고 했죠. 이번에는 제 친모 쪽 친척을요."

"그럼 그 리얼리티 프로그램에 출연했다는 사람이……."

"피터 베넷이요."

"그 사람이 네 엄마 쪽 친척이냐?"

"네. 하지만 제게 연락한 뒤에 사라져 버렸어요."

"사라지다니?"

"구글에서 그 이름을 검색해 보면 자세히 알게 되실 거예요. 피터는 유명 인사예요. 만약 피터가 맥앤드루스 살인 사건에 연루되었다면 전 그가 잡히기를 바라요. 피터에게 혈육의 정 따위는 없어요. 제가 그를 찾는 유일한 이유는 제 생모에 대해 알아내기 위해서예요."

"그래서 피터 베넷을 찾는 중이었는데 어쩌다 보니 맥앤드루스가 나왔다는 거냐?"

"맞아요."

"그런데 왜 맥앤드루스의 집에 몰래 들어간 거야?"

"빈집인 줄 알았어요."

"만약 네 말이 모두 사실이라면 왜 그냥 말하지 않았니? 왜 헤스터에게 대신 전화해 달라고 했어?"

와일드는 그저 오렌을 바라보았다. "아시잖아요."

"네가 그 집에 무단침입했다는 사실이 너에게 불리하게 작용할 수도 있기는 하지만…….'"

"'작용할 수도 있다'고요? 왜 이래요, 아저씨. 제가 용의자로 몰릴게 뻔하잖아요."

그제야 깨달은 듯 오렌이 고개를 끄덕였다. "그렇구나. 괴짜 외톨이가, 아, 기분 나쁘게 듣지는 마라, 와일드…….'"

와일드는 전혀 기분 나쁘지 않다는 동작을 취했다.

"괴짜 외톨이가 전직 경찰 집에 몰래 들어갔는데 거기서 경찰이 변사체로 발견됐으니 그럴 만도 하겠다."

"전 공정한 수사를 받지 못했을 거예요."

"내게 오지 그랬니."

"아뇨."

"왜?"

"아저씨는 제가 제일 믿는 경찰이에요. 하지만 지금 이 상황을 보세요. 그런 아저씨조차도 경찰을 죽인 범인을 잡으려고 규칙을 어기셨잖아요."

오렌은 움찔했다. "면목이 없구나."

와일드는 오렌을 나무라는 건 이제 그만하자고 생각했다. 지금은 앞으로 나아가야 할 때다. "맥앤드루스는 경찰이었어요. 맞죠?"

"그래, 은퇴한 경찰이었지."

"경찰은 대부분 은퇴 후에도 일을 계속하죠. 맥앤드루스는 무슨 일을 했나요?"

"사설탐정이었어."

와일드의 예상대로였다. "혼자서요? 아니면 대형 로펌의 의뢰를 받아서요?"

"그게 무슨 차이가 있니?" 오렌은 그렇게 말했다가 와일드의 표정을 보고 한숨을 내쉬었다. "혼자 일했다."

"전문 분야는요?"

"이런 얘기는 불편하구나."

"저는 여러 번 전기 충격을 받아서 아직 토할 것 같으니까 아저씨도 그 정도는 참으세요. 아저씨 대답으로 추측건대 맥앤드루스는 뒤가 구린 일을 했나 보네요."

오렌은 그 말을 생각해 보더니 대답했다. "맥앤드루스가 하던 일이 그의 죽음과 연관이 있다고 생각하니?"

"네. 어떤 일을 전문으로 했나요?"

"맥앤드루스가 했던 일은 너그럽게 본다면 '기업 보안'에 속한다고 할 수 있지."

"너그럽지 않게 보면요?"

"온라인에서 경쟁사 흠집 내기였어."

"설명해 주세요."

"너와 헤스터는 오늘 토니네 식당에서 저녁을 먹었지?"

"그게 이 일과 무슨……?"

"우리 동네에 인기 있는 피자 가게가 있다고 가정해 보자. 그런데 네가 그 근처에 피자 가게를 열기로 했어. 문제는 토니네 가게에 대한 손님들의 충성도가 높다는 거야. 그렇다면 요즘 같은 시대에 어떻게 토니네 가게의 손님들을 공략할 수 있을까?"

"답은 경쟁자를 흠집 내는 건가 보네요."

"맞아. 맥앤드루스 같은 사람을 고용하는 거야. 앤드루스는 가짜 계정을 여러 개 만들어서 토니네 가게에 대해 나쁜 후기를 쓰지. 그리고는 그 계정으로 특정한 사이트에 소문을 퍼뜨리는 거야. 토니네 가게가 비위생적이라거나 음식이 상했다거나 종업원들이 무례하다는 식으로. 그렇게 하면 사람들이 후기를 찾아보는 맛집 사이트에서 당연히 토니네 가게의 별점이 내려가겠지. 그러면서 동네에 새로 생긴 피자 가게가 훨씬 더 맛있다고 슬쩍 흘려주면 다른 가짜 계정들이 가세해서 '맞아요, 거기 진짜 끝내줘요' 혹은 '그 집 씬 크러스트 피자는 최고예요'라고 하지. 앞서 말했듯이 이건 소소한 예야. 기업은 이런 일을 대규모로 벌인다."

"그게 합법인가요?"

"아니, 하지만 기소하는 건 거의 불가능해. 누군가가 온라인에서 네 가게에 대해 거짓말로 안 좋은 후기를 썼어. 그 글쓴이의 정체를 알아낼 가능성이 얼마나 될까? 특히나 익명 소프트웨어와 VPN을 썼다면?"

"불가능하겠죠."

"설사 어떻게 해서 가짜 계정 사용자의 신원을 알아냈다고 해도 그다음엔? 그 사람은 '아, 그게 제 솔직한 심정이었지만 실명으로 썼다가는 토니가 나를 찾아올까 두려웠어요'라고 말할 수도 있어."

와일드는 그 점을 고려했다. "맥앤드루스에게 기업 말고 다른 의뢰인도 있었나요?"

"무슨 뜻이지?"

"기업이 아닌 사람을 상대로 그런 일을 하고 싶어 하는 의뢰인도 있을 거 같아서요."

"그거야 태초부터 인간의 속성이지. 그런데 왜 그런 질문을 하는 거냐?"

"피터 베넷을 찾아보시면 그의 SNS에 얼마나 많은 악플러가 달라

붙어 그의 명예를 훼손하고 팬들을 선동하는지 아실 거예요. 이 악플러들은 스캔들이 잠잠해질 때마다 다시 돌아와 스캔들에 불을 붙이곤 했죠. 베넷을 향한 대중의 증오는 맥앤드루스의 가짜 계정 군단들로 인해 증폭되었어요."

"그러니까 누군가가 이 베넷을 표적으로 삼아 그런 짓을 벌였다는 거냐?"

"네."

"그자가 맥앤드루스를 고용했고?"

"그랬을 가능성이 있죠."

"그게 맥앤드루스의 짓이라는 걸 어떻게 알아냈니?"

"그건 극비 사항이에요. 딱히 범인을 잡는 데 도움도 안 될 거고요."

"아니, 도움이 될 거다." 오렌이 반박했다. "맥앤드루스는 자기 생각만큼 정체를 숨기는 데 능숙하지 못했어. 네가 알아냈으니까. 대놓고 정체를 드러내진 않았지만 네가 알아낼 수 있었다면 피터 베넷도 알아낼 수 있었을 거야. 피터 베넷보다 맥앤드루스에게 분노할 자가 누가 있겠니?"

"그럴 수도 있겠네요." 와일드가 인정했다. "저기, 아저씨, 맥앤드루스에게 피터 베넷을 흠집 내달라고 의뢰한 사람의 이름을 알아야 해요."

"누군가 그런 목적으로 맥앤드루스를 고용했다고 가정한다면, 상당히 극단적인 가정이기는 하지만, 그 사람이 누군지 알아내기는 힘들 거야."

"왜요?"

"맥앤드루스의 아들 하나가 변호사거든. 맥앤드루스는 보안을 한층 더 강화하기 위해 자신이 하는 모든 일이 법률 자문을 위한 것이므로 변호사와 의뢰인 간의 비밀 유지 영역에 속한다고 주장했지. 의뢰인들은 그에게 직접 돈을 지불하지 않고 그의 아들이 운영하는 로펌을 통해 청구서를 받았어." 오렌은 넌지시 비난하는 눈으로 와일드를 바라보았다. "너도 알다시피 어떤 사람들은 변호사와 의뢰인 간의 관계에 관한 규정들을 악용한다. 그 조항의 취지를 비틀어서 비윤리적이라고 비난받을 수 있는 방식으로 사용하는 사람들도 있고."

"저기요, 오렌, 우리 둘 중에서 나쁜 놈이 있다면 그건 제가 아니에요."

그 말은 효과가 있었다. 두 남자는 잠시 움직이지 않은 채 제자리에 서있었다.

"경찰에 피터 베넷의 실종 신고를 한 사람이 있니?" 오렌이 물었다.

"누나가 했다고 하는데 아무도 조사를 안 한 것 같아요. 결국 피터는 어디든 떠날 수 있는 성인이니까요. 살해됐다는 정황도 없었고요."

"하지만 대신 맥앤드루스가 살해됐지." 오렌이 말하더니 다시 덧붙였다. "협조해 줘서 정말 고맙다, 와일드. 네가 말해준 것들을 다 조사해 보마. 나도 최대한 널 돕겠다. 우리 둘 다 피터 베넷을 찾고 싶어하니까."

오렌의 휴대전화가 울렸다. 그는 발신자 번호를 확인했다.

"젠장. 헤스터야."

와일드는 자리에서 일어났다. 오렌에게 미처 하지 못한 말이 있었다. 그에게 너무 실망했다고, 지금까지 오렌은 이 세상에서 믿을 수 있는 몇 안 되는 사람 중 하나였는데 이제 그 신뢰가 영영 깨져버렸다고. 하지만 지금은 그런 이야기를 할 때가 아니었다. 와일드는 현관문으로 향했다.

"전화 받아보세요."

CHAPTER

23

와일드는 보관함에서 또 다른 버너 폰을 꺼내 라일라에게 전화했다.

"괜찮아?" 그녀가 물었다.

"응."

"나한테 전화 안 했으면……."

"괜찮았을 거야." 와일드가 그녀의 말을 잘랐다. "그냥 날 겁주려고 그랬던 거야."

"제발 그러지 마, 와일드."

"뭘?"

"그 사람들이 당신을 덮치는 소리 들었어. 그러더니 전화기가 꺼져버렸고. 구차한 변명으로 날 모욕하지 마."

"당신 말이 맞아. 미안해. 헤스터에게 전화해 줘서 고마워."

"천만에."

"아까 당신이 오늘 밤에 이야기하자고 했는데……."

"무슨 소리야. 지금은 상황이 달라졌잖아. 난 아직도 몸이 떨려."

"괜찮으면 난 캡슐로 가서 잠을 자야겠어."

"안 돼, 와일드."

"안 된다고?"

"우린 이야기를 나누지 않을 거야. 섹스를 하지도 않을 거고. 하지만 난 당신이 필요해. 오늘 밤에 여기 와서 날 안아줘. 안 그러면 잠들지 못할 거야. 알았어?"

보는 사람이 아무도 없었는데도 와일드는 고개를 끄덕였다. 그 순간에는 그래야 할 필요가 있었다. "지금 갈게, 라일라."

이튿날 아침, 와일드는 암스테르담 애비뉴가 72번가 그리고 73번가와 교차하는 중간 지점에 서서 젠의 여동생 마니 캐시디를 바라보았다. 리얼리티 랩프 팟캐스트 방송에서 피터 베넷에게 충격적인 의혹을 제기했던 그녀는 길 건너편 유토피아 다이너의 창가 칸막이 자리에 앉아 친구로 추정되는 여자와 아침 식사 중이었다. 마니는 활기가 넘쳤고 방실거렸으며 정신없이 손을 움직였다.

롤라가 말했다. "진짜 거슬리는 여자네."

와일드는 고개를 끄덕였다.

"자기가 너무 재미있고 멋지다는 착각에 빠져서 댄스 플로어에서 '우우' 소리를 질러대는 여자 같아."

와일드는 다시 고개를 끄덕였다.

"남자들끼리 스포츠 바에 모여서 다 함께 경기를 보기로 한 자리에 남자 친구를 따라온 짜증 나는 여자애들 있잖아. 미식축구 장비 다 챙겨 입고, 선수들처럼 눈 밑에는 검은 스티커까지 붙이고, 게임 내내 너무 큰 소리로 응원해서 얼굴에 한 방 먹이고 싶은 애들."

와일드가 롤라를 돌아보자 그녀는 어깨를 으쓱였다. "그런 애들 보면 정말 열받아."

"그렇겠네."

"저 여자를 봐. 내 말이 틀려?"

"틀리지 않아."

"와일드, 난 그 하트퍼드 경찰들을 찾아내 대가를 치르게 하고 싶어."

"잊어버려."

마니와 친구는 자리에서 일어나 계산하려고 계산대로 갔다.

"정말로 너 혼자서 하고 싶어?" 롤라가 물었다.

"응."

"나중에 센트럴 파크에서 만나는 거지?"

"응."

롤라는 그의 볼에 키스했다. "네가 무사해서 다행이야."

마니가 밖으로 나오자 롤라는 자리를 떴다. 마니는 양팔을 크게 벌려 함께 아침을 먹은 친구를 안아주고 키스한 다음, 목적지를 향해 걸어갔다. 롤라가 알려준 정보 덕분에 와일드는 마니의 목적지가 66번가와 67번가 사이에 있는 ABC 스튜디오임을 알고 있었다. 머릿속으로 마니에게 어떻게 다가갈지 동선을 짰다. 그녀의 시야에 스튜디오가 들어오기 전에 마니를 붙잡고 싶었다. 와일드는 발걸음을 재촉해 자신이 서있던 블록 주위를 돌아갔다. 마니가 67번가로 방향을 틀었을 때 와일드는 반대편에서 그녀를 향해 걸어가고 있었다.

그러다 우뚝 멈춰 서서 물었다.

"실례합니다. 혹시 마니 캐시디 아닌가요?" 와일드는 눈을 반짝이며 최대한 활짝 웃었다.

설사 그가 거액의 수표를 건네주었다 해도 마니 캐시디는 지금보다 더 기뻐하지 않았으리라. "네, 맞아요!"

"귀찮게 해서 정말 죄송합니다. 안 그래도 길에서 늘 팬들에게 시달리실 텐데요."

"어머, 괜찮아요." 마니가 손사래를 치며 말했다.

"제가 워낙 열렬한 팬이라서요."

"정말요?"

유명 인사에게 너무 과하거나 부담스러운 칭찬은 없는 법이다. "여동생이랑 전 당신이 출연한 그……." 마니가 출연한 프로그램의 이름이 기억나지 않아서 와일드는 그냥 얼버무렸다. "아무튼 우린 당신 출연작을 다 봤습니다. 당신만 나오면 정말 재미있더라고요."

"친절하시기도 해라!"

"사인과 셀카 한 장 부탁드려도 될까요? 제인, 제 동생 이름이 제인입니다. 그걸 보면 제인이 깜짝 놀랄 겁니다."

고작 생각해 낸 이름이 제인이라니. 그래, 인정한다. 와일드는 스트레스를 받는 상황에서는 그럴듯한 이름을 지어내는 데 서투르다.

마니가 환하게 웃었다. "물론이죠! 뭐라고 써드릴까요?"

"아, 이렇게 적어주세요. '내 열렬한 팬 제인에게.' 이런 식으로요. 제인이 좋아서 죽을 겁니다." 와일드는 마치 필기도구를 찾는 듯이 몸을 더듬거렸다. "이런, 젠장. 볼펜을 안 가지고 온 것 같네요."

"걱정 마세요!" 마니가 말했다. 그녀가 하는 말은 전부 느낌표로 끝나는 듯했다. "저한테 있어요!"

이제 마니는 완전히 걸음을 멈추고 가방을 뒤지기 시작했다. 와일드는 몸을 움직여 마니를 정면으로 마주 보며 그녀의 앞을 교묘히 가로막았다. 만약 마니가 지나간다고 하면 막지는 않을 테지만 그래도 앞이 막혔다는 느낌을 주는 게 중요했다.

"뭐 하나만 물어봐도 될까요?" 와일드가 물었다.

"당연하죠!"

"왜 피터 베넷이 그런 짓을 했다고 거짓말했죠?"

쿵. 불시의 공격이었다.

마니의 입술에는 조금 전의 미소가 아직 남아있었지만 눈에서는 웃음기가 사라졌고, 그녀에게서 뿜어져 나오던 환한 빛도 누그러졌다. 와일드는 기다리지 않았다. 마니가 정신 차릴 틈을 주지 않았고, 권투 시합에서처럼 카운트를 세며 쉴 시간을 주지도 않았다. 계속 몰아붙였다.

"난 크로 보안 회사에서 일합니다. 우린 다 알고 있어요, 마니. 당신에게 선택할 기회를 드리죠. 지금 여기서 나한테 전부 다 말하면 당신은 빠질 수 있습니다. 아니면 우리가 가능한 모든 방법을 동원해 당신을 무너뜨릴 겁니다. 선택은 당신이 하세요."

마니는 계속 눈을 깜빡거렸다. 이건 와일드가 감수하기로 마음먹은 계산된 위험이었다. 만약 그가 정상적인 방식으로 접근한다면 마니 캐시디는 팟캐스트에서 했던 이야기를 반복할 것이다. 마니와의 대화에서 무언가를 알아낼 수 있는 유일한 방법은 그녀를 당황하게 해서 전과 다른 이야기를 하게 만드는 것이었다. 그러면 무언가 해볼 수 있었다. 이렇게 직접적으로 접근하는 건 밑져야 본전이었다. 어차피 마니에게 사정을 솔직히 털어놓아 봐야 아무런 소득도 없을 터였다. 그러니 이 방법을 써서 마니가 지금 이 자리를 박차고 가버린다 해도 소득이 없기는 마찬가지였다.

하지만 지금 마니가 어떤 식으로든 거짓말을 했다는 반응을 보인다면 와일드에게는 무언가 알아낼 기회가 있었다.

마니는 몸을 좀 더 똑바로 펴면서 말했다. "무슨 말인지 모르겠네요."

"무슨 말인지 정확히 알 텐데요." 와일드가 전혀 굴하지 않는 어조로 말했다. "분명히 말하죠. 지금 여긴 우리 둘뿐이에요. 듣는 사람 없이 당신과 나뿐이라고요. 내가 약속하죠. 만약 지금 당신이 사실대로 말한다면 여기서 멈출 거예요. 당신이 내게 말했다는 사실은 아무도 모를 겁니다. 그건 우리 둘만의 비밀이에요. 당신은 가던 길을 계속 가서 스튜디오에서 머리를 손질하고 메이크업을 받고 스타로 남을 겁니다. 그리고 아까 내가 한 말은 농담이 아니에요. 난 당신이 나온 프로그램을 봤어요, 마니. 당신에겐 재능이 있습니다. 꼬집어서 말할 수 없는 무언가가 있어요. 사람들은 당신을 사랑해요. 당신은 이제 막 뜨는 중입니다. 내가 장담하죠. 만약 당신이 지금 날 돕는다면 당신은 계속 떠서 대스타가 될 거고 우린 만난 적이 없는 겁니다. 다만, 음, 난 평생 당신 편이 될 겁니다. 그게 당신에게도 좋을 거예요, 마니. 날 당신 편으로 두는 게 좋아요."

마니는 입을 벌렸지만 아무 소리도 나오지 않았다.

와일드는 당근에서 채찍으로 바꾸며 계속 몰아붙였다. "하지만 지금 당신이 이 자리를 뜨면, 대중에게 무참히 손절당할 겁니다. 차라리 피터 베넷이 부러워질 정도로요. 난 당신 친구도 아닐 거고요. 마니. 당신을 망치는 일을 내 사명으로 삼을 겁니다."

눈물이 마니의 뺨을 타고 흘러내렸다. "왜 그렇게 못되게 구는 거예요?"

"못되게 구는 게 아닙니다. 솔직한 거지."

"왜 내가 거짓말을 했다고 생각하죠?"

와일드는 USB를 들어 올렸다. 거기에는 아무것도 들어있지 않았다. 그저 이 연극의 소품일 뿐이었다. "난 진실을 알아요, 마니."

그러자 마니가 말했다. "이미 알고 있다면 왜 날 찾아온 거죠?"

드디어 나왔다. 인정. 만약 마니가 팟캐스트에서 사실을 말했다면 저렇게 말할 리 없고, 와일드가 무슨 짓을 할지 걱정할 필요도 없었다. 뭔가 거짓말을 한 것이다. 이제 와일드는 그렇다고 확신했다.

"왜냐하면 확인이 필요하니까요. 날 위해서. 꼼꼼하게 마무리 짓는 겁니다. 난 이 일을 허투루 하지 않아요. 당신이 팟캐스트에서 사실을 말하지 않았다는 걸 압니다. 내게 증거가 있어요. 당신을 망치기에 충분하죠."

"그 얘기는 그만해요!"

일리 있는 말이었다. 지금 와일드는 즉흥적으로 대처하고 있었는데 썩 잘하지는 못했다. 또한 그 하트퍼드 경찰들도 엄포를 놓았다는 의미에서 그에게 비슷한 짓을 했다는 생각이 들었다. 지금 자신이 그들과 똑같은 수법을 쓰고 있다고 생각하니 기분이 좋지 않았지만 그렇다고 이 일을 멈출 정도는 아니었다.

"그리고 난 옳은 일을 했어요. 상황을 다 안다면 당신도 알 거 아니에요." 마니가 말했다.

옳은 일? 맙소사. 이제는 조심스럽게 접근해야 했다.

"아뇨, 마니. 난 몰라요. 전혀 모르겠어요. 내 입장에서는 당신이 유죄고, 난 당신을 끌어내릴 겁니다." 마니가 부인하려고 하자 와일드는 손을 들어 그녀의 말을 막았다. "만약 내가 보지 못한 면이 있다면, 무언가를 놓치고 있다면, 빨리 털어놓아야 해요, 마니. 당신이 설명해주지 않는 한 지금으로서는 '옳은 일을 했다'는 당신의 주장이 전혀 먹히지 않으니까요."

마니는 어떻게 할지 고민하면서 초록색 눈동자를 열심히 굴렸다. 이제부터는 신중하게 대처해야 했다. 너무 세게 밀어붙이면 마니가 달아날 수도 있다. 그렇다고 부드럽게 나갔다가는 마니가 평정심을 되찾아 지금까지 그가 했던 질문이 다 개소리였다는 걸 깨달을 수도 있다.

"관둡시다." 와일드가 말했다.

"네?"

와일드는 어깨를 으쓱였다. "마음에 안 드네요."

"무슨 말이죠?"

"리얼리티 랩프 팟캐스트에 정보를 흘릴 겁니다."

"잠깐만요. 뭐라고요?"

"당신은 구해줄 가치가 없어요, 마니. 대중에게 손절당해도 싸요."

마니가 다시 눈물을 펑펑 흘렸다. "왜 이렇게 못되게 구는 거예요?"

또 저 소리. "당신도 잘 알 텐데요."

"난 그저 도우려고 했어요!"

"누굴요?"

마니가 조금 더 흐느꼈다.

"난 당신에게 자신을 구할 기회를 줬어요, 마니. 그러지 말았어야 했는데 내 동생과 내가 정말로 당신 팬이라서(이건 완전히 아부였다) 쓸데없이 나선 겁니다. 내 상사는 당신이 구해줄 가치가 없는 사람이라고 했는데 그 말이 맞는 거 같네요."

이제 와일드는 위험을 감수하고 돌아섰다. 마니가 더 크게 울었다.

그때 한 여자의 목소리가 들렸다. "아가씨, 괜찮아요? 저 남자가 당신을 괴롭히나요?"

'젠장.' 와일드는 생각했다.

돌아보니 작은 체구에 쪼글쪼글 주름진 얼굴로 쇼핑 카트를 끌고 다니는 여자가 와일드를 노려보고 있었다.

"아가씨, 나랑 함께 갈래요? 안전한 곳으로 갈 수 있어요."

와일드는 운을 믿고 좀 더 밀어붙이기로 했다. "걱정 마세요. 어차피 얘기 끝났으니까요."

"뭐라고요?" 마니가 여자를 돌아보더니 환하게 웃었다. 어딘가 슬퍼 보이는 미소였다. "아뇨, 아뇨, 전 괜찮아요. 정말이에요. 이 사람은 친한 지인이에요."

여자는 그 말을 믿지 않았다. "친한 지인이라고요?"

"네. 대학 때 룸메이트였던 제인의 오빠예요. 지금…… 조금 전에 제인이 암에 걸렸다는 슬픈 소식을 들어서 우는 거예요. 말기라고 하네요."

오스카상을 받을 만한 연기였다. 여자는 와일드를 보더니 다시 마니를 보았다. 그러고는 어깨를 으쓱이며 자리를 떴다. 여기는 별의별 일이 다 일어나는 뉴욕이었다.

"이제 그만 말해봐요." 다시 둘만 남게 되자 와일드가 말했다.

"약속 지킬 거죠?"

"네."

"다른 사람에게는 말 안 할 거죠?"

"약속합니다."

"난 손절당하지 않는 거죠?"

나중에 진실이 밝혀졌을 때 무슨 일이 벌어질지 와일드는 알 수 없었다. "약속할게요."

마니는 숨을 깊이 들이쉬더니 눈을 깜빡거려 눈물을 참았다. "당한 사람은 내가 아니라 다른 사람이에요. 그러니까 피터에게 당한 사람이요."

"피터가 그 사람에게 무슨 짓을……."

"그만해요." 마니가 쏘아붙였다. "무슨 말인지 알잖아요. 피터가 그 여자를 괴롭혔다고요. 그 여자에게 나체 사진을 보냈고, 기회가 생기니까 약까지 먹인 다음에……." 마니가 말끝을 흐렸다.

"그 여자라뇨?"

"난 그렇게 들었어요."

"누구한테요?"

"일단은 그 여자한테요. 그 여자는 앞으로 나서고 싶어 하지 않았어요. 그게 우리가 한 합의의 일부예요. 만약 그 여자가 직접 나서서 사실을 폭로했다가는 인생이 영영 바뀔 거예요. 수많은 사람들이 그 이야기를 듣게 될 거고, 그 여자는 그런 관심을 감당하지 못해요. 일반인이거든요. 그래서 그 여자 대신 사연을 말해줄 사람이 필요했어요."

와일드는 그제야 이해했다. "그게 당신이었군요."

"그 여자 사연은 너무 끔찍했어요. 피터, 그러니까 형부가 그 여자에게 한 짓이요. 여자의 사연을 듣고 난 펑펑 울었어요. 피터는 벌을 받아야 해요. 누구든 그렇게 생각할 거예요. 그 여자는 경찰에 신고할까 생각했지만 그것도 내키지 않았대요. 그래서 우리가 아이디어를 생각해 낸 거죠."

"당신이 팟캐스트에 나가서 본인이 그런 일을 당했다고 말하는 걸로요."

'맙소사. 정말 끔찍하지만 말이 되는데.' 와일드는 생각했다.

"난 그 여자를 돕고 싶었어요. 언니에게 언니가 어떤 남자와 결혼했는지 알려주고 싶었어요."

"그래서, 누굽니까? 피터가 덮쳤다는 '그 여자'가요?"

"그건 말 못 해요. 약속했어요."

"마니……."

"아뇨, 당신이 아무리 협박한다고 해도 피해자의 신원을 밝히지는 않을 거예요."

와일드는 지금은 더 밀어붙이지 않기로 했다. "그런데 왜 팟캐스트에 나가서 폭로한 겁니까?"

"방금 말했잖아요. 그 여자를 도우려고 그랬다니까요. 언니도 돕고요."

"하지만 그냥 언니에게 직접 말할 수 있었잖아요. 꼭 그렇게 대중에게 공개할 필요가 있었나요?"

"그러니까 지금 내가 원해서 그렇게 했다고 생각하는 거예요?"

이 질문의 답은 뻔하다고 와일드는 생각했다. 그렇다, 마니는 그런 식으로 공개하길 원했다. 그렇게 해야만 했다. 마니는 사람들의 관심을 받고 싶었고 유명해지고 싶었다. 그런데 와, 그 방법이 정말로 먹힌 것이다. 헤스터 말이 맞았다. 누가 대가를 치르든 상관없이 마니는 유명해지고 싶었고 그래서 유명해졌다.

"어차피 내겐 선택의 여지가 없었어요. 난 계약을 맺었으니까." 마니가 말했다.

"누구하고요?"

"〈사랑은 전쟁터〉하고요. 원래 리얼리티 프로그램은 그런 식으로 돌아가요. 계약서를 작성하면 제작진이 지침을 내려요. 그러면 스토리라인을 개선하기 위해 출연자는 그 지침을 따라야 하죠."

"하지만 당신은 그 프로그램에 출연하지 않았잖아요."

"아직 출연 전이었죠. 하지만 출연 신청했고 계약까지 했어요. 다음 시즌에 출연하려면 최선을 다하는 모습을 보여야 했죠."

와일드는 지금 마니가 하는 말을 믿을 수가 없었지만 모든 게 맞아떨어졌다. "제작자가 프로그램에 출연시켜 주는 대가로 당신에게 거짓말을 하라고 했다고요?"

"이봐요, 그 자리는 내 힘으로 얻은 거예요." 마니가 분노에 찬 어조로 말했다. "내 재능으로 얻은 거라고요. 그리고 그건 거짓말이 아니었어요. 아까 말했듯이 정말로 일어난 일이었다고요."

"하지만 당신이 겪은 일은 아니죠."

"그게 무슨 차이죠? 그 일은 일어났어요. 내가 직접 그 여자와 이야기했다니까요. 그 여자에겐 증거가 있었어요."

"무슨 증거요?"

"사진이요. 한두 장이 아니었어요."

"합성한 것일 수도 있죠."

"아뇨." 마니는 고개를 저으며 한숨을 내쉬었다. "저기, 언니랑 난 한때 가까웠어요. 우린 술에 취해서 피터 이야기를 하곤 했죠. 부끄럽긴 한데 난 피터의 그게 어떻게 생겼는지 알아요. 그 사진은 다른 사람 몸에 피터 얼굴을 합성한 게 아니었다고요."

"한때 가까웠다." 와일드가 말했다.

"뭐라고요?"

"방금 '언니랑 난 한때 가까웠다'고 했잖아요."

"지금도 가까워요. 그러니까 다시 가까워졌어요. 피터가…… 우리 자매 사이에 좋은 영향을 미치지는 않았죠."

"왜요?"

마니는 어깨를 으쓱였다. "모르겠어요. 그냥 그랬어요."

"당신이 피터를 좋아했나요?"

"뭐라고요? 아뇨." 마니의 휴대전화가 진동했다. 마니가 문자를 읽은 뒤에 말했다. "젠장, 당신 때문에 메이크업에 늦었어요. 이제 가봐야 해요."

"마지막으로 하나만 묻죠."

마니가 한숨을 쉬었다. "좋아요. 하지만 당신이 한 약속 기억하죠?"

"젠에게 사실대로 말한 적 있나요?"

"말했잖아요. 이건 다 사실……."

와일드는 언성을 높이지 않으려고 노력했다. "피터에게 당한 사람이 당신이 아니라 다른 여자라고 젠에게 말한 적 있어요?"

마니는 아무 말도 하지 않았지만 안색이 창백해졌다.

와일드는 믿기지가 않았다. "그럼 당신 언니는 아직도……."

"언니에게 말하면 안 돼요." 마니가 나직하면서도 거칠게 말했다. "난 언니를 위해서 그랬어요. 그 괴물에게서 언니를 보호하려고요. 그리고 피터도 자백했다고요. 모르겠어요? 이건 전부 다 사실이에요. 그러니까 이젠 나 좀 내버려 둬요."

마니는 눈물을 닦더니 몸을 돌려 황급히 자리를 떴다.

CHAPTER

24

마틴 스피로가 어떤 인간인지 말해주지.

지난해 스물여섯 살의 '피트니스 모델'(포르노 배우를 돌려서 하는 말이다) 산드라 두보네이가 교통사고로 사망하자 그녀의 가족은 소셜 미디어에 햇빛 속에서 웃고 있는 딸의 안타까운 사진과 함께 부고를 올렸다. '넌 늘 우리 가슴속에 남아있을 거야'라는 추모글도 함께. 그 포스팅 댓글란에 마틴 스피로는 가짜 계정으로 이런 댓글을 남겼다.

저렇게 섹시한 보지가 헛되이 사라지다니 정말 슬픈 일이야.

더 이상의 설명이 필요할까?

부메랑은 이 사건을 조사했고, 마틴에게 가벼운 벌을 내리기로 했다. 마틴은 자신이 소셜 미디어에서 풍만한 몸매의 '피트니스 모델'을 잔뜩 팔로우한 건 사실이지만 저런 끔찍하고 잔인한 댓글은 쓴 기억이 없다고 했다. 술에 취해 필름이 끊긴 상태에서 저지른 짓이 틀림없다고.

그래, 그랬겠지.

그러니까 마틴 스피로가 필름이 끊긴 상태에서 자기 이름으로 된 계정이 아닌 가짜 계정에 로그인했다는 걸 믿으란 말이지? 평소 심각한 알코올 문제가 있어서 제정신이 아니었는데도 온라인에서 자기 신원을 감춰야 한다는 사실을 인식하고 있었다고?

난 그렇게 생각하지 않는다.

설사 내가 그렇게 생각한다 해도 상관없다. 안 그런가?

일전에 캐서린 프롤이 헨리 맥앤드루스에 대해 말했듯이 마틴 스피로가 한 짓도 아마 사형을 선고할 정도는 아닐 것이다. 하지만 그는 살아야 할 가치가 있는 인간도 아니다. 지금 내가 하고 싶은 일을 정당화하는 중이라는 걸 나도 안다. 하지만 그렇다고 해서 내 정당화에 아무런 근거가 없는 건 아니다.

나는 결코 전문적인 살인마는 아니다. 살인에 관한 내 지식의 대부분은 당신과 마찬가지로 텔레비전에서 범죄 드라마를 보며 얻었다. 그래서 다음 살인과 시간적 간격을 둬야 한다거나 다른 흉기를 사용해야 한다는 것은 나도 알고 있다. 며칠 혹은 몇 주 혹은 몇 달 동안 꼼꼼하게 계획을 세워야 하고, 사방에 CCTV가 깔려있다는 점을 염두에 둬야 하며, 티끌만 한 섬유 조각이나 극소량의 DNA만 나와도 범인을 찾아낼 수 있다는 사실도(그건 그렇고 DNA로 인생이 바뀔 수 있다는 사실을 나보다 더 잘 아는 사람이 있을까?). 조심하긴 할 테지만 과연 경찰에 잡히지 않을 정도로 조심할 수 있을까?

그럴 수 있을 것이다. 나한테는 계획이 있다. 최종 목적이 있다. 이 일을 똑바로 해내면, 불경스러운 말이지만 예수 이후 최대의 부활이 일어날 것이다.

나는 189달러를 주고 총에 부착할 소음기를 샀다.

마틴 스피로는 아내 케이티와 함께 델라웨어 레호보스 비치에서 멀지 않은 자그마한 랜치에 산다. 진입로에 차 한 대가 주차되어 있다. 오전 9시 45분이 되자 케이티가 집 밖으로 나온다. 청바지에 월마트 직원용 조끼를 입고 있다. 그녀의 직장인 근처 월마트까지는 고작 400미터만 걸어가면 된다. 남편 마틴은 무직자로 하루에 두 번씩 알코올 중독자 모임에 참석한다.

이건 전부 부메랑 파일에 적혀있던 내용이다.

월마트에서 교대로 근무하는 직원들은 보통 일곱 시간에서 아홉 시간씩 일한다. 그러니까 내겐 시간이 넉넉하다. 그 시간을 낭비하고 싶지 않다. 케이티가 시야에서 사라지자 나는 현관문으로 다가간다. 내 옷차림은 갈색 야구 모자를 포함해서 머리부터 발끝까지 전부 갈색이다. 옷 어디에도 택배 회사 마크는 붙어있지 않지만 없어도 될 것 같다. 대신 빈 상자를 들고 있다. 택배 배달원은 단순하면서도 효과적인 변장이다. 그리고 어차피 난 사람들 눈에 오래 띄지 않을 것이다.

가장 큰 문제는 내 차를 어디에 주차할 것인가였다. 요즘은 발전된 기술 덕분에 톨게이트마다 통행자를 찾아낼 수 있는 카메라와 다른 장비들이 설치되어 있다. 난 마틴의 집에서 몇 블록 떨어진 건물에 주차했다. 별 특징 없는 건물로 개인 병원이나 변호사 사무실이 입주해 있다. CCTV는 보이지 않았다. 오는 길에 초록색 대형 쓰레기통이 보이던데 나중에 거기에 이 갈색 유니폼을 버릴 생각이다. 갈색 택배 배달원 유니폼 안에 푸른색 셔츠와 청바지를 입고 있으니까.

한마디로 내겐 일종의 계획이 있다. 완벽한 계획이냐고? 그렇진 않다. 하지만 당분간 버티기에는 충분하리라.

나는 초인종을 누른다. 대답이 없다. 다시 누른다. 한 번 더 누른다.

피곤한 목소리가 짜증을 내며 묻는다. "누구야?"

나는 목을 가다듬는다. "택배 왔습니다."

"맙소사, 이렇게 이른 시간에? 그냥 현관에 두고 가요."

"서명이 필요합니다."

"아, 진짜……."

마틴 스피로가 현관문을 연다. 나는 머뭇거리지 않고 총을 들어 그를 똑바로 겨눈다.

"물러서." 내가 말한다.

마틴은 눈을 부릅뜨지만 내가 시키는 대로 한다. 심지어 손까지 들어 올린다. 손을 들라는 말은 하지도 않았는데. 집 안으로 들어가 현관문을 닫는 동안 그에게서 파도처럼 퍼져나가는 공포의 냄새가 난다.

"물건을 훔치러 온 거라면……."

"아니야." 내가 그의 말을 자른다.

"그럼 원하는 게 뭡니까?"

나는 그의 얼굴에 총을 겨눈다. "저렇게 섹시한 보지가 헛되이 사라지다니 정말 슬픈 일이야."

나는 그가 내 말을 알아들을 때까지 잠시 기다린다.

마침내 그의 눈에 깨달음이 스치자 더는 시간을 낭비할 이유가 없다.

나는 방아쇠를 세 번 당긴다.

와일드는 72번가로 가서 센트럴 파크가 나올 때까지 동쪽으로 계속 걸어갔다. 롤라는 아이스크림 트럭에서 와플 콘에 담긴 바닐라 소프트아이스크림을 사고 있었다.

"먹을래?" 롤라가 와일드에게 물었다.

"지금 아침 10시야."

"테킬라도 아니고 아이스크림인데 뭐."

"난 사양할게."

롤라는 마음대로 하라는 뜻으로 어깨를 으쓱였다. 두 사람은 호객 행위가 극심한 자전거 인력거들 앞을 지나 스트로베리 필즈로 이어지는 좁은 길을 내려갔다.

"안색이 안 좋아 보여." 롤라가 말했다.

"칭찬 고마워."

"그 경찰 놈들 때문이야."

"잊어버리라니까."

"알았어. 마니 캐시디하고는 어떻게 됐어?"

〈이매진〉 모자이크와 존 레넌을 추억하려고 몰려든 관광객을 지나는 동안 와일드는 롤라에게 설명했다. 그의 이야기가 끝나자 롤라가 말했다. "농담이지?"

"농담 아니야."

"그러니까 누군가가 마니에게 그런 짓을 하도록 시켰다고?"

"내가 알기로 리얼리티 프로그램은 실제 상황을 가져와서 재미있는 이야기로 만들어. 그게 꼭 사실일 필요는 없어. 시청자를 끌어오기만 하면 되는 거야. 리얼리티 프로그램 출연자들은 대부분 그 점을 잘 알고 있지. 드라마를 좋아하는 시청자에게 먹이를 줘야 한다는 걸. 하지만 리얼리티 프로그램에서 피터의 캐릭터는 좀 밋밋해졌어. 결혼한 지도 꽤 됐고, 아이는 없고. 내 생각에 프로그램 제작진 중 누군가가 일부러 논란거리를 만들려고 이 일을 꾸민 것 같아. 시청자의 관심을 극대화하려고."

"실제로 그렇게 됐네." 롤라가 말했다.

"실제로 그렇게 됐지."

"거기다 제작진은 마니가 조금이라도 유명해지려면 무슨 짓이든 하리라는 걸 알고 있었어."

"맞아."

"가장 중요한 문제는 이거야. 피터가 정말로 다른 여자에게 약을 먹이거나 성추행했는가."

"피터가 그랬다는 증거가 있어?"

"네가 헨리 맥앤드루스 컴퓨터에서 다운 받은 파일들."

"그게 왜?"

"거기에서 피터 사진이 더 나왔어."

"그런데?"

"전문가가 확인하는 중이긴 한데 합성은 아닌 것 같아. 꽤 적나라해."

와일드는 생각에 잠겼다. "그 사진을 맥앤드루스에게 보낸 사람이 누굴까?"

"모르겠어. 맥앤드루스가 아들의 로펌을 통해 고객에게 청구서를 보내는 건 알지?"

"응."

"그러니까 맥앤드루스에게 이메일을 보내려면 VPN이나 익명의 이메일 계정을 통해 일단 그의 아들 로펌으로 보내야 하는 것 같아. 알다시피 그건 어렵지 않아. 그러면 로펌에서 그 이메일을 다시 맥앤드루스에게 보내는 것 같더라고."

두 사람은 대니얼 웹스터 청동상 앞을 지나가다가 걸음을 멈추고 동상 아래 새겨진 글을 읽었다. "자유와 단결, 앞으로도 계속, 하나가 되어."

"선지자 같네." 롤라가 말했다.

"응."

"하지만 사전을 편찬한 사람이니까 그 정도 지혜는 있겠지."

사전을 편찬한 사람은 대니얼 웹스터가 아니라 노아 웹스터였지만 와일드는 그냥 넘어갔다.

"네가 말한 대로라면 제작진이 피터 베넷을 손절하기로 했다는 거 잖아." 롤라가 말했다. "여기서 '손절'이란 두 가지 의미야. 하나는 요즘 우리가 사람에게 흔히 쓸 때처럼 관계를 끊는다는 의미고, 또 하나

290

는 프로그램에서 빼겠다는 의미."

"아마 그렇겠지."

"너무 극단적인 것 같아. 이런 식으로 사람을 가지고 놀다니."

"원래 이런 프로그램들이 다 그래. 리얼리티 쇼 본 적 있어? 쉽게 조종당하고, 유명해지고 싶어서 안달 난 젊은이들을 찾아내서 가지고 노는 거야. 얼마든지 제작진 마음대로 할 수 있어. 술에 취하게도 하고, 파괴적인 드라마를 만들기도 하지. 가뜩이나 불안정한 참가자들은 전혀 준비되지 않은 상태에서 감정적으로 힘든 경험을 하게 돼."

"제작진이 뒤에서 조종한다는 건 이해가 돼. 하지만 그렇다고 없는 일을 지어낼 수는 없어."

"할 수 있어."

"아니, 내 말을 이해 못 하네. 출연자에게 다른 출연자랑 싸우라고 한다거나 심지어 어떤 출연자와 헤어지라고 할 수는 있어. 무슨 명령이든 할 수 있지. 하지만 이런 범죄를 저질렀다고 꾸며내서 그 사람의 명성에 먹칠을 할 수는 없다고. 언론에서 뭐라고 떠들어 대든 상관없어. 피터는 제작진을 명예훼손으로 고소할 수 있어."

타당한 지적이었다. "그게 사실이 아니라면 그럴 수 있겠지."

"내가 하려는 말이 바로 그거야. 어떤 여자가 제작진을 찾아갔다고 가정해 보자. 피터가 자기한테 약을 먹였다고 그 여자가 말한 거야. 심지어 증거도 있어. 사진, 문자, 뭐든지. 그러면 제작진은 이 일을 폭로할 수 있어. 그편이 단지 프로그램에 도움이 될 뿐 아니라 다른 직원들에게도 안전하다고 주장하면서 말이야."

와일드는 얼굴을 찡그렸다.

"왜?"

"일리 있는 말이라서. 끔찍한데 일리가 있어."

"그렇지? 이제 거기에 마니까지 넣어봐. 마니는 프로그램에 출연할 수만 있다면 뭐든 할 거야. 그리고 조종하기도 쉽지. 네 말대로 모든 참가자들이 다 그래. 네 육촌만 봐도 엄청 순진한 것 같더라. 그런데 갑자기 착한 남자 피터가 최고의 빌런으로 변한 거야. 단지 바람을 피우고 성폭행을 했을 뿐만이 아니라 그 대상이 사랑하는 젠의 여동생이야."

"사람들의 이목이 완전히 집중됐지."

"응."

와일드는 고개를 절레절레 흔들며 말했다. "역겨워."

"맞아."

"그럼 다음 단계는 뭐야? 제작진을 찾아가서 따져?"

"그 사람들이 뭐라고 하겠어?" 롤라가 반박했다. "이런 사실을 조금이라도 인정할 것 같아? 하지만 더 중요한 건 인정한다고 해서 뭐가 달라지냐는 거야. 그게 피터 베넷을 찾는 데 도움이 될까?" 롤라는 걸음을 멈추고 와일드를 올려다봤다. "지금 우린 피터를 찾으려는 거 맞지?"

"응."

"왜냐하면 넌 그의 이미지를 회복하는 데 더 열심인 것 같아서."

"리얼리티 스타의 이미지를 회복해서 뭐 하게? 그런 데는 관심 없어."

"맞는 말이야. 그럼 이제 좀 더 중요한 문제로 넘어가자. 왜냐하면 이게 이상하거든. 아주 이상해. 피터 베넷의 출생증명서 사본을 구했어. 피터는 28년 전 4월 12일에 태어났어. 부모는 필립 베넷과 셜리 베넷으로 나와있고."

와일드는 얼굴을 찡그렸다. "하지만 그건 양부모잖아."

"그게 다야. 피터가 입양되었다는 기록은 없어. 출생증명서에 따르면 루이스타운 메디컬 센터에서 출산했는데 펜실베이니아 주립대학에서 30분쯤 떨어졌을 거야. 담당 의사도 적혀있어. 커티스 솅커. 아직 살아있어서 내가 직접 연락해 봤지."

"뭐래?"

"뭐라고 했겠어?"

"환자의 비밀을 지켜야 할 의무가 있다?"

"비슷해. 의료정보보호법(HIPAA) 위반이래. 게다가 자기가 받은 아이들이 수백만 명이라서 전부 기억할 수 없대. 하지만 한 가지 주목할 사실이 있어. 피터 베넷이 태어나고 2년 후에 솅커 박사는 보험 사기로 5년간 면허가 취소됐어."

"그러니까, 수상한 사람이라는 거네."

"응."

"돈을 받고 출생증명서에 서명해 줄 정도로 수상하다?"

"그럴 수 있지. 하지만 이 점을 생각해 봐. 베넷 가족은 멤피스에 살고 있었어. 엄마, 아빠에 두 딸, 아들 하나. 그러다 펜실베이니아주의 주립대학 근처로 이사했고 갑자기 피터라는 갓난아기가 생겼어."

그때 와일드의 눈에 무언가가 들어왔다.

"내 말 잘 들어." 그가 말했다.

"왜 그래?"

"아무 일도 없는 척하고 계속 걸어."

"이런, 젠장. 뭐야. 우리 미행당하는 거야?"

"그냥 계속 걸어. 나한테 얘기해. 아까 하던 대로."

"알았어. 지금 무슨 상황이야?"

"우선 세 명을 발견했어. 아마 더 있을 거야."

"어디 있는데?"

"그건 중요하지 않아. 슬쩍 찾아볼 생각도 하지 마. 우리가 알아차렸다는 걸 놈들에게 알리면 안 돼."

"알았어. 경찰일까?"

"잘 모르겠어. 수사 기관 소속인 건 확실해. 미행 실력이 보통이 아니야."

"그럼 하트퍼드 경찰이 다시 온 건 아니겠네."

"아마 아닐 거야. 그래도 그들이 부탁했을 수는 있지."

"계획 있어?"

있었다. 두 사람은 계속 공원을 가로질렀다. 왼쪽에 붉은 벽돌로 지은 분수대 베데스다 테라스가 보였는데 관광객들로 북적거렸다. 분수대 근처에는 호수가 있었다. 사람들은 독창성을 한껏 발휘하여 그 호수에 '호수'라는 별명을 붙였다. 셀카를 찍는 사람들과 셀카봉, 휴대전화인 동시에 SNS에 올릴 사진을 찍는 카메라들이 넘쳐났다. 와일드와 롤라는 시종일관 계속 이야기하는 척하며 군중 사이를 가로질렀다. 둘을 미행하는 사람들로서는 관광객들 사이에 몸을 숨긴 채 그들을 따라잡기가 힘들 터였다. 와일드는 돌아보지 않으려고 주의했다. 미행하는 사람이 있다는 사실을 알았으니 굳이 위험을 무릅쓰고 돌아볼 필요가 없었다.

와일드는 휴대전화를 꺼내 헤스터의 번호를 눌렀다. 신호음이 세 번째 울리자 헤스터가 전화를 받았다.

"읊어봐."

"저 지금 센트럴 파크에 있는데 미행당하고 있어요." 와일드가 말했다.

와일드와 롤라는 분수대 왼쪽으로 난 길을 따라 보 브리지를 건넌 다음 숲속 산책로인 램블로 들어섰다.

"널 체포하려고 그러는 걸까?"

"네."

"지도에 네 위치 표시해서 보내주렴."

"롤라도 저랑 함께 있어요."

"롤라 위치도 보내주고. 내가 좀 알아보마. 다시 전화할게."

와일드와 롤라는 웨스트 72번가로 들어섰다. 롤라가 차를 두고 온 주차장에서 멀지 않았다. 경찰이든 뭐든 그들을 미행하는 자들은 그 주차장에 대거 포진했을 가능성이 크다. 왜냐하면 와일드와 롤라가 공원을 산책하며 이야기를 나눈 다음 다시 주차장으로 돌아올 거라고 생각했을 테니까. 만약 와일드가 그들을 발견하지 않았다면 그 예상이 맞았을 것이다. 따라서 이제 와일드와 롤라가 램블의 구불구불한 길을 따라가며 주차장에서 멀어질수록 미행하는 자들은 따라잡기가 힘들어질 것이다.

"맥앤드루스 살인 사건 때문이겠지?" 롤라가 말했다.

"모르겠어."

"널 그 사건과 연결할 만한 단서를 발견했을까?"

"아닐걸."

그의 휴대전화가 진동했다. 헤스터였다.

"순순히 잡히지 마라." 헤스터가 말했다.

"그 정도예요?"

"응. 내 사무실로 올 수 있니?"

"가능할 거예요."

"계획이 있어?"

"팀을 믿으세요?"

"내 목숨도 걸 수 있지."

와일드는 자신의 계획을 말했다. 옆에서 듣던 롤라도 고개를 끄덕였다. 두 사람은 발걸음을 재촉했다. 램블에 너무 오래 머물고 싶지 않았다. 경찰이 둘을 에워싸고 숲속에서 체포할 수도 있기 때문이다. 희소식은 숲속에 사람이 꽤 많다는 것이다. 벌써 대규모 탐조단을 두 그룹이나 지나쳤다. 주위에 이렇게 사람이 많은데 경찰이 위험을 무릅쓰고 그들을 체포할까? 그럴 것 같지 않았다. 그들은 와일드가 한적한 곳으로 갈 때까지 기다릴 것이다. 이를테면 롤라의 차가 있는 주차장 같은.

롤라가 말했다. "회색 후드티를 입고 흰 아디다스 운동화를 신은 여자?"

둘이 함께 지도에 자신들의 위치를 표시해서 헤스터에게 보내는 동안 와일드는 고개를 끄덕였다. 그러자 헤스터가 팀의 위치를 표시해서 보내주었다. 와일드가 보기에 팀이 만남의 장소까지 오려면 대략 15분은 걸릴 듯했다. 시간을 끌어야 했다. 와일드는 롤라에게 자신의 계획을 설명했다. 대부분의 좋은 계획이 그렇듯이 이 계획 역시 놀랄 정도로 간단했다. 미행하는 자들은 그가 롤라와 그저 이야기하는 중이라고 생각해야 했다. 두 사람은 보행자들이 바글거리는 곳에 머물러야 했다. 그래야 미행하는 자들이 그들에게 접근할 수 없다. 또한 아마 멀리서 그들을 감시하는 자들도 있을 터라서 두 사람은 양쪽에 나무가 늘어선 길을 들락날락했다. 그렇게 하면 그들을 알아보는 게 어렵기 때문이다.

"푸른색 야구 모자에 선글라스를 끼고 계속 휴대전화를 들여다보는 척하는 남자." 롤라가 말했다.

와일드는 고개를 끄덕였다.

그들은 관객석이 말편자 모양으로 된 델라코테 극장을 지나 북쪽으로 향했다. 이 극장은 셰익스피어 인 더 파크라는 유명한 행사가 열리는 본거지로, 터틀 호수를 배경으로 멋진 무대가 세워져 있다.

롤라가 말했다. "여기서 〈템페스트〉 봤던 거 기억나?"

와일드도 기억했다. 당시 그들은 고등학생이었는데 입양아 재단에서 버건 카운티에 사는 '소외 계층' 아이들을 위해 연극 티켓을 구해주었다. 와일드는 저 극장에 롤라와 나란히 앉았다. 둘은 브루어가에서 함께 살던 중이었고 연극이 지루할 거라고 생각했다. 셰익스피어 인 더 파크라니. 하지만 터틀 호수를 배경으로 한 연극은 그들을 매료시켰다.

"포니테일 머리에 노스페이스 배낭을 멘 젊은 여자."

"꽤 잘 찾아내네."

"너무 어린데. 신입인가 보다."

"그럴지도."

"아, 그리고 신문을 든 회사원. 신문이라니. 너무 구식이다."

"그 남자는 미처 몰랐어. 하지만 나한테 가리키지는 마."

"참 나, 와일드, 내가 아마추어인 줄 알아?"

"아니."

"내가 너보다 이 일을 오래 했다고."

"맞아." 와일드는 잠시 걸음을 멈추고 델라코테 극장을 바라보았다. 그때 봤던 〈템페스트〉가 기억에 생생했다. 〈스타트렉〉으로 유명해진 패트릭 스튜어트가 프로스페로를 연기했다. 캐리 프레스턴은 미란다로, 빌 어윈과 존 팬코가 각각 트린쿨로와 스테파노로 열연해 객석을 웃음바다로 만들었다.

"브로슈어 아직 가지고 있어?" 와일드가 물었다.

"〈템페스트〉 브로슈어? 알면서."

와일드는 고개를 끄덕였다. 롤라는 무엇이든 버리는 법이 없었다.

"정말 미안해." 와일드가 말했다.

"뭐가?"

"늘 네 곁에 있어주지 못해서. 사랑해. 넌 내 동생이야. 앞으로도 영원히."

"와일드?"

"왜?"

"죽을병이라도 걸린 거야?"

그는 씩 웃었다. 이 기이하고 정신없는 상황에서 그런 생각을 한다는 게 이상한 일이었지만 아마 지금이 그에게는 감정에 솔직해질 수 있는 유일한 시간일 것이다. 조용할 때는 솔직한 감정을 밀어내고 억누르기 십상이었다. 하지만 정신없이 혼란스러울 때는 가끔씩 그 폭풍의 눈에 자신을 놓아두고 당연한 사실을 더 쉽게 볼 수 있었다.

"나도 네가 나 사랑하는 거 알아." 롤라가 말했다.

"네가 안다는 거 나도 알아."

"그래도 직접 들으니까 좋다. 다시 사라질 생각이야?"

"아닐걸."

"만약 그럴 생각이면 일주일에 한 번씩 문자 보내줘. 내가 원하는 건 그것뿐이야. 안 보내면 날 사랑하지 않는 걸로 알게."

두 사람은 메트로폴리탄 박물관을 향해 동쪽으로 걸어갔다. 그러는 동안 군중은 더 늘어났다. 이제 그들은 공원을 거의 벗어났다. 그 말은 곧 그들이 피프스 애비뉴에 있다는 뜻이었다. 만약 경찰이 거기에서 그들을 체포하려고 대기 중이었다면 얼마든지 체포할 수 있었다. 와일드는 그럴 가능성은 적다고 보았지만 그래도 일단 피프스 애비뉴에 도착하자 속도를 높여 군중 사이를 지그재그로 들락날락했다. 그러다 계단을 올라가야 하는 메트로폴리탄 박물관의 정문이 아닌, 길가에 있는 '회원 전용' 출입문으로 쑥 들어갔다. 롤라는 매년 메트로폴리탄을 후원하는 회원권을 구입했고 아이들을 자주 데려왔다. 두 사람은 보안대를 통과한 다음, 복도를 가로질렀다. 롤라는 "잘 가"라고 말하며 티켓을 사려고 늘어선 줄에 합류했다. 와일드는 머뭇거리지 않고 재빨리 계단을 내려가 지하 주차장으로 향했다. 그를 따라오는 사람은 아무도 없었다.

잠시 후 와일드는 헤스터의 리무진 뒷좌석 바닥에 누워있었다. 팀이 주차장을 빠져나갔다.

20분 뒤 리무진은 헤스터의 사무실이 있는 건물 주차장으로 들어섰다. 헤스터가 그들을 기다리고 있었다.

"괜찮니?"

"멀쩡해요."

"잘됐다. 내 사무실에 오렌이 와있어. 너와 이야기하고 싶다는구나."

CHAPTER

26

헤스터는 의자를 가리키며 오렌 카마이클에게 말했다. "당신은 저기 앉아요. 와일드, 너는 여기 내 옆에 앉아라."

오렌 카마이클은 기다란 회의 테이블 한쪽 끝으로 자리를 옮겼고, 헤스터와 와일드는 반대편에 앉았다. 이곳은 맨해튼 스카이라인 꼭대기에 있는 사방이 유리로 된 사무실이었다. 이 사무실은 주로 증언을 녹취할 때 사용했고, 헤스터는 증인들이 앉는 자리에 오렌을 앉혔다. 와일드는 이 적대적인 자리 배치가 우연이라고 생각하지 않았다.

"둘 다 내 말 좀 들어봐." 오렌이 말문을 열었다. "경찰이 살해됐는데……."

"오렌?" 헤스터가 그의 말을 잘랐다.

"왜요?"

"쉬. 왜 와일드가 공원에서 미행당했는지나 말해봐요."

"잠깐만요. 그 이유를 못 들으셨어요?" 와일드가 말했다.

"오렌이 아직 말 안 해줬다. 그냥 상황이 안 좋다고만 했어."

와일드는 오렌을 돌아보며 물었다. "얼마나 안 좋은데요?"

"그냥 안 좋아. 하지만 먼저 두 사람에게……."

"먼저 해야 할 말 같은 건 필요 없어요." 헤스터가 퉁명스럽게 그의 말을 잘랐다. "당신은 의뢰인의 비밀을 지켜야 하는 내 의무를 어겼어요."

"말했잖아요, 헤스터. 난 어긴 게 아니……."

"어겼어요, 젠장." 헤스터의 말투가 어딘가 다르다고 와일드는 생각했다. 물론 평소처럼 반항적이기는 했지만 또한 깊은 슬픔도 느껴졌다. "정말로 당신이 무슨 짓을 했는지 몰라요?"

오렌 역시 그 말투에 움찔했으나 그래도 밀고 나갔다. "내 말 좀 들어보라니까. 두 사람 다. 이거 정말 심각한 일이야. 경찰이 살해됐고……."

"계속 그 말이네요." 헤스터가 끼어들었다.

"뭐가요?"

"계속 경찰이 살해됐다고 그러잖아요. 피해자가 경찰인 게 뭐가 그리 중요하죠?"

"진심이에요?"

"완전 진심이에요. 왜 경찰의 죽음이 일반 시민의 죽음보다 더 중요한 거죠?"

"정말로 그렇게 생각해요, 헤스터? 지금 이 상황에서 하고 싶은 말이 그거예요?"

"수사 기관은 피해자의 사회적 지위나 직업과 관계없이 모든 사람을 위해 최선을 다해야죠. 경찰의 죽음이 다른 시민의 죽음보다 우선

시되어서는 안 돼요."

오렌이 양손을 뒤집어 손바닥을 보이며 말했다. "알았어요, 좋아요, 피해자가 경찰이라는 사실은 잊어버립시다. 그냥 한 남자가 살해됐어요. 만족해요? 네가," 오렌은 와일드에게 몸을 돌렸다. "시신을 발견했지."

"제가 아는 사실은 이미 어젯밤에 말씀드렸는데요." 와일드가 말했다.

"맞아요." 헤스터가 덧붙였다. "그게 정확히 언제였더라? 아, 맞다, 이제야 기억나네. 당신의 경찰 친구들이 내 의뢰인을 납치해서 고문한 직후였죠." 헤스터는 손을 들어 오렌이 말하지 못하도록 막았다. "감히 와일드가 의뢰인이 아니라 친구라는 말은 하지 말아요. 그랬다가는 후회할 테니까. 그건 그렇고, 내가 당신이라면 긴장 좀 하겠어요, 아저씨. 당신은 와일드를 고문한 자들과 공범이에요."

헤스터의 따끔한 지적에 오렌의 안색이 굳어졌다.

"공범 맞아요, 오렌." 헤스터는 물러서지 않고 말을 이었으나 상심한 표정이었다. "당신도 다른 범죄자들처럼 얼마든지 변명을 늘어놓을 수 있어요. 하지만 당신이 준 정보 때문에 그들이 와일드를 납치하고 고문한 건 사실이에요. 그건 그렇고 우리가 토니네 식당에 있다는 건 어떻게 알았죠?"

"뭐라고요?" 오렌이 허리를 똑바로 폈다. "설마 내가……."

"당신이 놈들에게 말한 거예요?"

"그럴 리가 없잖아요."

"그럼 왜 경찰이 센트럴 파크에서 와일드를 미행한 거죠?"

"그 사람들은 경찰이 아니에요."

302

"그럼 누군데요?"

"FBI예요."

정적이 흘렀다.

헤스터는 의자에 등을 기대고서 팔짱을 꼈다. "설명해 봐요."

오렌은 한숨을 푹 내쉬며 고개를 끄덕였다. "헨리 맥앤드루스 살인 사건의 탄도 검사 결과가 나왔어요. 맥앤드루스는 9밀리미터 권총에서 발사된 탄환에 맞았더군요. 하트퍼드 경찰서 기술팀 직원이 이 결과를 국가 데이터베이스에 입력했더니 그와 일치하는 결과가 나왔어요. 같은 총을 사용한 살인 사건이 또 있었던 거예요. 그것도 최근에 일어난 사건이더군요."

"얼마나 최근인데요?" 와일드가 물었다.

"아주 최근이지. 이틀 전에 일어났으니까."

와일드는 그 말을 곰곰이 생각했다. "그렇다면 헨리 맥앤드루스가 죽은 이후에 일어난 사건인가요?"

"맞아. 헨리 맥앤드루스를 죽인 총이 또 다른 살인에도 쓰인 거야. 하지만 중요한 건 그게 아니야."

헤스터는 계속 말하라고 손짓했다. "말해봐요."

"그 사건의 피해자는 캐서린 프롤이라는 FBI 요원이었어." 오렌은 그렇게 말하며 헤스터를 바라보았다. "그러니까 이젠 단순히 경찰이 죽은 사건이 아니다. 연방 요원까지 죽은 사건이지. 이상적인 세상에서야 수사관 둘이 아마도 같은 범인의 총에 맞아 죽었다는 게 별 의미 없겠지. 평범한 시민 둘이 죽은 사건과 똑같이 다뤄져야 하니까. 하지만 현실에서는……."

"두 사건 간의 연결 고리가 있나요?" 와일드가 물었다.

303

"우리가 알기로는 아무것도 없다. 둘 다 같은 총으로 머리에 세 발을 맞았다는 점만 똑같아."

"둘이 같은 사건을 수사한 적은 없고요?"

"다른 사람들이 알기론 겹치는 사건은 없었어. 맥앤드루스는 코네티컷주의 은퇴한 경찰관이고, 프롤은 트렌턴에 있는 FBI 법의학 사무소에서 일했지. 지금까지 유일한 변칙이라면, 글쎄다, 너겠지."

헤스터는 지극히 변호사다운 어조로 다음 질문을 던졌다. "그쪽에서 내 의뢰인을 헨리 맥앤드루스나 캐서린 프롤과 연결할 만한 단서가 있어요?"

"와일드가 맥앤드루스의 집에 몰래 들어가 시신을 발견한 사실 말고요?"

헤스터는 가슴에 손을 대고 숨을 헉 들이쉬는 시늉을 했다. "그 사람들이 그걸 어떻게 알죠, 오렌?"

오렌은 아무 말도 하지 않았다.

"와일드의 지문이 나왔어요? 아니면 증인이 있나요? 내 의뢰인이 그 집에 들어갔다는 증거라도……."

"제발 그만하면 안 될까요?" 오렌이 물었다. "두 사람이나 죽었어요."

헤스터가 반박하려 하자 와일드가 그녀의 팔에 손을 올렸다. 두 사람의 신경전이 점점 방해가 되었다. 와일드는 살인 사건에 집중하고 싶었다.

"피터 베넷은요?" 와일드가 물었다.

"아, 내가 널 만나자고 한 또 다른 이유가 바로 그거다." 오렌이 말했다.

"피터 베넷은 왜요?" 헤스터가 물었다.

오렌은 헤스터에게로 눈을 휙 돌렸고 잠시 두 사람의 눈이 마주쳤다. 그 순간, 이 세상에는 둘뿐이었다. 와일드는 그걸 느낄 수 있었고, 방에서 나가고 싶을 지경이었다. 두 사람은 사랑에 빠졌는데 이제 그 사랑에 균열이 생겼다. 지금 세 사람은 더 중요한 문제를 해결하려 하는 중이었으나 와일드는 여전히 둘의 관계를 바로잡아 주고 싶었다.

계속 헤스터의 눈을 바라보며 오렌이 말했다. "어젯밤 와일드에게 피터 베넷에 대해 조사해 보겠다고 약속했어요."

헤스터는 천천히 고개를 끄덕이더니 한결 부드러운 목소리로 "그럼 어서 말해봐요"라고 말했다.

오렌은 눈을 깜빡이더니 와일드에게 눈을 돌렸다. "네 말을 들으니 당연히 피터 베넷이 헨리 맥앤드루스 살인 사건의 용의자가 되더구나. 그래서 네가 알려준 사실을 그 사건의 담당 형사 티머시 베스트에게 얘기했다. 아, 베스트는 어젯밤 네게 일어난 일과 아무 상관 없을 거야. 이 사건은 하트퍼드 경찰이 아니라 주 경찰국이 수사 중이거든. 하트퍼드 관할도 아니고 이해 충돌 문제도 있어서 말이다. 베스트도 주 경찰국 소속이야."

와일드는 고개를 끄덕였다. 이제 그 일은 아무래도 상관없었다. "그래서 피터 베넷은요?"

"난 베스트가 피터 베넷을 조사하는 일을 돕는 중이었는데 탄도 검사 결과가 캐서린 프롤 사건과 일치하자 FBI가 대거 개입했어. 그래서 어젯밤에 우리가 이야기할 때만 해도 피터 베넷을 찾는 사람은 너뿐이었지만 이제는 FBI와 코네티컷 주 경찰국의 최고 법집행기관도 찾고 있다."

"그래서 뭐가 나왔나요?"

"응. 아주 많이."

헤스터가 다시 퉁명스럽게 말했다. "빨리 말해봐요."

오렌은 돋보기를 쓰고 작은 수첩을 꺼냈다. "피터 베넷이 인스타그램에 마지막으로 올린 포스팅이 아디오나 절벽 사진이라고 네가 그랬지?"

"네."

오렌이 담담한 어조로 수첩에 적힌 내용을 읽어 내려갔다. "사진이 찍히기 사흘 전, 비행 기록과 출입국 관리국에 따르면 피터 베넷은 뉴어크 공항에서 프랑스령 폴리네시아로 떠났어. 이틀간 아디오나 절벽 근처의 작은 호텔에 머물렀지. 사진이 찍힌 날 아침에 피터는 호텔 청소부에게 자신의 배낭과 옷을 주며 가지라고 했다. 호텔비를 내고 호텔에서 체크아웃한 뒤에 택시를 타고 산기슭으로 갔지. 택시 기사는 네 육촌이 길을 따라 절벽 정상으로 올라가는 걸 봤다."

오렌은 수첩을 탁 덮었다. "이게 다야."

"그게 무슨 말이에요. 이게 다라니?" 헤스터가 물었다.

"그 후로 피터 베넷을 본 사람이 없어. 우리가 아는 한 피터 베넷은 자취를 감췄다. 그 길을 다시 내려온 흔적도 없고. 그 후로 여권을 쓰지도 않았어. 신용카드와 ATM 거래 내역도 없고. 어떤 탑승자 명단이나 국경 횡단자 명단에도 이름이 없었다."

"유력한 가설이 있나요?" 와일드가 물었다.

"피터 베넷에 관해서 말이냐? FBI는 베넷이 정말로 자살했다고 믿는다."

"아니면 자살처럼 꾸몄거나." 헤스터가 말했다.

"FBI는 그렇게 생각하지 않아요." 오렌이 말했다.

"왜요?"

"내가 이미 말한 증거 말고 더 필요해요? 두 개가 더 있어요. 첫째, 피터 베넷은 떠나기 전에 부동산을 정리했어요. 우린 그의 재무 담당자와 얘기를 나눴어요. 뱅크 오브 USA에 근무하는 제프 아이덴버그 고문인데 처음에는 고객의 비밀을 지켜야 하는 의무 때문에 입을 열지 않더군요. 하지만 FBI가 서둘러서 영장을 받아냈죠. 영장을 내밀자 아이덴버그도 협력했어요. 고객이 걱정된다는 이유도 있었죠. 아이덴버그에 따르면 피터 베넷은 혼자 와서 부동산을 두 누나에게 나눠주었어요. 현재는 젠 캐시디와 아직 이혼이 진행 중이라서 대행업자에게 전부 예탁되어 있고요. 하지만 이 제프 아이덴버그가 피터 베넷을 직접 만났는데 그의 말로는 피터가 우울해 보였다는군요."

헤스터는 그 말을 생각했다. "그래도 여전히 자살을 가장한 사람의 행동일 수 있어요."

"그럴 수도 있겠죠."

"두 개가 더 있다면서요. 두 번째는 뭔가요?"

그 질문엔 와일드가 대답했다. "유서가 없다는 점이요."

오렌이 고개를 끄덕였다. 헤스터는 어리둥절한 표정이었다.

"잠깐만. 어떻게 유서가 없다는 게 자살했다는 증거가 되지?" 헤스터가 물었다.

"자살을 가장하고 싶으면 꼭 유서를 남겨야죠. 만약 피터 베넷이 자살을 가장하기 위해 인스타그램에 그 사진을 올리고, 부동산을 정리하고, 섬까지 날아가는 수고를 했다면 자필로 유서를 남겨 마무리 짓는 게 합리적이죠." 와일드가 말했다.

"그렇구나." 헤스터가 말했다. "하지만 그럼 다른 의문이 생기네. 어느 쪽이든, 그러니까 피터가 자살을 가장했든 정말로 자살했든 왜 유서가 없는 거지?"

와일드도 예전에 그걸 의아해했던 적이 있다.

"인스타그램의 마지막 포스팅이 일종의 유서라고 할 수 있죠." 오렌이 말했다.

"거기에 뭐라고 썼는데요?" 헤스터가 물었다.

그 질문에도 와일드가 대답했다. "'이제 그만 평온해지고 싶다.'"

다들 말없이 앉아있었다.

헤스터가 말했다. "예전에 내 친구가 셜록 홈스를 자주 인용하곤 했죠. 정확한 말은 기억이 안 나는데 사실을 알기 전에 가설을 세우면 안 된다고 경고하는 말이었어요. 일단 가설을 세우면 사실에 따라 가설을 바꾸는 게 아니라 가설에 맞추려고 사실을 왜곡하니까요. 한마디로 우린 아직 확실히 몰라요."

"맞아요." 오렌이 말했다. "그래서 두 사람이 FBI에 협조해서 함께 이 문제를 해결해 달라는 거예요."

"제가 어제 다 말씀드렸잖아요. 추가로 더 드릴 말씀은 없는데요." 와일드가 말했다.

"안다. 하지만 저들이 널 꼭 만나야겠대. 널 만날 때까지 물러서지 않을 거다."

헤스터가 말했다. "다시 말해, 저들이 내 의뢰인을 불법적으로 괴롭힐 거란 말이군요."

"아마도."

"무슨 뜻이에요?"

"난 작은 도시의 보잘것없는 경찰 서장이에요. FBI가 나한테 전부 다 말하지는 않았을 거란 뜻이에요."

"그게 무슨 말인지 잘 모르겠네요." 헤스터가 말했다.

"아무래도 다른 뭔가가 더 있는 것 같아요. 그들이 내게 말하지 않는 무언가, 훨씬 더 큰 뭔가가."

"그런데도 우리한테 FBI 소굴로 들어가서 그들과 얘기하라고요?"

"너한테는 두 개의 선택지가 있는 것 같구나." 오렌이 다시 와일드를 보며 말했다. "첫째는 FBI를 만나서 변호사 입회하에 그들에게 협조하는 거야."

"두 번째는요?"

"도망쳐라."

CHAPTER

27

부메랑 동물들은 알파카, 기린, 아기 고양이, 북극곰 순서대로 로그인했다. 크리스 테일러의 사자가 늘 그렇듯이 회의를 주재했다. 모두 자리를 잡은 뒤 말없이 앉아있었다. 동물로 위장한 채 가만히 앉아서 표범이 합류하기를 기다리는 그들의 모습이 갑자기 크리스에게는 매우 우스꽝스러워 보였다.

표범은 나타나지 않았다.

크리스가 먼저 입을 열었다. "표범의 신상을 밝혀야 해."

"그게 무슨 의미인지 알지?" 북극곰이 물었다.

"알아."

"그걸로 부메랑은 끝이야." 아기 고양이가 말했다. "그게 우리 합의의 일부였어. 일단 비상 상황이라 판단해서 유리를 깨면 그걸로 끝이야. 우리 모임은 해체돼. 다시는 서로 소통할 수 없어."

크리스의 사자가 고개를 끄덕였다. "표범이 마틴 스피로라는 악플러 사건을 발표했던 거 다들 기억해?"

"기억나." 알파카가 말했다.

"화면에 파일 띄울게."

크리스 테일러가 공유 버튼을 눌렀다.

"아, 기억나." 북극곰이 말했다.

"슬픔에 잠긴 유가족을 괴롭히던 변태였어." 아기 고양이가 덧붙였다.

"맞아." 크리스가 말했다. "우리가 확인한 결과 그런 저질 댓글은 딱 하나뿐이었어. 다른 댓글은 없었지. 어쩌면 스피로가 술에 취해 필름이 끊긴 상태에서 댓글을 썼을 수도 있어."

"난 도저히 그런 생각은 안 들던데. 만약 필름이 끊긴 채 포스팅했다면 새로 만든 익명 계정으로 들어가진 않았겠지." 아기 고양이가 말했다.

"표범도 그렇게 주장했어. 결국 스피로는 강도 1의 처벌만 받았지."

"사자, 지금 왜 그 이야기를 하는 거야?"

"마틴 스피로가 살해됐으니까. 역시 머리에 총을 맞아서."

정적이 흘렀다.

마침내 북극곰이 입을 열었다. "맙소사."

아기 고양이가 말했다. "이게 다 무슨 상황이지?"

"모르겠어. 하지만 더는 선택의 여지가 없는 것 같아. 북극곰?"

"이젠 나도 동의해. 우린 표범의 신원을 알아야 해."

"우리 자신을 속일 수는 없어. 이걸로 부메랑은 끝이야." 알파카도 합세했다.

"그건 잘 모르겠어." 크리스가 말했다.

북극곰이 목을 가다듬었다. "그건 우리 모두 합의한 규칙이야. 경찰에게든, 범죄자에게든, 피해자에게든, 심지어 같은 회원에게라도 신원이 발각된다면 우리는 안전을 위해 사라져야 해."

"그냥 그렇게 사라져도 되는 걸까? 누군가가 사람을 둘이나 죽였어." 크리스가 말했다.

"다시 한번 말하지만, 그건 네가 아무런 증거 없이 내린 결론이야." 북극곰이 말했다.

"뭐라고? 그럼 이 두 사람이 죽은 게 우연이라는 거야?"

"아니, 그건 아냐. 하지만 동일범의 소행인지는 아직 모르잖아. 사자, 넌 그렇다고 확신하는 거야?"

"지금 무슨 말을 하려는 거야?" 기린이 물었다. "살해된 두 사람 모두 온라인에서 다른 사람을 괴롭혔고, 표범이 조사했던 사람들이야. 우린 둘 다 유죄라는 데 동의했잖아. 한 명은 처벌할 가치가 없다는 결정을 내렸고, 다른 하나에게는 가벼운 벌까지 내렸어."

"이제 표범은 잠수를 타버렸고." 아기 고양이가 덧붙였다.

"아니면 몸을 움직이지 못하거나." 알파카가 말했다.

"아니면, 이제 현실을 직시하자." 기린이 말했다. "지금 상황에서는 표범이 범죄를 저지르면서 자기 혼자 정의를 실현하고 있을 가능성이 커."

"어느 쪽이든 우린 표범의 신원을 밝혀야 해." 크리스가 말했다.

"동의해." 알파카가 말했다.

"나도." 아기 고양이가 말했다.

"나도." 기린이 말했다.

북극곰이 한숨을 쉬었다. "그게 옳은 일이야. 그러니까, 그래. 나도 너희랑 같은 의견이야. 하지만 표범의 신원이 밝혀지자마자 우리는 해산해야 해. 그러니까 미리 말해둘게. 너희들과 함께할 수 있어서 정말 영광……."

"아직 아니야." 크리스가 끼어들었다.

"하지만 규칙이…….."

"만약 이 살인 사건의 배후가 표범이라면, 우린 그를 막아야 해. 표범의 신원이 밝혀지면 그에게 연락해야만 해."

"너무 위험한데." 북극곰이 말했다.

"그렇다고 그냥 물러설 순 없어." 크리스가 말했다.

"하지만 우리 모두는 그러기로 합의했어." 북극곰이 말했다. "우린 경찰이 아니야. 난 다른 회원을 찾아내서 막을 생각 없어."

"그러니까 부메랑은 온라인에서 다른 사람들을 괴롭히는 사람들은 색출해도 살인자는 찾아내지 않는다는 거야?" 크리스가 말했다.

"그래." 북극곰이 말했다. "우리 임무는 매우 구체적이야. 규정은 우리를 보호하기 위해 만든 거고. 우린 기후 변화나 전쟁, 심지어 살인 사건을 해결하려고 여기 모인 게 아니야. 부메랑은 그저 온라인에서 타인에게 폭언을 퍼붓고 괴롭히고 학대하는 사람들에게 업보를 갚아주기 위해 만들어졌을 뿐이야."

"이 단체는 우리가 만들었어. 그냥 물러날 수는 없다고." 크리스가 말했다.

"사자?" 아기 고양이였다.

"응?"

"일단 신원을 알아내자. 그다음에 해산에 찬성할지 말지 각자 선택하면 돼."

"안 돼." 북극곰이 말했다. "갑자기 그렇게 규정을 바꿀 수는 없어. 그건 애초에 우리가 합의한 사항이 아니야."

"상황이 바뀌었잖아." 아기 고양이가 말했다.

"나한테는 바뀌지 않았어." 북극곰이 맞받아쳤다.

"좋아." 크리스가 말했다. "일단 신원을 밝히고 어떻게 할지 알아보자. 우린 상황이 이렇게 복잡해질 거라고는 예상하지 못했어. 우리 잘못이야.

이제 내가 보내는 메시지에 각자 비밀번호를 입력할 준비를 해. 다들 준비 됐어?"

모두 그렇다고 대답했다.

"좋아. 10초 안에 입력해야 해. 내가 셋을 세면 모두 비밀번호를 입력하고 표범을 눌러. 자, 시작한다. 하나, 둘……, 셋."

금방 끝났다. 표범의 이름이 사자의 모니터에 떴다. 다른 회원에게는 비밀이었지만, 그들 모니터에는 7초 지연 설정이 되어있어서 크리스가 제일 먼저 이름을 볼 수 있었다.

캐서린 프롤.

표범은 여자였다. 혹은 여자로 확인되었다. 혹은 여자 이름을 썼다. 어찌됐든 간에. 무슨 이유에서인지, 아마도 성차별일 테지만, 크리스는 늘 표범을 남자로 생각했다. 그게 중요할까? 전혀. 그는 이미 캐서린 프롤의 이름을 컴퓨터에 입력하는 중이었고 그러자 기사가 떴다.

크리스는 다시 회원 전원이 들을 수 있도록 마이크를 켰다.

"맙소사."

FBI와 면담하기 전에 헤스터는 와일드가 맥앤드루스 저택에 무단으로 침입하고 그 이후에 저지른 모든 범죄에 대해—실제로 살인을 저지른 것이 아닌 한—완전한 면책을 보장받았다. 또한 FBI 본부가 아닌 그녀의 법률 사무소에서 면담이 이뤄져야 하며, 면담 전체는 그녀의 회사에 소속된 법정 비디오 촬영기사가 녹화하고 속기사가 기록하되 녹화 테이프와 속기 사본은 FBI에 제공하지 않을 것이고 FBI가 이용할 수도 없다고 주장했다.

세부 사항을 조율하는 데 몇 시간이 걸리기는 했지만 결국 FBI는 헤스터의 조건에 동의했다. 이제 헤스터와 와일드는 지난번과 같은 자리에 앉았고, 자신을 게일 베츠라고 소개한 여자 FBI 요원은 오렌이 앉았던 의자에, 자신을 조지 키셀이라고 소개한 남자 요원은 벽에 기대섰다.

베츠가 질문하는 동안 키셀은 지루한 표정으로 침묵을 지켰다. 와일드는 자신이 피터 베넷을 찾아다녔던 일과 그로 인해 헨리 맥앤드루스의 집에 들어가게 된 경위를 굳이 말하지 않을 이유가 없다고 판단했다. 헤스터가 몇 차례 그의 대답을 막았다. 특히 베츠가 와일드의 무단침입 과정을 강압적으로 꼬치꼬치 물었을 때는. 그러자 베츠는 캐서린 프롤에게로 초점을 돌려 와일드에게 캐서린 프롤을 아냐고 물었다. 그의 대답은 '아니오'였다. 베츠는 둘 사이에 혹시나 연결 고리가 있는지 찾아보았다. 프롤은 트렌턴에서 일했는데 혹시 트렌턴에 가본 적 있나요? 7학년 때 수학여행 간 이후로는 가본 적 없습니다. 프롤은 뉴저지주 유잉에 살았는데 와일드는 거기에도 가본 적이 없었다. 프롤의 시신은 호프웰에 있는 임대한 사무실에서 발견되었다. 베츠는 와일드에게 호프웰에 간 적이 있는지 물었다.

"그 사무실은 무슨 용도였죠?" 와일드가 물었다.

게일 베츠가 고개를 들었다. "뭐라고요?"

"캐서린 프롤은 트렌턴에서 근무한 FBI 요원이었잖아요. 맞죠?"

"네."

"그런데 왜 호프웰에 있는 사무실을 임대한 겁니까?"

키셀이 처음으로 입을 열었다. "질문하는 쪽은 우립니다."

"오, 말을 하는군요." 헤스터가 말했다. "청각장애인을 고용한 FBI에 박수를 보내려던 참이었는데."

"재미없습니다." 키셀이 말했다.

"와, 상처 주시네. 정말이에요. 아무튼 지금까지 내 의뢰인은 당신들에게 협조했어요. 우리도 프롤 특수 요원을 살해한 범인이 법의 심판을 받기를 바란다고요. 그러니 이 정도 질문에는 답해줄 수 있는 거 아닌가요?"

키셀은 한숨을 내쉬더니 벽에서 몸을 떼고 베츠를 바라보았다. "질문 다 끝났나요, 베츠 요원?"

베츠는 고개를 끄덕였다. 키셀은 베츠 옆에 있던 의자를 끌어당겨 세상의 무게를 모두 짊어진 듯 힘겹게 앉더니 테이블 쪽으로 의자를 굴렸다. 그의 배가 테이블 가장자리에 눌렸다. 키셀은 천천히 두 손을 깍지 끼고 목을 가다듬은 뒤에 물었다.

"라스베이거스에 다녀온 적 있습니까?"

와일드의 머릿속에서 경고음이 울렸다. 헤스터도 마찬가지였다. 그녀는 대답하지 말라는 뜻으로 와일드의 팔에 손을 올렸다.

"그게 왜 알고 싶죠?" 헤스터가 물었다.

"아무렴 호텔 정보를 얻고 싶어서 묻겠습니까? 이번 수사와 연관이 있어서 묻는 겁니다."

"어떻게 연관이 있는지 설명해 주시죠."

"그건 당신 의뢰인이 알겠죠. 아마 당신, 미즈 크림스틴도 알 거고요. 하지만 난 지금 게임을 할 기분이 아니에요. 그러니까 단도직입적으로 말하죠. 우린 넉 달 전에 당신이 라스베이거스에 있었다는 걸 압니다. 더 중요한 점은 당신이 대니얼과 소피아 카터의 집을 방문했다는 사실이죠. 그 이유를 알고 싶군요."

와일드는 깜짝 놀랐다.

아직 와일드의 팔에 손을 올리고 있던 헤스터는 그의 팔을 꽉 쥐었다. "그게 무슨 연관이 있죠?" 그녀가 물었다.

"뭐라고요?"

"이 일련의 질문이 맥앤드루스 그리고 프롤의 살인 사건과 무슨 연관이 있냐고요."

"직접 말해주시죠."

"우린 전혀 몰라요."

"미즈 크림스틴, 저도 모릅니다. 아직은요. 그래서 지금 묻는 겁니다. 대답을 듣고 연관성을 찾아낼 수 있다면 좋겠군요. 그럼 더 많은 질문을 하고 더 많은 연관성을 찾아낼 수 있겠죠. 아니면, 끝까지 들어보세요, 내가 질문을 하고 아무런 연관성을 찾아내지 못하면 다음 단계로 나아갈 수도 있죠. 원래 수사는 그렇게 하는 겁니다. 그러니까 당신 의뢰인에게 왜 라스베이거스에 가서 카터 부부와 이야기했는지 말하라고 하세요. 그럼 그 일이 이 수사와 연관이 있는지 없는지 우리가 판단할 수 있을 테니까."

"마음에 안 드네요." 헤스터가 말했다.

"거 참 슬프군요. 내 질문이 마음에 드시길 바랐는데."

헤스터가 손가락으로 자신을 가리켰다. "이봐요, 아저씨, 잘 들어요. 여기서 비꼬는 말로 시건방 떠는 건 내 역할이라고요. 알겠어요?"

"변호사님 역할을 빼앗으려던 건 아니었습니다. 그래서, 의뢰인이 대답 못 하게 하실 건가요?"

"의뢰인과 상의해야겠어요." 헤스터가 말했다.

키셀은 그렇게 하라는 뜻으로 어깨를 으쓱였다.

헤스터는 와일드의 귀에 속삭였다. "이게 대체 무슨 꿍꿍이인지 알겠니?"

와일드는 고개를 저었다.

"저의를 알 수 없는 질문에 대답하는 거 마음에 안 든다." 그녀가 속삭였다.

와일드는 머릿속으로 재빨리 계산했다. 만약 저들이 그가 대니얼 카터를 만난 사실을 이미 알고 있다면 그 이유를 말한다고 해서 딱히 손해를 볼 것 같지는 않았다.

와일드는 헤스터에게 질문에 대답해도 괜찮다는 신호를 보낸 다음, 이렇게 말했다. "대니얼 카터가 내 친부입니다."

키셀은 노련한 베테랑인 터라 충격적인 답변을 듣고도 무표정을 유지하는 데 익숙했다. 반면 베츠는 놀란 내색을 감추지 못했다.

키셀이 잠시 기다렸다가 물었다. "자세히 설명해 줄 수 있나요?"

"뭘 자세히 설명해요?" 헤스터가 물었다.

"우린 와일드의 과거를 다 알고 있습니다. 공개적으로 다 밝혀졌죠. 난 늘 와일드의 친부모가 누군지 아무도 모른다는 인상을 받았습니다만." 키셀이 말했다.

"맞습니다." 와일드가 말했다.

"그런데 어떻게 아버지를……?"

"피터 베넷에게서 연락이 온 바로 그 DNA 사이트에서요."

"잠깐만요." 키셀이 테이블을 밀어냈다. "지금 그 사이트에서 대니얼 카터랑 DNA가 일치했다는 겁니까?"

"네."

"내가 제대로 이해했는지 확인해 봅시다. 당신은 그 사이트에 DNA 샘플을 등록했고, 그러면 사이트에서 '이봐요, 당신과 일치하는 DNA를 찾았어요. 이 사람이 당신 아빠예요'라고 알려준다고요?"

"몇 퍼센트 일치하는지만 알려줍니다만 어쨌든 그렇습니다."

"그래서 대니얼 카터에게 연락했고, 찾아가기로 약속을 잡은 건가요?"

"아뇨."

"아니라고?"

"DNA가 일치한다는 메시지를 받았을 때 내가 아버지에게 연락했지만 메시지가 되돌아오더군요."

키셀은 등을 뒤로 기대고 팔짱을 꼈다. "이유를 아나요?"

"그쪽 계정이 해지됐다고 적혀있었습니다."

"그렇군요. 그러니까 당신은 카터에게 연락했지만 카터는 당신에게 연락이 오는 걸 원치 않았고 그래서 계정을 해지했군요."

"내 의뢰인은 그렇게 말하지 않았어요." 헤스터가 끼어들었다. "그냥 계정이 해지됐다고만 했죠. 언제, 왜 그렇게 됐는지 내 의뢰인은 몰라요."

"그렇네요. 내가 틀렸습니다. 그래서 그다음에는 어떻게 했죠?"

"라스베이거스로 날아갔습니다."

"카터의 주소를 알고 있었나요?"

"알아냈죠, 네."

"어떻게요?"

그 질문에는 헤스터가 답했다. "그건 상관없잖아요."

"당연히 상관이 있죠. 난 이런 DNA 사이트가 어떻게 운영되는지 압니다. 그런 사이트에서는 함부로 이용자의 주소를 알려주지 않아요. 만약 카터의 계정이 해지되었다면, 당신이 카터의 주소를 어떻게 알아냈는지 알아야 합니다."

헤스터는 얼굴을 찡그린 채 몸을 내밀었다. "키셀 요원, 인터넷이 어떻게 작동하는지 알아요?"

"그게 무슨 말입니까?"

"인터넷에는 비밀이 없다는 뜻이죠. 우리가 하는 모든 일이 익명으로 처리된다고 생각한다면 그건 자신을 속이는 거예요. 수완이 좋다면 방법은 항상 있죠. 그리고, 키셀 요원, 나는 수완이 좋답니다."

"당신이 주소를 알아냈나요, 미즈 크림스틴?"

헤스터는 아무 말 없이 두 팔을 양옆으로 벌렸다.

"어떻게요?"

"내가 천재 해커처럼 보여요? 내게는 날 위해 일하는 사람들이 있어요. DNA 사이트에도 그 데이터베이스를 관리하는 사람들이 있고요. 결국 이런 웹사이트는 전부 사람이 운영하죠. 사람은 사리사욕에 따라 움직이고요."

"한마디로 누군가를 매수했군요."

"한마디로 그런 정보를 얻는 게 어렵다고 생각할 만큼 순진하다면 당신은 FBI 요원이 될 자격이 없어요."

키셀은 잠시 그 말을 생각하더니 다시 입을 열었다. "좋습니다. 그래서 당신은 라스베이거스로 갔군요."

"네."

"가서 친부를 만났나요?"

"바로 만나지는 않았습니다. 며칠 기다렸죠."

"왜요?"

"평생 닫아뒀던 거대한 문을 여는 일이었으니까요." 와일드는 자신이 거침없이 말하는 걸 깨닫고 놀랐다. "확신이 서지 않았습니다. 내가 정말 그 문 뒤에 뭐가 있나 보고 싶은지 아닌지."

"문 뒤에 뭐가 있던가요?"

"무슨 말이죠?"

"어느 시점에서 대니얼 카터에게 자신을 소개했을 텐데요."

"그랬습니다."

"카터가 뭐라고 하던가요?"

"내 존재를 몰랐다고 했어요. 공군에서 복무하는 동안 여름을 유럽에서 보냈는데 그때 하룻밤 잤던 여자가 임신한 게 아닌가 싶다더군요."

"그 여자가 누구인지 말해줬습니까?"

"국적이 다른 여덟 명의 여자와 잤다고 했습니다. 이름밖에 모른다고."

"그렇군요. 그러니까 친모에 대한 단서는 없었네요?"

"네."

"그래서 피터 베넷의 메시지에 답했군요?"

"네."

키셀은 배 위에 두 손을 올려놓았다. "당신이 아들이라는 말을 듣고 대니얼 카터가 어떻게 반응하던가요?"

"당황한 것 같았습니다."

"아들이 생겨서 기뻐하던가요?"

헤스터는 와일드의 얼굴을 보려고 몸을 돌렸다.

"아뇨. 아내 말고 다른 여자와 바람을 피운 건 그해 여름이 처음이었고, 현재 둘 사이에 딸이 셋 있다고 했습니다. 저로 인해 가족의 삶에 폭탄이 떨어질까 걱정했어요."

"이해가 가는군요." 키셀이 고개를 끄덕이며 말했다. "그다음에는 어떻게 됐나요?"

"하루 정도 더 생각할 시간이 필요하다고 했습니다. 그러더니 이튿날 아침에 함께 식사하며 이 문제를 더 의논해 보자고 하더군요."

"그래서요?"

"그 후로는 보지 못했습니다. 비행기를 타고 집으로 돌아왔어요."

"왜죠?"

"폭탄이 되고 싶지 않았으니까요."

"훌륭하군요." 키셀은 그렇게 말하더니 베츠를 힐끗 본 다음에 다시 물었다. "그 뒤로 카터 가족과 연락한 적 있나요?"

"없습니다."

"전혀?"

"이미 대답했잖아요." 헤스터가 말했다. "자, 그러니 이제 말해봐요. 이 일이 최근 벌어진 살인 사건과 무슨 연관이 있죠?"

키셀은 미소 지으며 자리에서 일어났다. 베츠도 같이 일어났다.

"협조 감사합니다. 또 연락드리죠."

CHAPTER

29

캐서린 프롤.

크리스 테일러가 구글에서 그 이름을 검색했을 때 나온 결과는 그가 상상했던 것보다 훨씬 더 심각했다.

첫째로 캐서린 프롤, 표범은 FBI였다. 크리스 테일러는 이 사실을 어떻게 받아들여야 할지 몰랐다. 그는 늘 수사관이 부메랑에 침투할지 모른다고 걱정했지만, 그와 동시에 적어도 부메랑 회원 중 하나는 수사 기관 소속일 거라고 생각했다. 기존 형사 사법 제도의 한계를 직접 목격하고, 아직 법으로는 이 범죄자들을 따라잡지 못한다는 사실을 깨달은 수사관. 굳이 자경단 활동을 하지 않아도 사법 제도의 허점을 발견하고 그것을 바로잡고 싶을 수 있다. 게다가 그가 보기에 캐서린 프롤은 현장 요원이 아니었다. 이는 아마도 캐서린이 컴퓨터를 다루는 데 능숙한 기술 요원이라는 뜻일 것이다. 컴퓨터에 능숙하기는 다른 회원도 마찬가지였다. 다크웹의 가장 은밀한 구석까지 이해하고 탐색하지 못하면 부메랑에 참가할 수 없었다.

하지만 물론 이는 언론 용어를 빌리자면 '본말이 전도되었다'.

중요한 사실은 캐서린 프롤이 살해되었다는 것이다.

크리스가 그 사실을 알았을 때, 이 일이 얼마나 심각한지 깨달았을 때 그가 한 행동은 아마도 다른 부메랑 회원, 다시 말해 북극곰, 알파카, 아기 고양이, 기린에게 충격을 줬으리라.

그는 부메랑을 삭제해 버렸다.

전부 다. 파일과 그동안 주고받은 메시지. 회원들 간의 모든 교류를.

그가 아직도 다른 회원들을 믿냐고? 크리스도 확답할 수 없었다. 하지만 상관없었다. 한 회원이 살해됐다. 따라서 다른 회원에게로 이어질 가능성이 있는 길은 모두 차단해야만 했다.

부메랑 회원 중 하나가 범인일 수도 있을까?

끔찍한 생각이었지만 크리스는 그럴 가능성도 고려해야 했다.

하지만 한 가지 확실한 건 FBI가 최고의 요원을 투입해 이 사건을 신속히 수사하리라는 점이었다. 만약 그들이 캐서린 프롤의 컴퓨터를 가져갔다면 자신들이 사용할 수 있는 모든 수단을 동원해 그 컴퓨터를 샅샅이 뒤질 것이다. 크리스는 보안 프로그램을 여러 개 깔아두었고, 회원들은 모두 엄격한 규정을 따랐다. 하지만 이번 사건으로 보건대 그 방법은 실패했다. 표범이 규정을 어겼거나 누군가 보안 프로그램을 뚫고 들어온 것이다. 이는 당연히 부메랑이 노출될 수 있다는 뜻이었다.

한마디로 반드시 모든 연결 고리를 끊어야 했다.

이제 혼자가 되었으니 다음에는 뭘 해야 할까?

아마 그는 FBI보다 더 많이 알고 있으리라. FBI가 벌써 표범의 죽음과 헨리 맥앤드루스 사건 혹은 마틴 스피로 사건 간의 연관성을 알아냈을까? 그럴 리 없다. 신문 기사와 인터넷을 봤는데 세 사건이 연관 있다는 말은 어디에도 없었다. 하지만 확인할 방법도 없었다.

그게 또 하나의 큰 문제였다.

현재 크리스는 많은 정보를 제공할 수 있는 상황인데도 수사 기관에 신고할 수가 없었다. 그건 최악의 방법으로 규정을 위반하는 꼴이 될 것이기 때문이다. 만약 부메랑 회원 중 하나가 FBI에 잡힌다면, 그는 연방 감옥에 가거나 그보다 더한 처벌을 받게 될 것이다. 의심의 여지가 없었다. 게다가 부메랑의 처벌을 받은 사람들이 회원들의 정체를 알게 된다면 폭력적인 방법으로 그들에게 복수하려고 할 터였다.

사방에 위험이 도사리고 있었다. 하지만 그렇다고 해서 살인자가 처벌받지 않게 내버려 둘 생각은 없었다.

그가 직접 해결해야 했다.

문제는 어떻게 해결하느냐였다.

베츠와 키셀이 떠나고 사무실에 다시 와일드와 단둘이 남자 헤스터가 물었다. "이게 대체 무슨 일이니, 와일드?"

와일드는 아무 말도 하지 않은 채 휴대전화에서 번호 하나를 찾아내더니 통화 버튼을 눌렀다.

"아버지한테 전화하는 거야?"

와일드는 전화기를 귀로 가져가 신호음을 들었다.

"피터 베넷은 네 엄마 쪽 친척이지?"

와일드는 고개를 끄덕였다. 신호음이 계속 울렸고, 아무도 전화를 받지 않았다.

"대체 네 아버지가 이 사건들과 무슨 연관이 있을까?"

와일드는 전화를 끊었다. "회사는 전화를 안 받네요."

"누구 회사?"

"제 아버지요. 대니얼 카터의 회사. DC 드림하우스 건설."

"아버지 휴대전화 번호는 아니?"

"아뇨."

"그럼 집 전화는?"

와일드는 고개를 저었다. "롤라에게 찾아달라고 해야겠어요."

"왜 FBI가 네 아버지에게 관심을 보이는지 짚이는 데라도 있어?"

"아뇨."

"그럼 왜 네가 아버지를 찾아간 걸 수상하게 여기는지는?"

"가능한 답은 하나뿐이죠."

"뭔데?"

"대니얼 카터가 제게 거짓말한 거예요."

"무슨 거짓말?"

와일드도 몰랐다. 그는 롤라에게 전화해 상황을 설명했다. 그의 머릿속에 떠오르는 것은 다른 세 명의 위탁 아동과 함께 쓰는 방에서 열심히 필기하는 성실한 학생, 어린 롤라의 모습이었다. 롤라는 꼼꼼하고 부지런하며 끈덕진 학생이었다. 덕분에 지금은 훌륭한 수사관이 되었다. 누구라도 롤라를 자기편으로 두고 싶을 것이다.

와일드의 말이 끝나자 롤라가 말했다. "무슨 이런 개 같은 경우가 있어, 와일드."

"그러게."

"라스베이거스에 아는 사람이 있어. 뭔가 알아내는 대로 다시 연락할게."

와일드는 전화를 끊었다. 헤스터는 자리를 옮겨 창가에 선 채 경외감마저 불러일으키는 맨해튼 스카이라인을 내다보고 있었다. "사람이 둘이나 죽었어." 그녀가 말했다.

"네."

"FBI는 네 육촌도 죽었다고 확신하는 것 같더구나." 헤스터는 창문에서 고개를 돌렸다. "네 생각은 어떠니?"

"모르겠어요."

"네 육감은 뭐라고 해?"

"전 육감에 따라 행동하지 않아요."

"숲에서 살 때도 그랬니?"

"그건 생존 본능이죠. 악조건에서 빠져나와 살아가는 법을 배우는 거예요. 생존 본능에는, 네, 귀를 기울여요. 하지만 사실을 냉정하게 보기보다는 자신의 육감을 따라야 한다고 믿을 정도로 착각에 빠져있고 자기애가 강하다면 그건 편견이지 육감이 아니에요."

"재미있구나."

"그리고 지금은, 아까 셜록 홈스 이야기를 하셨듯이, 가설을 세울 만큼 상황을 잘 알지 못해요."

"동의한다. 하지만 우리가 살인 사건을 조사할 순 없잖니. FBI가 자신들이 가진 모든 수단을 동원해 이 사건들을 파헤칠 거야. 하지만 지금은 너와 나만 아는 사실이 있지. 마니 캐시디가 거짓말을 했다는 사실. 덕분에 지금은 우리가 FBI보다 확실한 우위야."

"그래서 어떻게 하자는 건가요?"

"배를 흔들어 볼 의향이 있니?"

"네. 어떻게 시작할까요?"

헤스터는 이미 문으로 걸어가고 있었다. "젠에게 동생이 한 말을 전해야지."

스카이의 안내원은 젠 캐시디가 사
는 아파트로 전화를 걸었다. "헤스터 크림스틴이 만나러 오셨어요."
안내원이 와일드를 바라보며 물었다. "성함이?"

"와일드요."

"와일드 씨도 함께요."

안내원은 잠시 젠의 말을 듣더니 마치 비밀스러운 이야기라도 된다
는 듯이 몸을 돌렸다. 헤스터는 지금 어떤 상황인지 짐작이 가는 터라
젠에게 들릴 정도로 크게 외쳤다. "이 소식이 알려지기 전에 우릴 먼
저 만나는 게 좋을 거예요. 정말이에요."

안내원의 몸이 경직되었다. 잠시 후 그녀가 전화를 끊고 말했다.
"엘리베이터를 타고 미스 캐시디의 집으로 가시면 됩니다. 즐거운 시
간 보내세요."

엘리베이터의 문이 열렸다. 이미 2층 버튼에 불이 들어와 있었다.
문이 옆으로 스르륵 열리자 베르사체 옷을 입은 젠 캐시디가 아파트

현관문 앞에서 기다리고 있었다. 헤스터를 다시 만나 반가운 표정이 아니었지만 헤스터는 신경 쓰지 않았다.

젠은 눈을 가늘게 뜨고 와일드를 바라보았다. "누구시죠? 가만. 그 타잔 소년 아닌가요? 몇 년 전에 당신이 나오는 다큐멘터리를 봤어요."

와일드는 손을 내밀었다. "와일드라고 합니다."

젠은 마지못해 와일드와 악수했다. 그러더니 그들이 집으로 들어가지 못하게 막고는 헤스터의 눈을 보며 말했다. "저기, 무슨 용건으로 오셨는지 모르겠지만 우리 얘기는 지난번에 다 끝난 것 같은데요."

"끝나지 않았어요." 헤스터가 말했다.

젠은 와일드를 향해 고갯짓했다. "저분은 여기 왜⋯⋯?"

"와일드는 피터의 친척이에요."

"제 남편요?"

"글쎄요, 이젠 당신 남편이 아니죠. 안 그래요? 사실 그래서 우리가 여기 온 거예요."

"이해가 안 가네요."

와일드가 대답했다. "마니가 거짓말했습니다. 피터는 마니를 성추행하지 않았어요."

그 말에 젠이 미소 지었다. 정말로 미소 지었다. "그건 불가능해요."

"내가 마니와 얘기했습니다. 마니가 인정했어요." 와일드가 말했다.

젠의 미소가 흔들리기 시작했다. "마니가 당신한테⋯⋯."

"정말 복도에서 이 이야기를 계속하고 싶어요?" 헤스터가 젠의 말을 잘랐다.

젠은 여전히 미소 짓고 있었지만 공허한 미소였다. 방어기제이자 반사작용일 뿐이었다. 젠은 비틀거리며 다시 아파트로 들어갔다. 헤스터가 먼저 들어갔고, 와일드가 뒤따랐다.

"우리 앉아서 얘기하죠." 헤스터가 말했다. "오늘은 힘든 하루였고, 난 피곤해 죽겠어요."

다들 자리에 앉았다. 젠은 비틀거리며 쓰러지듯 소파에 앉았다. 이제 그녀의 얼굴에서는 미소가 사라졌다. 기둥이 무너진 집처럼 표정 전체가 안으로 푹 꺼졌다. 젠이 목을 가다듬고 말했다. "무슨 일이 있었는지 말해주세요."

와일드는 거리에서 마니를 잡아 세운 일을 말해주었다. 젠은 집중해서 들었지만 가끔씩 마치 누군가에게 맞은 듯이 눈을 질끈 감았다. 와일드의 이야기가 끝나자 젠이 물었다. "제가 왜 당신 말을 믿어야 하죠?"

"마니에게 전화해 봐요." 헤스터가 말했다.

젠은 웃음기가 하나도 없이 큭큭 웃었다. "그럴 필요 없어요."

"무슨 말이죠?"

"지금 마니가 여기로 오는 중이에요. 트라이베카에 새로 생긴 햄버거 가게에 가기로 했거든요."

10분이 지나자 안내원이 전화해 마니가 도착했다고 알렸다. 그동안 헤스터는 사무실에 전화했다. 리처드 러빈의 배심원단은 아직 평결을 내리지 못했고, 판사는 미결정 심리를 선언할 준비를 하는 듯했다. 와일드는 라스베이거스로 대니얼 카터를 찾아갔던 일을 곱씹어 보았다. 어떻게 그의 친부가 피터 베넷 사건에 연루되었을까? 그가 라스베이거스로 친부를 찾아갔던 일이 헨리 맥앤드루스 그리고 캐서린 프롤 살인 사건과 어떤 연관이 있을까?

젠은 그저 정면을 바라보고 있었다.

노크 소리가 들리자 세 사람 모두 일어섰다. 젠은 멍한 표정으로 현관문을 향해 다가갔다. 현관문이 열리자 마니가 신나게 떠들어 댔다. "그냥 나한테 이 집 열쇠를 줘, 언니. 안 주는 것도 웃기잖아. 언니가 뉴욕에 없을 때 누군가에게 집에 들러서 뭔가 해달라고 부탁할 수도 있고. 또 매번 문을 열려고 나오는 것도 번거롭잖아. 아, 그리고 오늘 가기로 한 그 식당은, 내 친구 테리 있지? 기억나? 키가 크고 울대뼈가 이상하게 생긴 남자 말이야. 테리 말로는 맛이 아주 기가 막히대. 그리고 인플루언서가 사진을 찍어서 sns에 올려주면 돈을 두둑이⋯⋯."

그때 와일드를 발견한 마니가 눈을 휘둥그레 뜨며 외쳤다. "안 돼! 약속했잖아요! 아무에게도 말하지 않기로 약속했잖아요!"

와일드는 아무 말도 하지 않았다.

마니의 눈에서 눈물이 흘렀다. "왜 이렇게 못되게 구는 거예요?"

젠이 아주 나직한 목소리로 물었다. "무슨 짓을 한 거야, 마니?"

"뭐? 저 남자 말을 믿어?"

"마니." 젠이 말했다.

"난 아무 짓도 안 했어!" 마니는 그렇게 외쳤다가 이내 덧붙였다. "언니를 위해서 그런 거야! 언니를 보호하려고!"

젠은 눈을 감았다.

"그리고 그건 전부 사실이야! 모르겠어? 피터는 괴물이야! 형부가 자백했다며! 언니가 그랬잖아. 맞지?"

다시 한번 묻는 젠의 목소리는 너무 지쳐있었다. "무슨 짓을 한 거야, 마니?"

"난 옳은 일을 했어!"

좀 더 단호한 어조로 젠이 다시 물었다. "무슨 짓을 한 거냐고."

마니는 입을 벌렸다. 아마도 더 반박하려고 그랬을 테지만 언니의 표정을 보고는 더 부인해 봐야 소용없다는 걸, 혹은 상황이 더 나빠지리라는 걸 깨달았다.

갑자기 마니가 겁에 질려 구석에 웅크린 아이처럼 아주 연약한 목소리로 말했다. "미안해, 언니. 정말 미안해."

마니는 모든 것을 털어놓았다.

물론 처음부터 순순히 털어놓은 것은 아니었다. '이건 다 언니를 위한 일이었어'와 '형부는 괴물이야'라는 말이 여러 번 나왔지만, 그 연막 사이로 진실이 드러났다. 마니가 어쩌다 팟캐스트에서 그런 폭로를 하게 되었는지 설명하는 동안 젠은 말없이 앉아 계속 정면을 응시했다.

"난 LA에 가서 오디션을 숱하게 봤지만 아무 데서도 연락이 오지 않았어. 그거야 뭐 상관없지. 이런 젠장, 내가 쓸데없는 얘기를 했네. 그렇지? 어쨌든 언니도 알다시피 난 〈사랑은 전쟁터〉의 최종 후보에 올랐지만 제작진에서 내 재능에 맞는 스토리라인을 찾는 데 문제가 있었어. 제작진 말로는 내게 엄청난 스타성이 있지만 내가 언니의 동생이기 때문에 날 위한 별도의 서브플롯을 진행하면 이상할 거라고 했어. 대신 우리 스토리라인을 하나로 묶을 수 있으면 아주 좋을 거라고 했어."

"누가 그랬나요?" 헤스터가 물었다.

"전 주로 제이크와 얘기했어요."

헤스터가 젠을 바라보자 젠이 눈을 감으며 말했다. "조연출이에요."

마니는 와일드에게 했던 이야기를 그대로 들려주었다. 연락이 와서 나갔더니 어떤 여자가 울면서 사연을 말해주었고(그제야 마니는 그 여자를 그날 처음 보았으며 그 후로도 본 적이 없다고 털어놓았다), 그 여자를 '돕기' 위해 팟캐스트에 나가서 그녀의 사연을 말해주기로 했다고. 그쯤 이야기했을 때 젠이 자리에서 일어나 말했다. "그 사람에게 연락해야겠어."

"누구?" 마니가 물었다.

"누구겠니?" 젠이 쏘아붙였다.

"하지만 피터가 인정했잖아!"

젠은 피터의 전화번호를 눌렀지만 전화는 끊어져 버렸다. 문자도 되돌아왔다. 와일드는 젠이 점점 더 안절부절못하는 모습을 지켜봤다. 젠은 다른 번호를 누르더니 상대가 전화를 받자 이렇게 말했다. "비키? 피터 어디 있어요? 피터랑 이야기해야 해요." 젠은 상대의 말을 들으며 말없이 눈을 감았다. 틀림없이 비키는 자기도 동생이 어디 있는지 모른다고 말했을 것이다.

마니의 뺨은 눈물로 뒤덮였다. "젠, 형부가 털어놓았다며! 언니가 나한테 그랬잖아. 형부가 인정했다고 그랬잖아."

"아니야." 젠이 말했다.

"잠깐만요." 헤스터가 끼어들었다. "당신은 나한테도 똑같이 말했어요. 피터가 털어놓았다고, 바로 이 소파에 앉아서 사실대로 다 말했다고요."

"하지만 모르시겠어요?"

"뭘요?"

"제가 피터의 얼굴에서 본 건…… 죄책감이 아니었어요. 배신감이었지. 저에게 느낀 배신감이요. 제가 피터를 믿지 않아서 우리의 신뢰가 깨진 거예요. 전부 제 잘못이에요."

"하지만 그 끔찍한 사진은 어쩌고!" 마니가 외쳤다. "그건 형부 맞잖아! 합성한 사진이 아니었어!"

"피터랑 얘기해야 해." 젠이 떨리는 아랫입술을 잡아 뜯기 시작했다. "이 사실을 알려야 해."

"뭘 알려?" 마니가 흐느끼기 시작했다. "다른 사람에게 말하면 안 돼!"

"그래야만 해, 마니."

"미쳤어?"

"지금 당장 인스타그램에 올려야겠어."

"뭐라고? 안 돼!"

"피터가 내 메시지를 보고 돌아오게 해야 해."

"돌아온다고? 형부는 아마 죽었을 거야."

젠의 몸이 경직되었다. "그건 모르는 일이야."

"제발, 언니, 좀 진정해, 응? 이 모든 걸 내 탓으로 돌릴 순 없어. 난 그 여자랑 이야기했어. 피터가 약을 먹여서……."

"작작 좀 해, 마니." 젠이 싸늘하게 그녀의 말을 잘랐다. "넌 바보가 아니야. 그 여자는 가짜야. 아마 다른 조연출이 연기했을 거야."

마니는 기도하듯이 두 손을 모았다. "제발, 언니. 내가 이렇게 빌게. 날 봐서라도……."

"마니?"

마치 그 말에 뺨이라도 맞은 듯이 마니가 말을 멈췄다.

"난 널 사랑해. 넌 내 동생이야. 하지만 넌 이미 충분히 피해를 줬어. 안 그러니? 네게 최선이자 유일한 기회는 이제라도 좋은 일을 하는 거야."

마니는 무릎에 손깍지를 낀 채 어쩔 줄 모르는 표정으로 그냥 앉아 있었다.

와일드가 젠을 돌아보며 말했다. "피터가 당신에게 자신이 입양됐다고 말했다면서요?"

주제가 바뀌자 젠이 당황했다. 젠은 잠시 머뭇거리다가 대답했다. "네, 그래서요? 그게 이 일과 무슨 상관이 있죠? 그리고 또, 기분 나쁘게 듣지는 마세요, 그 일이 당신과는 무슨 상관이 있죠?"

"피터가 DNA 혈통 사이트에 자기 DNA를 등록한 걸 아세요?"

"그게 대체……? 네, 알아요. 자기가 입양아라는 사실을 알았을 때 피터는 당연히 친가족에 대해 알고 싶어 했어요. 그래서 여러 군데의 DNA 사이트에 등록했죠. 하지만 진실을 알게 된 후에는 계정을 다 지웠을 거예요."

와일드는 헤스터를 힐끗 보았다. 헤스터는 와일드에게 어서 물어보라고 손짓했다. "지금 피터가 친가족을 찾았다는 말인가요?"

"네."

"그게 누구죠?"

"저한테 말해준 적은 없어요."

"하지만 가족을 찾았다고요? 확실합니까?"

젠은 고개를 끄덕였다. "피터는 진실을 알아냈어요. 저한테 그렇게 말했어요. 피터에게는 그걸로 충분했던 것 같아요. 가족에 대한 진실을 알게 된 후에는 그들과 엮이고 싶어 하지 않았어요."

CHAPTER

31

헤스터는 다시 법정으로 불려갔다.

리처드 러빈 살인 사건의 평결이 내려졌다는 소문이 돌았다. 와일드는 다시 뉴저지주로 향했다. 그가 17번 고속도로를 타고 셰리던 애비뉴 출구를 지나칠 때 휴대전화가 울렸다. 매슈에게서 온 전화였다.

"대박!" 매슈가 말했다.

"왜?"

"젠 캐시디가 올린 포스팅 소식 못 들으셨어요? 지금 서턴도 난리예요. 그럼 마니가 피터 베넷에 대해 했던 말은 다 지어낸 거예요?"

와일드는 한숨을 쉬었다. "젠이 뭐라고 했는데?"

"그냥 피터에 관한 이야기는 사실이 아니라면서 사람들에게 피터가 집으로 올 수 있게 도와달라고 했어요. 지금 전 세계가 피터를 찾고 있다고요. 아저씨도 이 일과 연관이 있어요?"

"아주 약간."

"그럴 줄 알았어요! 서턴은 제정신이 아니에요. 배틀러 게시판에는 미친 듯이 글이 올라오고요. 아저씨 이름은 아직 안 나왔어요."

"잘됐구나. 지금 어디니?"

"집에 있어요."

와일드에게 아이디어가 떠올랐다. "내가 네 집에 가서 컴퓨터 좀 써도 될까?"

"그럼요. 제 노트북도 있고, 거실에는 아이맥도 있어요."

"가능하면 둘 다."

"문제없어요. 서턴은 이따 저녁에나 올 거예요."

"엄마는?"

"엄마한테 직접 묻지 그래요?" 와일드가 대답이 없자 매슈가 한숨을 쉬며 말했다. "엄마가 언제 오실지 모르겠어요. 왜요? 엄마를 피하는 거예요?"

"15분 뒤에 도착할 거야. 그동안 부탁 하나만 해도 될까?"

"뭔데요?"

"DNA 등록 사이트들을 알아봐 줘."

"트웰티스리앤드미(23andMe) 같은 사이트요?"

"맞아. 가장 인기 있는 사이트를 중심으로 가능한 한 많이 찾아봐."

15분 뒤 매슈는 현관문을 열어주고 와일드를 거실에 있는 아이맥 쪽으로 데려갔다. 매슈의 노트북은 아이맥 맞은편에 놓여있었다. 와일드는 아이맥 앞에, 매슈는 노트북 앞에 앉았다.

"자, 이제 뭘 해야 하죠?" 매슈가 말했다.

"DNA 사이트 목록 가지고 있지?"

"네."

"그 사이트에 전부 로그인해야 해."

와일드는 매슈에게 피터의 이메일 주소와 그가 비키 치바의 집에 처음 갔을 때 알아냈던 비밀번호인 LoveJenn447을 알려주었다.

매슈는 첫 번째 사이트에 로그인을 시도했다. "안 돼요. 잘못된 비밀번호래요." 그러고는 다른 사이트에 시도했다. "여기도 마찬가지예요. 이 비밀번호가 맞아요?"

"나도 몰라." 와일드는 피터 베넷의 이메일을 통해 인스타그램 계정으로 들어갔던 일이 기억났다. "이렇게 해보자. 비밀번호 찾기를 눌러서 비밀번호를 재설정해."

매슈가 그렇게 하는 동안 와일드는 피터 베넷의 이메일 계정에 로그인했다. 메일함을 살펴봤지만 새로 온 메일은 없었다. '기본'이라고 되어있는 탭에서 '프로모션' 탭으로 이동했다. 이동하자마자 미트유어패밀리 사이트에서 보낸 메일이 도착했다. 현재 비밀번호를 잊어버렸을 경우 새 비밀번호를 설정하는 방법이 적혀있었다. 와일드는 그 방법대로 따라 했다. 매슈도 옆에서 계속 작업했다. 피터의 수신함에 다른 이메일이 나타났다. 또 다른 DNA 사이트에서 보낸 메일로 역시 비밀번호를 재설정하는 방법이 적혀있었다. 와일드는 이번에도 링크를 눌렀다.

새로운 비밀번호로 로그인하려던 그들은 훨씬 더 큰 난관에 봉착했다. 블러드타이스 트웬티스리(BloodTies23) 사이트에 다음과 같은 메시지가 뜬 것이다.

오류: 고객님은 데이터 영구 삭제 요청을 확정했습니다. 일단 그 요청이 확정되면 우리 사이트 방침에 따라 그 과정은 되돌리거나 철회되거나 취소되거나 무효로 돌아갈 수 없습니다. 불편을 드려 죄송합니다. 원하시면 재가입하여 DNA

샘플을 다시 보내주시면 됩니다.

"젠장." 와일드가 말했다.

"왜요?"

"피터가 계정을 전부 삭제했어."

"그럼 백업을 클릭하세요."

"영구 삭제됐대."

매슈가 고개를 저었다. "분명히 되돌릴 방법이 있을 거예요."

"없다는데."

그들은 유전자 계보와 혈통 분석 목적으로 DNA 검사를 제공하는 주요 웹사이트를 열 군데 찾아냈다. 와일드와 매슈가 취합한 정보에 따르면 피터 베넷은 이 열 개의 사이트에 모두 등록했다. 그리고 열 개의 계정을 모두 삭제했다. 그중 일곱 군데는 영구 삭제라는 점을 분명히 했다. 나머지 두 군데는 '삭제되었지만 아카이브에 보관되어 있던' 데이터를 다시 '온라인에 게시'해 달라고 '요청'하는 방법을 알려주었다. 그러려면 신청서를 작성한 다음, 코드가 첨부된 이메일에 답장해야 했다. 물론 '처리 수수료'도 지불해야 했고.

그때 서턴이 도착했다. 서턴이 의자를 끌고 와서 와일드 바로 옆에 앉았다.

"배틀러 게시판이 난리 났어요. 다들 썰을 풀고 있어요."

와일드가 한쪽 눈썹을 치켜세웠다. "뭘 풀어?"

"우리한테도 말해줘." 매슈가 바삐 타자를 치며 말했다. "마니가 거짓말을 한 거야? 피터를 유혹하려다가 차인 거야?"

"젠이 그렇게 발표했니?"

"무슨 발표요?" 서턴이 대답했다. "젠은 인스타그램에 포스팅 하나만 올렸어요. 그 일은 사실이 아니고 자신은 그저 피터를 찾고 싶다고요. 배틀러들은 무슨 일이 있었는지 알아내려고 혈안이 되어있죠. 하지만 아직 마니나 제작진 측에서는 아무런 발표도 없었어요."

와일드는 첫 번째 사이트, 블러드타이스 트웬티스리의 승인을 받아 다시 피터 베넷으로 로그인한 다음 혈연관계를 클릭했다. 고작 2퍼센트뿐이었다. 이 정도는 전혀 도움이 되지 않았다.

서턴이 말했다. "점점 많은 사람의 지지를 받고 있는 아주 이상한 가설이 뭔지 알려줄까요?"

와일드가 계속 타자를 치며 말했다. "응."

"팬 게시판에서 점점 더 많은 배틀러가 이 모든 일의 배후에 피터가 있다고 믿고 있어요." 서턴이 말했다.

와일드는 타자를 멈추고 고개를 들었다. "어떻게?"

"말하자면 이런 식이에요." 서턴은 머리카락 한 가닥을 귀 뒤로 넘겼다. 와일드가 매슈를 힐끗 보았더니 머저리처럼 실실 웃고 있었다. 달리 표현하자면, 처음으로 진지하게 사귀는 여자 친구가 생긴 평범한 대학 신입생의 표정이었다. "그 일이 있기 전에 이미 피터 베넷의 스타성은 심각하게 퇴색했어요. 한동안은 잘나갔죠. 아주 잘나갔어요. 하지만 시간이 지나면 착한 남자는 아주 지루해져요. 그렇다고 너도 변하라는 뜻은 아니야, 매슈."

매슈는 얼굴을 붉혔다.

"그렇게 되면 시청자들은 채널을 돌리죠. 그러니까 가설에 따르면 피터는 불길한 조짐을 감지한 거예요. 착하지만 지루한 남자를 연기하는 데 질려서 자신을 빌런으로 만들기 위해 이 모든 걸 꾸몄다는 주장이에요."

와일드는 얼굴을 찡그렸다. "별로 좋은 작전은 아닌데. 지금 대중에게 미움받는 거 아니야?"

"맞아요. 그렇게 답글을 다는 사람들도 있는데 아마 피터는, 저도 잘 모르겠지만, 이 정도로 반발이 거셀 줄 몰랐을 거예요. 도가 지나쳤다고 말하는 사람들도 있어요. 이건 빅 바보처럼 재미있는 빌런이 되는 것과는 차원이 다르거든요. 저도 잘 모르지만 차라리 피터가 바람을 피웠으면 재미있었을 거예요. 젠이 인기가 많기는 하지만요. 그런데 자기 처제에게 약을 먹이고 강간한다?"

"너무 나간 거지." 매슈가 덧붙였다.

"맞아."

"그래서 그 가설에 따르면 지금 피터는 어디에 있지?" 와일드가 물었다.

"어딘가에 숨어있죠. 대중의 관심이 너무 과열되자 자살로 위장했던 거예요. 그러다 충분한 시간이 흐르고 이제는 자기가 억울하게 당한 것처럼 꾸미고 있죠. 그러면 그가 돌아오길 바라는 사람들의 기대가 엄청나게 커질 테니까요. 그러다 마침내 정말로 돌아오면, 아마 아주 멋지게 등장하겠죠. 피터 베넷은 역대 리얼리티 프로그램 출연자 중에서 가장 큰 스타가 될 거예요."

와일드는 이 가설을 황당하다고 일축하고 싶었지만 마니가 유명해지려고 무슨 짓을 했는지 생각해 보니 마냥 무시할 수는 없었다. 하지만 그 가설에는 몇 가지 문제점이 있었는데 팬 게시판에서 소문을 곱씹으며 시간을 보내는 사람들은 모를 수밖에 없는 사실이 있기 때문이다. 이를테면 맥앤드루스와 프롤이 살해되었다거나, 피터가 와일드와 혈연관계라거나, 피터의 입양이 석연치 않다거나…….

그렇다고는 해도 정말로 이 모든 일에 배후가 있을 수 있을까? 피터 베넷이 어떤 식으로든 배후에 있는 건 아닐까? 그래야 조금이라도 앞뒤가 맞지 않을까?

와일드는 무언가 놓치고 있었다.

그의 휴대전화가 울렸다. 오렌 카마이클이었다. 오렌이 약간 떨리는 목소리로 말했다.

"마틴 스피로라는 남자를 아니?"

"아뇨." 와일드가 말했다.

"델라웨어주에 살고 서른한 살이야. 케이티라는 여자와 결혼했어."

"몰라요. 왜 물으세요?"

"세 번째 피해자다. 헨리 맥앤드루스와 캐서린 프롤을 죽인 총에 맞아 사망했구나."

"언제요?"

"오늘 아침에."

와일드는 아무 말도 하지 않았다.

"와일드?"

"피해자가 수사 기관에서 일하나요?"

"무직이야. 경찰이나 FBI와는 거리가 멀다. 심지어 청원 경찰로 일한 적도 없어."

"그럼 두 사람과 공통점은요?"

"FBI가 알아낸 바로는 전혀 없어. 하지만 이제 겨우 탄도 검사 결과가 나왔으니까. 어쩌면 피해자를 마구잡이로 선택하는 연쇄살인범일지도 모른다고 의심하는 사람들도 있다."

와일드는 아무 말도 하지 않았다.

"그래, 나도 그 가설은 안 믿는다." 오렌이 말했다.

"스피로 사건에 대해 더 말해주세요."

"자택 현관 부근에서 세 발을 맞았어. 아마 이른 아침이었을 거야. 아내가 점심시간에 집에 들렀다가 죽은 남편을 발견했지. 꽤 조용한 거리지만 지금 근처 CCTV와 현관에 설치된 비디오폰을 확인하는 중이야."

"세 발을 맞았다고요?"

"그래."

"다른 피해자들하고 똑같네요."

"맞아. 그래서 FBI에서는 연쇄살인을 의심하고 있어."

와일드는 다시 한번 상황을 정리해 보았다. 리얼리티 프로그램의 세계. 피터의 수상한 입양. 숲에 버려진 와일드. 동일한 흉기만이 유일한 연결 고리인 세 건의 살인.

여전히 교집합을 찾을 수 없었다.

다시 휴대전화가 울렸다. 두 통의 전화가 동시에 오는 건 와일드에게 드문 일이었지만 오늘은 평소와 다른 날이었다. "다른 데서 전화가 오네요."

"또 다른 소식을 들으면 알려주마." 오렌은 그렇게 말하고 전화를 끊었다.

와일드가 걸려온 전화를 받자 비키 치바가 흐느꼈다. "어떻게 이럴 수가 있죠?"

"비키……."

"마니가 거짓말을 했나요? 다 지어낸 거예요?"

344

"그런 것 같아요. 어디서 들었습니까?"

"전화통에 불이 났어요. 사일러스는 라디오에서 들었대요."

"라디오에도 나왔다고요?"

"연예계 소식을 전해주는 코너 같은 데서요." 비키가 다시 흐느꼈다. "왜죠? 마니는 왜 그런 짓을 한 거예요?"

와일드는 대답하지 않았다.

"자기가 무슨 짓을 했는지 알고 있대요? 마니는 무고한 사람을 죽였어요. 냉혹하게 살해한 거라고요. 칼로 심장을 찌른 거나 다름없어요. 마니는 감옥에 가야 해요, 와일드."

"지금 어디예요?"

"집이요."

"곧 들를 테니까 이야기 좀 하죠."

"몇 시간 뒤에 사일러스도 올 거예요."

"사일러스가 뉴저지주에 있나요?"

"뉴어크까지 물건을 운반하는 중이거든요. 오늘 밤에 여기서 자고 내일 다른 물건을 운반할 거예요. 와일드?"

"네."

"이제 사일러스에게 말해야겠죠? 피터가 입양된 사실 말이에요."

와일드는 베넷 가족이 펜실베이니아주 한복판으로 이사하고 정체 불명의 아기가 갑자기 입양되었을 때 사일러스가 두세 살이었다고 했던 말이 기억났다. "그건 당신한테 달렸어요."

"너무 오랫동안 비밀이 너무 많았어요. 사일러스도 알아야 해요."

"알겠어요."

"사일러스는 당신을 육촌으로 생각해요."

"하지만 사실은 아니죠."

"우린 사일러스에게 그 이야기도 할 수 있어요. 당신이 원한다면요."

와일드는 '우리'라는 단어가 마음에 들지 않았다.

"내가 사일러스에게 사실을 말해줄 때 옆에 있어줄래요?"

와일드는 아무 말도 하지 않았다.

"도움이 될 거예요. 제삼자가 함께 있어주면."

와일드는 계속 아무 말도 하지 않았다.

"또…… 피터에게 정말로 무슨 일이 있었는지 말해주면 나한테, 아니 우리한테, 그러니까 사일러스와 나한테 큰 의미가 있을 거예요. 이모든 일의 진실을요. 우리가 팬 사이트에 떠도는 소문만 들어서는 안되잖아요."

그 말은 사실이었다. 와일드는 비키에게 제대로 설명해 줄 의무가있었다.

"알겠습니다. 그 자리에 있어줄게요."

"그리고 고마워요, 와일드." 비키가 다시 울었다. "오늘 저녁에 온다고 해줘서만이 아니라 피터를 믿어줘서요. 너무 늦었을지 모르지만적어도 이젠 피터가 어떤 사람이었는지 세상이 알게 됐을 거예요."

와일드가 전화를 끊었을 때 매슈와 서턴은 둘 다 눈을 휘둥그렇게뜬 채 노트북을 응시하고 있었다.

매슈가 말했다. "맙소사."

서턴이 덧붙였다. "와."

"왜?" 와일드가 물었다.

"피터 베넷의 친척을 찾아냈어요. 그것도 가까운 친척이요."

CHAPTER
32

나는 총을─그렇다, 같은 총이다─들고 이번에도 세 발 발사한다.

눈을 감자 작은 핏방울이 얼굴에 튀고 그중 일부는 혀에 떨어진다. 나는 식인종이 아니고 그쪽 취향도 전혀 아니지만 비릿한 피 맛은 날 흥분시킨다. 성적인 흥분은 아니다. 어쩌면 그럴 수도 있고. 모르겠다. 그래도 '한 번 피 맛을 보면 멈출 수 없다'는 말은 여러분도 들어봤을 것이다. 이제야 그 말이 이해가 간다. 아주 여러모로.

죽은 여자의 시신은 뒷자리에 고꾸라져 있다. 눈을 뜬 채로.

마니 캐시디의 눈.

나는 수많은 '셀럽'(주로 리얼리티 프로그램 출신들)이 사용하는 비공개 앱을 통해서 버너폰으로 마니에게 문자를 보내 이곳으로 오라고 유인했다. 무슨 말로 유인했냐고? 내가 구원해 주겠다고 했다. 거친 파도에 휩쓸린 그녀에게 구명조끼를 주겠다고. 마니가 내 제안을 거부하지 못하고 날 만나기 위해 어떻게든 빠져나오리라는 걸 알고 있었다. 그녀의 세상은 무너지고 있었으니까. 그녀가 무슨 짓을 저질렀는지 그 진실이 세상에 알려지기 시작했으니까.

여기는 내 차 안이다. 나는 이번에도 번호판을 훔쳐서 알아보기 힘들 정도로 낙서를 했다. 선글라스와 야구모자도 썼고. 마니도 마찬가지다. 젠이 포스팅을 올린 후로 마니의 집 주위에 팬들과 심지어 몇몇 기자들까지 모여 있어서 마니는 뒷문으로 슬그머니 빠져나와야 했다. 만약 경찰이 강도 높은 수사를 실시한다면 거리 곳곳에 설치된 CCTV를 통해 지하철역으로 가는 마니의 모습을 포착할 수 있을 것이다. 마니가 72번가 역에서 시내로 가는 1호선에 타는 모습까지 찾아낼 수 있을까? 아마도. 마니가 크리스토퍼가에서 내려 세 블록을 걸어가 내 자동차 뒷좌석에 타는 모습도 찾아낼까?

모르겠다.

알아내려면 시간이 걸릴 것이다. 우리는 텔레비전을 통해 미국의 수사 기관이 완벽에 가깝다고 믿도록 세뇌되었다. 하지만 내가 알게 된 바로는 그렇지 않다. 그들도 실수를 저지른다. 정보를 수집하고 걸러내는 데 시간이 걸린다. 경찰의 인력은 한정되어 있고, 기술력에도 한계가 있으니까.

여전히 미결로 남은 살인 사건들도 있다.

그렇기는 해도 내가 이 일을 할 수 있는 기간은 한정되어 있음을 알고 있다. 이 일을 계속했다가는 경찰에 잡힐 것이다. 그 사실을 부정하는 건 어리석다. 내 차는 맨해튼 웨스트사이드 고속도로 근처에 주차되어 있다. 나는 조용한 자리를 찾아냈다. 그렇다고 엄청나게 조용한 건 아니지만. 공사장 근처였고 지금은 일하는 사람이 없다. 마니를 죽이는 건 금방 끝났다.

마니가 차에 타자 나는 뒤로 돌아 그 한심한 거짓말쟁이의 얼굴에 총을 세 발 발사한다.

대담하다고? 물론이다. 하지만 가끔은 가장 눈에 띄는 곳이 가장 숨기 좋은 법이다.

총에 맞을 때 마니는 손에 휴대전화를 쥐고 있었다. 나는 운전석에 앉은 채 뒷좌석으로 손을 뻗어 바닥에 떨어진 전화기를 줍는다. 전화기를 마니의 얼굴로 가져가서 안면 인식으로 잠금 상태를 해제하려고 하지만 아까 떨어진 충격으로 전화기가 작동하지 않는다. 애석한 일이다. 마니인 척하면서 젠에게 문자를 보내고 싶었는데. 상황이 진정될 때까지 몇 주간 뉴욕을 떠나있을 거라는 문자. 지금으로서는 불가능한 듯하다.

경찰이 마니의 휴대전화를 여기까지 추적할 수 있을까?

잘 모르겠다. 난 이 전화기를 박살 낼 것이다. 하지만 경찰은 첨단 기술을 이용해 마니가 언제 집에서 나가 어디로 향했는지 알아낼 수 있지 않을까? 아마 그럴 것이다. 좋다. 그에 대비한 계획도 세워두었다.

CCTV에 마니의 시신이 찍히거나 지나가던 사람이 뒷좌석을 들여다볼 리는 없지만 그래도 나는 마니의 시신 위로 담요를 덮는다. 다행히 차창에 피가 튀지 않아서 닦을 필요는 없다. 이제 링컨 터널을 통과해 동쪽 대로 출구로 나가 위호큰으로 향한다. 유혹을 이기지 못하고 짧게 우회하여 눈에 잘 띄지 않는 길을 따라 우회전해 해밀턴가로 간다. 허드슨강 이쪽, 그러니까 뉴저지주 쪽에서 보는 맨해튼 경관은 예술이다. 맨해튼의 스카이라인이 찬란하게 펼쳐져 있다. 허드슨강을 건너 뉴저지주에서 바라보는 뉴욕만큼 멋진 경관은 없다.

하지만 내가 여기로 자주 드라이브하는 이유는 단지 그것만이 아니다.

소박한 집들이 늘어선 이 소박한 거리에는 돌기둥 위에 소박한 석조 흉상이 있다. 알렉산더 해밀턴의 흉상이다. 옆에는 알렉산더 해밀턴과 에런 버의 유명한 결투를 기념하는 명판이 있다. 해밀턴은 그 결투에서 목숨을 잃었다. 또한 명판에는 해밀턴의 아들 필립 역시 해밀턴보다 3년 앞서 바로 그 자리에서 결투로 사망했다고 적혀있다. 뮤지컬 〈해밀턴〉을 통해 이 이야기가 널리 알려지기 전부터 나는 이곳을 거니는 걸 좋아했다. 이유는 모르겠다. 예전에는 스카이라인이 보이는 경관 때문이라고 생각했지만 물론 그건 진짜 이유가 아니었다. 사실은 유령 때문이었다. 피 때문이었고, 죽음 때문이었다. 남자들은 '명예를 지키려고' 여기 왔고, 종종 결투에서 목숨을 잃었다. 이곳에는 피가 흘렀다. 어쩌면 바로 여기, 당신이 대로를 따라 느긋한 산책을 즐기다가 이 조각상을 발견하게 되는 바로 그 자리일지도 모른다.

하지만 더 섬뜩한 사실은 알렉산더 해밀턴의 흉상 뒤, 대리석 기둥에 거의 가려진 큼직한 적갈색 돌이 있다는 것이다. 맨해튼을 마주 보는 돌의 표면에는 다음과 같은 글귀가 새겨져 있다.

애국심 넘치는 군인이자
정치가, 법학자인 알렉산더 해밀턴은
에런 버와 결투를 벌인 후
이 바위에 머리를 기댄 채
쓰러져 있었다.

나는 늘 이 돌에 끌렸다. 하지만 누군들 그렇지 않을까. 돌 주위에는 쇠창살로 된 울타리가 둘려있지만 쇠창살 사이의 간격이 넓어서 그 사이로 손을 넣어 돌을 쉽게 만질 수 있다. 생각해 보라. 저 전설을 믿는다면, 알렉산더 해밀턴이 2세기도 더 전에 치명상을 입고 쓰러졌던 바로 그 바위를 만질 수 있는 것이다.

섬뜩하고 소름이 끼치지만 내게는 매혹적인 이야기다. 내게는 늘 그런 이야기들이 매혹적으로 다가온다. 그리고 사실은, 뻔한 동시에 아무도 말해주지 않는 사실은 당신도 그렇다는 것이다.

우리 모두 그렇다.

그래서 이런 기념비가 있는 게 아닐까? 기념비는 더 위험했던 시기를 경고하려고 만든 것이 아니다. 비록 다들 말은 그렇게 하지만. 기념비는 훨씬 더 원초적인 수준에서 우리에게 호소력을 발휘한다. 우리를 흥분시킨다. 돌이켜 보면 아마도 저 전설이 내 입문용 마약이었을 것이다. 다들 입문용 마약에 대해 많이 들어봤으리라. 대마초처럼 그 자체로는 중독성이 약하지만 더 강력한 마약의 관문이 되어 계속 다른 마약으로 이어지다가 마침내 헤로인 중독자로 만드는 마약.

살인도 똑같지 않을까?

나는 차의 속도를 늦추지 않는다. 그저 이 소박한 기념비와 결투 장소를 지나가고 싶을 뿐이다. 이 기분에 흠뻑 빠지고 싶을 뿐이다. 만약 경찰이 어떻게든 마니 휴대전화의 정확한 동선을 알아낸다면, 비록 몇 분밖에 되지는 않더라도 이렇게 짧게나마 길을 돌아간 걸 알아낸다면 마니의 정신 상태를 의심할 것이다. 내게는 도움이 될 수 있다.

나는 다시 차를 돌려 이스트 대로로 들어가 뉴어크 공항으로 향한다. 오늘 가장 조용한 터미널은 B 터미널이다. 하차 구역에 도착한 뒤 망치를 꺼내 마니의 휴대전화를 산산이 부순다. 경찰이 마니의 동선을 추적한다면 그녀가 공항으로 갔다고 생각할 것이고, 그렇게 생각하는 편이 내게는 도움이 된다. 문득 CCTV에 찍히고 있을 거라는 생각이 든다. 결국 경찰은 마니가 정말로 공항에 내렸는지 확인하는 과정을 거칠 것이다. 그러나 다시 한번 말하지만, 정답을 알아낼 때까지는 시간이 걸린다.

이제 추적이 불가능해진 휴대전화와 함께 나는 공항을 한 바퀴 돌아 다른 터미널로 간다. 역시나 그냥 경찰 수사에 혼돈을 주기 위해서다. 78번 고속도로를 타고 서쪽으로 간다. 채텀에 차고형 창고 하나를 빌려두었다. 모자와 선글라스를 쓴 채 고개를 숙이고 차에서 내린 다음 셔터를 들어 올린다. 다시 차에 타 창고 안으로 들어간 뒤에 셔터를 내린다. 이 차고에는 고성능 에어컨이 설치되어 있다. 관리인에게 에어컨을 최고로 강하게 틀어두라고 이미 말해두었다. 시체 썩는 냄새가 얼마나 고약한지는 신문이나 책에서 충분히 읽었다. 이렇게 해두면 시간을 벌 수 있다. 적어도 며칠은. 어쩌면 그 이상일 수도 있고. 그동안에 시체를 처리할 방법을 찾을 수 있다. 나는 차를 대충 닦고 마니를 뒷좌석에 놓아둔다. 그녀의 시신을 그냥 밖에 버리면 경찰은 틀림없이 마니의 죽음을 다른 사건과 연결할 것이다. 아, 하지만 사면 초가에 몰린 가여운 마니가 혼란스러운 상황에 처해 자취를 감췄다면, 다들 그녀가 그저 잠시 도망쳐 숨어있기로 했나 보다 생각할 것이다. 시간을 얼마나 벌지 모르겠지만, 자고로 '시체가 없으면 살인도 없다'.

이 정도면 몇 주는 아니더라도 며칠은 버틸 수 있다. 내겐 그 시간이면 충분하다, 정말로.

아직 해야 할 일이 있다.

와일드는 매슈의 어깨 너머로 미트 유어패밀리 웹사이트에서 User32894가 피터 베넷과 DNA가 23퍼센트 일치한다는 검사 결과를 바라보았다.

"User32894가 피터와 연락을 주고받았는지 확인해 봤어?" 와일드가 물었다.

"메시지는 전혀 없어요. 웹사이트 규정에 따르면 계정을 지울 때 메시지는 전부 삭제되고 복구가 불가능하대요. 하지만 DNA가 23퍼센트 일치한다는 게 무슨 뜻인지 궁금하다면……." 매슈가 링크를 클릭하자 설명이 나왔다.

대략 25퍼센트(17 ~ 34퍼센트 사이)가 일치하는 사람이 있다면,
이는 상대가 다음과 같은 방식으로 당신과 유전적 연관이 있다는 뜻입니다.
조부모/손자
이모/삼촌

조카
어머니나 아버지가 다른 형제자매

"25퍼센트에 이렇게 많은 경우가 속한다는 게 이상하지 않나요?" 매슈가 말했다.

"원래 그렇잖아." 서턴이 말했다. "리처드슨 선생님 생물 시간에 배웠는데 잊었어? 100퍼센트 일치하면 일란성 쌍둥이, 50퍼센트는 형제자매나 어머니. 아버지는 그보다 약간 더 적어서 48퍼센트인가 그럴 거야. 이유는 기억이 안 나."

"그래도 이상해." 매슈가 말했다. "예를 들어서 여기 와일드 아저씨가 누군가와 50퍼센트 일치한다고 해봐. 그러면 상대가 엄마인지 아빠인지 부모가 같은 형제자매인지 알 수가 없잖아……. 가만, 아저씨가 라스베이거스에서 아버지를 찾아내셨다고 했잖아요. 그때 어떻게 아셨어요? 그러니까 DNA 사이트에서 처음 봤을 때 상대가 엄마나 형이 아니라는 걸 어떻게 알았냐고요."

"나도 처음엔 몰랐어. 그러다 상대가 나보다 스무 살 많은 남자라는 걸 알게 됐지."

"그래도 형일 수 있잖아요."

와일드는 그 생각은 미처 못 했다. "그럴 수 있겠구나."

"말도 안 돼." 서턴이 말했다. "50퍼센트 일치한다면 부모가 같은 형제자매라는 뜻이야. 부모 중 한쪽만 같은 게 아니라. 물론 엄마들이 20년 간격을 두고 아이를 낳을 수도 있지만 아마 그런 사람은 많지 않을 거야. 그 사람은 아저씨 아빠일 확률이 훨씬 높아."

"그래, 맞아. 하지만 현실을 직시해야지." 매슈가 반격했다. "아저씨의 삶은 어느 하나도 정상적인 범주에 속하지 않아. 기억도 나지 않는 어린 시절에 숲에 버려졌잖아. 어떻게 생각하세요, 아저씨? 그 남자가 아버지가 아니라 형일 수도 있지 않을까요?"

"그런 생각은 해본 적이 없어." 와일드가 말했다.

정말로 그랬다. 물론 서턴의 말이 맞았다. 대략 50퍼센트가 일치하는 대니얼 카터는 그의 아버지일 확률이 훨씬 높았다. 하지만 여자들은 배란만 시작되면 놀랄 만큼 어린 나이에도 출산할 수 있다. 그의 어머니가 열여섯이나 열일곱, 혹은 20대 초반에 대니얼 카터를 출산했다고 가정하면 그 후에도 얼마든지 와일드를 낳을 수 있다.

와일드는 휴대전화를 집어 들어 롤라에게 전화했다.

"대니얼 카터에 대해 알아낸 거 있어?"

"아직 없어."

"'없다'는 말은……."

"말 그대로야. 없어. 전무해. 0이야. 니히트. 니엔테.(각각 '없다'라는 뜻의 독일어와 이탈리아어―옮긴이) 하지만 빅뉴스를 알려주지. 대니얼 카터는 본명이 아니야, 와일드."

"하지만 그 남자에게는 가족이 있었어. 사업체도 있었고."

"DC 드림하우스 건설? 소유주가 유령회사야. 집 전화는 아무도 안 받고. 회사에서는 그 사람이 어디에 있는지 아무도 얘기하려 하지 않아. 집 초인종을 눌러도 문을 열어주는 사람이 없고."

"딸이 셋 있어."

"아직 내가 잘 모르는 그 지역 사립 탐정에게 조사해 보라고 시키고 싶진 않아. 더 알아낸 후에 맡기려고. 아직은 일러, 와일드."

"최고의 인재들을 투입해 줘, 롤라."

"안 그래도 우리 회사 최고의 인재를 투입했어."

"고마워."

"바로 나."

"뭐라고?"

"내가 라스베이거스로 갈 거야."

"그럴 필요는 없어."

"가고 싶어. 어차피 애들 때문에 미칠 지경이야. 휴식이 필요해. 블랙잭도 좀 하고. 누가 아이를 숲에 버렸는지 알아내고. 슬롯머신도 돌리고. 마술쇼도 좋지. 그리고 와일드?"

"응."

"네 친부랑 FBI 사이에 무슨 일이 있는지 몰라도 아주 지저분하게 얽혔어."

"대니얼 카터는 우리 아빠가 아닐 수도 있어."

와일드는 재빨리 DNA 일치율에 대해 설명했다. 아까 유전적 관계에 대해 나눴던 대화가 자꾸 마음에 걸렸다. 지금 무언가 놓치고 있었다. 하지만 나머지 것들은 전부 앞뒤가 들어맞았다. 지난번 사일러스 베넷과 통화했던 일이 기억났다. 사일러스는 미트유어패밀리에서 자신과 23퍼센트 일치하는 사람을 찾았다고 했다. 피터 베넷도 23퍼센트 일치하는 사람이 있었던 걸 보면 한쪽은 입양아로 추정되는 두 '형제'가 유전적으로 연관이 있다고 보는 게 논리적일 듯했다. 두 사람은 아마도 한쪽 부모가 같을 가능성이 컸다. 확실하지는 않지만 그 가설을 확인할 방법이 있었다.

와일드는 비키 치바에게 전화했다. "사일러스가 거기 있나요?"

"아직이요."

"언제쯤 올까요?"

"늦어진대요. 아마 한 시간이나 한 시간 반 뒤에 올 거예요."

"피터가 입양아라는 사실을 사일러스에게 말할 생각인 거죠?"

"네. 당신도 올 거죠?"

"네."

"아, 정말 고마워요. 피터에 대해 더 알아낸 게 있나요?"

"가서 말해줄게요."

"알았어요. 사일러스에게서 새로운 소식이 오면 문자로 알려줄게요."

와일드는 전화를 끊었다. 그들은 아직 두 군데의 DNA 웹사이트에서 승인을 기다리고 있었다. 와일드는 상황을 종합해 보았다. 피터 베넷은 자신이 입양되었다는 사실을 알게 되자 자신과 DNA가 일치하는 사람을 찾으려고 여러 군데의 DNA 사이트에 등록한다. 여기까지는 좋다. 다 이해가 간다. 그러다 DNA가 꽤 많이 일치하는 사람을 찾아내는데 바로 그의 형 사일러스다. 상대가 사일러스라는 걸 알았을 때 피터는 더 찾아볼 필요가 없다고 생각했을까? 그럴 것 같지는 않다. 그렇다면 일치하는 사람이 또 있었을까? 왜 피터는 진실을 알게 된 후에 계정을 다 없애버렸을까? 다른 사람에게 알리고 싶지 않은 무언가를 알게 된 걸까?

와일드의 휴대전화가 두 번씩 진동하며 전화가 왔다고 알려주었다. 이상했다. 두 번씩 진동한다는 것은 몇 사람밖에 없는 그의 연락처에 저장된 번호가 아니라는 뜻이었다. 연락처에 있는 사람들 외에는 이 번호를 알지 못했다. 전화를 음성사서함으로 넘기려는 순간, 발신자 정보가 눈에 들어왔다.

피터 베넷.

와일드는 벌떡 일어나 구석으로 걸어가며 전화를 받았다.

"여보세요?"

"만납시다."

CHAPTER

34

헤스터가 집으로 돌아오자 오렌이 기다리고 있었다. 그는 포옹으로 그녀를 맞아주었다. 헤스터는 그의 포옹을 좋아했다. 그녀의 온몸이 덩치가 큰 그의 품에 폭 안기면서 작아지고 안전하고 위로받는 기분이 들었다. 그런 기분을 싫어할 사람이 있을까? 헤스터는 눈을 감고 숨을 들이마셨다. 말도 안 되는 소리였지만 그에게서 남자다운 냄새가 났다. 그것조차도 그녀를 행복하게 했고 보호받는 기분이 들었다.

"어떻게 됐어요?" 오렌이 물었다.

"배심원단은 여전히 교착 상태예요. 그라이너 판사는 하루 이틀 더 기다려 주고 싶어 해요."

그들은 포옹을 마치고 거실로 향했다. 헤스터의 인테리어 스타일은 정신없는 미국 식민지풍이라고 표현하는 게 가장 정확했다. 그녀와 아이라가 처음 맨해튼으로 이사했을 때 그들은 웨스트빌의 집에 있던 많은 가구와 자질구레한 장식품을 '임시로' 들여놓았다. 당연히 그

가구들은 맨해튼 집에 어울리지 않았다. 크기, 모양, 색, 모든 면에서. 하지만 앞으로 바꿀 시간은 충분할 거라고 생각했다.

그러나 헤스터에게 그런 시간은 영영 오지 않았다.

"만약 이번에도 배심원단이 평결을 내리지 않으면 검찰이 러빈을 다시 기소할까요?" 오렌이 물었다.

"누가 알겠어요."

헤스터가 소파에 앉자 오렌이 와인을 따라주었다. 헤스터는 피곤했다. 전과 달리 요즘은 점점 더 몸이 무거워졌다.

"이 재판이 끝나면 휴가를 가고 싶어요." 헤스터가 말했다.

오렌이 한쪽 눈썹을 치켜세웠다. "당신이 휴가를?"

"우리 어디로 갈까요?"

"어디든 당신이 원하는 곳으로 가야죠."

"예전에는 휴가가 싫었어요." 헤스터가 말했다.

"알아요."

"난 일하는 게 피곤했던 적이 없어요. 오히려 기운이 났죠. 일을 많이 하면 할수록 더 살아있는 기분이었어요. 아이라와 휴가를 떠나면 더 지쳤어요. 불안하기도 했고. 해변 의자에 앉아있으면 기운이 나는 게 아니라 낮잠을 자고 싶었죠."

"정지한 물체는 영원히 정지 상태로 있으려 한다. 관성의 법칙." 오렌이 말했다.

"맞아요. 외부 환경이 느려지면 나도 느려지고, 바쁘게 돌아가면 나도……."

"그런데 지금은?"

"지금은 당신과 훌쩍 떠나고 싶어요. 지쳤어요."

"왜 그런지 짐작 가는 거 있어요?"

"생각도 하기 싫지만 아마 나이 때문이겠죠."

오렌은 곧바로 대답하지 않았다. 와인을 한 모금 마신 후에야 "어쩌면 러빈 사건 때문인지도 몰라요"라고 말했다.

"그 사건이 왜요?"

"원래 당신은 정당방위 사건을 좋아하지 않잖아요. 진실이야 어떻든 간에 가능한 한 최선의 변호를 하는 게 당신 임무라는 건 알지만……."

"워워, 가만있어 봐요. 진실이야 어떻든 간에?"

"내 말은 그런 뜻이 아니에요. 재판에서는 사적인 감정을 배제해야 한다는 말이에요. 사적인 감정이 어떻든 간에 최선의 변호를 해야죠."

"리처드 러빈 재판에서는 내가 그러지 않았다는 말인가요?"

"러빈은 사람을 죽였어요. 우리 둘 다 그 사실을 알고 있고요."

"나치를 쐈죠."

"위협을 받는 상황은 아니었어요."

"나치는 언제든 위협을 가할 수 있어요."

"그래서 러빈이 한 짓이 괜찮다는 거예요?"

"네, 물론이죠."

"나치를 쏘는 건 괜찮다." 오렌이 말했다.

"네."

"그럼 KKK 단원은?"

"그것도 괜찮죠."

"누굴 쏴도 괜찮은지 그 선은 어디에 그을 건데요?"

"나치와 KKK 단원까지요."

"그 외에는 없고?"

"총으로 쏘기보다는 얼굴에 주먹을 날리는 편이 더 좋죠. 나치 얼굴에 주먹을 날린다고 생각하니 속이 시원하네요."

"당신 의뢰인은 나치 얼굴에 주먹을 날린 게 아니잖아요."

"아니죠. 하지만 설사 그랬다고 해도 역시 체포됐을 거고, 난 그를 변호했을 거예요. 만약 자신과 다른 인종은 말살해도 된다는 정신병자 같은 신념을 가진 사람이 있다면, 소름 끼치는 괴물이라는 욕을 먹어도 괜찮다고 생각해요."

"진심이에요?"

"네."

"그렇다면 법을 바꿔서 나치와 KKK 단원은 마음껏 죽여도 된다고 명시해야겠군요."

"나랑 토론하려고 할 때 당신은 정말 귀여워요. 하지만 아뇨, 내 말은 그게 아니에요. 난 지금 이대로의 법도 괜찮아요."

"하지만 법은 리처드 러빈이 한 짓을 허용하지 않는데요?"

헤스터는 고개를 오른쪽으로 갸웃했다. "그런가요? 두고 보죠. 현행 사법 제도가 제대로 작동해서 내 의뢰인을 풀어줄 수도 있어요. 현행 사법 제도가 융통성이 있어서 이 일을 바로잡을 수도 있다고요."

"만약 아니라면? 만약 배심원단이 유죄 평결을 내리면요?"

헤스터는 어깨를 으쓱였다. "그럼 그걸 따라야죠."

"그러니까 사법 제도는 언제나 옳다?"

"아뇨, 그렇다면 우리의 사법 제도는 내가 생각하는 것보다 융통성이 없는 거죠. 적어도 이 재판의 배심원단으로는요. 적어도 내 변론으로는요. 나는 사법 제도를 믿어요. 또한 나치는 죽여도 된다고 믿고요. 왜 자꾸 이 두 개가 모순된다는 거예요?"

오렌이 미소 지었다. "난 당신의 똑똑한 머리가 좋아요."

"나도 마찬가지예요. 몸이 더 좋기는 하지만."

"당연히 그래야죠."

헤스터는 오렌의 가슴에 머리를 기댔다. "그럼 휴가는 어디로 갈까요?"

"카리브해요." 오렌이 말했다.

"무더운 날씨가 좋아요?"

"당신이 비키니를 입은 모습이 보고 싶어서요."

"신선하네요." 헤스터는 얼굴을 붉히지 않을 수 없었다. "카터 정부 이후로 입어본 적이 없어요."

"레이거노믹스(카터 다음 대통령인 레이건이 추진한 경제 정책—옮긴이)의 또 다른 희생자로군요." 오렌이 말했다.

헤스터는 머리를 그의 어깨로 옮겼다. "나 아직 당신에게 화 안 풀렸어요."

"알아요."

"마음 한편으로는 당신과 헤어질 준비도 되어있어요."

오렌은 아무 말도 하지 않았다.

"당신을 많이 좋아하기는 해도, 나한테는 늘 일이 우선이에요. 당신이 다른 경찰들에게 변사체를 발견한 사람이 와일드라고 말한 일은……."

"비양심적이죠."

"근데 왜 그랬어요?"

"경찰을 죽인 놈을 잡고 싶었으니까요. 나도 가끔은 멍청한 짓을 하니까요. 난 살인 사건을 수사해 본 적이 없는 시골 경찰 서장이라서 자존심이 앞설 수도 있으니까요."

"영웅이 될 기회라고 생각했어요?"

오렌이 움찔했다. "네."

"당신도 나름대로 이유가 있었네요."

"그렇다고 내가 한 일이 옳은 일이 되는 건 아니죠."

"맞아요."

"그럼 왜 날 용서하는 거죠?"

헤스터가 어깨를 으쓱였다. "제도는 융통성이 있어요. 나도 그렇고."

"말이 되는군요."

"또 당신을 잃고 싶지 않기도 하고요. 사람은 누구나 자기 합리화를 해요, 당신도, 나도, 리처드 러빈도요. 문제는 우리 제도가 그걸 감당할 만큼 융통성이 있느냐죠."

"이번 경우에는요?"

"난 융통성을 발휘할 수 있어요."

"아, 다행이군."

"하지만 와일드는 잘 모르겠어요. 그 애는 타인을 쉽게 믿지 않아서."

"알아요. 내가 만회하려고 노력할 거예요."

헤스터는 오렌이 만회할 수 있을 거라고 생각하지 않았지만 그런 생각은 마음속에 담아두었다.

"시신이 하나 더 나왔어요. 같은 총에 맞았고요." 오렌이 말했다.

"맙소사. 와일드가 용의자인가요?"

"아뇨. 피해자는 델라웨어주에서 총에 맞았는데 같은 시간에 와일드는 뉴욕시에서 감시를 받고 있었어요. 이제 와일드는 혐의에서 완전히 벗어났어요."

"잘됐네요." 헤스터는 자리에서 일어나 와인을 한 모금 마셨다. "그럼 오늘 밤 그 얘기는 그만해도 될까요?"

"물론이죠."

"그냥 쉬고 싶어요."

"그럽시다."

"아니면 껴안고 서로를 만질 수도 있고요."

오렌이 빙그레 웃었다. "그럼 다음 단계로 넘어갈 텐데."

헤스터는 와인 잔을 내려놓고 그에게 손을 뻗었다. "그럴 수도 있죠."

"그냥 쉬고 싶다고 하지 않았어요?"

헤스터는 어깨를 으쓱였다. "내 몸도 융통성이 있을지 모르니까요."

CHAPTER

35

와일드의 휴대전화에 발신인이 '피터 베넷'으로 떴다.

"난 크리스라고 합니다." 상대가 말했다.

"여기 적힌 이름은 다른데요."

"압니다. 당신 관심을 끌고 싶어서요."

"내 번호는 어떻게 알아냈죠?"

"그건 중요하지 않습니다. 그보다 할 이야기가 있어요."

"무슨 이야기요?"

"피터 베넷, 캐서린 프롤, 헨리 맥앤드루스, 마틴 스피로."

크리스라는 남자는 와일드의 반응을 기다렸지만 와일드는 아무 말도 하지 않았다.

"더는 없었으면 좋겠군요. 우리가 행동하지 않으면 틀림없이 더 늘어날 테지만요." 크리스가 말했다.

"당신 누굽니까?"

"말했는데요. 크리스라고."

"왜 내가 당신을 믿어야 하죠?"

"제대로 된 질문은 왜 내가 당신을 믿어야 하냐는 겁니다. 여기서 잃을 게 많은 사람은 나니까요. 아무튼 우린 만나야 해요."

"지금 어디에서 전화하고 있죠?"

"집 앞쪽 창밖을 내다봐요."

"뭐라고요?"

"당신은 지금 막다른 길 끝에 있는 크림스틴 저택에 있잖아요. 앞뜰을 봐요."

와일드는 현관문 옆 널찍한 전망창으로 걸어가 밤 풍경 속을 들여다보았다. 가로등 옆에 마른 남자의 실루엣이 있었다. 그가 와일드를 향해 손을 흔들었다.

"밖으로 나와요. 아까도 말했지만 할 이야기가 있습니다."

와일드는 전화를 끊고 매슈와 서턴을 돌아봤다.

매슈가 말했다. "누구예요?"

"난 잠깐 나갔다 올 테니까 집 안에 있는 문을 다 잠가라. 그리고 둘 다 위층으로 올라가서 네 침실 창문으로 우리를 지켜봐. 만약 나한테 무슨 일이 생기면 911, 네 엄마, 오렌 카마이클에게 전화해. 그 순서대로. 그런 다음에 숨어있어."

서턴이 물었다. "저 남자가 누군데요?"

"나도 몰라. 내가 나가면 현관문 빗장을 걸어."

크리스는 숱이 적은 금발에 창백하고 마른 남자였다. 그는 서성거리기보다는 마치 덤불에 붙은 불을 끄듯 발을 쿵쿵거렸다. 와일드가 다가가자 그는 걸음을 멈췄다.

"용건이 뭡니까?" 와일드가 물었다.

크리스는 미소 지었다. "이 일도 오랜만에 다시 하네요."

그는 와일드가 '무슨 일이요?'라고 묻기를 기다렸으나 와일드가 아무 말이 없자 말을 이었다.

"예전에는 사람들의 평범한 일상에 폭탄을 떨어뜨리곤 했죠. 진짜 폭탄을 떨어뜨렸다는 뜻은 아닙니다. 뭐 어쩌면 그랬는지도 모르겠네요. 난 타인에게 전혀 의심받지 않는 믿음직한 사람들이 숨겨놓은 최악의 비밀을 폭로하곤 했어요. 결혼식을 앞두고 처녀 파티를 하는 여자에게 예비 신랑이 예전에 그녀와 잠깐 헤어졌을 때 복수심에 그녀와의 성관계 동영상을 인터넷에 유포한 적이 있다고 말해줬죠. 또 두 아들을 둔 남자에게는 당신 아내가 당신이 떠나지 못하도록 임신했다는 거짓말을 꾸며냈다고 알려줬고요. 그런 비밀들 말입니다. 난 그들이 알 권리가 있다고 생각했어요. 비밀이 밝혀진다는 건 비밀을 파괴하는 거죠. 난 내가 좋은 일을 한다고 생각했습니다."

크리스는 말을 멈추더니 와일드를 바라보았다.

"나한테 궁금한 게 많을 겁니다. 그러니 곧바로 본론으로 들어가죠. 난 당신에 대해 잘 압니다. 당신은 아웃사이더이고, 숲에서 혼자 살아요. 체제에 저항하는 걸 이해하죠. 날 보호하기 위해 가상의 질문인 척하며 묻고 싶지만 지금은 시간이 없어요. 난 당신을 믿어야 합니다. 이야기를 시작하기 전에 한 가지 상기시켜 드리죠. 내가 당신을 얼마나 쉽게 찾아냈는지 알았을 겁니다. 이건 협박이 아니에요. 어리석게 날 찾아내려고 하지 말라는 부드러운 경고죠. 당신이 외부와 단절된 채 사는 데는 누군가 당신을 찾아낼지 모른다는 두려움도 있을 겁니다. 그렇다면 나를 더더욱 두려워하세요. 내가 감옥에 가거나 죽기를 바라는 사람들이 많습니다. 난 당신과 적이 되고 싶지 않아요. 당신도 날 적으로 두고 싶지 않을 겁니다."

"원하는 게 뭔가요?" 와일드가 물었다.

"부메랑이라는 온라인 조직을 들어본 적 있습니까?"

아주 낯선 이름은 아니었다. "아뇨."

"지구상에서 가장 뛰어난 해커들 중에서 생각이 비슷한 사람들이 모인 단체죠."

"당신도 거기 회원이겠군요."

"난 리더였습니다."

크리스는 이번에도 와일드가 반응을 보이기를 기다렸다. 대화를 이어나가기 위해 와일드는 "그렇군요"라고 대꾸했다.

"부메랑의 목적은 인터넷에서 활약하는 악플러들, 다른 사람들을 괴롭히는 자들, 악질적인 자들, 최악 중에서도 최악인 자들을 찾아내서 그들을 막고 응징하는 겁니다."

"자경단이군요." 와일드가 말했다.

크리스는 고개를 천천히 끄덕였다. "그보다는 무법 지대에서 질서를 유지하는 일이라고 생각했습니다. 우리의 사법 체제는 아직 인터넷을 따라잡지 못했어요. 온라인 세상은 여전히 무법천지죠. 법도, 규칙도 없이 무질서와 절망뿐입니다. 그래서 진지하고 윤리적인 사람들로 구성된 부메랑은 인터넷 세상에 어느 정도 법과 질서를 도입하려고 노력했습니다. 결국에는 법과 규범이 우리를 따라잡아 더는 그런 모임이 쓸모가 없어지기를 바랐죠."

"그렇군요. 자경주의에 대한 정당화는 그쯤 해두고 그게 나와 무슨 상관인가요?"

"모르겠습니까?"

"모른다고 치죠."

"당신이 합류하면 도움이 될 거예요, 와일드. 내가 지금 내 비밀을 다 털어놓는 거 안 보입니까?"

와일드는 DogLufegnev에게 왔던 메시지를 떠올렸다. '잡았다, 맥앤드루스. 넌 대가를 치르게 될 거야.' "당신 조직이 헨리 맥앤드루스를 우연히 발견한 모양이군요. 맥앤드루스는 온라인에서 상습적으로 누군가를 괴롭혔어요. 비록 돈을 받고 한 일이긴 했지만."

"맞습니다. 우린 헨리 맥앤드루스를 찾아냈어요."

"그자를 죽였나요?"

"죽였냐고요? 맙소사, 아뇨. 우린 사람을 죽인 적 없습니다. 그런 식으로 일하지 않아요. 보통은 평범한 시민들이, 사실 피해자들이죠, 부메랑에 도움을 요청합니다. 온라인에서요. 우리 웹사이트가 있어요. 우리 도움이 필요하면 신청서를 작성해야 합니다. 이름, 연락처, 괴롭힘을 당한 경위 등을 전부 자세히 써야 해요. 다 적으려면 꽤 방대하죠. 일부러 그렇게 만든 겁니다. 누군가가 부메랑이 개입해야 할 정도로 심하게 괴롭힘을 당한다면, 기꺼이 몇 시간을 할애해서 신청서를 쓸 겁니다. 반대로 신청서를 쓰다가 포기한다면, 그 사건은 우리가 관심을 쏟을 만큼 심각하지 않은 거죠."

크리스는 다시 말을 멈췄고, 와일드는 이번에도 대화를 이어나가기 위해 "말이 되네요"라고 대꾸했다.

"그런 다음 최종 지원서를 회원들에게 나눠서 배분하고, 각자 선별 작업을 거칩니다. 그 과정에서 대부분 탈락해요. 우린 제일 가치 있는 사건에만 집중합니다. 이제 감이 잡히나요, 와일드?"

"피터 베넷." 와일드가 말했다.

"맞아요. 우린 그가 무차별적인 괴롭힘을 당하고 있다는 내용의 신청서를 받았습니다. 피터가 직접 작성했는지, 아니면 누나처럼 그와 가까운 누군가 혹은 열성 팬이 대신 작성했는지는 모릅니다. 그를 사칭한 사람이 작성했을 수도 있고요."

"신청서는 당신이 직접 받았나요?" 와일드가 물었다.

"아뇨. 표범이 관리했습니다."

"표범이요?"

"부메랑의 모든 회원은 익명이라서 다들 동물 이름을 가명으로 쓰죠."

와일드는 '잡았다, 맥앤드루스' 메시지를 보냈던 아이디가 생각났다. PantherStrike88.

"표범, 북극곰, 기린, 아기 고양이, 알파카, 사자. 우린 서로 상대의 신원을 몰랐습니다. 보안 규정이 매우 엄격했거든요. 당시에 난 그 여자를 표범으로만 알고 있었습니다. 본명, 심지어 성별도 몰랐어요. 어쨌든 표범이 베넷 사건을 맡았습니다. 그러다가 그 사건을 회의에서 발표하기로 했죠. 우린 전부 여섯 명인데 가해자를 응징하려면 최소한 다섯 명이 찬성해야 합니다."

"그래서, 당신은 찬성했나요?"

"아뇨. 우린 이 사건에 우리의 노력을 쏟을 가치가 없다고 판단했습니다."

"왜죠?"

"아까도 말했듯이 우리가 모든 사건을 다 맡을 수는 없어요. 그리고 우리 회원 대다수가 피터 베넷을 별로 가엾게 여기지 않았고요. 여자에게 약을 먹이고 바람을 피웠다는 비난을 받았으니까요."

'일리 있는 말이야.' 와일드는 생각했다. "그래서 탈락시켰나요?"

"네. 보통은 그걸로 끝입니다. 사건 종결이죠. 우린 다음 사건으로 넘어갔습니다. 다들 그렇게 했어요. 표범만 제외하고요."

"무슨 일이 있었나요?"

"내가 표범에 대해 몰랐던 사실, 상상조차 할 수 없었던 사실은 표범이 〈사랑은 전쟁터〉의 열성 팬이었다는 겁니다. 그 프로그램에 푹 빠져있었더군요. 그래서 헨리 맥앤드루스 건도 밀어붙인 겁니다. 사실 사람의 취향을 예측하기는 어렵죠. 안 그래요? 표범은 숙련된 FBI 요원이었고 업무 능력도 뛰어났지만, 리얼리티 프로그램에 나오는 유명인들을 좋아했습니다."

그제야 와일드는 깨달았다. "표범이 캐서린 프롤이군요."

크리스는 고개를 끄덕였다. "아직 파악하는 중이지만, 표범의 이름을 알아낸 뒤에 캐서린의 계정 몇 개를 해킹할 수 있었습니다. 전부는 아니에요. 대부분조차 아니고 극히 일부만요. 아까 말했듯이 표범도 이쪽으로는 전문가니까요. 하지만 표범은 대놓고 이 시시한 리얼리티 프로그램의 팬질을 했더군요. 그러니 부메랑이 피터 베넷 건을 거절했을 때 캐서린이 규정을 어기고 신청자에게 직접 연락했을 것이라는 게 내 가설입니다."

"피터에게 말이군요."

"이건 모두 추측이지만 아마 캐서린은 피터에게 전화해 부메랑이 그의 신청을 거절해서 너무 미안하다고 말했을 겁니다. 거기서 한 발 더 나아가서 피터를 만났을 수도 있죠. 어쩌면 피터의 가장 악질적인 스토커 이름을 알려줬을 수도 있고요."

"헨리 맥앤드루스." 와일드가 말했다.

크리스는 고개를 끄덕였다. "나머지는 짐작할 수 있을 겁니다. 얼마 지나지 않아 누군가 헨리 맥앤드루스를 죽였습니다. 그의 시신이 발견됐을 때 아마 캐서린 프롤은 자신이 무슨 짓을 했는지 깨달았을 겁니다. 그래서 피터에게 따졌겠죠. 아니면 캐서린의 입을 막아야 한다는 걸 피터가 깨달았을 수도 있고요."

"다 추측이네요."

"어느 쪽이든 캐서린 프롤은 결국 죽었을 겁니다."

"헨리 맥앤드루스와 캐서린 프롤은 그렇게 설명이 되겠군요. 하지만 마틴 스피로는 무슨 연관이 있죠?"

"스피로 역시 부메랑에 접수된 악플러였습니다."

"스피로도 피터 베넷을 괴롭혔나요?"

"아뇨. 스피로는 죽은 여성의 부고에 아주 추잡한 댓글을 달았습니다. 유가족이 부메랑에 신청했죠."

"그래서 당신은 신청을 받아들였나요? 아니면 거절했나요?"

"내가 결정하는 게 아닙니다." 크리스가 그의 말을 정정했다. "부메랑이 결정하죠. 우린 모든 일을 공동으로 합니다. 이 경우에는 신청을 받아들였죠. 하지만 부메랑에는 다양한 강도의 처벌이 있습니다. 스피로는 약한 처벌을 받았어요. 본론으로 들어가죠, 와일드. 내 생각에는 부메랑이 행동하지 않으니 누군가, 피터 베넷일 수도 있고, 그의 신청서를 대신 작성한 사람일 수도 있고, 그와 가까운 사람일 수도 있고, 심지어 정신 나간 그의 팬일 수도 있습니다, 아무튼 그 누군가가 자신이 직접 해결하기로 마음먹은 것 같아요."

"헨리 맥앤드루스를 죽이는 걸로요?"

"네. 그런 다음에 캐서린 프롤을 죽인 겁니다. 자신의 흔적을 지우려고, 혹은 잘 모르겠지만 캐서린을 응징하는 의미에서요. 캐서린의 시신은 그 여자가 집 근처에 마련한 작은 사무실에서 발견됐어요. 아무도 모르는 그녀만의 사무실이었죠. 표범이 부메랑과 관련된 일을 하던 사무실이었습니다. 아마 표범을 죽인 범인이 캐서린에게서 억지로 이름과 파일을 넘겨받았을 겁니다. 그러고는 이제 살인 행각을 벌이는 거죠."

"그 명단에 있는 이름들을 아나요?" 와일드가 물었다.

크리스는 고개를 저었다. "표범은 100건이 넘는 사건들을 처리했어요."

"그런데 왜 날 찾아왔죠?"

"다른 사람이 없으니까요."

"경찰에 말하면 되잖아요."

그 말에 크리스가 쿡쿡 웃었다. "농담하는 거죠?"

"지금 내가 농담하는 걸로 보입니까?"

"부메랑 회원 전체가 FBI, 국토 안보부, CIA, 국가안전보장국의 최우선 타깃이라고요." 와일드의 미심쩍은 표정을 본 크리스가 말을 이었다. "네, 압니다. 내가 들어도 잘난 척하는 걸로 들리네요. 하지만 그래서 우리가 온갖 규정을 만들어 둔 겁니다. 당신은 우리를 자경단이라고 했죠. 정부에게 우리는 더 골치 아픈 존재입니다. 우린 수사 기관의 데이터베이스는 물론 비공개 정부 웹사이트, 보안이 철저한 군 중앙 컴퓨터, 그 외에도 뭐든 다 해킹했어요. 우리가 응징한 악플러들 있잖습니까, 그중 일부는 큰 권력을 가진 사람들이에요. 이 사회 최고 지도층입니다. 그들은 우리에게 복수하고 싶어 해요. 정부도 우

374

릴 잡고 싶어 하고요. 블랙 사이트(해외에 있는 미국의 비밀 군사기지로 주로 테러범을 데려가 가혹하게 고문한다―옮긴이)가 다 폐쇄됐다고 생각할지 몰라도 사실은 그렇지 않아요. 그들은 순식간에 우릴 거기로 끌고 갈 겁니다. 가장 긍정적인 시나리오라고 해봐야 연방 교도소에서 몇 년 썩는 거죠."

와일드는 크리스의 말이 맞으리라는 걸 알고 있었다. 그들에게는 FBI에 체포되는 게 그나마 제일 나았다.

"하지만 동시에 이 일의 원인은 나예요." 크리스가 눈물을 글썽이며 말했다. "그러니 이제 와서 나 몰라라 할 수는 없죠. 안 그래요? 더 많은 사람이 죽기 전에 여기서 멈춰야 합니다. 그래서 나는 모든 노력을 기울이고, 모든 지식과 수단을 동원하는 중입니다. 내게는 추적 장치와 차단 소프트웨어가 있지만 무엇보다 해커의 가장 큰 도구는 사람입니다. 다들 우리 해커가 하는 일을 마법이라고 생각하지만 그들이 잊어버린 사실이 한 가지 있습니다. 방어벽이든 비밀번호든 보안 패키지든 뭐든 간에 이 모든 것의 배후에는 사람이 있다는 겁니다. 그들과 거래할 수 있죠."

'재미있군.' 와일드는 생각했다. 컴퓨터에 대해 아무것도 모르는 헤스터 크림스틴도 사람들이 사리사욕에 따라 움직인다고 말하면서 비슷한 결론에 도달했었다. 모든 것이 변하지만 변하지 않는 것도 있는 법이다.

"내가 이 상황을 조사하고 있을 때 이상한 이름 하나가 계속 튀어나오더군요. 당신이었어요, 와일드. 당신이 30분 전 비키 치바에게 전화했을 때 난 그 통화를 엿들었습니다. 난 당신이 왜 이 일에 연루됐는지 압니다. 당신은 실력 있는 아웃사이더죠. 내가 무슨 일을 하려는지

375

이해할 겁니다. 난 수사 기관에 갈 수 없어요. 부메랑의 다른 회원들을 위험에 빠뜨릴 수도 없고요. 그들 혹은 신청서를 작성하고 우리가 도와줄 거라고 믿었던 사람들도 배신할 수 없습니다. 어떤 식으로든 정보가 유출되면 큰일이 일어날 수 있어요."

"그래서 어떻게 하자는 겁니까?"

"우리의 정보를 모아야죠. 난 내가 아는 걸 말해주고, 당신은 당신이 아는 걸 말해주면서 서로 계속 정보를 주고받는 겁니다. 범인이 다시 살인을 저지르기 전에 잡아야 해요. 그리고 어쩌면 그 과정에서 일종의 보너스로 당신이 어릴 때 정말 무슨 일이 일어났는지 알아낼 수도 있고요."

와일드는 아무 말도 하지 않았다.

"우린 둘 다 사람을 믿지 않아요, 와일드. 우리가 이렇게 된 이유 중 하나죠. 하지만 지금 당장은 그런 사치를 부릴 여유가 없어요. 난 당신을 배신할 수 없습니다. 내가 경찰에 가서 뭐라고 하겠어요?"

"하지만 난 당신을 배신할 수 있죠."

"맞아요. 하지만 첫째로 그건 당신에게 이롭지 않을 겁니다. 난 너무 위험한 사람이거든요. 내게는 보호 장치가 있어요. 내가 어떤 일을 벌일 수 있는지 모르는 게 좋을 겁니다."

"둘째는요?"

"내가 하는 모든 말이 사실이라는 걸 당신도 압니다. 그러니 왜 당신이 날 배신하겠어요?"

와일드는 고개를 끄덕이고는 말했다. "우리가 뭘 할 수 있는지 봅시다."

CHAPTER

36

비키 치바의 집으로 가는 길에 와일드는 헤스터에게 전화해 크리스와 했던 이야기를 들려주었다. 그의 이야기가 끝나자 헤스터는 자신이 어떻게 해주길 원하냐고 물었다. 와일드는 오렌에게 부메랑이라는 연결 고리에 대해 말해주고, 이를 FBI에 알릴지 말지 결정하게 하라고 했다.

"네가 직접 오렌에게 말할 수도 있잖니." 헤스터가 말했다.

"그럴 수도 있죠."

"알았다. 아직 오렌에게 화가 안 풀렸구나."

"화나지 않았어요."

"그럼 그냥 오렌을 믿기 싫은 거지."

와일드는 아무 말도 하지 않았다.

"내가 아직 오렌을 믿는 건 괜찮니?" 헤스터가 물었다.

"제 허락이 필요하세요?"

"그래, 그리고 네 응원도. 내가 그런 쪽으로는 구식이라서 말이야."

"둘 다 드릴게요." 와일드가 말했다.

"고맙구나. 예전에는 나도 너그럽지 않았어."

"지금은요?"

"지금은 나이를 먹고 더 현명해졌지. 또 오렌을 사랑하기도 하고."

"잘됐네요."

"정말이니?"

와일드는 정말이라고 그녀를 안심시켰고, 두 사람은 전화를 끊었다.

와일드가 비키의 집 진입로에 들어섰을 때 그녀는 현관 앞에서 서성이고 있었다. "곧 사일러스가 올 거예요. 와줘서 고마워요." 비키가 말했다.

와일드는 고개를 끄덕였다. 와일드가 현관에 있는 비키 옆으로 가자, 짐을 싣지 않은 트럭 한 대가 도로에 멈춰 섰다. 사일러스 베넷으로 추정되는, 수염을 기른 남자가 차창 밖으로 머리를 내밀고 미소 지으며 경적을 크게 울렸다.

"너무 긴장돼요." 비키가 사일러스에게 미소 짓고 손을 흔들며 말했다. "사일러스가 어릴 때부터 비밀로 해온 일이라서."

사일러스는 집 앞에 트럭을 주차하고 운전석에서 뛰어내렸다. 건장한 체격에 야성미라는 말이 어울리는 남자였다. 체크무늬 셔츠를 입었고, 소매는 알통이 튀어나온 팔뚝 위로 걷어 올렸다. 배가 약간 나왔지만 그래도 그에게서는 힘이 느껴졌다. 그의 근육은 체육관에서 억지로 만들었거나 남에게 과시하기 위한 용도가 아니었다. 사일러스가 만면에 씩 미소를 지으며 누나에게 달려가더니 그녀를 힘껏 껴안아 공중으로 들어 올렸다.

"비키!" 사일러스가 외쳤다. 지난번에 통화할 때 와일드가 들었던 것과 똑같은 저음이었다.

비키는 눈을 감고 남동생의 포옹에 잠시 몸을 맡겼다. 사일러스는 비키를 내려놓은 후에야 와일드에게 온전히 주의를 돌렸다. "우리도 포옹 한번 합시다, 육촌."

와일드는 잠시 생각하다가 뭐 어떠랴 싶었다. 두 남자는 짧게, 하지만 뜨겁게 포옹했다. 와일드는 자신이 다른 남자와 포옹한 지가 언제인지 생각했다. 매슈는 남자라고 하기에는 너무 어렸다. 돌이켜 보니 그가 마지막으로 '남자 대 남자로' 했던 포옹은 10년도 더 전에 매슈의 아빠이자 라일라의 남편, 헤스터의 아들과 했던 때가 마지막이었다.

데이비드.

"만나서 반가워요, 육촌." 사일러스가 말했다.

와일드는 비키를 힐끗 보았다. 그녀는 바닥을 내려다보고 있었다. "나도 반갑네요."

사일러스는 누나를 돌아보았다. "안 좋은 일이라도 생긴 거야?"

비키의 미소가 흔들렸다. "안 좋은 일이라고 누가 그래?"

"누나가 곧바로 오지 말라고 했잖아. 와일드가 올 때까지 시간을 끄는 거라고 생각했지. 내가 틀려?"

"틀리지 않았어."

"그래서?"

비키는 검지에 낀 반지를 만지작거렸다. "안으로 들어갈까?"

"걱정되잖아, 누나. 누가 아픈 거야?"

"아니."

"그럼 죽어가는 사람이라도 있어?"

379

"아냐, 그런 거." 비키는 사일러스의 넓은 어깨에 손을 올리고 그의 얼굴을 바라보았다. "일단 내 말을 그냥 듣기만 해. 알았지? 곧바로 반응하지 말고 끝까지 들어줘. 어떤 면에서는 별거 아니야. 달라지는 건 없으니까."

사일러스는 와일드를 힐끗 보았다가 다시 누나를 보았다. "참 나, 이제 무서워지려고 하잖아."

"겁줄 생각은…… 난……." 비키는 와일드를 바라보았다.

"멤피스를 떠났던 때부터 시작하세요." 와일드가 제안했다.

"네, 그게 좋겠네요, 고마워요." 비키는 다시 동생을 돌아보았다. "넌 우리가 펜실베이니아주로 이사했던 때 기억 안 나지?"

"당연하지. 그때 난 겨우 두 살이었는데."

"그래. 어쨌든, 아빠가 우릴 차에 태우고 갔어. 트로만스 부인 댁에 우릴 데리러 왔지. 넌 그 할머니도 기억 안 날 거야, 당연히. 아주 다정한 분이셨지. 널 아주 예뻐했어, 사일러스. 내가 또 시간을 끄네. 미안. 나한테는 힘든 일이라서. 아무튼 아빠가 우리를 데리러 오셨고, 새집에 도착했더니 이미 피터가 엄마와 함께 있었어."

비키는 말을 멈췄다.

"알아. 그래서?" 사일러스가 말했다.

"엄마는 피터를 낳지 않았어."

사일러스가 얼굴을 찡그렸다. "무슨 말이야?"

"엄마는 임신하지 않았어. 부모님은 일주일 정도 집을 떠나있었어. 휴가라고 하셨지. 그러더니 돌아와서 멤피스의 외딴곳으로 이사했고, 우리에게는 느닷없이 처음 보는 남동생이 생긴 거야."

사일러스는 고개를 저었다. "누나의 기억이 잘못된 거야. 그때 어렸잖아."

"켈리랑 나는 그렇게 어리지 않았어. 우린, 그러고 보니 너한테 이 이야기를 한다는 걸 켈리에게 말해야 해. 왜 그걸 잊어버렸지? 켈리도 이 자리에 있어야 했는데. 영상 통화를 해야겠다. 켈리가 내 말이 맞다는 걸 확인해 줄 수……."

"그냥," 사일러스가 두 손을 들어 비키를 말렸다. "그냥 무슨 일이 있었는지 말해줘."

"아까 말했듯이 우리에게 처음 보는 남동생이 생겼어. 느닷없이. 하늘에서 뚝 떨어진 것처럼. 처음에 부모님께 물어봤을 때는 엄마가 낳은 아이인 척했지. 그러다가 마침내 피터를 입양했다는 사실을 인정하면서 그 일을 꼭 비밀로 해야 한다고 했어."

비키는 사일러스에게 나머지 이야기를 들려주었다. 얼마 전 바로 이 집에서 와일드에게 들려주었던 것과 똑같은 이야기였다.

"말도 안 돼." 비키의 이야기가 끝나자 사일러스가 말했다. 그는 몇 분 전에 비키가 그랬던 것처럼 서성거렸다. 피는 못 속인다. 그의 큼직한 손은 주먹을 불끈 쥐고 있었다. "만약 피터가 입양됐다면 왜 그냥 입양했다고 말하지 않았지? 왜 부모님은 피터가 친자식인 척했냐고."

"모르겠어."

"말도 안 돼." 사일러스는 다시 그 말을 반복했다.

침묵을 지키고 있었던 와일드가 마침내 질문을 던졌다. "의심하지 않았나요, 사일러스?"

"네?" 그가 얼굴을 찡그렸다. "아뇨."

"조금이라도요? 무의식중에라도?"

사일러스는 고개를 저었다. "오히려 그 반대라고 믿었어요."

"무슨 말이야?" 비키가 물었다.

"피터가 아니라 내가 입양아라고 생각했어." 사일러스의 목소리는 부드러웠다. "다들 피터를 좋아했잖아." 그는 손을 들어 비키의 말을 막았다. "아닌 척하지 마, 누나. 우리 둘 다 아는 사실이야. 피터는 어딜 가나 사랑받았어. 누나도 피터를 예뻐했고. 피터는 나쁜 짓을 할 리가 없는 아이였지." 사일러스는 다시 고개를 저었다. 눈물이 뺨을 타고 흘러내렸다. "왜 이렇게 속상한지 모르겠네. 달라지는 건 없어. 피터는…… 살았든 죽었든 여전히 내 동생이야. 피터에 대한 내 감정도 달라지지 않아." 사일러스는 비키를 바라보았다. "누나에 대한 감정도 마찬가지고. 누나가 제일 많이 고생했지. 아빠는 집을 비울 때가 많았잖아. 학교에서 늦게까지 근무하고, 친구들이랑 여행 다니고. 엄마는 주로 반쯤 취해있었지. 누나가 우리를 챙겨줬어. 수업 준비도 해주고, 도시락도 싸주고."

이제는 비키도 울고 있었다.

"이해가 안 가." 사일러스가 말을 이었다. "부모님은 이미 있는 자식 셋도 보는 둥 마는 둥 했다고. 그런데 왜 하나를 더 입양한 거지?"

아무도 그 답을 몰랐다. 세 사람은 침묵 속에 잠시 그렇게 서있었다. 그러다 사일러스가 와일드를 돌아보며 말했다. "잠깐만요. 만약 피터가 입양됐고, 당신이 피터와 유전자가 일치한다면 우린 친척이 아닌 거로군요. 그렇죠?"

"맞아." 비키가 말했다. "와일드는 우리와 아무런 연관도 없어. 우린 혈육이 아니야."

"아뇨, 그래도 우린 혈육입니다." 와일드가 말했다.

두 사람은 깜짝 놀랐다. 비키가 말했다. "입양되었어도 가족이기 때문에 그렇다는 말인가요? 그거야 맞는 말이지만 유전적으로……."

"유전적으로 혈육입니다." 와일드가 말했다.

정적이 흘렀다.

"그게 무슨 의미인지 말해줄래요?" 비키가 물었다.

"사일러스, 예전에 미트유어패밀리에 등록했다고 했죠?"

"네."

"그때 사용자 번호 받았죠?"

"네."

"번호를 기억합니까?"

"얼른 떠오르지는 않는데 3, 2로 시작했어요. 지금 찾아볼 수……."

"32894였나요?"

사일러스는 놀란 표정이었다. "맞는 거 같아요."

"그 사이트에서 23퍼센트 일치하는 사람이 있었다고 했죠?"

"와일드, 지금 무슨 말을 하는 거예요." 비키가 말했다.

"그랬죠." 사일러스가 말했다.

"그 일치하는 사람에게 연락했을 때 당신 이름을 말했나요?"

"당연하죠. 이름을 말하지 않을 이유가 없잖아요. 난 숨길 게 없는데."

"그리고 상대에게서 연락을 못 받았죠?"

"네."

"당신과 유전자가 일치했던 사람은 당신 동생 피터였어요." 와일드가 말했다.

두 사람 다 말이 없었다. 그저 와일드를 바라볼 뿐이었다.

"형제는 50퍼센트 아닌가요?" 비키가 물었다.

"그렇죠." 와일드가 대답했다.

"맙소사. 이제야 앞뒤가 들어맞는군." 사일러스가 말했다.

비키는 그를 돌아보았다. "그래?"

"완벽하게 들어맞아. 그 결과를 봤을 때 제일 먼저 했던 생각이거든. 다만 상대가 피터일 거라고 예상을 못 했을 뿐이지."

"설명 좀 해줄래?" 비키가 부탁했다.

"23퍼센트. 그건 한쪽 부모가 같다는 뜻이야." 사일러스가 답했다.

비키는 여전히 어리둥절한 표정이었다.

"잘 생각해 봐, 누나. 우리 아빠 말이야. 아빠는 난봉꾼이었잖아. 아빠가 다른 여자를 임신시킨 거지. 모르겠어? DNA는 거짓말을 안 해. 아빠가 다른 여자랑 바람을 피워서 피터가 태어난 거야. 부모님은 피터를 친자식으로 키우기로 했고."

비키는 천천히 고개를 끄덕이며 피터의 말을 반복했다. "아빠가 다른 여자를 임신시켰구나. 엄마가 피터를 키우기로 했고. 이제야 이해가 가네."

"첫째로 피터는 우리랑 닮았잖아. 더 낫지. 그건 의심의 여지가 없어. 내가 장담하건대 피터의 친모는 아주 섹시했을 거야."

"사일러스!"

"왜? 난 이 사실을 가볍게 받아들이려는 거야. 안 그러면……." 사일러스가 말을 멈췄다. "내 어린 시절 전체가 거짓말처럼 느껴지니까." 그러더니 와일드에게 눈을 돌렸다. "아까 나한테 의심한 적 없냐고 물어봤죠? 아뇨. 하지만 지금 생각해 보니 뭔가가 이상했어요. 아마 모든 가족이 다 그럴 겁니다. 어떤 식으로든 망가지지 않은 가족은 본 적이 없어요. 하지만 이건 좀 심하잖아, 누나? 우리가 왜 이사를 했냐고? 아마 엄마는 창피했을 거야. 사람들이 쑥덕거렸을 테니까. 부모님은 신앙심이 꽤 강했잖아." 사일러스는 양팔을 벌렸다. "그래서 이제 제일 중요한 질문은 누가 할 거야?"

아무도 말하지 않았다.

"좋아. 내가 하지." 사일러스가 말했다. "피터의 친모가 누구죠?"

"그 친모가 당신과 연관이 있겠네요." 비키가 와일드를 돌아보며 덧붙였다.

"잠깐." 사일러스는 그렇게 말하더니 누나를 마주 보았다. "피터는 자기가 입양아라는 걸 알았어?"

"응."

"어릴 때부터 알았던 거야?"

"아니." 비키는 피터가 〈사랑은 전쟁터〉를 촬영하며 그 사실을 알게 됐다고 설명했다.

"이해가 안 가." 사일러스가 말했다. "피터는 자기가 입양됐다는 사실을 알고 DNA 사이트에 등록했어. 거기서도 익명으로 활동했지. 왜냐하면, 글쎄, 피터는 대스타고 사람들은 대스타에 환장하니까. 그러다 와일드가 피터와 유전자가 일치했어. 피터는 와일드에게 연락했어. 익명으로. 좋아, 여기까지는 이해가 가. 하지만 나는? 나도 이복형이라서 피터와 유전자가 일치했어. 나는 피터에게 연락했지. 내 이름을 적어서."

"그럼 피터는 그게 너라는 걸 알았구나." 비키가 말했다.

"맞아. 그런데 왜 피터는 내게 연락해서 말하지 않은 거지? 왜 계정을 지워버리고 답장을 안 한 거야?"

이제 비키는 몇 년은 더 늙어 보였다. 지치고 괴로운 듯했다. "이 모든 게 피터로서는 감당하기 힘들었을 거야."

"무슨 말이야?"

"피터는 모든 걸 빼앗겼어. 가족이라고 믿었던 사람들이 사실 가족이 아니었잖아. 젠과의 결혼 생활도 거짓이었고. 마니와, 자기가 사랑했던 팬들에게도 배신당했어. 욕이란 욕은 다 먹고 사방에서 배신당했어. 그 모든 게 합쳐진 거야. 피터는 여린 영혼이었어. 너도 알잖아. 그 모든 게 피터로서는 감당하기 힘들었을 거야."

정적이 흘렀다.

"피터가 자살했을 거라고 생각해?" 사일러스가 물었다.

"넌 아니야?"

"아니, 나도 그랬을 거 같아."

비키는 와일드를 돌아봤다. "마니가 무슨 짓을 했는지 더 자세히 말해주겠다고 약속했죠?" 그녀의 말투는 슬픔과 분노로 물들어 있었다. "우리가 아는 건 그저 소문뿐이에요. 마니가 피터에 대해 했던 말은 거짓말이다, 피터는 그녀에게 약을 먹인 적이 없고 사진을 보낸 적도 없다고요. 마니가 거짓말했나요, 와일드?"

"네."

"왜요? 대체 마니가 왜 거짓말을 했죠?"

와일드는 그런 일을 실제로 겪었다고 주장한 여자가 마니를 만났고, 마니가 그녀 대신 폭로한 거라고 길게 설명할까 했지만 그건 옳지 않다는 느낌이 들었다. 그래서 대신 간단히 말했다.

"처음에 우리가 만났을 때 당신이 말했던 대로예요. 유명해지기 위해서라면 무슨 짓이든 하는 사람들이 있죠."

"맙소사. 정신 나간 거 아닌가요?" 비키가 말했다.

사일러스는 말없이 서있었다. 그의 얼굴이 붉으락푸르락했다.

"그래서, 그게 다예요?" 비키가 물었다. "마니가 피터에 대해 거짓말했고, 젠은 그런 마니를 믿고 피터의 인생을 망쳐놓았다. 거기에다 피터는 자신이 입양되었다는 사실까지 알게 되고……."

"다른 가설이 떠돌기는 합니다." 와일드가 말했다.

"어디에요?" 사일러스가 물었다.

"팬 게시판에요. 미리 경고하는데 두 분 마음에 들지 않을 겁니다."

"일단 들어보죠." 사일러스가 말했다.

와일드는 비키를 돌아보았다. "최근에 피터의 인기가 얼마나 떨어졌죠? 내 말은, 그러니까 작년에요. 마니가 팟캐스트에 출연하기 전에요."

"무슨 말인지 모르겠어요."

"피터의 인스타그램 포스팅을 봤는데 작년에 '좋아요' 수가 현저히 줄었더군요. 예전의 10 혹은 15퍼센트 정도였어요. 친구가 날 위해 SNS 마케팅 보고서를 작성해 줬죠. 누구든 할 수 있습니다. 무료 사이트도 있지만 난 더 폭넓게 알아보려고 10달러를 지불했죠. 모든 주요 플랫폼에서 피터의 '좋아요' 수가 급감했어요."

"그건 정상이에요." 비키가 한 발짝 물러서며 말했다. "지난번에 말했잖아요. 근데 당신이 무슨 의도로 하는 말인지 아직 모르겠네요."

"아무 의도도 없습니다. 그저 일부 팬이 쓴 가설을 말하는 겁니다."

"무슨 가설인데요?"

"이 모든 일의 배후에 피터가 있다는 가설이요."

사일러스가 입을 딱 벌렸다. 비키는 마치 와일드에게 뺨이라도 맞은 듯한 표정이었다. "말도 안 돼요."

"그러니까, 뭐냐, 피터가 마니에게 그런 거짓말을 하라고 시켰다는 건가요?" 사일러스가 말했다.

"비슷합니다."

"그래서 피터가 약을 먹였다는 거짓말을 했다고요?" 비키가 말했다. "제정신이에요? 이제 피터는 사람들에게 미움을 받고 있어요. 완전히 손절당했다고요."

"피터의 계산 착오일 수도 있죠." 와일드가 말했다. "어쨌든 그런 가설이 떠돌고 있어요. 리얼리티 프로그램이 어떤지 알잖아요. 화젯거리가 있어야 팔립니다. 피터는 자신의 착한 남자 이미지에 싫증이 났을 수도 있어요. 영웅 역할을 하던 프로 레슬러가 갑자기 악당으로 돌변하는 것과 비슷하죠."

"말도 안 돼요." 비키가 허공에 손을 흔들며 말했다. "피터를 못 봐서 하는 소리예요. 그 애가 얼마나 상심하고 우울해했는데요. 절대 그런 짓을 할 아이가 아니에요."

와일드는 고개를 끄덕였다. "나도 그 가설은 안 믿습니다. 하지만 당신의 의견을 듣고 싶었어요. 그렇게 해서 얻을 수 있는 이득이 조금이라도 있는지 알고 싶었습니다."

"아무 이득도 없어요." 비키가 단호하게 말했다.

사일러스는 잠시 하늘을 올려다보더니 눈을 깜빡이며 말했다. "그래도 그게 사실이면 좋겠어."

비키가 숨을 헉 들이쉬었다. "뭐라고?"

"그게 사실이라면, 그래서 정말 피터가 이 모든 걸 계획했다면 피터가 죽지 않았다는 뜻이잖아. 세상 사람들이 자기가 죽었다고 생각하길 바랐다는 뜻이고. 이제 무죄가 밝혀졌으니까 설사 피터가 이 모든 걸 꾸몄다고 해도 살아서 돌아올 수 있어. 생각해 봐, 누나. 내일이라도 피터가 나타난다고 가정해 봐. 그동안 부당한 대우를 받았던 걸 생각하면 피터는 그 누구보다도 대스타가 될 거야. 아마도 리얼리티 프로그램 역사상 최고의 스타가 되겠지. 피터와 젠이 다시 합치기라도 한다면 난리가 날 거고. PB&J의 귀환. 둘의 결혼식을 텔레비전에서 중계라도 하면 시청률이 어마어마할 거야."

비키는 고개를 저었다. "하지만 피터가 꾸민 일이 아니야. 피터는 그런 일을 할 애가 아니야. 말이 안 돼."

"그럼 뭐가 말이 되는데?" 사일러스가 물었다.

비키의 눈가는 젖어있었다. "마니가 거짓말했다는 사실, 그래서 모두가 그 애에게 등을 돌렸다는 사실. 게다가 자기 가족, 특히 내가 그 애의 출생에 대해 평생 거짓말을 했다는 사실. 아마 피터는 주위 모든 사람에게 버림받고 배신당했다고 느꼈을 거야. 젠이 믿어주지 않아서 그랬을 수도 있고. 어쩌면 맥앤드루스라는 남자가 더 많은 사진을 공개하겠다고 협박해서 그랬을 수도 있지. 아니면……." 비키는 흐느꼈다. "친모가 누구인지 알게 돼서 그 사실을 감당할 수 없었는지도 몰라."

세 사람은 말없이 서있었다.

"와일드." 마침내 비키가 말했다. "이제 피터를 그만 찾아요. 그 정도면 충분히 했어요."

"그럴 수 없습니다."

"피터에게는 당신이 찾고 있는 답이 없어요."

"그럴 수도 있죠. 하지만 누군가가 사람을 죽이고 다닙니다. 그자를 막아야 해요."

와일드는 라마포산을 향해 다시 출발했다. 오늘 밤에는 에코 캡슐 근처에서 별을 보며 잘까 싶었지만 라일라도 보고 싶었다.

라일라.

라일라는 와일드를 집으로 부르지 않았고, 와일드는 그 이유를 추측하지 않았다. 그건 라일라에게 부당한 일일 것이다. 만약 라일라가 그와 함께 있기를 바란다면 그건 좋은 일이다. 만약 원치 않는다면, 그가 뭐라고 그녀의 남자관계를 방해한단 말인가. 와일드가 그런 생각을 곱씹고 있을 때 휴대전화가 진동했다. 이번에도 발신자가 '피터 베넷'이었다. 와일드는 전화를 받았다.

"알려줄 게 있습니다."

부메랑의 리더 크리스였다.

"말해봐요."

"나한테 피터 베넷의 음해성 사진들을 조사해 달라고 했죠? 이미 공개된 것과 맥앤드루스가 또 공개하겠다고 협박한 사진들까지요."

"네."

"우선 내가 알아낸 바로 맥앤드루스는 그 사진을 이중으로 이용하려고 했어요."

"어떻게요?"

"누군가 온라인에서 피터 베넷을 조롱하고 괴롭히면서 그의 명성에 흠집을 내려고 맥앤드루스를 고용한 건 알죠?"

"그게 누군지 압니까?"

"아뇨, 아직은 몰라요. 그걸 알아내기는 더 까다로울 거예요. 당신이 말했듯이 그 의뢰인은 맥앤드루스의 아들이 운영하는 로펌을 통해서 돈을 지불했어요. 변호사와 의뢰인 간의 비밀 유지 의무를 이용해 자신을 보호하려고요. 흔한 수법이기는 하지만 덕분에 한층 더 복잡해졌죠. 내가 말해줄 수 있는 건 맥앤드루스를 고용한 사람이 그 음해성 사진을 보낸 장본인이라는 겁니다."

"그렇군요."

"그게 첫 번째예요. 두 번째는 더 재미있습니다."

와일드는 기다렸다.

"사진은 진짜예요. 대부분은. 합성이 아닙니다."

"대부분은 진짜라는 게 무슨 말입니까?"

"결함이 없어요. 그림자 오류도 뒤틀림 현상도 없습니다. 심지어 메타데이터도 사진과 크게 어긋나지 않고요. 다만 일부러 가장자리를 흐리게 처리하고 이상하게 잘라냈어요."

"어떻게 이상하다는 겁니까?"

"글쎄요. 그다지 이상하지 않을 수도 있겠네요. 아무튼 사진 속 인물은 피터가 맞아요. 그건 의심의 여지가 없습니다. 하지만 이 사진을 보낸 사람은 자신을 드러내고 싶어 하지 않았어요."

"그러니까 피터와 잔 사람 말인가요?"

"네."

"그건 말이 되네요. 익명으로 남고 싶겠죠."

"아마도요." 크리스가 말했다.

"아까 맥앤드루스가 사진을 이중으로 이용하려고 했다고 했잖아요." 와일드가 말했다.

"네."

"맥앤드루스가 사진을 피터에게 팔려고 했다는 말입니까?"

"맞아요."

"둘이 만났나요?"

"피터 베넷과 헨리 맥앤드루스요? 아직 모르겠어요. 계속 알아볼 겁니다."

둘은 전화를 끊었다. 와일드는 숲속으로 걸어 들어갔다. 이미 해가 지고 어둠이 내려앉았다. 그는 눈을 어둠에 적응시켰다. 보이지 않는 에코 캡슐을 향해 산을 올랐다. 3킬로미터의 등산이 될 것이다. 그 정도는 식은 죽 먹기였다. 오늘 밤은 달빛을 받아 나뭇가지들이 검은 실루엣으로 변했다. 공기는 맑고 고요했다. 어둠 속에서 그의 발소리가 울렸다. 와일드가 좋아하는 밤이었다. 지금까지 이런 밤을 수천 번은 보냈다. 이런 정적 속에서는 제대로 생각할 수 있었다. 마음의 긴장을 내려놓고 몸을 이완할 수 있었다. 불 켜진 컴퓨터 모니터와 소음, 에너지, 심지어 다른 인간을 마주한 사람에게는 불가능한 방식으로 보고 이해할 수 있었다.

그런데 왜 이렇게 불편할까?

평생을 어둠 속에 뛰어들고 고독에 잠기기를 좋아했던 그가 왜 갑자기 이런 최상의 상태에서 집중이 안 될까?

휴대전화가 다시 울렸다. 평소 가장 짜증 나고 성가신 방해물이라고 생각했던 그 소리 덕분에 지금은 일시적으로 숨통이 트이는 듯했다. 그 소리가 구명조끼 같았다. 발신자는 매슈였다.

"여보세요?"

"우리 집으로 오시는 길이에요?"

"너무 늦어서 오늘은……."

"빨리 오셔야 할 것 같아요."

"왜? 무슨 일 있어?"

"맨 마지막 DNA 사이트에 로그인했어요. DNA유어스토리요."

와일드와 피터의 유전자가 일치했던 바로 그 사이트였다. "피터와 유전자가 일치하는 사람을 찾았니?"

"네."

"나일 수도 있어."

"아뇨, 아저씨가 아니에요. 부모예요. 피터 베넷의 친모 아니면 친부요."

와일드는 매슈 옆에 앉아 매슈가 DNA유어스토리 사이트의 링크를 누르는 걸 지켜봤다.

"자, 이걸 보세요. 50퍼센트. 이제는 이 수치가 부모가 같은 형제자매 혹은 부모를 의미한다는 걸 아시죠?" 매슈가 말했다.

"그런데 왜 부모라고 확신하는 거야?"

"이거 때문에요." 매슈가 모니터를 가리켰다. "이 계정의 주인 이름은 알 수 없어요. RJ라는 이니셜만 있죠. 하지만 중요한 건 나이가 표시된다는 점이에요. 68세. 형제자매라기에는 좀 많죠?"

"그렇구나."

"그러니까 가장 유력한 결론은 RJ가 피터 베넷의 친부나 친모라는 거예요."

비키와 사일러스는 피터가 이복형제라고 결론 내렸다. 그렇다면 RJ는 피터 베넷의 친모일 확률이 꽤 높다.

"하나 더 있어." 와일드가 말했다.

"뭔데요?"

"DNA유어스토리 데이터베이스에는 나도 있어."

"그래서요?"

"그런데 이 RJ는 나와 전혀 일치하지 않았어. PB만 나와 일치했지. 그러니까 만약 이 사람이 PB의 친모라면 난 PB의 친부 쪽 친척인 거야."

"그게 좋은 거예요, 나쁜 거예요?"

"모르겠어." 와일드는 의자에 등을 기대며 이 상황을 정리하려고 했다. "이 RJ가 피터의 친모라고 해보자. 그렇다면 나는 베넷가, 그러니까 비키, 사일러스, 피터의 아버지 쪽과 혈연관계일 가능성이 가장 커."

매슈는 고개를 절레절레 흔들었다. "헷갈리네요."

"우리에겐 더 많은 답이 필요해. RJ에게 메시지를 보내자."

매슈가 고개를 끄덕였다. "뭐라고 적을까요?"

두 사람은 PB의 이름으로 RJ에게 보낼 메시지를 작성했다. 두 사람은 매우 가까운 혈연관계이며 자신은(PB) 부모를 찾고 있고 급한 일이니 꼭 연락해 주길 바란다고 썼다. 빨리 연락을 받고 싶은 마음에 의학적으로 위급한 일임을 암시하며 조속한 연락을 바란다는 점을 강조했다.

"RJ에게 내 전화번호를 알려줘. 밤이든 낮이든 전화하라고 해. 가능한 한 빨리."

매슈는 고개를 끄덕이며 그대로 입력했다. "알았어요."

필요한 내용은 모두 적었다는 판단이 들자 매슈는 전송 버튼을 눌렀다. 이제 꽤 늦은 시간이었다. 라일라는 아직 돌아오지 않았다. 와일드는 그녀가 어디에 갔는지 묻고 싶지 않았다. 그가 상관할 바가 아니었다. 다시 숲으로 돌아가려는데 매슈가 함께 닉스 경기를 보자고 했다. 와일드는 그러기로 했다. 가장 큰 이유는 매슈와 좀 더 시간을 보내고 싶었기 때문이다.

둘 다 소파에 널브러진 채 엎치락뒤치락하는 경기에 정신없이 빠져 들었다.

"전 농구가 좋아요." 어느 순간에 매슈가 말했다.

"나도."

"아저씨도 한때는 굉장한 운동선수였죠?"

와일드는 한쪽 눈썹을 치켜세웠다. "한때는?"

"그러니까 제 말은 젊었을 때요."

"젊었을 때?"

매슈가 빙그레 웃었다. "우리 고등학교 최고 기록은 아직 아저씨가 거의 다 가지고 있어요."

"네 아빠도 꽤 잘했어. 왼손 기술이 아주 훌륭했지."

매슈가 고개를 절레절레 저었다. "아저씨는 늘 그러더라."

"뭘?"

"아빠 얘기로 넘어가는 거요."

"내가 아는 최고의 남자였으니까."

"아저씨가 그렇게 생각한다는 거 알아요."

"'생각'이 아니라 '사실'이야. 네가 그 사실을 알았으면 좋겠다."

"네, 이해해요. 아저씨는 대놓고 그 사실을 저한테 주입했잖아요." 매슈는 몸을 약간 일으켜 앉았다. "근데 그게 아저씨한테 왜 그렇게 중요해요?"

"네 아빠 이야기를 하는 거?"

"네."

"네가 아빠를 잘 알았으면 좋겠으니까. 아빠가 어떤 사람인지. 그리고 아빠가 아직 너한테 살아있는 존재였으면 좋겠다."

"제 의견을 말해도 될까요?" 매슈가 물었다.

와일드는 어서 말하라고 손짓했다.

"아저씨를 비난하는 건 아닌데……."

"살살 해라." 와일드가 말했다.

"아저씨가 아빠 이야기를 많이 하는 건 아빠를 그리워하기 때문인 것 같아요."

"당연히 그립지."

"아뇨, 제 말은 아저씨가 아빠 이야기를 많이 하는 이유는 아빠가 저한테 계속 살아있는 존재이기를 바라서가 아니라 아저씨에게 계속 살아있는 존재이기를 바라기 때문인 것 같다고요."

와일드는 아무 말도 하지 않았다.

"아빠가 돌아가셨을 때 전 꼬맹이였어요. 그리고, 오해하지는 마세요. 아저씨는 아빠가 죽기 전에도 좋은 대부였어요. 아저씨가 절 사랑하는 거 알아요. 하지만 아빠가 죽고 난 뒤에 아저씨는 저와 더 많은 시간을 보냈어요. 죄책감을 느껴서는 아니고 책임감 때문도 아니었죠. 아빠를 놓아 보내기가 두려웠던 것 같아요. 저와 함께 있는 게 아직 아빠와 함께 있는 것과 가장 비슷하니까요."

와일드는 생각에 잠겼다. "일리 있는 말이네."

"정말요?"

"네 아빠가 죽은 지 얼마 안 됐을 때는, 그래, 네 말이 맞는 것 같다. 너랑 나는 자주 나가서 영화를 보거나 농구를 했지. 널 집에 데려다주고 다시 숲으로 걸어갈 때면……." 와일드는 침을 삼켰다. "이런 생각이 들었어. '얼른 데이비드에게 이 일을 말해야지.' 이해가 되니?"

매슈는 고개를 끄덕였다. "대충은요."

"산에 올라가면서 네 아빠랑 대화하곤 했어. 우리가 오늘 뭘 했고, 그게 얼마나 재미있었는지. 이상하게 들리겠지만……."

"아뇨."

"그러니까 맞아, 처음에는 그랬어."

"그런데 지금은 아닌가요?"

"응, 지금은 아니야. 지금은 그냥 너랑 노는 게 좋아. 네가 아빠를 닮아서 그럴 수도 있지. 그 이유도 있을 거야. 하지만 네 아빠가 그리워서는 아니야. 이제는 집에 돌아갈 때 데이비드와 이야기하지 않아. 의무감도 전혀 없어. 난 그냥 너와 함께 시간을 보내고 싶어. 내가 계속 아빠 이야기를 했다면 미안하다. 하지만 데이비드 이야기를 하지 않으면 데이비드가…… 정말로 떠나버린 기분이 들거든."

"아빠는 늘 우리와 함께할 거예요, 아저씨. 하지만 그렇다고 해서 우리가 슬픔에 잠겨있는 것도 원치 않을 거예요."

"그렇겠지." 와일드도 동의했다.

매슈가 씩 웃었다. "와."

"왜?"

"아저씨가 이렇게 속마음을 털어놓은 건 처음이에요."

와일드는 다시 소파에 편안히 기댔다. "그래, 뭐 내가 요즘 제정신이 아니라서."

닉스가 4쿼터에서 역전에 성공하는 동안 두 사람은 다시 널브러졌다. 경기 중간 휴식 시간에 매슈가 몸을 굴려 엎드리더니 와일드를 바라보며 물었다.

"엄마랑은 어떻게 할 거예요?"

"잘한다 잘한다 하니까 선 넘네."

"저도 요즘 제정신이 아니거든요. 그래서, 어떻게 하실 건데요?"

와일드는 어깨를 으쓱였다. "내가 결정할 일이 아니야."

"그 핑계는 그만 대세요."

"뭐라고?"

"아저씨의 그 전형적인 특징 있잖아요. 한곳에 정착할 수 없고, 남을 쉽게 믿지 못하고, 한 사람을 오래 사귀지 못하고, 정붙이기 힘들고, 숲속에서 혼자 지내는 시간이 필요하고, 이런 거 다 이해한다고요. 하지만 남녀 관계는 쌍방향이에요. 엄마가 결정해야 한다는 말만 되풀이할 수는 없어요. 엄마 혼자서 관계를 끌고 갈 수는 없다고요."

와일드는 고개를 절레절레 흔들었다. "와. 대학교 1학년이 모르는 게 없네."

"지금 엄마가 어디 있는지 아세요?"

"아니."

"대릴이랑 외출했어요. 아저씨는 그래도 상관없는 것처럼 행동하죠. 만약 정말로 상관없다면, 엄마에게 알려줘야 해요. 상관이 있다면, 그것 또한 엄마에게 알려줘야 하고요. '나는 숲에 사는 과묵한 남자' 콘셉트는 엄마에게 불공평해요."

"엄마와 내 관계는 네가 상관할 바가 아니야."

"상관없기는요. 우리 엄마 일이에요. 엄마는 남편을 잃었고, 엄마에게는 저뿐이에요. 그러니 제가 상관할 바 아니라고 말하지 마세요. 그리고 '네 엄마가 결정할 일이야'라는 핑계 뒤에 숨지도 말고요. 그건 그냥 편리한 출구일 뿐이에요."

거기서 둘의 대화가 멈췄다. 닉스가 경기 종료 12초를 남기고 2점 뒤진 상태에서 타임을 요청했다. 와일드의 휴대전화가 울렸다. 모르는 번호였다.

"여보세요?"

"아, 네, 미안합니다. 전화해 달라고 했죠? 급한 일이라고 해서."

걸걸한 남자 목소리였는데 약간 나이 든 사람 같았다.

와일드는 몸을 일으켜 앉았다. "RJ인가요?"

잠시 머뭇거리더니 상대가 말했다. "맞아요. 당신 메시지를 받았어요."

"그러니까 우린 혈연관계네요. 그것도 아주 가까운."

"그런 것 같군요. 이름이 뭡니까?"

와일드는 그들이 PB라는 이니셜로 메시지를 보냈다는 사실이 기억났다. "폴이요."

"성은요?"

"베이커. 폴 베이커."

폴과 베이커는 미국에서 가장 흔한 이름과 성 목록에 항상 포함된다. 이런 이름이라면 추적하기 어려울 것이다.

"어디 삽니까, 폴?"

"뉴욕이요. 당신은요?"

"나도 그 지역에 삽니다."

"만날 수 있을까요?" 와일드가 물었다.

"그거 좋죠. 급한 일이라고 했죠?"

와일드는 남자의 즉각적인 태도와 말투가…… 어딘가 마음에 들지 않았다. "네."

"워싱턴 스퀘어 파크 알죠?"

"네."

"내일 아침 9시에 아치 아래에서 만나는 게 어떨까요?"

"좋습니다. 성함이 어떻게 되시나요?"

"로버트요. 로버트 존슨."

역시나 상위 10위권에 속하는 이름과 성이었다. 와일드는 상대에게 놀아나는 기분이었다.

"로버트, 우리가 어떤 관계인지 혹시 아나요?"

"그거야 뻔하죠. 내가 당신 아버지예요."

와일드가 더 묻기 전에 남자는 전화를 끊었다. 와일드는 그의 전화 번호로 다시 전화했지만 신호음이 울리지 않았다. 이번에는 크리스에 게 전화했다.

"아직도 내 전화에 추적 장치 같은 거 심어놨습니까?"

"네."

"방금 나한테 전화한 사람이 누구죠?"

"잠깐만요. 흠."

"왜요?"

"당신처럼 버너폰을 썼네요. 이러면 소유주를 찾기가 힘들어요. 잠 깐만요." 키보드를 딸각딸각 두드리는 소리가 들렸다. "도움이 될지 모르겠지만 전화를 건 장소는 테네시주예요. 멤피스 같군요."

멤피스. 베넷가가 갑자기 펜실베이니아주 한복판으로 이사 가기 전 에 살았던 동네다. 그때 차 한 대가 진입로를 올라오는 소리가 들렸 다. 거의 자정이 다 된 시간이었다. 와일드는 창가로 갔다.

라일라였다.

와일드는 라일라가 차에서 내리기를 기다렸지만 그녀는 곧바로 내리지 않았다. 누구와 함께 있는 걸까? 보이지 않았다. 와일드는 잠시 라일라를 지켜보다가 그녀의 사생활을 침해하는 느낌이 들어서 돌아섰다.

"난 그만 가는 게 좋겠다." 그가 매슈에게 말했다.

"그러지 마세요."

"뭘?"

"달아나는 거요."

"네 엄마를 힘들게 하지 않으려는 거야."

"아뇨. 아저씨는 그냥 겁쟁이예요." 매슈는 자리에서 일어났다. 이제는 와일드보다 키가 컸고, 얼굴은 데이비드를 닮았다. 남자다워 보였다. 언제 이렇게 어른스러워졌을까? 매슈는 와일드의 어깨에 손을 올렸다. "기분 나쁘게 듣지는 마세요."

"전혀."

"전 2층에 올라갈게요. 아저씨는 여기 있어요."

매슈는 텔레비전을 끄더니 계단을 터벅터벅 올라가 침실로 들어간 다음에 문을 닫았다. 와일드는 남아있었다. 5분 뒤 라일라가 현관문으로 들어왔다. 울다 왔는지 눈이 충혈되어 있었다. 늘 그랬듯이 오늘도 놀랄 만큼 아름다웠다. 와일드는 라일라를 볼 때마다 그녀가 정말 아름답다고 새삼스럽게 생각했다. 마치 그 사실이 놀랍다는 듯이, 그 사실을 완전히 이해하거나 표현할 수 없다는 듯이. 그래서 그녀를 처음 볼 때마다 늘 약간 목이 멨다.

"왔어?" 와일드가 말했다.

"응."

와일드는 어떻게 해야 할지 몰랐고—라일라를 안아줘야 할지, 키스
해야 할지—실수하고 싶지도 않아서 그저 우두커니 서있다가 운을 뗐
다. "혼자 있고 싶으면……."

"아니."

"알았어."

"여기 있고 싶어?"

"응."

"잘됐네. 왜냐하면 방금 대릴이랑 헤어지고 왔거든."

와일드는 아무 말도 하지 않았다.

"기분이 어때?" 라일라가 물었다.

"사실대로 말할까?"

"평소에는 거짓말했어?"

"그런 적 없어."

"그래서?"

"행복해. 이기적인 말이지만 미치도록 좋아."

라일라는 고개를 끄덕였다.

"눈이 충혈됐어." 와일드가 말했다.

"그래서?"

"울었어?"

"응."

와일드는 그녀에게 다가갔다. "당신이 울지 않았으면 좋겠어. 다시
는 울지 않았으면 좋겠어."

"당신에게 그런 힘이 있다고 생각해?"

"아니. 그래도 노력은 하고 싶어."

라일라가 신발을 벗어 던졌다. "내가 오늘 밤에 뭘 깨달았는지 알아?"

"뭔데."

"난 계속 둥근 못을 네모난 구멍에 억지로 끼우려고 했어. 늘 내게는 인생의 동반자가 필요하다고 철석같이 믿었어. 삶을 함께 나누고, 함께 여행하고, 함께 늙어가고 그런 거. 전에는 데이비드와 그렇게 했지만, 그이는 죽었어. 그래서 다른 누군가와 그렇게 해보려고 했는데……." 라일라는 말을 멈추고 고개를 저었다. "뜻대로 안 되네."

"유감이야."

"괜찮아. 바로 그거야. 오늘 밤에 난 그렇게 살지 않아도 괜찮다는 걸 깨달았어."

와일드는 그녀에게 다가갔다. "사랑해."

"하지만 당신은 늘 내 곁에 있어줄 수 없지."

"할 수 있어. 그렇게 할 거야."

"아니, 와일드, 내가 원하는 건 그게 아니야. 더는 그걸 원치 않아. 그건 또 둥근 못을 네모난 구멍에 억지로 끼우려는 일일 거야." 라일라는 한숨을 쉬며 소파에 앉았다. "그래서 당신에게 제안할 게 있어. 들어볼래?"

와일드는 고개를 끄덕였다.

"당신과 나는 함께할 수 있을 때는 계속 함께 지내는 거야. 당신은 마음 내키면 이 집에 오고, 또 떠나고 싶으면 에코 캡슐에 묵어."

"이미 그렇게 하고 있지 않아?"

"그래서 당신은 지금 상태에 만족해?"

와일드는 '당신이 만족한다면'이라고 말하려 했지만 그때 매슈의 말이 귓가에 울렸다. "아니, 그 이상을 원해."

라일라는 미소 지었다. 정말로 기분 좋아서 짓는 미소였다. 라일라가 그런 미소를 지을 때면 와일드는 심장이 쿵쿵 뛰었고 가슴이 벅찼다. "내 제안을 마저 들어볼래?"

"제발 말해줘."

"갑자기 왜 이래, 와일드?"

"어서 당신 제안이나 말해줘."

"우리가 커플이 되면 난 많은 것을 요구하지 않을 거야. 하지만 계속 커플로 지내려면 적어도 몇 가지 요구 사항이 있어."

"말해봐."

"지금까지 그랬던 것처럼 그냥 말없이 사라지지 마."

"알았어."

"난 상처받지 않은 척하는 데 지쳤어. 갑자기 겁이 덜컥 나거나 달아나고 싶으면, 숲으로 사라져 버리고 싶다거나 뭐 그런 마음이 들면 먼저 나한테 말해줘."

"알았어. 상처 줘서 미안해. 난 그런 줄 몰랐⋯⋯."

라일라는 손을 들어 그의 말을 막았다. "사과 받아줄게. 하지만 아직 안 끝났어."

와일드는 계속하라는 뜻으로 고개를 끄덕였다.

"다른 사람은 만나면 안 돼. 이 여자 저 여자 계속 만나고 싶다면⋯⋯."

"만나고 싶지 않아."

"당신이 그 호텔 바에 즐겨 가는 거⋯⋯."

"아니, 이젠 그러고 싶지 않아."

"또 난 필요할 때 누군가 날 돌봐주길 원해. 또 나도 누군가를 돌봐주고 싶고."

와일드는 침을 삼켰다. "나도 그러고 싶어. 또?"

"지금으로서는 그게 전부야." 라일라는 시계를 보았다. "늦었어. 나 피곤해. 당신도 피곤하고. 어쩌면 이건 지쳐서 나누는 대화일 수도 있겠네. 아침에 일어나서 우리가 나눈 대화가 어땠는지 다시 생각해 보자."

"좋아. 나 여기서 자고 갈까? 아니면……?"

"자고 가고 싶어, 와일드?"

"아주 많이."

"대답 잘했어." 라일라가 말했다.

새벽 2시에 와일드의 휴대전화가 울렸다.

와일드는 잠들지 않은 채 라일라의 침실 천장을 바라보며 라일라, 그리고 그들이 그날 밤에 나눴던 대화를 생각하던 터였다. 지난 10년보다 그 3분 동안 둘의 관계에 대해 더 많은 이야기를 나눴다는 걸 깨달았다.

와일드는 빠른 반사신경을 발휘해 벨이 울리는 휴대전화를 집어 든 다음, 발을 바닥에 내리고 몸을 옆으로 굴려 일어나 앉았다. 롤라의 전화였다.

"무슨 일 있어?" 와일드가 물었다.

"아무 일 없어. 그런데 왜 속삭이는 거야? 아, 가만, 옆에 누가 있구나. 그렇지?"

와일드는 침대에서 일어나 욕실 쪽으로 걸어갔다. "역시 최고의 인재로군."

"나 지금 라스베이거스야. 대니얼 카터는 집에 없어. 집은 텅 비었고, 최근에 대니얼 카터나 그의 부인을 본 사람도 없어. 하지만 짚이는 구석이 있어."

"뭔데?"

"너한테 대니얼 카터에 대해 물어봤던 FBI 요원 있잖아. 조지 키셀이라고 했던."

"응."

"그 사람이 배지 보여줬어?"

"아니."

"그 사람은 FBI 요원이 아니거든."

"베츠라고 했던 다른 요원이 신분증을 보여줬어."

"그 여자는 FBI가 맞아. 하지만 내가 키셀을 조사해 봤어. 여기서 반전이 뭐냐면, 키셀은 FBI가 아니야. 미연방 보안관이지."

와일드의 몸이 얼어붙었다.

"그래, 그거야. 내일 아침에 일어나는 대로 돌아갈 거야. 하지만 내가 새벽 2시에 전화한 이유는 그것 때문이 아니야. 그 얘기야 내일 아침에 해도 되니까."

"그럼 뭐 때문인데?"

"네가 넣어둔 추적기 있지? 네 말이 맞았어. 그 여자가 방금 호텔에 도착했어."

"어디 호텔?"

"타임 워너 빌딩에 있는 만다린 오리엔탈 호텔."

와일드는 아무 말도 하지 않았다.

"대체 왜 새벽 2시에 호텔에 가는 거지?" 롤라가 물었다.

"너도 알고 나도 알잖아."

"그래서 어떻게 할 거야?"

"지금 거기로 가야지."

콜럼버스 서클에 있는 만다린 오리엔탈은 아시아 퓨전풍의 5성급 럭셔리 호텔이다. 고층 건물의 35층에서 54층까지 사용하는데 모든 방에서 맨해튼의 멋진 전망을 감상할 수 있다. 또한 와일드가 알게 된 바로는 가격이 매우 비싸다. 각종 보안 장치를 통과해야 했으므로 와일드는 비어있는 객실 중에서 가장 싼 객실을 예약했는데 호텔이 청구서에 추가하는 괴상한 세금과 추가 요금까지 합하면 하룻밤에 천 달러였다.

와일드는 35층 로비에서 체크인하면서 43층의 객실을 달라고 부탁했다. 그녀가 묵는 객실이 43층이었고, 그래야 카드키로 작동하는 엘리베이터가 43층으로 갈 수 있기 때문이다. 데스크에서는 그의 부탁을 들어주었고, 그리하여 거의 새벽 4시가 다 된 시간에 와일드는 직접 객실까지 안내해 주겠다는 직원의 요청을 정중히 거절했다. 엘리베이터를 타고 43층에 내려서 자신이 찾던 객실로 간 다음 문을 두드렸다.

와일드는 객실 안에서 밖을 내다볼 수 있는 구멍을 막았다.

남자 목소리가 들렸다. "누구야?"

"룸서비스입니다."

"아무것도 안 시켰는데."

"공짜 샴페인입니다. 매니저님 선물입니다."

"이 시간에?"

"제 실수예요. 진작 가져다드렸어야 하는데. 제발 비밀로 해주세요. 아니면 저 잘릴 겁니다."

"그냥 문밖에 두고 가."

와일드는 문밖에 두고 간 척하고 문이 열리기를 기다릴까 했지만 혹시라도 저들이 내일 아침에나 확인할지 모를 위험을 감수하고 싶지 않았다. "그럴 수 없습니다."

"그럼 그냥 가든지."

"그냥 갈 수도 있습니다. 그냥 간 다음 신문사에 전화해서 이 문밖에 대기하고 있으라고 말할 수도 있어요. 아니면 당신이 날 한번 만나보든지요."

몇 초 뒤 문이 열리더니 수건 재질의 목욕 가운을 입은 덩치 큰 남자가 나타났다. 왁싱을 한 가슴은 털 없이 매끈했다.

와일드가 말했다. "안녕하세요, 빅 바보."

"당신 대체 누구야?"

"난 와일드라고 합니다. 들어가도 될까요? 당신 동행과 이야기하고 싶은데요."

"무슨 동행? 난 혼자야."

"아뇨, 혼자가 아니죠."

빅 바보는 실눈을 떴다. "지금 빅 바보가 거짓말쟁이라는 거야?"

"방금 정말로 자신을 3인칭으로 언급한 겁니까?"

빅 바보는 얼굴을 찡그리더니 손가락으로 와일드의 가슴을 찌르려고 팔을 뻗었다. 그러자 와일드가 그의 손가락을 잡고 다리를 걸었다. 빅 바보는 쓰러졌고, 와일드는 객실로 들어가 문을 닫았다. 문에서 대각선으로 보이는 모퉁이에 빅 바보와 똑같은 목욕 가운을 입은 젠 캐시디가 서있었다.

"나가요." 젠이 목욕 가운을 여미며 외쳤다. "우릴 내버려 두라고요."

"그렇게는 못 하겠는데요." 와일드가 말했다.

빅 바보는 우스꽝스러운 몸짓으로 바닥에서 벌떡 일어났다. "지금 뭐 하는 거야, 형씨? 방금 그건 치사한 공격이었어."

"용건이 뭐예요?" 젠이 물었다.

"그래. 용건이 뭐야?" 빅 바보가 반복했다. "잠깐만, 이 사람은 누구야?"

"피터의 친척이야."

빅 바보는 측은하다는 표정으로 와일드를 바라보았다. "아, 진짜야, 형씨? 그 일은 유감이야. 난 그 친구 좋아했어."

"내가 누구를 만나든 당신이 상관할 바 아니에요." 젠이 말했다.

"맞는 말입니다." 와일드가 말했다.

"내 인생은 내 뜻대로 살 수 있다고요."

"그 또한 맞는 말입니다."

"그러니까 나가요."

빅 바보가 가슴을 내밀었다. "이봐, 형씨, 저 숙녀분이 하는 말 들었잖아."

와일드는 빅 바보를 무시한 채 젠에게서 눈을 떼지 않았다. "당신이 누구랑 데이트하든, 리얼리티 프로그램이 어떻게 돌아가든, 당신의 좋아요 혹은 팔로워 수가 어떻든 상관없습니다. 하지만 진실은 알아야겠어요."

"무슨 진실이요?" 젠이 물었다. "피터와 난 끝났어요. 이젠 밥하고 사귄다고요."

"그래. 우린 사랑에 빠졌어." 밥이 말했다.

"잠깐, 내가 여기 있는 걸 어떻게 알았어요?" 젠이 물었다.

와일드는 사실대로 말할 생각이 없었다. 아까 낮에 젠의 집에 찾아갔을 때 그녀의 가방에 롤라가 준 추적기를 넣어두었다고. 따지고 보면 그렇게 간단했다. 와일드는 젠이 빅 바보와 사귀고 있지 않을까 의심하던 차였다. 그녀의 전반적인 태도며 마니와 피터의 일, 팟캐스트, 사진, 이 모든 게 어딘가 맞지 않는다는 느낌이 들었다.

"이봐, 형씨." 빅 바보가 말했다. "난 문제를 일으키고 싶지 않아. 알겠어? 젠과 난 사랑에 빠졌다고. 우린 오래전부터 사랑에……."

"밥."

"아냐, 자기야, 그냥 다 사실대로 말하자고." 빅 바보는 와일드를 돌아보았다. "형씨가 피티 보이를 아끼는 마음은 알겠어. 좋아, 이해해. 하지만 피티 보이는 도를 심하게 넘었어."

"어떻게 심하게 넘었는데요?"

젠이 말했다. "밥."

"팟캐스트 들었잖아. 그 사진들도 봤을 테고." 빅 바보가 말했다.

와일드는 믿을 수가 없어서 고개를 절레절레 흔들며 젠을 바라봤다. "이 사람은 모르는 겁니까?"

"뭘 몰라?" 빅 바보가 말했다. "아, 마니가 거짓말한 거? 아까 들었어. 정말 심했더군. 당신 심정은 충분히 이해해. 하지만 그래도 피터 보이는 여전히 잘못한 게 많아. 다른 여자들이랑 추잡하게 놀아난 사진들이 있잖아."

"밥." 빅 바보가 이 일을 공모하지 않았다는 사실에 여전히 충격을 받은 채 와일드가 말했다. "그녀가 전부 꾸민 일이에요."

"알아. 마니가……."

"마니가 아닙니다." 와일드는 그렇게 말하고 젠을 바라봤다.

빅 바보는 어리둥절한 표정이었다. "뭐라고?"

"거짓말이야, 밥." 젠이 말했다.

젠을 신문하거나 날카로운 질문을 던지거나 함정에 빠뜨릴 이유는 없었다. 하지만 그렇다고 해서 그녀가 계속 거짓말을 하게 두거나 눈물을 흘리거나 혹은 술수를 쓰는 걸 지켜볼 이유도 없었다. 그래서 와일드는 그냥 전속력으로 돌진했다. "당신들의 인기는 급격히 추락하고 있었어요. 당신과 피터의 인기요. 둘은 한때 굉장한 성공을 거뒀죠. 사랑스러운 커플이었고, 한동안은 재미도 있었어요. 정말로 당신 둘이서 뽑아낼 수 있는 건 다 뽑아냈습니다. 밥, 젠이 피터를 배신하고 당신을 만난 지 얼마나 됐죠?"

빅 바보는 젠을 힐끗 보았다.

"처음부터 그랬나요?" 와일드가 물었다. "둘이 마치 최근에서야 사귄 척하지 맙시다. 하지만 그건 중요하지 않아요." 와일드는 다시 젠에게 돌아섰다. "당신과 피터는 시청자의 관심을 계속 잡아두려고 노력했어요. 아이가 태어났다면 도움이 됐겠지만 두 사람은 임신에 어려움을 겪었죠. 당신의 SNS에 보이는 팔로워들의 반응도 많이 줄었고, 집도 펜트하우스에서 작은 평수로 강등됐죠. 그 집에서도 곧 쫓겨날 테지만. 그래서 어느 순간 당신은 피터와 계속 함께했다가는 커리어가 끝나리라는 걸 깨달았어요."

"만약 그 말이 전부 사실이라면 난 그냥 피터와 헤어졌겠죠." 젠이 한 손으로 허리를 짚으며 말했다.

와일드는 한숨을 내쉬었다. "정말 그렇게 나올 겁니까? 좋아요, 해

봅시다. 만약 당신이 세상에서 가장 착한 남자로 통하는 피터와 헤어지면 당신은 나쁜 년이 될 겁니다. 그럴 수는 없죠. 하지만 당신이 피해자가 되자, 다시 말해 당신 여동생이 팟캐스트에서 피터의 비리를 폭로한 순간부터 팬들이 SNS에 몰려들어 당신을 옹호하고 피터를 악당으로 만들었어요. 갑자기 당신의 SNS에 대한 팔로워들의 반응이 치솟았습니다. 당신은 어느 때보다도 인기가 높아졌죠. 당신이 이 모든 걸 다 꾸몄어요, 젠. 당신이 헨리 맥앤드루스를 고용했죠. 피터의 그 음해성 사진을 찍은 것도 당연히 당신이고요. 달리 누가 찍었겠어요? 어렵지 않았을 겁니다. 그저 카메라를 숨겨두기만 하면 되죠. 당신은 사진에서 당신을 잘라냅니다. 또 머리를 써서 당신들 침실에서 찍지도 않았어요. 누군가 사진 속 배경을 알아볼 수도 있으니까요. 하지만 당신이 놓친 게 있습니다. 메타데이터에 따르면 그 사진 중 두 장이 스카츠데일에서 찍은 걸로 나옵니다. 쉽게 확인할 수 있었어요. 그리고 공교롭게도 같은 날짜에 당신과 피터는 스카츠데일에 있었어요. 사람을 보내 그날 밤 당신들이 묵었던 호텔 객실과 사진 속 배경이 일치하는지 확인할 수도 있습니다. 아마 더 많은 증거가 나올 거예요. 당신은 로펌을 통해 헨리 맥앤드루스에게 돈을 지불했어요. 하지만 그가 살해됐으니 이제 경찰은 누가 그를 고용했는지 알아내려고 할 겁니다."

빅 바보가 젠을 바라보았다. "정말이야, 베이비?"

"입 닥쳐, 밥. 이건 다 개소리야." 젠이 말했다.

"개소리가 아니라는 건 당신도 알고 나도 알죠. 결국 당신의 계획이 실패하리라는 것도 알고요. 그래도 약간 놀랐습니다. 난 당신이," 이 대목에서 와일드는 빅 바보에게 몸을 돌렸다. "한통속일 줄 알았거든요. 하지만 물론 젠은 당신을 믿을 수 없었겠죠. 누구도 믿을 수 없었을 겁니다. 심지어 마니도요." 와일드는 다시 젠을 바라봤다. "당신은 마니가 유명해지기 위해서라면 무슨 짓이든 하리라는 걸 알았어요. 그런 면에서 마니는 당신과 똑같죠. 그래서 당신은 제작진과 함께 마니가 팟캐스트에 나가서 폭로하기로 꾸민 겁니다. 피터가 자기한테 약을 먹였다고 이야기했던 여자 말입니다, 그 여자도 제작진인가요? 상관없습니다. 하지만 왜 마니에게 당신 계획에 협조해 달라고 직접 부탁하지 않는지는 궁금하네요. 그 부분이 놀라웠어요. 하지만 아무리 마니라고 해도 그렇게까지 심한 짓은 안 했을지 모르죠. 아니면 마니가 진실을 알았다가는 그게 당신 약점이 될까 걱정됐을 수도 있고요. 모르겠어요. 하지만 말해봐요. 피터가 당신에게 자신은 결백하다고 맹세했을 때 당신은 뭐라고 했나요?"

이제 젠은 미소를 지었다. 여전히 자신이 한 짓을 부인하는 미소였지만 안도감 비슷한 무언가도 느껴졌다. "그이를 믿지 않는다고 했어요. 집에서 나가라고 했죠."

와일드는 고개를 끄덕였다.

"당신 말이 맞아요. 대부분은요." 젠이 말을 이었다. "피터와 나는 지루한 커플이 됐어요. 그냥 헤어질까 생각도 했지만 당신이 말했듯이 그러면 내 이미지에 타격을 입겠죠. 피터에게 우리가 근사하게 헤어질 방법을 생각해 보라고 하려다가 그만뒀어요. 도저히 방법이 떠오르지 않더라고요. 게다가 피터는 매사에 정직한 사람이기도 하고."

빅 바보가 말했다. "베이비?"

젠이 한숨을 쉬었다. "그래, 자기에게는 말 안 했어, 밥. 마니에게도 안 했고. 왜냐하면 둘 다 연기를 잘 해낼 정도로 훌륭한 배우가 아니니까. 이건 게임이에요, 와일드. 〈서바이버〉, 〈셀링 선셋〉, 〈사랑은 전쟁터〉 이 모두가 시합이면서 예능 프로그램이죠. 그게 전부라고요. 예전에 〈서바이버〉를 보곤 했는데 어떤 한심한 참가자가 다른 참가자에게 속아서 탈락하고는 자기가 배신당했다고 길길이 날뛰는 거예요. 하지만 원래 게임이 그런 거 아닌가요? 누군가는 정상에 올라야 해요. 누군가는 부와 명성을 얻죠. 우리 삶은, 그게 피터든 나든 밥이든, 다 게임이에요."

젠은 빅 바보에게 다가가 그의 손을 잡았다. "난 녹화 첫날부터 밥에게 반했어요. 그런데 제작진이 뭐라고 했는지 알아요?" 빅 바보가 가슴을 부풀렸다. "당분간 두 사람 사이에서 양다리를 걸치다가 마지막에는 피터를 선택해야 한다는 거예요."

"그럼 피터를 사랑한 적이 없단 말입니까? 다 사기였어요?"

"사기가 아니에요. 우리의 인생은 연극이에요. 무엇이 진짜고 가짜냐는 중요치 않아요. 그걸 나눌 수 있는 선이나 경계도 없고요. 리얼리티 프로그램에 출연하기 전에 나는 작은 법률 사무소에서 서류나 정리하던 비서였어요. 그게 얼마나 지루한 일인지 알아요? 우린 모두 유명해지고 싶어 해요. 사람들이 자신의 욕망에 솔직해진다면 그게 모든 사람의 목표일 거예요. 아주 별 볼 일 없는 SNS 계정조차도 '좋아요'와 팔로워가 늘어나길 원하죠. 그렇다면 난 이 흐름에 따라 그냥 평화롭고 지루한 삶으로 돌아가야 할까요? 천만에. 〈서바이버〉, 〈셀링 선셋〉, 〈사랑은 전쟁터〉. 이건 승자와 패자가 있는 시합이에요. 이번에는 내가 이겼고, 피터는 졌어요. 그게 이런 프로그램의 생리라고요. 내가 이기든가 아니면 피터가 이기든가 둘 중 하나예요. 그런데 어떻게 됐게요? 내가 이겼어요. 내가 대체 피터에게 무슨 짓을 했나요, 네? 피터는 감옥에 가지도 않았고, 경찰 조사를 받지도 않았고, 체포되지도 않았어요. 그저 팬을 잃었을 뿐이죠. 그래서 어쩌라고요? 피터는 마니의 주장이 사실이 아니라는 걸 알고 있었어요. 그걸로 충분한 거 아닌가요? 인터넷에서 익명의 루저들이 피터에게 욕을 퍼부었다고요? 그게 뭐 그리 대단한 일인가요? 그런 말을 감당할 수 없으면 소셜 미디어를 끊어야죠. 다른 여자를 만나서 더 평범한 삶을 살아야죠. 피터도 그런 선택을 할 수 있었어요. 아닌가요?"

빅 바보는 그저 우두커니 서있었다.

와일드가 말했다. "그거 참 대단한 자기 합리화네요."

"난 사실을 말한 거예요."

"피터의 누나는 동생이 자살했다고 생각해요."

"그게 사실이라면 정말 슬픈 일이죠. 하지만 날 탓할 순 없어요. 리얼리티 프로그램에서는 매주 누군가가 마음에 상처를 입죠. 그중 한 명이 자살한다고 해도 그게 다른 참가자의 잘못은 아니잖아요. 나도 대중의 증오가 이렇게 커질 줄은 몰랐어요. 하지만 정신이 건강한 사람이라면 악성 댓글 때문에 자살하지는 않죠."

와일드는 젠이 저토록 열심히 자기 합리화를 하는 데 감탄했다. "피터의 경우에는 단순히 악성 댓글 때문이 아닐 수도 있습니다."

"아니면요?"

"피터는 당신을 진심으로 사랑했을 수도 있죠. 자신이 사랑하는 여자가 처제에게 약을 먹이지 않았다는 자신의 말을 믿어주지 않는다는 사실이 원인이었을 수도 있어요. 아니면 몇 달 뒤에 자기가 사랑하는 여자가 이 모든 일을 꾸몄다는 진실을 깨달았을 수도 있고요. 피터를 사랑하기는 했나요?"

"그건 요점에서 벗어난 질문이에요. 영화에서 두 사람이 사랑에 빠질 때 두 배우가 현실에서도 사랑에 빠졌는지가 중요한가요?"

"당신은 영화에 출연한 게 아닙니다."

"아뇨, 맞아요. 오하이오주 웨인스빌에 사는 젠 캐시디는 맨해튼에서 가장 비싼 아파트에 살지 않아요. 멧 갈라에 초대받지도 않고요. 유명하고 돈 많은 사람들과 어울리지도 않고, 명품 브랜드를 홍보하지도 않고, 인기 있는 레스토랑에서 식사하지도 않죠. 사람들은 그 여자가 어디에 참석하는지 혹은 무슨 옷을 입는지도 신경 쓰지 않아요. 현실에서 우리는 인생이라는 영화를 어떻게 만들지 선택해요. 어떻게 그걸 모를 수가 있죠?"

와일드는 젠의 말을 듣는 게 지겨웠다. "피터는 어디 있습니까?"

"나도 몰라요."

CHAPTER

39

젠 캐시디에게서는 더 알아낼 게 없
었으므로 와일드는 방에서 나갔다. 거금을 내고 방을 잡았으니 조금
이라도 사용하는 게 좋을 듯했다. 와일드는 침대에 누워 천장을 바라
보았다. 일찍이 셰익스피어는 "이 세상은 연극 무대이고 모든 사람은
그저 배우일 뿐이다"라고 썼다. 약간 억지이기는 해도 젠의 말은 일리
가 있었다. 피터는 그런 삶을 선택했다. 명성은 마약과 같다. 다들 유
명 인사가 되고 싶어 한다. 권력과 부, 안락한 삶을 누릴 수 있기 때문
이다. 젠은 그런 것들을 잃어가고 있었다. 피터도. 그래서 젠은 자신
을 구하고자 피터를 끊어낸 것이다.

하지만 그 사실만으로는 피터 베넷이 어디에 있는지 알 수 없었다.

이제 와일드는 피터가 바람을 피우지도 않았고, 마니에게 약을 먹
이지도 않았다고 확신하게 되었다. 아까 젠이 말하기 전까지는 와일
드도 확신이 없었다. 젠이 이 모든 일을 꾸몄다고 해도 큰 그림은 별
로 달라지지 않았다. 누가 헨리 맥앤드루스와 캐서린 프롤, 마틴 스피

로를 죽였는지 알 수 없었다. 와일드의 어머니가 누구이고, 왜 숲에 그를 버렸는지도.

한마디로 그가 알게 된 사실은 리얼리티 스타가 거짓말을 했다는 것뿐이었고, 이는 세상을 뒤흔들 만한 일도 아니었다.

끝내 잠이 오지 않자 와일드는 호텔에서 나가 콜럼버스 서클에서 남쪽으로 향했다. 타임스 스퀘어를 가로질러 워싱턴 스퀘어 파크로 걸어갔다. 5킬로미터가 채 안 되는 산책이었다. 도중에 잠시 멈춰서 커피와 크루아상을 먹었다. 그는 아침의 도시가 좋았다. 이유는 알 수 없었다. 800만 명이 그날 하루를 준비하는 모습은 어딘가 매력적이었다. 어쩌면 그의 일상이—틀림없이 젠은 무가치한 삶이라고 생각할 것이다—정반대여서 그럴 수도 있다.

자꾸 라일라가 생각났다. 라일라와 함께 산책했다면 기분이 어땠을까 하는 생각을 떨칠 수가 없었다.

마침내 워싱턴 스퀘어 파크에 도착했다. 와일드는 센트럴 파크를 제일 좋아하기는 했지만, 이곳은 뉴욕이 가진 기이한 매력을 보여주었다. 대리석 아치는 로마 시대 개선문 스타일로 지어졌는데 유명한 건축가 스탠퍼드 화이트가 설계했다. 그는 1906년 매디슨 스퀘어 극장에서 질투심 많고 (화이트의 변호인에 따르면) '정신적으로 불안정한' 백만장자 해리 켄들 서에 의해 살해되었다. 서의 아내 에벌린 네즈빗 때문이었다. 그것은 최초의 '세기의 재판'이었다. 아치의 양쪽 기둥에는 대리석으로 된 워싱턴 조각상이 하나씩 붙어있는데 하나는 전쟁 중인 워싱턴이고, 다른 하나는 평화의 워싱턴이었다. 양쪽 조각 모두 워싱턴 양옆으로 다른 사람이 있었는데 전쟁 중인 워싱턴에서 그 두 인물은 명성과 용맹을 상징했다. 와일드가 생각하기에 명성은 아이러니한 선택 같았다. 특히나 피터와 젠을 생각하면. 반면 평화의 워싱턴을 에워싼 두 인물은 지혜와 정의를 상징했다.

와일드가 평화의 워싱턴을 올려다보고 있을 때 누군가 옆으로 다가오는 게 느껴졌다. 이윽고 여자 목소리가 들렸다. "워싱턴 오른쪽에 서있는 사람을 자세히 보세요."

60대 초반쯤 되어 보이는 여자로 키가 작고 다부진 체격에 황갈색 재킷, 검은색 터틀넥 스웨터, 청바지를 입었다.

와일드가 말했다. "봤습니다."

"그 사람이 워싱턴 머리 위로 들고 있는 책에 글자가 새겨져 있죠?"

와일드는 고개를 끄덕였고, 새겨진 글자를 큰 소리로 읽었다. "엑시투스 악타 프로바트(*EXITUS ACTA PROBAT*)."

"라틴어예요." 여자가 말했다.

"네, 알려주셔서 감사합니다."

"비꼬는 거군요. 마음에 들어요. 무슨 뜻인지 아나요?"

"'결과가 수단을 정당화한다.'" 와일드가 말했다.

여자가 고개를 끄덕이며 갈색 뿔테 안경을 치켜올렸다. "생각해 보면 놀라운 일이죠. 정부에서는 미국의 국부를 위해 이 거대한 기념비를 지었어요. 그런데 국부의 업적을 기리고 그를 추모하기 위해 어떤 인용문을 넣었을까요? 바로 저거예요. '결과가 수단을 정당화한다.' 이상한 점은 그뿐만이 아니에요. 조지 워싱턴에게 저런 비도덕적인 충고를 하는 사람이 누군가요?" 여자는 워싱턴 왼쪽 어깨 너머에 있는 인물을 가리켰다. "정의죠. 정의는 우리에게 공정하라거나 정직하라거나 진실하라거나 법을 지키라거나 공평해야 한다고 말하지 않아요. 정의는 우리의 초대 대통령과 이 공원을 찾아오는 수백만 명에게 결과는 수단을 정당화한다고 말하죠."

와일드는 그녀를 돌아보았다. "당신이 RJ인가요?"

"당신이 PB라면요."

"전 PB가 아닙니다. 하지만 이미 아실 텐데요."

여자는 고개를 끄덕였다. "알고말고요."

"당신도 RJ가 아니고요."

"그것도 맞아요."

"그럼 누구시죠?"

"당신 먼저 말해봐요."

"제 생각에 PB는 계정을 삭제하기 전에 당신에게, RJ라고 해야 하나요? 아무튼 연락했을 겁니다. 그러다가 다른 사람에게 그랬듯이 RJ와도 연락을 끊어버렸겠죠. 그러다 제가 어젯밤에 연락하자 RJ는 호기심이 생겼을 겁니다."

"맞아요." 여자가 말했다.

"그래서 당신은 누군가요?"

"RJ의 친구라고 해두죠. PB가 누군지 알아요?"

"네. 당신은 모르나요?"

"몰라요. PB는 끝까지 익명을 고집했어요. 우린 PB에게 사실을 말해줬죠. '우리'라고 하는 건 안 맞겠네요. 사실 난 관여하지 않았으니까. 내 동료가 말해줬죠."

"RJ요?"

"네."

"멤피스에 사는 당신 동료는 누굽니까?"

"멤피스에 산다는 걸 어떻게 알았죠?"

422

와일드는 대답하지 않았다.

"바로 본론으로 들어가는 게 어떨까요?" 여자가 물었다. "내 동료는 PB에게 그가 알고 싶어 하는 걸 말해줬어요. 그 대가로 당신 친구 PB 는 협조하기로 했죠."

"하지만 협조하지 않았군요."

"네, 맞아요. 협조하지 않고 자기 계정을 삭제해 버렸죠. 그 뒤로 연락도 끊겼고요."

"PB에게 뭐라고 말해줬나요?"

"아, 그 방법을 또 쓰지는 않을 거예요. 한 번 속으면 상대가 나쁜 놈이지만 두 번 속으면……." 여자는 말을 멈췄다. "당신은 이름이 뭔가요?"

"전 와일드라고 합니다."

여자가 씩 웃었다. "난 대니엘이라고 해요." 그러더니 경찰 배지를 내밀었다. "NYPD 대니엘 시어 형사. 지금은 은퇴했어요. 우리에게 협조하겠어요?"

"공식 수사인가요?"

대니엘 시어는 고개를 저었다. "난 은퇴했다고 했잖아요. 그저 동료를 돕는 거죠."

"멤피스에 사는 동료요."

"맞아요."

"PB도 그를 돕겠다고 약속했고요."

"내 동료가 남자라고는 안 했는데요."

"죄송합니다. 여자인가요?"

"아뇨, 남자예요. 이렇게 하죠, 와일드. 당신이 PB의 실명을 알려주면 내가 다 말해줄게요. 장담하건대 당신도 들으면 아주 흥미로울걸요."

"제가 PB의 실명을 말하지 않으면요?"

"그럼 여기서 헤어지는 거죠."

"피터 베넷입니다."

"잠시만요." 대니엘이 휴대전화에 무언가를 입력했다. "동료에게 이름부터 보내고요."

"이제 RJ에 대해 말해주세요."

대니엘은 문자를 다 치더니 아침 햇살을 향해 미소 지었다. "이 아치 안으로 들어갈 수 있는 거 알아요? 반대쪽 기둥 동쪽에 문이 있어요. 대중에게 개방되지는 않지만 내가 경찰이었을 때 출입할 수 있는 특전이 있었죠. 그 문으로 들어가서 나선형 계단을 올라가면 아치 꼭대기에서 전망을 볼 수 있어요. 세상에서 둘도 없는 풍경이죠."

"시어 형사님?"

"은퇴했다니까요. 대니엘이라고 불러요."

"대니엘, 무슨 일이 있었는지 말해주세요."

"이 일에서 당신이 원하는 게 뭐죠, 와일드?"

"말하자면 긴데 간단히 말하면 전 피터 베넷을 찾고 있습니다. 우린 그 사이트에서 친척으로 나왔어요."

"재미있군요. 하지만 RJ하고 일치되지는 않았고요?"

"네."

"그러니까 당신은 막다른 길에 이른 셈이군요. 내 말은 친척을 찾는 데 있어서요. 사실 오늘 내가 여기 온 이유는 내 동료에게 더는 PB가 필요 없어서예요. 너무 늦었어요."

와일드는 그 말을 곰곰이 생각했다. "무슨 이유에서인지 RJ는 사람들에게 자신의 이름을 알리는 걸 원치 않았어요. 하지만 자신과 유전자가 일치하는 사람들에게 자신이 몇 살인지는 알리고 싶어 했죠."

"생각해 둔 가설이라도 있나요, 와일드?"

"당신은 수사 기관에 몸담고 있습니다."

"은퇴했다니까요."

"당신 동료는 아니죠. 내 생각에 당신 동료는 다른 사람으로 위장하고 그의 친척을 찾기 위해 DNA 사이트를 이용한 겁니다. 골든 스테이트 킬러 사건의 범인을 잡을 때처럼요. 범인은 살해 현장에 DNA를 남겼어요. 경찰은 가족을 찾는 여느 평범한 사람으로 위장해 DNA 혈통 사이트에 범인의 DNA를 등록했죠. 그 사이트에서 유전자가 일치하는 사람, 다시 말해 유전적 친척이 나오자 경찰은 그 정보를 이용해 범인 조지프 딘젤로를 찾아냈습니다."

대니엘은 고개를 끄덕였다. "꽤 비슷해요. 폴 싱클레어라는 남자에 대해 들어본 적 있나요?"

"아뇨."

"참된 기독교 재단의 폴 목사는요?"

와일드는 고개를 저었다.

"폴 목사는 거의 40년간 멤피스 지역에서 종교 공동체를 운영하다가 지난달 자던 중에 평화롭게 세상을 떠났어요. 92세까지 건강하게 살았죠. 업보가 실제로 존재하는지는 모르겠지만 이 땅에는 없는 것 같네요."

"무슨 뜻입니까?"

"폴 목사는 수많은 교구민을 강간하고 임신시켰어요. 그것도 나이 어린 여자들을요. 물론 본인은 부인하지만 인터넷에서 많은 사람이 아버지가 같다는 사실을 깨달았죠. 그래서 테네시주 경찰인 내 동료 RJ는 폴 목사의 DNA를 DNA 혈통 사이트에 등록했어요. 그의 자녀가 몇 명이나 되는지 알고 싶었죠. 이 사이트에서만 열일곱 명이 나왔어요. 그중에 열두 명은 입양아였고, 나머지 다섯은 다른 사람을 아버지로 알고 자랐죠. 당신 친구 PB처럼요. 아무도 진실을 몰랐어요."

"그럼 PB의 친부가……."

"폴 목사예요. 그 사실이 당신에게 도움이 되나요?"

와일드는 잠깐 생각한 뒤에 말했다. "그런 것 같네요."

와일드는 다시 헤스터의 회사가 있는 업타운으로 걸어갔다. 와일드를 보자 헤스터가 말했다. "젠 캐시디가 널 찾고 있어. 중요한 일이라더구나."

"젠의 전화번호를 아세요?"

와일드는 헤스터가 알려준 번호로 전화했다.

"그만 좀 들쑤시고 다녀요." 전화를 받은 젠이 말했다.

"무슨 일입니까?"

"마니가 사라졌어요. 다들 악의적인 기사 때문에 마니가 그냥 떠났다고 생각하지만 우린 만약을 대비해 휴대전화 앱으로 서로의 위치를 공유하고 있어요. 근데 마니의 전화가 꺼져있다고요. 마니는 절대 전화를 끄지 않아요."

"어쩌면 정말로 떠났는지……."

"아뇨, 와일드. 마니는 떠나지 않았어요. 신용카드 사용 내역도 없다고요. 마니는 달아날 성격이 아니에요. 세상 물정에 그렇게 밝지도 않고요."

와일드는 눈을 감았다. "마지막으로 목격된 때가 언제죠?"

"아파트에서 몰래 빠져나갔을 때일 거예요. 아무도 몰라요."

"마니에게 온 메시지를 확인해 봤나요? 문자나 이메일은요?"

"내가 안 했겠어요? 아무것도 없어요."

"지금 어딥니까?"

"스카이에 있는 내 집이요."

"잠깐만 기다려요."

와일드는 헤스터에게 휴대전화를 빌려달라고 손짓했다. 헤스터가 전화를 건네주자 와일드는 롤라에게 전화했다. "너희 회사의 그 최고 인재를 스카이에 있는 젠 캐시디의 아파트로 보내줘. 젠의 동생이 실종됐대."

"알았어."

"아직 라스베이거스에 있는 거 아니야?"

"테터보로 공항으로 가는 전용기를 타서 30분 전에 도착했어. 지금 곧장 스카이로 갈게."

와일드는 전화를 끊고 뒤 다시 젠에게 말했다. "집에서 기다리세요. 내 친구 롤라 나세르가 지금 거기로 출발했어요. 롤라가 도착하자마자 올려보내라고 안내 데스크에 말해두세요."

와일드는 전화를 끊고 이번에는 비키 치바에게 전화했다.

"여보세요?"

"거기 사일러스 있습니까?"

"방금 떠났어요. 엘리자베스에서 짐을 받아다가 조지아주로 가져갈 거예요. 왜요? 무슨 일 있어요?"

"두 사람이 알아야 할 소식이 있어요."

"뭔데요?"

"젠이요."

"젠이 왜요?"

"젠이 모든 걸 꾸몄어요."

정적이 흘렀다. 그러더니 비키가 물었다. "무슨 말이에요?"

"젠이 피터를 모함했다고요. 젠이 맥앤드루스를 고용했어요."

"세상에……."

"젠이 그 음해성 사진을 찍었고, 마니를 속여서 거짓말까지 하게 했습니다."

"세상에." 마니가 다시 말했지만 이번에는 더 힘없는 목소리였다. 그래서 와일드는 계속 말했다. 전후 사정을 전부 다 말했다. 아주 차분하고 초연한 목소리로.

비키는 울다가 통곡하기 시작했다.

마침내 통화가 끝나자 와일드는 눈을 감고 의자에 등을 기댔다. 숨을 깊이 들이쉬었다.

헤스터가 그를 불렀다. "와일드?"

"범인을 알아낸 것 같아요."

CHAPTER

40

내가 해낼 수 있을까?

한 번만 더. 딱 한 번만 더 하면 된다.

그러면 그만둘 수 있다.

결국 경찰이 알아낼까? 아마 그럴 것이다. 하지만 별로 두렵지 않다. 그 때쯤이면 내가 계획한 일들을 다 마쳤을 테니까.

한 번만 더.

그런 다음에는?

내게는 캐서린 프롤의 컴퓨터에서 가져온 명단이 있다. 온라인에서 폭력을 행사한 자들의 명단이다. 저들을 계속 죽여야 할까? 다들 죽어 마땅한 자들이다. 안 그런가? 내가 생각하기에는 두 개의 선택지가 있다. 하나는 이번 살인을 마친 뒤에 도망가서 숨는 것이다. 어쩌면 잡히지 않을 수도 있다. 사람 일은 모르는 거니까.

또 하나는 살인을 계속 저지르는 것이다.

매사추세츠주 프레이밍햄이라는 도시에 레스터 멀너라는 남자가 산다.

그는 10대 소녀 행세를 하며 자기 딸의 라이벌을 괴롭혔고 급기야 그 가여운 여학생은 자살하고 말았다. 그자를 죽일 수도 있다. 그런 다음에 역시 프레이밍햄에 사는 토머스 크레이머를 죽이고, 그다음에는 버몬트주 맨체스터에 사는 엘리스 스튜어트를 찾아갈 수도 있다. 그렇게 명단에 적힌 사람들을 하나씩 처치하다 보면 언젠가 언론에서는 틀림없이 '연쇄살인'이라는 꼬리표를 붙일 것이다. 나는 감옥에 갇히거나 살해되거나 다른 방식으로 저지되기 전까지 계속 사람을 죽일 수 있다. 왜냐하면 사실 난 멈출 생각이 없기 때문이다.

누군가가 날 막아야만 한다.

이 계획이 마음에 든다. 먼저 이번 일을 끝내자. 정의 구현이든 복수든 마음대로 부르라지. 그런 다음에, 그녀를 죽인 다음에는 누가 날 죽이기 전까지 계속 살인을 저지르는 것이다.

어차피 난 더 이상 살아야 할 이유가 없다.

전부 다 잃었다.

난 다시 차고형 창고로 간다. 아직 시체 썩는 냄새는 나지 않는다. 창고는 6개월 사용료를 미리 내두었다. 난 자동차 뒷좌석에서 마니 캐시디를 끌어내 검은 쓰레기봉투로 시신을 감싼다. 대용량 쓰레기봉투 50개들이 한 상자를 샀는데 봉투 50개와 강력 접착테이프 하나를 다 써서 마니의 시신을 밀봉한다. 에어컨은 계속 최대한 세게 틀어둔다.

경찰이 이 시신을 언제 찾아낼까?

모르겠다.

결국 시체 썩는 냄새 때문에 발각될까? 아니면 이용료를 내지 않아서 발각될까?

다시 말하지만 모르겠다. 그리고 별로 관심도 없다. 그때쯤이면 진작에 끝났을 것이다.

마니의 시신을 다 밀봉한 후에 창고 구석으로 끌고 간다. 시신 위에 담요 두어 개를 덮어둔다. 차에 올라타 링컨 터널을 지나 다시 맨해튼으로 돌아 간다. 이번에는 번거롭게 번호판을 바꾸지 않았다. 마니를 죽일 때 썼던, 낙 서한 번호판을 그대로 달고 있지만 경찰은 아직 나를 찾아내지 못했다. 예 상대로 다들 마니가 달아난 줄 안다.

젠만 제외하고. 절박한 젠.

나는 그녀에게 메시지를 보냈다. 마니에게 보냈던 것과 똑같은 메시지 였다.

내가 그녀를 구해줄 수 있다고 했다. 마니도 구해줄 수 있다고 했다. 그러 니 날 만나러 오라고 했다.

이제 그 일을 끝내러 그곳으로 간다.

조지 키셀은 뉴어크의 월넛가에 있는 미연방 보안관 사무실에서 일 했다. 와일드는 안내 데스크 안내원에게 이름만 알려주고, 조지 키셀 연방 보안관보에게 자신이 찾아왔으며 만나고 싶어 한다는 말을 전해 달라고 했다. 안내원은 와일드에게 앉아서 기다리라고 했지만 오래 걸리지 않았다. 조지 키셀이 칙칙한 갈색 정장을 입고 인상을 쓴 채 나오더니 투덜거리듯이 "따라와요"라고 말했다.

이 연방 보안관 사무실은 다른 연방 보안관 사무실과 마찬가지로 연방 법원 안에 있었다. 그들은 널찍한 계단을 따라 1층으로 내려갔 다. 발을 내디딜 때마다 그 소리가 대리석에 부딪혀 울렸다. 두 사람 은 뒷문을 통해 뉴어크 거리로 나갔다. 혹시라도 누가 듣지 못하도록 도로 경계석으로 다가간 후에야 키셀이 말했다. "용건이 뭐요?"

"왜 FBI 요원인 척했습니까?"

"그런 적 없어요. 당신이 그렇게 추측한 거지. 여기 왜 온 거요?"

"우리 둘 다 그 이유를 알 텐데요."

키셀은 재킷 주머니에 손을 넣어 담배 한 갑을 꺼냈다. 담배를 입에 밀어 넣더니 금색 라이터로 불을 붙이고는 깊이 빨아들였다가 연기를 내뱉었다. "FBI와 미연방 보안관은 둘 다 연방법 집행 기관이에요." 마치 대본을 읽듯이 키셀이 말했다. "중요한 사건일 때는 종종 협력하죠."

"미연방 보안관은 증인 보호 프로그램도 운영하죠."

키셀은 대머리였지만 길게 기른 옆머리를 위로 올려 빗어서 벗어진 정수리를 가렸다. 하지만 칠흑 같은 어둠 속에서도 대머리라는 게 티가 날 듯했다. 그는 말을 이었다. "미연방 보안관은 미국에서 가장 오래된 연방법 집행 기관이에요. 우리는 판사를 보호하고, 법원의 치안을 유지하며 탈주범을 체포하고, 죄수를 수용하고 호송하는 일을 하죠. 그리고 맞아요, 증인 보호 프로그램도 운영해요."

"당신은 내게 내 친부인 대니얼 카터에 대해 물었습니다."

키셀은 아무 말도 하지 않았다.

"난 그에게 계속 연락하는 중입니다." 와일드는 말을 이었다.

그러고는 키셀에게 쪽지를 건넸다.

키셀이 말했다. "이게 뭐요?"

"내 아버지에게 보내는 쪽지예요. 앞으로 가끔씩 난 이렇게 봉투에 든 쪽지를 가지고 당신을 만나러 올 겁니다. 당신이 원한다면 여기서 만날 수도 있고요. 당신은 '무슨 말인지 도통 모르겠네'라고 말할 테지만 내게서 쪽지를 받아 갈 겁니다. 그걸 내 아버지에게 전해줄 거예요. 가끔은 반대로 내게 봉투에 든 쪽지를 전해줄 수도 있고요. 아닐 수도 있죠. 어느 쪽이든 우린 계속 이렇게 할 겁니다."

키셀은 와일드 너머 뒤쪽을 바라보았다.

"무슨 말인지 이해했죠?" 와일드가 물었다.

키셀은 와일드의 등을 툭 치며 말했다. "무슨 말인지 도통 모르겠군요."

나는 지난번과 똑같은 자리에 주차한다. 젠만 죽이면 된다. 그 후에 곧바로 경찰에 체포된다 해도 상관없다. 이 자리에 내 차가 두 번이나 주차된 장면이 CCTV에 찍힌다 해도 상관없다. 경찰이 그걸 알아낼 때쯤에는 이미 끝났으리라. 그 후의 살인은 보너스다.

내 손에는 총이 있다.

나는 총이 보이지 않도록 손을 내리고 있다. 대략 10분 후면 젠이 도착할 것이다. 젠을 어떻게 처리해야 할까? 재빨리 죽여버려야 할까? 총 세 발. 그것이 나의 범행 수법이다. 장담하건대 연쇄살인범을 주로 분석하는 프로파일러들은 왜 내가 하필 세 발을 쏴서 피해자들을 죽였는지 거창한 가설을 세울 것이다. 당연한 일이지만 사실 거기에는 아무 이유도 없다. 적어도 아주 흥미로운 이유 따위는 없다. 첫 살인이었던 헨리 맥앤드루스를 죽일 때 나는 세 발을 쐈다. 왜 그랬냐고? 잘 모르겠다. 하지만 세 발을 쏜 후에야 비로소 멈출 수 있었다. 혹은 그걸로 충분할까 하는 의문이 들었다. 어쨌든 세 발을 쏜 것은 우연이었다. 두 발이나 네 발을 쏠 수도 있었다. 하지만 세 발을 쏘았다. 그래서 지금도 세 발을 고수한다.

거기에 대단한 사연은 없어요, 프로파일러 여러분. 미안합니다.

나는 잠시 눈을 감고 내가 들고 있는 총을 생각한다.

이 고통을 덜고 싶다.

다들 그런 이유로 살인을 시작하는 거겠지? 너무 고통스러워서. 고통 앞에서는 이유가 사라진다. 그저 고통이 끝나기를 바랄 뿐이다. 내게 그토록 큰 해를 끼친 자들을 죽이면 고통이 줄어들 줄 알았다.

그런데 놀랍게도 정말로 그렇게 되었다. 지금도 마찬가지고.

다만 오래가지 못한다.

그게 문제다. 내게 살인은 연고다. 하지만 약효가 짧은 연고다. 지금 약효가 떨어지고 있다. 그러니 상처에 연고를 점점 더 많이 발라야 한다.

바로 그때, 그러니까 연고로 상처를 치료할 생각을 하고 있을 때 모퉁이를 돌아 나오는 젠이 보였다.

나는 총을 내려다본다. 그러고는 다시 젠을 올려다본다. 가슴 시릴 정도로 아름다운 얼굴과 그 얼굴을 감싼 금발.

젠을 곧바로 쏴야 할까? 일단 차에 타게 한 다음 나라는 걸 보여주고 빵, 빵, 빵, 세 발을 쏴서 곧바로 끝내야 할까? 좋은 생각 같았다. 나는 그녀가 고통받기를 원했다. 이건 새로운 감정이었다. 지금까지는 상대가 죽기만을 바랐다. 그들은 끔찍한 짓으로 내 마음에 상처를 주었다. 하지만 젠이 한 짓은, 그 모함과 배신은……

불과 몇 미터 앞에 젠이 있다.

젠이 나올 줄 알았다. 마니와 마찬가지로 젠도 이 구명조끼를 붙잡지 않을 수 없었으리라.

이제 젠은 실눈을 뜨고 운전석에 앉은 사람이 누구인지 보려고 한다. 하지만 아직 날 알아보지는 못한다.

젠이 거의 다 왔을 때 나는 총을 들어 올린다.

운전석에 앉은 채 그녀가 조수석 문을 향해 손을 뻗는 걸 지켜본다. 나는 젠이 탈 수 있도록 잠금 해제 스위치를 누른다.

하지만 상황은 내 예상과 다르게 돌아간다.

내가 스위치를 누른 순간, 차 문의 잠금 상태가 해제되었음을 알리는 그 딸칵 소리가 작게 나자마자 차 문이 벌컥 열린다. 나는 총을 들어 올린 채 그쪽으로 몸을 돌린다. 하지만 갑자기 손 하나가 달려들어 총을 빼앗아 간다.

나는 와일드의 크고 푸른 눈을 올려다본다.

"이제 다 끝났어요, 비키."

와일드는 비키를 운전석에 남겨둔 채 조수석에 올라탔다.

비키는 차창 밖을 똑바로 응시했다. "당신이 날 함정에 빠뜨렸군요. 내가 행동하는지 보려고 내게 젠 이야기를 한 거예요."

와일드는 대답할 이유가 없다고 생각했다.

"내가 한 짓이라는 걸 어떻게 알았죠?"

"확신은 없었습니다."

"일단 내가 젠을 죽이게 해줬어야 해요, 와일드."

와일드는 대답하지 않았다. 그도 차창 밖을 내다보았다. 롤라가 젠과 함께 건설 현장으로 이어지는 철망 문 옆에 서있었다. 다른 두 직원도 대기하고 있었지만 와일드는 그들의 도움이 필요하지 않았다.

"어디서 들통난 거죠?" 비키가 물었다.

"범인들이 다 어디에서 들통나겠어요? 거짓말이죠."

"구체적으로 어떤 거짓말이요?"

와일드는 계속 창밖을 바라보았다. "첫째로 당신은 피터와 당신의 관계에 대해 거짓말했어요. 당신은 피터의 누나가 아닙니다. 엄마죠."

비키는 천천히 고개를 끄덕였다. "어떻게 알았어요?"

"피터와 같은 과정으로요. 온라인 DNA 사이트에서."

"그건 내 탓이 아니에요." 그녀가 기어들어 가는 목소리로 말했다.

"임신 말인가요? 네, 비키, 그건 당신 탓이 아닙니다."

"그자가 날 강간했어요."

와일드는 고개를 끄덕였다. "당신 가족은 멤피스 외곽에 살았죠."

"네."

"당신은 장녀였고요. 처음에는 그걸 생각 못 했어요. 하지만 갑자기 이사하는 바람에 여동생 켈리가 척 E. 치즈에서 열리는 친구의 열한 번째 생일 파티에 못 가게 돼서 속상해했다고 그랬죠."

"그건 사실이에요."

"그 말은 의심하지 않습니다. 하지만 그 이야기를 듣고 나니 이런 생각이 들더군요. 켈리가 열한 살인데 당신이 언니라면 몇 살이나 위였을까?"

비키는 침을 삼켰다. "세 살이요."

와일드는 천천히 고개를 끄덕였다. "당신은 겨우 열네 살이었죠."

"네."

"당신에게 일어난 일은 정말 안타깝게 생각해요." 와일드가 말했다.

"난 열두 살 때부터 그자에게 강간당했어요."

"폴 목사에게요?"

비키는 고개를 끄덕였다. "부모님께는 말씀드리지 않았어요. 그러니까 그 당시에는요. 두 분께 폴 목사는 하느님이나 마찬가지였거든

437

요. 나중에 말씀드렸지만 믿지 않으셨어요. 제가 임신했다고 말했더니 절 창녀라고 하셨죠. 친엄마와 친아빠라는 사람이요. 제게 어떤 놈이랑 뒹굴었는지 말하라고 했죠. 믿어져요? 난 두 분께 사실대로 말했어요. 폴 목사가 내게 한 짓을요. 하지만 엄마는 날 때렸죠. 내 뺨을 때리면서 거짓말쟁이라고 욕하더군요."

비키는 말을 멈추더니 눈을 감았다.

"그래서 어떻게 됐나요?" 와일드가 물었다.

"짐작이 갈 텐데요."

"다른 곳으로 이사했죠."

"비슷해요. 내 배가 불러오자 엄마와 난 성지순례 여행을 떠날 거라고 말하고 다녔어요. 그것만이 가문의 명예를 지킬 수 있는 유일한 길이라는 게 부모님의 생각이었죠. 엄마는 본인이 임신했다고 소문을 냈죠. 여행을 떠났다가 공동체로 돌아오면 피터를 부모님 자식인 것처럼 키울 작정이었어요."

"그리고 당신은 누나 행세를 하고요."

"네."

"그런데 왜 펜실베이니아주로 떠났죠? 확인해 봤는데 아버지가 정말로 펜실베이니아 주립대학교에서 일하셨더군요. 가족이 정말 그 주로 이사했어요."

"그분들이 마음을 바꾸셨어요. 부모님이요."

"당신 말을 믿어줬나요?"

"한 번도 인정하지는 않았지만, 맞아요."

"왜죠?"

이제 그녀의 눈에서 눈물이 흘렀다. "켈리 때문이에요."

"여동생이요?"

"폴 목사가 켈리에게 관심을 보이기 시작했거든요." 비키는 한동안 눈을 감았다. "그 일로 부모님은 정신을 차렸어요. 나쁜 분들은 아니에요. 두 분 다 세뇌를 받으며 자랐기 때문에 달리 아는 게 없었어요. 자신들이 말 그대로 숭배하던 목사가 자기 딸을 더럽힐 거라고는……." 비키는 숨을 깊이 들이쉬었다. "피터의 DNA로 폴 목사를 찾아냈나 보군요."

"네."

"내가 피터의 엄마라는 건 어떻게 알았어요?"

"피터와 같은 과정으로요. 사일러스와 유전자가 일치한다는 사실에서요. 사일러스는 피터와 자신의 DNA가 23% 일치하는 건 피터가 자신의 이복동생이라는 의미라고 했어요. 하지만 그건 성급한 결론이었죠. DNA가 23퍼센트 일치하려면 부모 중 한쪽만 같아야 합니다. 그렇다면 폴 목사가 피터와 사일러스의 아버지고 둘의 엄마는 다른 사람, 아무런 혈연관계도 없는 사람일 수 있을까요? 그럴 가능성은 매우 낮아요. 특히나 사일러스에게는 아버지 쪽으로 유전자가 일치하는 사람이 또 있었으니까요. 중요한 건 유전자가 23퍼센트 일치한다고 해서 꼭 이복 혹은 이부 형제는 아니라는 사실입니다. DNA유어스토리 웹사이트에 보면 자세히 나와있죠. 할아버지와 손주 관계일 수도 있고, 이 경우처럼 삼촌과 조카 관계일 수도 있어요. 삼촌과 조카 관계만이 유일하게 앞뒤가 맞았어요. 당신이 피터의 엄마여야 사일러스가 삼촌이 되는 겁니다."

비키는 고개를 끄덕였다. "정말 이상한 게 뭔지 알아요?"

와일드는 기다렸다.

"피터가 태어난 건 내 인생에서 가장 좋은 일이었어요. 모진 학대를 겪고 공포에 떨며 살던 시절이 끝나자 완벽한 아기가 태어난 거예요. 이 세상에 태어나기에 너무 아까울 정도로 특별한 아이. 내가 피터에 대해 했던 말은 전부 사실이에요. 피터는 특별해요."

와일드는 다시 요점으로 돌아갔다. "피터가 부메랑에 연락했나요? 아니면 당신이?"

"우리 둘 다요. 당시 피터는 날 아직 누나로만 생각했어요. 마니와 젠이 한 짓, 그리고 리얼리티 프로그램의 생리에 크게 상심한 상태였죠. 자신의 결백을 밝히는 데 집착했어요. 그래서 DogLufegnev가 자기에게 더 많은 사진, 더 끔찍한 사진이 있다고 주장했을 때 피터는 더 자세히 알고 싶어 했어요. 난 피터를 다그쳐 부메랑에 도움을 청하도록 했어요. 그러던 어느 날, 아마 한 달쯤 지났을 거예요. 부메랑에서 누군가 내게 이메일을 보내 우리 신청이 탈락되었다고 하더군요. 나는 피터 이름으로 답장을 썼어요. 탈락하게 되어서 너무 속상하고 우린 여전히 그들의 도움이 꼭 필요하다고요. 마침내 부메랑 담당자는 자기 이름이 캐서린 프롤이라고 밝혔어요. 또 자기가 〈사랑은 전쟁터〉의 열렬한 팬인데 특히 피터가 나오는 시즌을 제일 좋아한다고 하더군요. 자기라도 계속 돕고 싶다고 했어요."

"캐서린 프롤이 헨리 맥앤드루스의 이름을 알려줬나요?"

"네. 내가 캐서린에게 알려달라고 부탁했어요. 하지만 너무 늦었죠."

"그게 무슨 말입니까? 너무 늦었다니."

"피터가 이미 사라진 뒤였으니까요."

"그래서 어쨌든 맥앤드루스의 집으로 갔군요."

"네."

"그리고 그를 죽였고요."

비키는 고개를 끄덕였다. "그걸로 끝났다고 생각했어요."

"내가 맥앤드루스의 시신을 발견하고 그가 살해된 사실이 알려졌을 때 캐서린 프롤이 당신에게 연락했나요?"

"아뇨. 캐서린은 맥앤드루스가 죽은 걸 몰랐어요. 내가 먼저 만나 자고 했고, 우린 사무실로 찾아올 사람이 없는 시간에 만나기로 했죠. 내가 캐서린에게 맥앤드루스가 죽었다고 알려줬어요."

"캐서린이 신고할까 두려웠나요?"

"그 핑계로 캐서린을 죽이긴 했어요. 결국에는 그녀가 신고할 거라고 생각했거든요. 하지만 신고하면 캐서린 프롤도 잃을 게 많았어요. FBI 요원인데 불법 자경단 소속이었으니까요. 그 부분은 별로 중요하지 않으니까 자세히 말하지 않을게요. 하지만 맥앤드루스를 쏜 뒤에 난 깨달았어요. 이상하게 들리겠지만 내가 살인을 좋아한다는 걸 깨달았죠." 비키는 다시 미소 지었다. 하지만 이제는 그 미소가 와일드를 화나게 했다. "정말 진부한 이야기이기는 한데 내 어린 시절이나 강간의 트라우마 탓일 수도 있죠. 아니면 내게 정신병이 있거나 삶의 다른 사건 때문일 수도 있고요. 뇌의 화학적 불균형 때문일 가능성이 더 크기는 하지만요. 하지만 내 지론이 뭔지 알려줄까요?"

와일드는 대답하지 않았다.

"많은 사람들이 연쇄살인범이 될 잠재성을 가지고 있다는 거예요. 책에 나오는 것처럼 백만 명 중 하나가 아니에요. 그보다는 스무 명 중 하나, 어쩌면 열 명 중 하나일 수도 있어요. 하지만 살인을 저지른 적이 없다면, 처음으로 누군가를 죽여보지 않는다면 그 중독성 높은 쾌감을 경험하지 못하겠죠. 우리 중 많은 사람이 헤로인 중독자가 될 수 있어요. 하지만 헤로인을 한 번도 투약해 보지 않는다면, 평생 그 맛을 보지 못한다면……."

"그래서 마틴 스피로를 죽였군요."

비키가 고개를 끄덕였다. "세상에는 끔찍한 사람들이 정말 많아요, 와일드. 마틴 스피로가 그 죽은 여자의 부고 글에 어떤 댓글을 달았는지 알아요? 나에게는 캐서린 프롤에게서 받은 명단이 있어요. 너무 한심하고 혐오스러운 사람들이라서 알지도 못하는 사람들에게 잔인하고 비열한 말로 상처를 주는 걸로 하루를 버티는 사람들의 명단이죠. 내 말은, 생각해 봐요. 어느 날 마틴 스피로는 잠에서 깨어나, 요절한 딸 때문에 슬퍼하는 유가족을 봤어요. 그걸 보고 그가 무슨 짓을 했는지 알아요? '저렇게 섹시한 보지가 헛되이 사라지다니 슬픈 일이야'라고 썼어요. 대체 얼마나 끔찍한 선택을 하면서 살았기에 그런 글을 쓰는 걸까요?" 비키는 역겹다는 듯이 고개를 흔들었다. "난 이 세상을 위해 좋은 일을 한 거예요."

"그래서 피터는 어디 있습니까?" 와일드가 물었다.

"처음 만났을 때 말했잖아요." 비키가 미소 지었다. "당신은 알고 있어요, 와일드. 처음부터 알고 있었어요. 내 아들, 내 아름다운 아들은 주변을 정리한 다음, 항공권을 사서 그 섬으로 날아갔죠. 입국 수속을 거쳐 호텔에 체크인하고 이튿날에 체크아웃했어요. 택시를 타고 절벽 정상으로 올라가는 길의 길목에서 내렸어요. 그러고는 내게 메시지를 남겼죠. 듣고 난 뒤 2분이 지나면 자동으로 삭제되는 앱을 통해서요. 피터는 내게 작별 인사를 했어요. 뒤에서 파도 소리가 들리더군요. 내 아들은 그렇게 투신자살했어요."

와일드는 아무 말도 하지 않았다.

"당신도 알 거예요. 피터가 얼마나 조롱받고 괴롭힘을 당했는지. 얼마나 많은 수치와 모욕을 겪었는지. 자기가 하지도 않은 일로 사람들에게 용서받지 못했는지. 당신도 알다시피 피터는 그 일로 일생일대의 사랑이었을 아내를 잃었어요. 커리어도 잃고, 네, 명성도 잃었죠. 거기다 아무도 그 애를 믿어주지 않았어요. 잠시 피터의 입장이 되어보세요. 전 세계가 당신이 처제에게 약을 먹였다고 믿고, 아내조차도 당신의 편을 들어주지 않아요. 당신이 가진 모든 걸 빼앗겼어요. 그런데 그게 끝이 아니에요, 와일드. 피터가 가장 오랫동안 사랑했던 사람, 실질적으로 그를 키워주고 보살펴 주었던 사람, 그리고 사일러스가 지적했듯이 다른 누구보다 그를 편애했던 사람, 그가 이 세상에서 제일 믿었던 사람이 평생 그에게 거짓말을 해왔어요. 사실 그 사람은 누나가 아니라 엄마였고, 자신은 강간당해 태어난 아이였어요. 그걸 생각해 봤나요, 와일드? 아직도 피터가 죽었는지 아닌지 확신이 안 서요? 좋아요. 왜냐하면 이제 거기에 한 가지 사실을 더할 수 있게 됐으니까요. 아까 당신 전화를 받고 알게 됐어요. 죽기 전에 피터는 비밀이 많아졌어요. 갑자기 말수가 적어지고 슬퍼했죠. 이젠 그 이유를 알았어요. 피터는 짐작했던 거예요. 젠이 이 모든 일을 꾸몄다는 사실을. 피터는 그 여자를 사랑했어요, 와일드. 얼마나 고통스러웠을지 생각해 봐요. 그게 최후의 일격이었어요. 그러니까 말해봐요. 누굴 탓해야 하죠? 마니? 방송국? 맥앤드루스? 잔인한 팬들? 아니면 내 탓인가요? 말해봐요, 와일드. 누가 내 아들을 죽였죠?"

와일드는 해줄 말이 없어서 차창을 열고 롤라에게 고개를 끄덕였다. 롤라도 고개를 끄덕이고는 전화했다.

5분 뒤 경찰이 와서 비키를 데려갔다.

CHAPTER

42

크리스에게서 연락이 끊기고 마니의 시신이 그 창고에서 발견된 뒤 한 달이 지났을 때 와일드는 미연방 보안관보 조지 키셀의 전화를 받았다.

"그쪽에서 당신과 이야기하고 싶어 해요."

와일드는 휴대전화를 더 꽉 잡았다. "언제요?"

"지금 만나야 해요. 다른 사람에게 말하면 그들은 사라질 거요. 약속 장소까지 오는 데 한 시간이 더 걸려도 사라질 거고. 지금 바로 위치를 보내죠."

와일드의 심장박동이 빨라졌다. 휴대전화를 확인했더니 지도에 위치가 떠있었다. 뉴욕 그린우드 호수 근처 이스트 쇼어 로드가 바로 서쪽이었다. 거기까지 걸어서 갈 수도 있었지만 그랬다가는 서너 시간 걸릴 터였다.

'왜 하필 거기지?'

"괜찮아?" 라일라가 물었다.

두 사람은 텔레비전이 있는 거실에 앉아있었다. 일요일이라서 미식
축구 경기를 보던 중이었다. 라일라는 뉴욕 자이언츠의 열혈 팬이라
서 한 경기도 놓치지 않았다. 와일드는 하마터면 "아버지가 날 만나고
싶대"라고 말하려다가 순발력을 발휘해 참았다.

"차 좀 빌릴 수 있어?"

"물어볼 필요 없는 거 알잖아."

와일드는 자리에서 일어났다. "고마워."

라일라는 그의 얼굴을 빤히 바라보았다. "나중에 말해줄 거지?"

그는 허리 숙여 라일라에게 키스하고는 솔직하게 대답했다. "말해
도 되면."

와일드는 시동을 걸어 서쪽으로 차를 몰았다. 몇 주 전, 모든 일이
끝난 후에 사일러스가 그를 만나러 왔다. "당신과 난 여전히 가족이에
요. 가까운 친척은 아니지만 다른 친척이라곤 없어요." 그들은 2주 뒤
에 다시 만났다. 사일러스는 자진해서 몇 세대를 거슬러 올라가는 가
족 앨범을 보여주겠다고 했다. 하지만 와일드는 당장은 보고 싶은 마
음이 없었다. 나중에는 보고 싶을지 몰라도 당분간은 과거가 아니라
미래에 집중하고 싶었다. 그래서 사일러스에게 보여줄 필요 없다고
했고, 사일러스는 그의 의견을 존중했다.

그렇다고 해서 와일드가 과거를 잊었다는 뜻은 아니었다.

목적지까지는 30분이 걸렸다. 그는 이스트 쇼어 드라이브와 블러프
애비뉴가 만나는 모퉁이에 주차했다. 근처에 검은 차 몇 대가 주차되
어 있었다. 와일드가 차에서 내리자 보안관보 조지 키셀도 차에서 내
렸다.

"몸수색 좀 해도 될까요?"

와일드는 두 손을 들었다. 몸수색은 꽤 철저했다. 키셀은 모퉁이에 있는 집을 향해 고갯짓했다. 2층짜리 목조 가옥이었는데 지붕 중앙에 달린 굴뚝과 지나치게 대칭적인 창문, 납작한 앞면이 전형적인 뉴잉글랜드풍이었다. 다만 너무 은빛이 도는 회색 알루미늄 사이딩으로 외벽을 '업그레이드'하는 바람에 식민지 시대의 매력이 일부 사라져 버렸다.

와일드는 머뭇거렸다. 갑자기 기분이 이상했다.

"손잡이를 돌리면 문이 열릴 거요. 우린 당신을 지켜보고 있어요. 허튼짓하면 당신은 죽은 목숨이요."

와일드는 그저 키셀을 바라보았다.

"알아요, 알아. 하지만 이건 규정을 어긴 일이에요. 다들 긴장하고 있다고."

"고맙습니다." 와일드가 말했다.

와일드는 천천히 진입로를 걸어갔다. 이유는 알 수 없었다. 평생 기다려 온 순간인데도 뜸을 들였다. 현관문 앞에 이르자 와일드는 걸음을 멈췄다. 그냥 뒤돌아서 가버릴까 고민했다. 그에게는 해답이 필요 없었다. 이젠 아니었다. 요즘은 자기 자신과 삶에 대해 어느 때보다도 긍정적이었다. 라일라와 무언가를 만들어 가는 중이었고, 연쇄살인범도 붙잡았다. 인생에서 가장 중요한 것은 균형이었는데 현재 그의 삶은 매우 안정적이었다.

와일드는 손잡이를 돌려 집으로 들어갔다.

예상과 달리 그를 기다리고 있는 사람은 대니얼 카터가 아니었다. 현관문을 열면 곧바로 보이는 계단 옆에 대니얼의 부인 소피아 카터가 서있었다. 그녀는 고개를 똑바로 든 채 와일드를 뚫어지게 바라보

446

았다.

두 사람은 잠시 우두커니 서있었다. 와일드는 그녀의 아랫입술이 떨리는 걸 알아차렸다.

"그······." 와일드는 아버지를 뭐라고 불러야 할지도 몰랐다. "남편 분은 무사하신가요?"

"무사해요."

안도감이 밀려들었다. 와일드도 예상하지 못했던 일이었다.

"하지만 내 남편 대니가 당신에게 했던 말은 거의 다 거짓말이에 요." 소피아가 말했다.

와일드는 아무 말도 하지 않았다.

"대니는 당신의 친부가 맞아요. 그게 당신이 알아야 할 가장 중요한 사실이죠. 그리고 그이는 좋은 남자예요. 내가 아는 남자 중에서 최고 로 훌륭해요. 친절하고 강인한 데다 좋은 아버지이자 남편이죠. 당신 을 위해서라도 당신이 아버지를 닮기를 바라요."

"그분은 지금 어디 있나요?"

소피아는 대답하지 않았다. "우리가 보호를 받는 증인이라는 걸 알 아냈다고 들었어요."

"두 분은 안전한가요?"

"우린 신분을 바꿨어요."

"따님들은요?"

"마침내 그 애들에게 진실을 말해줘야 했죠. 전부 다는 아니더라 도."

"그분들도 몰랐나요?"

소피아는 고개를 끄덕였다. "우린 그 애들이 태어나기 전에 대니얼과 소피아 카터가 됐어요. 정말 착한 애들이에요. 당신 여동생들이요. 우리 부부는 복 받은 거죠. 그 아이들은 늘 우리 집안에 대해 알고 싶어 했어요. 하지만 당연히, 대니와 난 거짓말을 할 수밖에 없었어요. 아무것도 모르는 척했죠. 증인 보호 프로그램의 규정 중 하나예요. 그랬더니 이 착한 딸들이 뭘 했는지 알아요? 아빠를 너무나 사랑하는 이 딸들은 아빠를 놀라게 해주려고 DNA로 혈통을 찾아주는 사이트에 아빠의 DNA를 등록한 거예요. 아빠가 자신의 집안과 혈통에 대해 알 수 있도록요. 집에 있던 코로나 자가 진단 키트로 아빠의 DNA를 채취해서 그 사이트에 보낸 거죠. 우리 딸들은 똑똑해요. 당신 여동생들이요. 딸들이 남편에게 깜짝 선물로 그 사실을 알려줬을 때 우린 둘 다 안색이 창백해졌죠. 그건 심각한 규칙 위반이거든요. 남편은 컴퓨터로 달려가 계정을 삭제했지만 너무 늦었죠, 당연히."

"죄송합니다. 곤란하게 해드릴 생각은 아니었어요. 아버지가 연방 보안관의 보호를 받는 증인이라는 걸 알았다면……."

"우리가 보호를 받는 이유는 남편 때문이 아니에요. 나 때문이지." 소피아가 말했다.

와일드는 차가운 무언가가 등줄기를 타고 내려오는 걸 느꼈다.

"그 이야기를 하기 전에 하나만 물어봐도 될까요?" 소피아가 말했다.

와일드는 물어보라는 뜻으로 고개를 끄덕였다.

소피아 카터는 체구가 작고 아름다운 여자로 광대뼈가 도드라지고 눈빛이 단호했다. 그녀가 턱을 들었다. "당신에 관한 옛날 기사를 읽었어요. 그 기사를 보면 당신에게 가끔씩 옛 기억이 떠오른다고……." 그녀가 말끝을 흐렸다.

"사실 기억이라고 하기도 민망합니다." 와일드는 입안이 말랐다.

"가끔씩 꿈을 꾸거나 뭔가가 퍼뜩 떠오르는 정도예요."

"스냅사진처럼 보이는 거네요."

"네."

"빨간색 계단 난간이라고 기사에는 적혀있던데. 어두운 방. 콧수염을 기른 남자의 초상화."

와일드는 몸을 움직일 수 없었지만 느낌이 왔다.

소피아가 2층으로 이어지는 흰색 계단 난간에 손을 내려놓으며 말했다. "예전에 이 난간은 검붉은색이었죠. 핏빛 붉은색이었어요. 이 집의 내부는 전부 진갈색 목재로 되어있었고요. 새 집주인이 하얀색으로 칠한 거예요." 소피아는 왼쪽을 가리켰다. 거기에는 푸른색과 노란색으로 이뤄진 태피스트리가 걸려있었다. "여기에는 콧수염을 기른 남자의 초상화가 걸려있었죠."

와일드는 어지러웠다. 잠시 눈을 감고 다시 중심을 잡으려고 했다. 머릿속에서 여자의 비명이 들리더니 그 익숙한 이미지들이—난간, 벽, 초상화—다시 떠올랐다. 마치 나이트클럽의 스트로브 조명처럼 빠르게 번쩍이면서. 와일드는 눈을 떴다.

여기였다. 바로 이 현관이었다. 거기로 돌아온 것이다.

"비명. 비명을 들었습니다." 와일드는 간신히 입을 뗐다.

둘의 눈이 마주쳤다.

"내가 지른 비명이에요." 소피아가 말했다.

"그럼 당신이……."

소피아는 굳이 고개를 끄덕이지 않았다. "내가 네 엄마야, 와일드."

그랬다. 그 오랜 세월이 흐른 끝에 마침내 어머니가 그의 바로 앞에 서있었다. 와일드는 그녀를 바라보았고, 가슴이 터질 듯했다.

"지금 내가 서있는 이 자리, 바로 이 자리가 내가 널 마지막으로 봤을 때 서있었던 자리야." 소피아가 무덤덤한 어조로 말했다. "난 이 작은 문을 열고," 그녀는 계단 아래 벽장을 가리켰다. "내 어린 아들에게 여기 들어가서 엄마가 돌아올 때까지 아무 소리도 내지 말라고 당부했어. 그러고는 문을 닫았고 그 후로 다시는 널 보지 못했지."

와일드는 어지러웠고 기절할 듯했다.

"너한테 이름을 말해줄 수는 없어. 장소나 자세한 사항도 말해줄 수 없고. 네 동생들에게도 그랬다. 널 만나는 대신 그렇게 하기로 약속했거든. 우리에겐 시간이 많지 않아. 네가 이 이야기를 듣고 나면 날 미워하게 될까 겁이 나는구나. 그렇다고 해도 이해한다. 하지만 이제는 네가 진실을 알아야 할 때가 됐어."

와일드는 기다렸다. 움직이기 두려웠고, 분위기를 깰까 두려웠다. 이 모든 게 기분 좋은 꿈처럼 느껴졌다. 도중에 이게 꿈이라는 사실을 깨닫고 깨지 않으려고 최선을 다하는 꿈.

"내가 10대 시절에 아주 무시무시하고 사악한 남자가 날 좋아했단다. 정신 나가고 불량한 범죄자 집안 출신의, 정신 나가고 불량한 사이코패스였지. 이 사악한 남자는 내게 집착했고, 그런 남자에게 내 여자라고 찍히면 그때는 그걸 묵인하거나 자살하거나 둘 중 하나야. 다른 선택지는 없어."

그녀의 시선이 계단으로 향했다. 와일드는 여전히 손가락 하나 까딱할 수 없었다.

"왜 우리 부모님이 날 보호하지 않았는지 의아할 거야. 하지만 아버지는 돌아가셨고 어머니는, 음, 그런 상황을 부추겼어. 우리 집안 사정이나 어린 시절은 그냥 넘어가자꾸나. 날 도와줄 사람이 아무도 없었다고 말하는 걸로 충분하니까. 난 포로였고, 그 사악한 남자는 날 지옥으로 몰아넣었어. 한두 번인가 달아나려고 했는데 그 일로 상황이 더 악화됐어. 난 3대에 걸친 그의 가족, 그러니까 그의 조부모, 아버지, 두 형제가 함께 살고 있는 저택에 갇혀버렸어. 그자는 조직폭력배 두목 중에서도 일인자였지."

소피아는 계속 위를 보고 있었다. "저택 뒤쪽에 용광로가 있었어. 내가 열여덟 살이 되자 그 사악한 남자가 날 거기로 데려가더니 재를 보여주더구나. 자기 할아버지가 여기서 시체를 태우곤 했다고 했어. 하지만 냄새가 너무 지독하다고 할머니가 불평을 해서 이제는 태우지 않는다고 했어. 하지만 용광로는 아직 작동한다면서 만약 내가 또 도망치려 한다면 나를 그 용광로에 집어넣어 족쇄를 채운 다음, 불을 약하게 피우고 2주 뒤에 올 거라고 했어. 그때쯤이면 나도 잿더미가 되어있을 거라고."

소피아는 와일드를 똑바로 바라보았다. 와일드는 무슨 말인가 하려고 입을 열었다. 무슨 말을 하려는지는 그도 잘 몰랐다. 하지만 소피아가 고개를 저으며 그의 말을 막았다.

"내 말 마저 끝낼게. 응?"

와일드는 고개를 끄덕인 것도 같았다.

"그러던 어느 날, 난 네 아빠를 만났어. 어떻게 혹은 왜 만났는지는 중요하지 않아. 난 사랑에 빠졌고 너무 두려웠다. 내가 잘못될까 두려웠고, 네 아빠가 잘못될까 두려웠어. 하지만……." 이제 소피아는 미소 지었다. "난 너무 이기적이어서 대니를 포기할 수 없었어. 그래서 이중생활을 하기 시작했지. 맙소사, 우리 둘 다 정말 어렸어. 난 네 아빠에게 사실을 말하지 않았다. 당연히 말했어야 했어. 하지만 어차피 대니는 해외로 군 복무를 떠날 예정이었어. 어차피 깨질 관계였지만 난 그래도 괜찮았어. 우리가 함께할 수 있는 시간은 겨우 두 달뿐이었고, 그 정도면 내가 바라는 것 이상이었어. 대니가 떠나고 나면 추억을 곱씹으며 그 사악한 남자와 함께 살 수 있으니까." 소피아는 웃으며 고개를 저었다. "어릴 때는 그렇게 말도 안 되는 소리로 자신을 속인단다. 그 후에 무슨 일이 벌어졌는지 아니?"

와일드가 말했다. "임신하셨죠."

"맞아. 네 아빠에겐 말하지 않았다. 너도 이해할 거야. 네 아빠는 이 일에 아무 잘못도 없었어. 난 네 아빠가 책임을 진답시고 나랑 결혼하고, 사악한 남자와 그 가족이 진실을 알게 될까 두려웠지. 네 아빠는 지금도 그렇지만 그때도 강한 남자였어. 하지만 이런 집안하고는 상대가 안 돼. 누구라도 그렇지."

"그래서 그자가 아기 아빠인 척하셨어요?"

소피아 카터는 고개를 끄덕였다. "그게 최선이라고 생각했다. 네 아빠를 보호하기 위해 네 아빠와 헤어질 생각이었지. 그의 아기를 낳고 사악한 남자의 아기라고 말하면 난 영원히 네 아빠의 일부를 간직할 수 있으니까." 소피아는 슬픈 미소를 지으며 고개를 저었다. "철없는 소녀의 미련한 환상이었지. 지금 돌이켜 보면 정말 말도 안 되는 생각이었어."

"그래서 어떻게 됐나요?" 와일드가 물었다.

"난 그 계획대로 하려고 노력했지만 2년 뒤에 군 복무를 마친 네 아빠가 다시 날 찾아왔어. 난 거리를 두려고 했지만 내 마음은 뜻대로 안 되더구나. 나는 대니에게 사실대로 말했어. 이번에는 전부 다. 내가 어떤 사람이고 무슨 짓을 했는지 알게 되면 대니가 달아날 줄 알았어. 하지만 대니는 달아나지 않았다. 오히려 나와 함께 도망치고 싶어했지. 그자와 맞서 싸우려고 했어. 하지만 질 게 뻔한 싸움이었어. 이해하지?"

와일드는 고개를 끄덕였다.

"FBI에서는 늘 그자의 가족과 가까운 사람들을 회유하려고 했어. 하지만 아무도 FBI의 제안을 받아들이지 않았지. 결국에는 그들이 찾아내 천천히 죽이리라는 걸 다들 알고 있었던 거야. 하지만 네 아버지와 나는 미친 듯이 사랑에 빠져있었지. 그래서 위험을 감수하기로 했어. 다른 선택지가 뭐가 있겠니? 그래서 난 FBI를 찾아갔다. 그들은 내가 정보를 좀 더 가져오면 대니와 날 보호해 주겠다고 약속했어. 그러고는 날 다시 그 사악한 남자에게 보냈지. 난 도청 장치를 달고 있었고, 서류를 훔쳤어. 그들에게 더 많은 정보를 가져다줬어. 그러다가 일이 터졌지. 아주 큰 일이."

"FBI를 돕는다는 걸 들킨 건가요?"

"그보다 더 나쁜 일이었지. 그자가 자기가 친아빠가 아니라는 걸 알게 된 거야."

집 안이 조용해지는 듯했다. 멀리서 잔디깎이가 윙윙 돌아가는 소리가 들렸다.

"그걸 어떻게?"

"FBI에 있는 누군가가 정보를 흘린 거야."

"그래서 어떻게 하셨어요?"

"난 미리 연락을 받았던 터라 너를 차에 태우고 도망쳤어. 네 아빠에게 전화했지. 대니의 친구에게 우리가 머물 수 있는 호숫가의 집이 있었거든. 거기 가면 아무도 우리를 찾지 못할 거라고 생각했어. 그래서 너와 난 이 집으로 왔다. FBI에게 전화하기도 두려웠어. 정보가 새어 나갈 수 있으니까. 하지만 그 무렵에는 조지 키셀을 알고 있었어. 그래서 이 집에 도착했을 때 그에게 전화했지. 조지는 이 집에 가만히 있으라고 하더구나. 그래서 난 그렇게 했어. 그런데 그자가 우릴 먼저 찾아낸 거야. 부하 셋을 데리고 왔어. 난 그들이 바로 저기, 지금 조지가 주차한 자리에 차를 세우는 걸 봤지. 그자는 현관으로 걸어와 문을 두드렸어. 손에 칼을 들고 있었지. 그러고는 고래고래 소리를 질러댔어."

소피아는 말을 멈췄다. 가슴이 들썩거렸다.

"내 눈앞에서 네 배를 갈라버릴 거라고 했어. 난 너무 무서웠고 절박했다. 넌 모를 거야. 난 바로 여기 서있었어. 지금 내가 서있는 바로 이 자리에……."

소피아의 눈은 마치 그때로 돌아가 그 장면을 보는 듯이 멍해졌다.

"그자는 문을 부수고 집 안으로 들어오려고 했어. 내가 뭘 할 수 있었겠니. 난 널 계단 아래 있는 벽장에 숨겼다. 그 안에 조용히 숨어있으라고 했지. 하지만 그걸로는 부족했어. 마침내 문이 열리고 그자가 들이닥쳤다. 난 그저 그 남자를 네게서 떼어놓아야 한다는 생각밖에 없었어. 그래서 최대한 큰 소리로 비명을 지르며 2층으로 올라갔지. 그자는 날 따라왔어. 난 잘됐다고 생각했지. 1층을 벗어났으니까. 내 아들에게서 더 멀어졌으니까. 난 침실 창문으로 갔어. 그가 바로 내 뒤에 있었어. 그래서 산울타리로 뛰어내렸지. 그들 모두를 네게서 다 떼어내고 싶었다. 네가 그 벽장에 안전하게 숨어있도록 말이야. 그래서 난 길을 건너 숲으로 들어갔어. 사악한 남자와 부하들이 날 쫓아왔어. 잘된 일이었지. 널 찾을 수 없을 테니까. 어쩌면 네가 나와 함께 있다고 생각할지도 모르고. 나는 계속 달렸어. 주위가 어두웠어. 가끔은 정말로 그들에게서 도망친 것 같기도 했다. 하지만 그다음엔? 난 그들을 완전히 따돌릴 수 없었어. 그랬다가는 놈들이 포기하고 그 집으로 돌아가 널 찾아낼 수도 있으니까. 그래서 계속 달렸고, 가끔은 그들을 유인하려고 일부러 소리를 내기도 했어. 잡혀도 상관없었어. 만약 내가 잡힌다면, 그들이 날 죽인다면, 넌 계속 살아있을 테니까. 얼마나 그렇게 달렸는지 모르겠다. 몇 시간은 지났을 거야. 그러다 마침내…… 난 그들에게 잡혔어."

와일드는 자신이 숨을 죽이고 있다는 걸 깨달았다.

"사악한 남자는 날 때리기 시작했어. 난 턱뼈가 부러졌지. 지금도 가끔씩 그 자리가 아프단다. 그는 계속 날 때리면서 네가 어디 있는지 물었어. 난 숲에서 잃어버렸다고 했지. 나보다 앞서서 달려갔으니까 계속 숲을 뒤져보라고 했어. 무슨 수를 써서든 그자들이 그 집에 돌아가지 못하게 하려고 했지. 얼마나 오래 맞았는지 모르겠다. 아무튼 난 기절했어. 그러다 네 아빠와 보안관들이 등장했고, 사악한 남자와 부하들은 도망쳤어. 네 아빠가 두 팔로 날 안아주던 일이 기억난다. 보안관들은 날 병원으로 데려가려고 했지만 난 싫다고 했어. 일단 그 집으로 가서 널 데려가야 한다고……."

소피아 카터는 그저 고개를 저었다. 눈물이 흘러내렸다.

"우린 널 찾아다녔어. 하지만 넌 이미 사라지고 없었지. 우릴 찾기 위해 그자가 주변에 불을 지르기 시작했어. 보안관들은 이제 가야 한다고 했지." 소피아는 와일드를 바라보았고, 와일드는 가슴이 아팠다. "보안관들이 우리를 데려갔어. 나도 결국엔 그들을 따라갔지. 우린 새로운 신분을 받고 다른 곳으로 이사했다. 너도 알 거야. 우리에겐 딸이 생겼지. 그게 인생사의 기이한 점이야. 우린 계속 살아갈 수밖에 없어. 달리 어쩌겠니?"

　이제 눈물이 펑펑 흘러내렸다.

　"하지만 난 내 아들을 버렸어. 난 거기 남았어야 해. 널 찾아 숲을 계속 뒤졌어야 해. 몇 주, 몇 달, 몇 년이고 그랬어야 해. 우리 어린 아들은 숲에서 길을 잃은 채 혼자였는데 난 그 애를 찾는 걸 포기했어. 난 널 찾았어야 해. 널 구했어야……."

　그때 와일드는 고개를 저으며 소피아에게 다가갔고, 그녀는 그의 품에 안겼다.

　"괜찮아요." 와일드가 속삭였다.

　소피아는 흐느끼며 계속 말했다. "널 구했어야 해."

　"괜찮아요." 소피아를 더 꼭 안으며 와일드가 말했다. "괜찮아요, 엄마."

　'엄마'라는 말을 듣자 소피아는 더 크게 흐느꼈다.

CHAPTER

43

오렌은 바비큐를 구웠다. 왜냐하면 원래 그렇게 가정적인 사람이기 때문이다. 라일라는 부엌에 있었다. 와일드는 헤스터와 함께 뒷마당에 놓인 애디론댁 의자에 앉아있었다. 두 사람은 헤스터와 아이라가 40년도 더 전에 지은 주택의 뒷마당에서 숲을 바라보았다.

헤스터는 샤블리 와인을 마셨고, 와일드는 애즈버리 파크 브루어리 에일을 마셨다.

"그래서, 이제 다 알았구나." 헤스터가 말했다.

"대부분은요."

"대부분?"

"그 이야기의 일부는 구멍이 뚫려있어요."

"이를테면?"

와일드는 어머니와 좀 더 이야기를 나누었으나 갑자기 조지 키셀이 나타나 시간이 다 되었다고 말했다. 아직은 조심해야 한다고. 그날 들은 이야기를 자신이 얼마나 믿는지 와일드도 확실히 알지 못했다. 혹은 숲에서 어린 소년이 발견되었을 때 그의 부모님이 그 소식을 듣지 못했다는 점, 그 아이가 자기 아들일 거라는 사실을 유추하지 못했다는 점을 믿어야 할지도 의문이었다.

"하지만 상관없어요. 중요한 걸 알게 됐으니까." 와일드가 말했다.

"네 엄마가 널 구하기 위해 널 버렸다는 사실이지." 헤스터가 말했다.

"맞아요."

"정말로 중요한 건 그 사실뿐이야."

와일드는 고개를 끄덕였고, 낡은 폴라로이드 사진을 건넸다. 헤스터는 돋보기를 쓰고 사진을 자세히 들여다보았다. 세월의 흔적이 고스란히 담긴 빛바랜 사진이었다.

"오래전 결혼식에서 춤추는 장면 같구나."

와일드는 고개를 끄덕였다. "사일러스가 지하실에서 어머니가 보관해 둔 옛날 사진을 잔뜩 찾아냈어요. 대부분이 물에 젖었지만 그래도 제가 다 뒤져봤죠. 이건 1970년대 초반에 찍은 거예요."

"그렇구나."

"뒤쪽 드럼 옆에 서있는 여자아이 보여요?"

헤스터는 실눈을 떴다. "뒤쪽 드럼 옆에 서있는 여자아이가 셋이나 되는데?"

"녹색 원피스를 입고 포니테일을 한 여자아이요."

헤스터는 와일드가 말하는 소녀를 찾아냈다. "그래. 가만, 그럼 이 아이가……?"

"엄마예요, 네."

"사일러스는 이 아이가 누군지 알고 있었니?"

와일드는 고개를 저었다. "기억이 없대요. 이 결혼식은 사일러스가 태어나기도 전에 열렸을 거예요."

헤스터는 와일드에게 사진을 건넸다. 그러고는 눈을 감은 채 태양을 향해 얼굴을 기울였다.

"요즘 넌 여기서 보내는 시간이 더 많구나. 그렇지?" 헤스터가 물었다.

라일라가 큼직한 빈 접시를 들고 돌아왔다. 오렌이 그릴 위에 있던 수북한 고기를 접시에 담으며 외쳤다. "다들 배가 고팠으면 좋겠군."

헤스터는 두 사람을 돌아보고 손을 흔들며 말했다. "우리 둘 다 연애에 성공했구나."

"훨씬 더 잘난 사람을 만났죠." 와일드가 동의했다. "전 라일라를 사랑해요."

"안다." 헤스터가 그의 팔에 손을 올렸다. "괜찮아. 그 애도 기뻐할 거야."

그들은 다시 앞을 보고 앉았다. 와일드는 눈을 감고 용기를 냈다.

"물어보고 싶은 게 있어요."

하지만 그가 말을 이어가기 전에 뒤에서 매슈의 목소리가 들렸다. "아저씨, 세상에, 이것 좀 보셔야겠어요."

매슈가 서턴과 함께 그를 향해 달려왔다. 서턴은 휴대전화를 들고 있었다.

"무슨 일이니?" 헤스터가 물었다.

"〈사랑은 전쟁터〉 팬 게시판인데 여기에서 최근에 난리가 났거든요." 매슈가 말했다. "이제 마니는 영웅이자 순교자나 다름없어요. 마니의 시신이 발견된 창고는 거대한 신전이 됐고요. 젠은 여전히 변명하는 중이지만 많은 사람이 옹호해 주고 있어요. 젠이 게임을 제대로 한 거라고 말하는 사람들도 있고, 젠도 피해자가 틀림없으니 젠의 잘 못이 아니라고 하는 사람들도 있고요."

"하지만 빅뉴스는 그게 아니잖아." 서턴은 그렇게 말하며 와일드에 게 자신의 휴대전화를 건네주었다. "여기요. 이 링크를 클릭할게요."

서턴이 링크를 누르자 인스타그램 페이지가 열렸다.

피터 베넷의 인스타그램 페이지였다.

와일드가 마지막으로 피터 베넷의 인스타그램을 봤을 때는 아디오 나 절벽에서의 투신자살을 암시하는 사진이 가장 최근 포스팅이었다.

하지만 이제는 새로운 동영상이 올라와 있었다. 올라온 시각은 20분 전이었고, 오른쪽 상단 구석에 적힌 위치는 '프랑스령 폴리네시아'라 고 되어있었다.

서턴은 재생 버튼을 눌렀다.

그러자 피터 베넷이 나타났다. 길고 지저분한 수염을 기른 그가 카 메라를 향해 미소 지었다.

"전 살아있습니다, 배틀러 여러분." 카메라를 향해 활짝 웃으며 그가 선언했다. "이제 여러분이 진실을 알았으니 전 집으로 돌아갈 겁니다."

서턴이 들고 있던 휴대전화가 울리며 동영상이 사라졌다. 서턴은 전화기를 귀로 가져가더니 누구인지 몰라도 전화한 상대에게 말했다. "방금 봤어. 내 말이. 정말 미쳤지? 살아있어!"

매슈는 와일드를 내려다보았다. "어떻게 생각하세요?"

"뭘?"

"팬 게시판에 올라왔던 말이 사실일까요? 처음부터 이 모든 일의 배후에 피터가 있었을까요?"

와일드는 사실대로 말했다. "모르겠다. 그럴 수도 있지."

매슈는 헤스터를 바라보았다. 헤스터는 어깨를 으쓱였다.

"하지만 네가 여기 온 김에 두 사람에게 물어보고 싶은 게 있어요."
와일드가 말했다. 다시 긴장되었다.

매슈가 가까이 다가왔다. 헤스터는 똑바로 앉아 물었다.

"무슨 일인데 그러니?"

"라일라에게 청혼하려는데 허락해 주실래요?"

헤스터와 매슈 둘 다 미소 지었다. 헤스터가 말했다. "우리 허락이
필요하니?"

"응원도요. 그런 점에 있어서 전 구식이거든요." 와일드가 말했다.

감사의 글

여러분도 긴 감사의 글을 읽고 싶지 않고 저도 쓰고 싶지 않으니 빨리 끝내도록 하겠습니다. 지금까지 열두 권이 넘는 저의 책을 출판해 주고 편집해 준 벤 사비어부터 시작하죠. 나머지 팀원인 마이클 피에치, 웨스 밀러, 베스 드구즈먼, 캐런 코스톨닉, 어텀 올리버, 조너선 발루카스, 매슈 발라스트, 브라이언 맥렌던, 스테이시 버트, 앤드루 던컨, 알렉시스 길버트, 조셉 베닌케이스, 앨버트 탕, 리즈 코너, 플라무 토누지, 크리스틴 르미르, 마리 오쿠다, 릭 볼, 셀리나 워커(영국 팀장), 샬럿 부시, 리사 에르바흐 밴스(특별 에이전트), 다이앤 디세폴로, 샬럿 코벤, 앤 암스트롱 코벤에게도 감사합니다.

또한 고마움을 잊고 살지만 그 점 또한 용서해 주는 분께도 아주 특별한 고마움을 전합니다. 누군지 알죠? 당신은 대단한 사람이에요. 그렇게 멋진 사람이 돼줘서 고마워요.

또한 티머시 베스트, 제프 아이덴버그, 데이비드 그라이너, 조지 키

462

셀, 낸시 어번, 마티 반데부르트에게도 감사의 인사를 전하고 싶습니다. 이분들(또는 그들을 사랑하는 분들)은 이 소설에 이름이 등장하는 대가로 제가 선택한 자선단체에 아낌없는 기부를 해주셨습니다. 향후 기부에 참여하고 싶으시면 이메일(giving@harlancoben.com)로 자세한 내용을 문의해 주시길 바랍니다.

작가 사진은 JR의 인사이드 아웃 프로젝트의 일부로 촬영되었습니다. 자세한 내용 및 참여 방법은 insideoutproject.net을 참조하세요.

옮긴이_ 노진선

전문 번역가. 옮긴 책으로 매트 헤이그의 《미드나잇 라이브러리》, 할런 코벤의 《사라진 밤》, 《보이 프럼 더 우즈》, 니타 프로스의 《메이드》, 피터 스완슨의 《죽여 마땅한 사람들》, 《여덟 건의 완벽한 살인》, 요 네스뵈의 《스노우맨》, 《레오파드》, 《레드브레스트》, 《네메시스》 등 〈해리 홀레〉 시리즈와 엘리자베스 길버트의 《먹고 기도하고 사랑하라》, 존 그린의 《거북이는 언제나 거기에 있다》 등이 있다.

보이 인 더 하우스

초판 1쇄 인쇄 2023년 7월 3일
초판 1쇄 발행 2023년 7월 21일

지은이 | 할런 코벤
옮긴이 | 노진선
발행인 | 강봉자, 김은경

펴낸곳 | (주)문학수첩
주소 | 경기도 파주시 회동길 503-1(문발동 633-4) 출판문화단지
전화 | 031-955-9088(마케팅부), 9532(편집부)
팩스 | 031-955-9066
등록 | 1991년 11월 27일 제16-482호

홈페이지 | www.moonhak.co.kr
블로그 | blog.naver.com/moonhak91
이메일 | moonhak@moonhak.co.kr

ISBN 979-11-92776-72-9 03840

* 파본은 구매처에서 바꾸어 드립니다.